아나하라트

공주와 구세주

1

아나하트

공주와 구세주

1

김영지 장편 소설

마음지기
Maumjigi

아나하라트_공주와 구세주

인물 소개

리브나 키브사 לִבְנָה כִּבְשָׂה 뜻: 백색, 암양
비라의 세 주인 중 하나. 순백의 공주. 속성은 사랑.

알타쉬헤트 אַל תַּשְׁחֵת 뜻: 너는 멸망해서는 안 된다
리브나 키브사를 아본으로 데려온 장본인. 다른 이름은 라이시.

아야라 אַיָּלָה 뜻: 암사슴
기달티 성에서 아이들을 돌보는 여성. 리브나 키브사와의 인연으로 기달티를 만남.

기달티 גִּדַּלְתִּי 뜻: 나는 위대하게 되었다
교만의 영주. 리브나 키브사를 따르기 위해 피네하스에게 반역함.

체파르데아 צְפַרְדֵּעַ 뜻: 개구리
폭식의 영주. 동쪽 영지를 다스리며 사람들을 잔혹하게 잡아먹음.

시믈라 שִׂמְלָה 뜻: 겉옷
색욕의 영주. 남쪽 온실에서 거대한 사창가를 운영함.

무아카 מוּעָקָה 뜻: 고통
분노의 영주. 서쪽 분쟁 지역을 무력으로 다스림.

아크제리유트 אַכְזְרִיּוּת 뜻: 사나움
탐욕의 영주. 북쪽 공중요새에서 사람들을 가혹하게 착취함.

이요브אִיּוֹב 뜻: 미움받는
질투의 영주. 중앙의 메트로폴리스를 지배함.

나삭נָשַׁק 뜻: 다다르다
나태의 영주. 이요브와 동맹을 맺고 중앙에서 인체실험을 자행함.

야빈יָבִין 뜻: 총명한
체파르데아의 축사에서 공주에게 구조받은 소년.

시로니שִׂיחַ 뜻: 대화하다
나삭의 제자. 호기심을 채우기 위해 무엇이든 하는 과학자.

자이트זַיִת 뜻: 나무
아크제리우트의 측근. 원칙을 추구하는 젊은 정치가.

엘אֵל 뜻: 전능자
비라의 세 주인 중 하나. 만왕의 왕. 리브나 키브사의 아버지. 속성은 선.

이르이트עִיר עִיט 뜻: 지키는 자, 급습하다
비라의 세 주인 중 하나. 하늘의 대공. 리브나 키브사의 약혼자. 속성은 정의.

피네하스פִּינְחָס 뜻: 뱀의 입
원래 이름은 이틀라. 왕의 자리를 넘보다 추방된 비라의 타락한 재상.

사자의 방문

질문하기에 앞서, 나는 먼저 내 뺨을 꼬집어 보고 이마를 짚어 봤다. 생생하게 아픈 데다가 완벽한 정상 체온. 좋아, 현실인 걸 확인했으니 이제 질문해 보자.

"그러니까 다른 세계에서 왔다는 말이죠?"

"네."

"그 멀리서 여기까진 웬일로……"

"공주님을 찾으러 왔습니다."

"아, 그렇구나!"

나는 손뼉을 치며 밝게 웃었다. 아하하, 하하, 아, 이제 어떡하지? 나는 다시 심각한 표정을 지으며 내 침대에 앉은 남자를 바라보았다. 다른 세계에서 왔다는 바로 그 사람이다.

그러니까 이게 어떻게 된 거냐면, 늦은 새벽 나는 방에서 혼자 놀고 있었다. 침대에 누워 음악을 듣거나 휴대전화를 만지작대면서. 다음날이 토요일이라 학교도 안 가니 여유 만만하게 그러고 있었다.

그런데 창밖에서 "실례합니다" 하는 말소리가 들려와서 나는 아무 생각 없이 돌아보았다. 그리고 기절할 뻔했다. 창문 밖에 저 남자가 있어서. 우리 집은 아파트 8층인데 말이야.

내가 하얗게 질려서 기절하거나 비명을 지르려고 할 때였다. 저 남자가 창문을 넘어오며 침착하게 정체를 밝혔다. 자신의 이름은 '알타쉬헤트'이며 다른 세계에서 왔다고.

이유는? 방금 말한 것처럼 공주님을 찾아서! 아, 이건 대체 뭐죠? 늦게까지 놀던 제게 하늘이 내린 시련인가요?

"저기요, 알, 앝시티?"

"알타쉬헤트입니다."

"아를……."

"발음하기 어려우시면 라이시라고 부르셔도 됩니다."

"아, 네. 라이시."

고맙습니다. 혀 깨물 뻔했어요. 나는 한결 편하게 그를 부르며 조심히 말했다.

"그럼 우리 집엔 무슨 일로……?"

"공주님을 찾으러 왔다고 말씀드렸습니다만."

그렇게 말하는 라이시의 목소리는 딱딱했다. 모르는 사람이 보면 내 쪽이 불청객으로 보일 만큼. 그래서 나는 황당한 기분으로 눈앞의 진짜 불청객을 찬찬히 살펴보았다.

라이시는 스무 살쯤으로 보이는 잘생긴 청년이었다. 본인이 다른 세계에서 왔다고 주장하는 것과 이 더운 날씨에 두꺼운 망토를 두르고 있다는 것만 빼면 아주 멀쩡해 보인다.

다짜고짜 이게 대체 무슨 일일까? 내가 꿈을 꾸는 것도 아니고 아픈 것도 아니라면 이 사람 말을 믿어야 할까? 아니, 그런데 공주님을 찾으러 왔다는 건 대체 뭐야?

나는 열심히 궁리하다가 미심쩍게 물었다.

"설마 제가 같이 찾아 드려야 하나요?"

"그러실 필요는 없습니다. 이미 찾았으니까요."

아, 다행이다. 왠지 공주님을 찾기 위해 얼렁뚱땅 함께 모험해야 할 것 같았는데. 만화를 너무 많이 봤나 봐. 나는 안심하며 그를 쳐다봤다. 그러자 그도 나를 쳐다본다. 우리는 그렇게 멀뚱멀뚱 서로를 쳐다봤고, 나는 곧 뭔가 이상하다는 걸 깨달았다.

"그럼 우리 집엔 왜 왔어요?"

"공주님을 찾으러 왔다고 말씀드렸습니다. 벌써 세 번째."

"찾았다면서요?"

찾았으면 얼른 데려가지 이 밤중에 우리 집엔 뭐하러 왔냐고. 내가 그렇게 묻자 라이시는 나를 가만히 바라보다 말했다.

"이런 말씀 드리기 죄송하지만, 머리가 좀 나쁜 편이신가요?"

아닌데? 나 엄청 똑똑한데?

"공주님을 찾아왔다고 말하고 있습니다. 아까부터 계속."

그래, 이제 네 번째다. 나는 다시 반문하려다가 멈칫하고 눈을 깜빡였다. 라이시는 나를 빤히 쳐다봤고, 나는 그 시선에 화들짝 놀라 소리쳤다.

"설마 저요?"

"네."

라이시가 고개를 끄덕이는 바람에 나는 그만 할 말을 잃었다. 공주님이라고? 내가? 이런 출생의 비밀 생각도 해본 적 없는데? 나는 당황해서 황급히 두 손을 내저었다.

"저기요, 잠깐만요. 혹시 잘못 찾아온 거 아니에요?"

"안타깝지만 확실합니다."

이 사람, 아까부터 정중한 척하면서 할 말 다 하잖아. 나는 조금 꿍해져서 이 대화의 핵심을 지적했다.

"그럼 지금 절 데리러 오셨다는 거네요?"

"네, 공주님."

공주님이라는 말에 나는 또 한 번 기겁했다. 공주님이라니, 유치원 이후로 들어 본 적 없는 말인데! 나는 당황해서 그대로 굳어 버렸다. 하지만 나를 혼란에 빠트린 당사자는 태연하게 자신의 소임을 다했다.

"이해하셨으면 이제 일어나시죠."

그 말에 나는 다시 화들짝 놀랐다.

"왜요?"

"방금 스스로 말씀하셨잖습니까. 데리러 온 거냐고. 데리러 온 게 맞으니 이제 데리고 가겠단 소립니다."

순식간에 진행되는 이야기에 나는 다급히 손부터 내저었다. 그리고 이야기가 더 진행되기 전에 서둘러 말했다.

"아니요, 미리 얘기하는데 저 안 가요. 절대. 아무 데도."

그러자 라이시의 얼굴이 찌푸려졌다. 그 표정 뭐지? 이게 당연하잖아!

"왜죠?"

"왜라뇨, 어딘 줄 알고 무턱대고 따라가요! 설마 거기서 '공주님!' 한다고 여기서 '네!' 하고 같이 갈 거라고 생각한 건 아니죠? 생전 처음 본 사람을 뭘 믿고? 옆 동네를 간다고 해도 가줄까 말깐데. 뭐, 다른 세계를?"

라이시의 표정이 점점 굳어 갔지만 아랑곳 않고 쐐기를 박았다.

"안 돼요, 못 가요. 멀리 왔는데 미안하지만 거기 계신 아바마마 어마마마께는 기체 만강하시라 전해 주시고 안녕히 가세요!"

나는 그렇게 말하며 열렬히 손을 흔들었다. 속히 안녕히 가라고. 하지만 라이시는 꼼짝도 않고 있다가 나직이 말했다.

"죄송하지만 공주님껜 아바마마나 어마마마도 없고 선택권도 없습니다."

잠깐, 앞에 두 개는 그렇다 쳐도 세 번째 건 없으면 안 되잖아.

"무슨 소리예요?"

"강제로라도 모셔 가겠다는 소리입니다."

그 말에 나는 조금 놀랐다. 설마 싶어 쳐다봤지만 라이시는 농담 따위는 모른단 얼굴이었다.

"안 갈 거예요."

"안 됩니다."

농담이지? 이러다 정말 끌려가는 거 아니야? 나는 안 되겠다 싶어서 위협하듯 말했다.

"소리 지를 거예요."

"해보십시오."

내 방이고 우리 집인데, 라이시는 태연하고 나는 초조했다. 이 사람 뭐야, 진짜. 나는 그를 빤히 쳐다보다가 더는 견디지 못하고 소리 쳤다.

"엄마! 아…… 읍!"

그렇게 소리치며 밖으로 나가려는데, 내가 의자에서 채 일어나기도 전에 침대에 앉아 있던 라이시가 나를 끌어당겨 입을 막았다. 그 결과 나는 침대에 밀려 넘어졌고 라이시는 내 위에 올라탄 꼴이 되었다.

"읍, 으아압!"

이 자식, 어딜 올라오는 거야! 필사적으로 발버둥 쳤지만 날 누르는 라이시의 팔은 돌처럼 단단해서 꼼짝도 하지 않았다. 나는 정말 온 힘을 쓰고 있건만 그는 평온하다 싶을 정도로 멀쩡했다. 그가 차분한 목소리로 말했다.

"조용히 있겠다고 약속하시면 풀어 드리겠습니다."

내가 끄덕이자 라이시는 내 입에서 손을 뗐다. 그리고 나는 곧장 약속을 어겼다.

"엄마!"

라이시가 내 입을 황급히 도로 막으며 낮게 윽박질렀다.

"공주님!"

"으으읍!"

공주님이 뭐! 비켜, 이 자식아! 나는 안간힘을 쓰다가 힘으로는 어떻게 할 수 없다는 걸 깨닫고 몸부림치길 멈췄다. 대신 두 손으로 라이시의 양 뺨을 감쌌다. 내 행동에 라이시의 눈썹이 비뚤어졌다. 무슨 짓이냐고 묻는 것 같았다.

그가 그렇게 방심한 틈을 타, 나는 엄지손가락으로 그의 두 눈을 푹 찔렀다. 눈알 공격! 눈을 찔린 라이시가 뒤로 확 물러섰고 그 틈에 나는 다시 탈출을 시도했다.

"엄마아압!"

하지만 이번에도 저지당했다. 불굴의 의지로 일어난 라이시가 내 입을 막았기 때문이다. 나는 또다시 침대로 내동댕이쳐질 줄 알았다. 그러나 예상은 보기 좋게 빗나갔다. 그는 날 안은 채 곧장 창문으로 뛰어내렸다.

"으, 끼야아악!"

창문을 넘는 순간 나는 힘껏 비명을 질렀다. 하지만 내 비명은 강한 바람에 삼켜져 메아리도 남지 않았다.

눈앞으로 쏟아지는 땅을 보고 나는 눈을 질끈 감았다. 그런데 다음 순간, 펄럭이는 소리와 함께 날 압도하던 바람의 흐름이 바뀌었다. 살며시 눈을 떠보니 아, 세상에. 발밑에 빛나는 불빛들이 보였다. 우리는 하늘을 날고 있었다.

나는 놀라서 라이시를 돌아보았다. 그의 등 뒤엔 커다란 날개가 펼쳐져 있었다. 밤하늘이 비치는 반투명한 날개였다. 날개가 커다랗게 허공을 휘젓자 지상이 눈 깜짝할 사이에 멀어졌다. 이대로라면 정말 어디론가 끌려갈 것 같아서 나는 다시 발버둥을 쳤다.

"이거 놔, 야! 악, 엄마!"

"얌전히 계십시오. 떨어지면 죽습니다."

침착한 목소리였지만 그건 천 마디 고함보다 효과적이었다. 나는 덜컥 얼어서 몸부림을 멈췄고, 라이시는 한결 편해진 기색으로 다시 힘껏 날개를 쳤다. 우리는 쏜살같이 날아올랐고 이대로라면 곧 달에도 닿을 것 같았다. 나는 겁이 나서 그에게 소리쳤다.

"지금 어디 가는 거예요!"

"공주님이 가셔야 할 곳으로 갑니다."

"거기가 내가 가야 할 곳이라고 누가 그래!"

"본인이 직접 그러셨습니다."

무슨 헛소리냐고 소리치려는데, 갑자기 달빛인지 뭔지 모를 환한 빛이 쏟아져 내렸다. 이제껏 본 적 없는 기이한 빛이었다. 그 엄청난 빛 앞에서 더는 생각을 이어 나갈 수 없었다. 그 빛은 점차 밝아지더니 결국 나와 라이시를 삼켰다.

1
공주의 세계

 새하얀 빛 때문에 아무것도 보이지 않았다. 눈을 시리게 만드는 그 빛 속에서, 나는 내 의지와 상관없이 말했다.

 ―결국 여기까지 왔군요.

 꿈처럼 메아리치는 그건 분명 내 목소리였다. 이상하게 처연했지만, 그건 분명 내 목소리였다.

 ―돌아가요, 이르이트.

 긴 침묵이 이어졌다. 그렇게 한참이 지난 후에 비로소 남자의 목소리가 들려왔다.

 ―비켜, 리브나.

 가슴이 아팠다. 마치 실제로 무언가에 찔리기라도 한 양, 너무 아파 괴로웠다. 그 목소리가 너무 차가워서 그랬던 것 같다. 그 목소리가 너무 차가워서.

"공주님."

어? 깨우는 소리에 나는 간신히 눈을 떴다. 나를 내려다보는 얼굴
이 보였다. 남자고, 젊고, 잘생긴…… 라이시다. 나는 누워 있었고 그
는 나를 보고 있었다.

"괜찮습니까?"

나는 멍하니 그를 올려다보다가 손으로 내 얼굴을 더듬어 봤다. 눈
가가 축축하게 젖어 있었다. 나 울었나? 왜? 영문도 모르고 눈물 자
국을 닦아 내다가, 나는 무언가가 서서히 엄습해 오는 것을 느꼈다.

"으……."

"공주님?"

"추워!"

나는 두 팔로 몸을 감싸며 벌떡 일어났다. 등에서 차가운 기운이
스멀스멀 올라왔기 때문이다. 몸을 마저 일으키려고 바닥을 손으로
짚었는데, 뽀득 하며 차가운 것이 손가락 사이로 파고들었다.

"……눈?"

눈이었다. 하얗고 차가운 눈. 나는 시린 손을 털며 주위를 둘러보
았다. 놀랍게도 하얀 설원이 사방에 펼쳐져 있었다.

"뭐, 뭐야. 여, 여기 어디야?"

턱이 덜덜 떨려서 말도 제대로 나오지 않는다. 아까까지만 해도 후
덥지근한 초여름이었는데 갑자기 웬 한겨울? 게다가 하늘도 희뿌연

낮이다. 어떻게 된 거지? 여긴 어디지?

"실례합니다, 공주님."

내가 두리번대는데 라이시의 팔이 내 허리와 다리 밑으로 들어왔다. 으악, 공주님이라고 하지 마! 그런 말 하면서 '공주님 안기'로 들지도 마!

"이거 놔! 여기가 어디야. 이 인간, 기어이 날 이상한 데로 끌고 왔어! 으앙, 엄마!"

나는 발버둥 치면서 고함을 질렀다. 하지만 그는 개의치 않고 나를 가볍게 들어 올리더니 피곤하다는 표정으로 말했다.

"막무가내로 모셔 온 건 죄송합니다. 하지만 공주님……."

"죄송하다면 끝이냐, 이 변태 치한 납치범아!"

"제가 뭘 했는데 변태 치한이죠?"

"그치? 납치범은 부정 못 하겠지!"

내 외침에 라이시가 어이없다는 표정을 지었다. 나는 라이시를 밀치며 그의 두 팔에서 내려왔다. 어쩐 일인지 라이시는 순순히 나를 놓아주었다.

"어쩌려고 그러십니까."

"집에 갈 거야!"

그렇게 말하며 나는 용감하게 돌아섰다. 하지만 거기까지였다. 돌아서기 무섭게 나는 두 가지 중대한 문제에 봉착했다. 하나는 돌아가는 방법을 모른다는 거, 또 하나는 내가 맨발이라는 거였다. 날카로운 냉기가 발바닥을 타고 찌르르 올라왔다. 뒤에서 라이시가 말했다.

"무작정 헤맬 생각이라면 관두는 게 좋습니다. 이 주변은 상당히 위험합니다. 그리고 그대로 있다간 동상 걸립니다."

이제 와서 생각해 주는 척하지 말라고. 나는 억울한 눈으로 라이시를 노려보았다.

"이런 식으로 끌고 온 건 사과드리겠습니다. 하고 싶은 말이 많으시겠지만 그래도 지금은 안전한 곳으로 가는 게 우선입니다."

인정하긴 싫지만 맞는 말이다. 그리고 이 설원 한가운데서 내가 할 수 있는 건 그의 말을 따르는 것뿐이다. 내가 마지못해 수긍하자 라이시는 다시 등 뒤로 날개를 펼쳤다. 그는 자신의 커다란 날개를 바닥에 늘어트리더니 그 위로 나를 이끌었다. 차가운 눈밭에서 날개 위로 발을 옮기자 조금 살 것 같았다.

"가는 길이 멉니다. 옷부터 갈아입으시죠."

라이시는 그렇게 말하며 망토 안에 메고 있던 가방을 열었다. 그러곤 자그마한 털옷 한 벌을 꺼내 펼쳤다.

"이걸 입으라고요?"

나는 기가 막혀서 되물었다. 라이시가 내민 옷은 정말 작았다. 마치 인형 옷처럼. 내가 어이없어하자 라이시는 작은 병 하나도 같이 내밀었다.

"드십시오. 반 정도만."

내가 망설이자 라이시가 다시 한 번 권했다. 아, 어쩔 수가 없다. 나는 찜찜한 기분으로 병에 든 물약을 입에 머금고 꿀꺽 삼켰다. 맹물처럼 아무런 맛도 없었다. 그리고 라이시에게 병을 돌려주는데, 갑자기 가슴이 쿵 내려앉았다. 동시에 점점 눈높이가 낮아지며 옷이 어깨로 흘러내렸다. 어어? 나는 당황해서 옷깃을 붙잡았다. 하지만 상황은 곧 역전돼서 나는 오히려 옷 안에 파묻히게 되었다. 고개를 들어 보니 거인처럼 커진 라이시가 있었다. 아니, 내가 작아진 거였다. 나는 당황해서 소리쳤다.

"나한테 뭘 먹인 거야!"

"성에 도착할 때쯤 원래대로 돌아올 테니 걱정 안 하셔도 됩니다."

이거 아주 제멋대로구먼! 불평하려 했지만 라이시는 듣지도 않고 내게 등을 돌렸다. 거기에라도 잔뜩 욕을 해주고 싶었는데, 너무 추워서 그럴 겨를이 없었다. 나는 이를 부득부득 갈며 옷부터 주워 입었다. 인형 옷처럼 작았던 그 옷이 이제는 몸에 딱 맞았다.

"다 입었어요."

내가 볼멘소리로 말하자 다른 곳을 보고 있던 라이시가 고개를 돌렸다. 그리고 나를 들어 자기 가방에 넣어 버렸다. 아, 왠지 비참하다. 이동장에 갇힌 동물이 이런 기분이겠구나. 나는 가방 입구에 매달려 바깥을 보았고 라이시는 걷기 시작했다. 걸어가며 그가 말했다.

"여기가 어디냐고 물으셨죠. 이곳은 우리가 사는, 아본이라고 불리는 땅입니다."

아, 역시 다른 세계구나. 나는 가방 입구에 턱을 괸 채 자포자기의 심정으로 말했다.

"다른 세계가 있을 거라곤 한 번도 생각해 본 적 없어요."

"저희도 몰랐습니다. 공주님이 다른 세계에 계실 줄은."

"근데 그거 확실한 거예요? 이래 놓고 나중에 착각했다고 하면 우리 서로 부끄럽잖아요."

"그거라면 걱정 안 하셔도 됩니다. 공주님이 분명 맞습니다."

그의 호언장담에 나는 할 말이 없어졌다. 진짜야? 이걸 믿어야 돼? 내가 이 사람 말을 어떻게 믿어? 그리고 내가 공주님이 맞다 쳐도 이렇게 억지로 끌고 올 건 뭐야.

"백 번 천 번 양보해서 내가 그 공주님이 맞다 칠게요. 대체 왜 데려가는 건데요? 아바마마, 어마마마도 없다니까 보고 싶어서는 아닌 것 같고, 왕위 계승이라도 받아야 해요?"

"아니요, 그럴 필요는 없습니다."

"그럼 옆 나라 왕자랑 정략결혼?"

"그것도 아닙니다."

"그럼 민중의 분노를 잠재우기 위한 제물로 바치려고?"

"하고 싶다면 말리진 않겠지만 저희가 공주님께 바라는 바는 아닙니다. 공주님께서는 그냥……."

그냥, 하고 나서 라이시는 이제까지와 같이 담담한 표정으로 말을 이었다.

"이 세상을 구하시면 됩니다."

나는 고개를 들고 조용히 라이시를 바라보았다. 시선을 느꼈는지 라이시도 날 내려다봤고, 우리는 그렇게 한참 동안 서로를 마주 보았다. 그러길 얼마, 내가 먼저 진지한 목소리로 물었다.

"……웃자고 하는 말이죠?"

"별로 공주님을 웃겨 드릴 마음은 없습니다만."

그래, 그러시겠지! 댁한테 날 웃길 마음 따윈 없으시겠지! 엄마야, 공주님 다음엔 구세주래. 나 도대체 무슨 일에 말려든 거야? 아, 꿈이라면 제발 깨고 싶다.

라이시의 태연한 말은 나를 정신적 빈사 상태에 빠트렸고, 나는 정말이냐고 라이시에게 따져 보려 했다. 하지만 그럴 겨를이 없었다. 갑자기 땅이 진동했기 때문이다. 뭐야, 지진?

"위험하니 들어가십시오."

라이시가 그렇게 말하며 가방 문을 덮었다. 으악, 잠깐! 덮지 마!

나는 갇힌 느낌에 질색하며 가방 틈을 비집어 밖을 내다보았다. 그 순간 내 얼굴 앞으로 뭔지 모를 거대한 기둥이 바닥에서부터 솟구쳤다. 기둥? 아니다. 살아 있는 생물이다! 지렁이인지 지네인지는 모르겠지만 땅에서 솟구친 그것은 분명 생물이었다. 그것을 보고 비명을 지르려던 찰나, 나는 밑으로 꽉 짓눌리는 느낌과 함께 가방 바닥으로 넘어졌다.

"엄마야!"

갑작스러운 쏠림에 한바탕 구른 후 나는 허겁지겁 일어나서 다시 밖을 내다보았다. 어느새 날아올랐는지 눈앞에 보이는 건 허연 허공이었다. 나는 가방 틈을 비집어 아예 밖으로 머리를 빼냈다. 그러자 까마득하게 멀어진 설원과 그 위에서 몸을 꿈틀대는 괴물이 보였다.

"뭐야, 저게……."

괴물 뱀? 지네? 지렁이? 아, 뭔지 모르겠다. 나는 당황해서 라이시를 올려다보았다. 그는 하얀 날개를 펼치고 천천히 유영하고 있었다. 그가 나를 쳐다보지도 않은 채 말했다.

"아직 위험합니다, 나오지 마세요."

그 말이 끝나기 무섭게 가방이 또 뒤집어졌다. 그 바람에 나는 다시 데굴데굴 굴렀다. 야, 공주님이라며! 근데 취급이 왜 이 모양이야? 나는 간신히 중심을 잡고 가방 틈새로 다시 머리를 내밀었다. 막 고개를 빼는 찰나, 내 코앞으로 하얀 이빨이 따각 맞물렸다.

"으악!"

하마터면 물릴 뻔했다. 나는 기겁하며 머리를 집어넣었다. 저건 또 뭐야! 나는 다시 나갈 엄두를 못 내고 안에서 바깥을 살폈다. 밖을 보니 이번엔 뾰족하고 앙상하게 생긴 새들이 주변을 에워싸고 있었다. 그것들은 마치 작살처럼 날아들며 날카로운 부리로 라이시를 물어뜯으려 했다. 라이시는 떨쳐 내려 했지만 그것들은 쉽사리 떨쳐지지 않았다.

그러던 중, 가방이 다시 한 번 크게 기우뚱하더니 뾰족한 부리가 불쑥 가방을 뚫고 들어왔다.

"엄마!"

순식간에 가방 한 귀퉁이가 찢겨 나가면서 새 한 마리가 내게로 들이닥쳤다. 나는 주춤대며 가방을 찢어발긴 그 새를 마주 보았다. 깃털 하나 없이 시커먼 가죽을 뒤집어쓴 그것은 눈이 스산하게 빛나고 있었다.

그 새가 다시 부리를 들이대서 나는 황급히 물러섰다. 하지만 그러지 말았어야 했다. 그 바람에 찢어진 가방 문이 힘없이 열렸고, 등 뒤가 쑥 꺼지는 느낌을 받으며 나는 가방에서 떨어지고 말았다. 압도해 오는 바람에 비명은 고사하고 숨조차 쉴 수 없었다. 그 와중에 새들이 나를 채 가려고 몰려들었다. 나는 눈을 크게 뜬 채 내게로 어지럽게 날아드는 새들을 바라보았다. 그때였다. 라이시의 외침이 내 귀로 파고들었다.

"바자크!"

순간 번쩍이는 섬광이 사방에서 터져 나왔고, 나는 질끈 눈을 감았다. 곧바로 여러 번의 굉음이 이어졌다. 폭음 속에서 나는 무언가가 나를 낚아채는 것을 느꼈다. 빛과 소리가 잦아들어 살며시 눈을 떴을 때, 주변을 에워싼 새들은 더 이상 보이지 않았다. 대신 라이시가 나를 손바닥에 올려놓고 쳐다보고 있었다. 나는 그 얼굴을 멍하니 바라보다가 놀라서 빽 소리를 질렀다.

"죽는 줄 알았어!"

"살아 주셔서 감사합니다, 공주님."

그 침착한 대답에 울컥 화가 났지만, 진이 빠져서 뭐라 말도 못 하고 몸을 축 늘어뜨렸다. 아, 죽을 뻔했어. 정말 죽을 뻔했어! 우리는 그대로 천천히 땅으로 내려왔다. 내려와 보니 아까 그 새들의 사체가 이곳저곳에 널려 있었다. 그것들은 거뭇거뭇하게 타서 뿌연 연기를 뿜고 있었다.

"뭔지는 모르겠지만 진작 이렇게 했으면 됐잖아요."

"아뇨, 끝까지 하지 않는 편이 나았습니다."

무심하게 대답하며 라이시는 고개를 들었다. 그리고 하늘 저편을 바라보았다. 나도 그를 따라 고개를 돌렸다. 저 멀리, 무언가가 날아오고 있었다. 별로 좋은 상황은 아닌 것 같았다. 나는 끝나지 않는 위기에 울상이 돼서 말했다.

"이 세계는 원래 이렇게 위기의 연속이에요?"

"거의 그런 편이죠."

이 사람 너무 정직하잖아.

"지금 도망치면 안 돼요?"

"날아갈 기력이 없습니다. 조금 기다려야 합니다."

"얼마나요?"

"3분 정도. 그보다 숨으십시오."

"왜요?"

"마주쳐 봐야 좋을 게 없는 인간들이니까."

인간? 나는 호기심이 생겼지만 라이시는 나를 그냥 자기 망토 안으로 집어넣었다. 아까부터 느낀 건데, 이 사람 나를 굉장히 짐짝 취급하고 있다. 잠시 후 펄럭거리는 소리, 쩔그렁거리는 소리, 그리고 쿵하고 땅에 내려앉는 소리가 들렸다. 아마 둘 또는 셋 같다. 나는 라이시의 망토 속에서 귀를 기울였다. 곧 밖에서 한 남자의 목소리가 들려왔다.

"안녕, 친구! 이야. 무단침입도 모자라 남의 애완동물까지 죄다 죽여 놨군?"

밖에서 들려온 목소리에 나는 얼이 빠졌다. 애완동물? 저 괴물들이 기르는 거였어? 이어 라이시의 딱딱한 목소리도 들렸다.

"너희 영토에서 소란을 피운 건 미안하다. 먼저 공격받아서 불가피한 일이었다."

"그럴 용도로 기르는 거니까 당연하잖아. 너 어디 소속이야?"

"사과하겠다. 그냥 지나가 주길 바란다."

"나도 대충 넘어가고 싶은데 요즘 우리 주인님이 예민해서 말이야. 괜히 꼬투리 잡히면 잡아먹힐 판이라 그럴 수가 없네."

주인님? 잡아먹혀? 이건 또 뭔 소리야? 알아들을 수 없는 말이 오가는 가운데 라이시가 나직이 말했다.

"다시 한 번 말한다. 그냥 지나가라."

"허, 이 친구 뭘 믿고 이렇게 당당해? 소속부터 밝히지 그래? 아크제리유트냐?"

"궁금하면 맞춰 봐."

라이시가 유치하게 대답하자 상대편 남자는 헛웃음을 터트렸다.

"보자, 목에 빨간 줄은 없군. 그럼 아크제리유트는 아니고, 무아카쪽이 여기까지 올 수 있을 리는 없고. 이요브냐?"

"아니, 틀렸어."

"소속이 없어? 권속도 아닌 녀석이 이걸 어떻게 때려잡은 거지?"

"권속은 아니지만 소속은 있다."

"뭐야, 이 자식. 정체가 뭐야? 어디 소속이야?"

"기달티다."

"기달티?"

'기달티'라는 라이시의 대답에 상대방이 뜻밖이라는 듯 되물었다. 이어 새로운 목소리가 끼어들었다. 앞선 목소리보다 굵직한 남자의 목소리였다.

"사실인 것 같다. 아까 그 빛은 네벨라의 유물이었다."

그 거드는 목소리에 이제껏 말하던 남자가 되물었다.

"그럼 네가 알타쉬헤트인가? 아크제리유트를 이겼다는?"

"나를 알고 있나?"

"물론 알지, 유명하니까. 시믈라의 애인이라지?"

"사실무근이다."

라이시의 딱딱한 답에 남자는 낄낄 웃기 시작했다.

"뭐, 그건 내가 알 바 아니고. 너 같은 별미를 잡아가면 주인님도 좋아하시겠어."

별미라는 말과 함께 절그럭거리는 소리가 들려왔다. 뭔지 모르겠지만 위험하게 들린다. 뭐지? 괜찮은 거야? 안에서 가슴을 졸이는데 라이시가 다시 입을 열었다.

"내가 누군지 알면서도 굳이 건드릴 셈인가?"

매우 고압적인 목소리였다. 그 때문인지 상대편에선 아무런 대답도 돌아오지 않았다. 침묵하는 그들에게 쐐기를 박듯, 라이시가 다시 한 번 사나운 목소리로 물었다.

"아크제리유트와 싸웠던 나를 너희가 상대하겠다고?"

우와, 우와우와. 뭔지는 잘 모르겠지만 우와! 상대를 위협하는 라이시의 목소리는 엄청 무서웠다. 그 말에 자극을 받은 듯 저쪽에서 억눌린 목소리가 돌아왔다.

"젠장, 허세 부리지 마."

"허세?"

"그래, 네놈이 정말 영주와 싸워서 이겼다고? 말도 안 되는 소리, 기달티가 같이 있었겠지! 게다가 너한테 그만한 실력이 있다면 구태여 지금 이런 소릴 할 필요도 없겠지. 안 그래?"

"그래."

"뭐?"

"그렇다고. 생긴 거랑 달리 꽤 똑똑한데?"

그때였다. 라이시가 바깥에서 내 몸을 지그시 눌렀다. 위기의 순간인 건 나도 잘 알지만, 아, 엉덩이쯤에 닿은 손이 정말 기분 나빴다. 그래서 나는 몸을 비틀며 그의 갈비뼈를 무릎으로 찍어 버렸다. 근데 그게 꽤 아팠나 보다. 밖에서 날 빈대떡 누르듯 누르는 걸 보면. 으익. 라이시는 그렇게 손을 포갠 채 한결 가벼워진 목소리로 말했다.

"시간 끌어 줘서 고맙다, 멍청이들."

나는 라이시의 옷자락을 잡았다. 아까 얘기한 그 3분은 이미 지난 것 같다. 저 정체 모를 사람들은 그동안 착하게 우릴 기다려 줬다. 예상대로 라이시는 펄럭대는 소리와 함께 빠르게 날아올랐다.

"젠장, 도망친다! 잡아!"

라이시가 날아오름과 동시에 그들도 욕지거리를 뱉으며 쫓아왔다. 라이시의 아찔한 비행에 바람 소리가 날카로운 쇳소리로 변했다. 그러길 얼마, 굵은 목소리 쪽이 소리쳤다.

"멈춰라! 이 이상 가면 기달티의 영역이다!"

"젠장, 다 잡은 걸……!"

그 후 그들의 목소리는 점점 멀어지다 곧 완전히 사라졌다. 라이시는 한동안 더 날다가 속도를 늦추며 땅으로 내려왔다. 그가 망토를 벌리며 나를 내려다보았다. 그의 옷에 꼼짝없이 매달려 있던 나는 왠지 비참한 기분으로 그를 올려다보았다.

"무사합니까?"

아, 이 사람. 갈수록 건성으로 걱정하고 있어.

"여기부터는 안전합니다. 날아서 가면 성까지 금방이니 조금 쉬었다 가죠."

라이시는 그렇게 말하며 아까처럼 날개를 바닥에 늘어트리고 그 위에 앉았다. 그러곤 나도 그 위에 내려 주었다. 내가 숨어 있는 사이 꽤 멀리 날아왔나 보다. 나와 보니 이제껏 안 보이던 언덕과 계곡이 보였다. 나는 한숨을 내쉬며 그의 손 옆에 앉았다. 순식간에 너무 어마어마한 일들을 겪어서 완전히 지쳤다. 나는 진이 빠져 몸을 속이며 그에게 물었다.

"아까 그 사람들은 누구예요?"

"체파르데아의 권속들입니다."

"체파레?"

"공주님이 이해하실 수 있는 수준에서 설명하면 옆 동네 건달쯤 됩니다."

방금 무시한 거지? 나 무시한 거 맞지?

"그 사람들, 사람을 납치하고 그래요?"

"네, 그리고 먹습니다."

"먹어요?"

내가 놀라서 되물었지만 그는 대답하지 않았다. 무시한 게 아니라 외면한 쪽에 가까웠다. 아, 이쯤 되니 웃음이 나온다. 괴물이 있다. 사람들도 그다지 착한 것 같지 않다. 이런 세상에 온 것만으로도 이미 패닉인데, 세상을 구하라고? 내 한 몸이나 잘 간수하면 다행이다. 그러고 보니 아까부터 몸 상태도 좋지가 않다. 불편해, 왜 이러지? 팔다리가 저리고 몸이 옷에 끼는 것 같고……. 나는 혹시나 싶어 내 손목을 내려다보았다. 아까까지만 해도 헐렁하던 소매가 어느새 손목을 조이고 있었다. 어? 설마?

"저, 저기요!"

나는 다급히 라이시를 불렀다. 그리고 나를 내려다보는 라이시에게 난감해하며 말했다.

"몸이 다시 커지는 것 같아요!"

나는 정말 심각했지만 라이시는 여전히 침착했다.

"슬슬 그럴 시간이 되긴 했습니다. 원래대로라면 지금쯤 약을 다시 마셔야 합니다만."

다만?

"아까 가방을 잃어버렸네요."

"그럼 어떡해요."

"방법을 생각해 봐야 할 것 같습니다. 곧 원래대로 돌아올 것 같은데, 지금부터 전속력으로 날아도 성까지 10분은 족히 걸립니다."

그 말을 듣고 나는 울고 싶어졌다. 이 상태로 커지면 어떻게 되지? 내가 원래 입고 있던 옷은? 으앙, 가방이랑 같이 잃어버렸다!

"걱정하지 마십시오. 이미 우리 영토에 들어와서 위험한 것은 없습니다."

나한텐 여기서 홀딱 벗게 생긴 게 가장 위험한 일이야! 소녀의 마음을 짓밟지 말란 말이야!

"옷 벗어 줄 거죠?"

"옷보다는 공주님을 성까지 들고 갈 수 있을지가 걱정입니다."

"내가 뭐 얼마나 무겁다고!"

"그럼 가벼울까요?"

으악, 이 얄미운 자식!

"그럼 어떡해요!"

"가능할지 모르겠지만 방법이 하나 있습니다."

"어떤 방법이요."

"기력을 빌려주십시오."

"기력이요?"

"이 날개의 원래 주인은 공주님이셨습니다. 그러니 공주님이 힘을 보태 주시면 더 빨리 날 수 있을 겁니다."

네 날개로 나는데 내 힘을 어떻게 보태냐고 묻고 싶지만, 그런 상식적인 발상은 이만 접기로 했다. 나는 이제 될 대로 되란 식으로 그에게 협조했다.

"제 외투에 꽂힌 것이 보이십니까?"

라이시가 자신의 망토를 벌리며 말했다. 망토 속에 외투가 보였고 그 외투엔 간단하게 생긴 은색 핀이 꽂혀 있었다.

"이게 날개의 본체입니다. 손으로 잡아 보십시오."

나는 라이시의 말대로 그 핀을 잡았다. 그리고 다음 주문을 기다렸다. 하지만 이어진 그의 말은 참 불친절했다.

"잡았으면 기력을 보내십시오."

"뭐라고요?"

이건 또 뭔 소리야. 기를 방출해라, 마력을 사용해라, 대충 이런 얘기? 그런 거 할 줄 알았으면 학교 같은 거 안 다녔지! 내가 얼이 빠져 있는 사이 몸을 조이는 불편함이 더 커졌다. 나는 초조함에 안간힘을 썼다. 아, 뭔지는 모르겠지만 좀! 하지만 아무런 일도 일어나지 않았고 나는 곧 포기하며 라이시를 부르려고 했다.

그런데 바로 그때, 내가 잡고 있던 핀이 번쩍 빛났다. 그리고 그 빛 속에서 작게 속삭이는 소리가 들려왔다.

─돌아왔구나, 리이.

누구? 내가 깜짝 놀라 주변을 두리번대는데 라이시가 갑자기 밖에서 나를 꾹 눌렀다. 윽, 왜 이래! 당황스러웠지만 이내 주변이 마구 흔들렸기 때문에 불평할 틈이 없었다. 나는 놀라서 라이시의 옷자락을 꼭 붙잡았다. 또 무슨 일인가 싶었다. 하지만 그것도 잠시, 곧 주변이 잠잠해지며 라이시가 망토 안으로 말을 걸었다.

"공주님, 괜찮습니까?"

"네? 네, 괜찮아요."

"성에 도착했습니다."

"벌써요?"

나는 깜짝 놀라서 되물었다. 이렇게 순식간에?

"언제 도착한 거예요?"

"방금 막. 그보다 정말 괜찮으십니까?"

"뭐가요?"

라이시가 무슨 말을 하는지 몰라 되물으려는데 또다시 몸이 조여 왔다. 옷이 계속 작아지고 있었다. 내가 불편함에 몸부림치자 라이시는 나를 내려놓았다. 언제 실내로 들어왔는지 그가 내려놓은 곳은 푹신한 침대 위였다. 라이시가 침대 시트로 나를 덮었고 나는 그 안에서 재빨리 옷을 벗어 던졌다. 이윽고 몸이 점점 커지더니 곧 원래대로 되돌아왔다. 아, 살았다. 정말 간발의 차이였다.

갑갑한 옷을 벗어 던진 건 좋은데, 지금 이 상황은 어떡하지? 나는 머뭇대며 이불 밖으로 머리를 내밀었다. 바로 앞에서 라이시가 나를 보고 있었다. 이불로 몸을 가렸지만 나는 민망함에 울상을 지었다.

"이 상황 너무 야해요."

"기분 탓입니다, 공주님. 야해지기란 생각보다 쉽지 않습니다."

나 지금 자존심 상하고 기분 나빠해야 할 타이밍 맞지?

"역시 변태 치한다운……."

막 따지려는데 말이 느려지며 눈이 점점 감겼다. 뭐지, 몸에 힘이 하나도 없다. 게다가 갑자기 잠이 쏟아지기 시작했다. 아, 왜 이렇게 졸리지? 갑자기 따뜻한 곳으로 들어와서 그런가? 나는 잠을 떨치려 했지만 소용없었다. 그런 내게 라이시가 말했다.

"갑자기 기력을 써서 그런 겁니다. 한숨 자면 나아질 겁니다."

뭐라 대꾸하고 싶었지만 약이라도 먹은 것처럼 정신을 차릴 수가 없었다. 어느새 꿈결처럼 멀어진 목소리가 다시 들려왔다.

"고생하셨습니다. 일어나시면 그때 자세한 이야기를 해드리겠습니다."

야, 자꾸 무슨 자세한 얘기를 해주겠다는 거야. 난 집에 가고 싶은 것뿐이라고……. 따지고 싶었지만 입이 뻥끗도 하지 않았다. 나는 곧 어쩔 수 없이, 낭떠러지에서 떨어지듯 잠 속으로 푹 떨어지고 말았다. 그리고 또다시 꿈을 꾸었다.

흰빛 때문에 아무것도 보이지 않았다. 그곳에서 나는 슬픔을 감추 려고 일부러 명랑하게 말했다.

—잘 가라고 배웅 나오신 건가요?

그의 메마른 목소리가 들려왔다.

—나는 네 길을 용납할 수 없다.

천 년 같은 정적이 흘렀다. 마음에 번지는 아픔을 참으며 나는 신 음처럼 물었다.

—우리 다시 만날 수 있을까요?

—이대로라면 만나지 않는 편이 좋겠지.·

그가 말을 멈췄다. 그것으로 끝났다면 좋았을 것이다. 하지만 그는 남겨 둬야 하는 말까지 던져 버렸다.

—둘 중 하나는 반드시 죽을 테니까.

말하지 않아도 알고 있다. 이미 충분히, 사무칠 만큼 아프게 알고 있었다. 그래서 듣고 싶지 않았다. 하지만 그는 잔인하게도, 그 변할 수 없는 사실을 현실에 못 박았다.

눈을 떴는데 눈가가 축축하다. 자꾸 비슷한 꿈을 꾸는데, 뭐지? 나는 눈을 비비며 멍하니 천장을 바라보았다. 그러길 얼마, 나는 곧 자리에서 벌떡 일어났다. 내 방이 아니야! 여기 어디지? 나는 혼자 허둥대다가 기억해 냈다. 아, 맞다! 나 다른 세계로 끌려왔지! 잠들기 전의 일들을 막 떠올리고 있는데 옆에서 한 목소리가 들려왔다.

"깨셨어요?"

나는 흠칫 놀라 옆을 보았다. 아담한 체구의 젊은 여자가 앉아 있었다. 갈색 머리카락을 단정하게 땋아 내린 예쁜 사람이었다.

"누구……."

"정말 아무것도 기억 못 하시는군요."

내 물음에 그 여자는 조금 서글프게 웃었다. 그러더니 침대로 걸어오며 다정하게 말했다.

"공주님께선 저를 아야라고 부르셨어요. 직접 지어 주신 이름이죠. 다시 뵈어서 정말 기뻐요, 공주님."

그 여자, 아야라는 나를 잘 아는 것처럼 말했다. 하지만 이름을 지어 줬다니, 언뜻 봐도 이 사람은 나보다 나이가 많다.

"절 아세요?"

"잘 알고 있어요."

아야라는 대답하며 가만히 미소를 지었다. 하지만 나는 웃음이 나오지 않았다. 내가 모르는 사람이 날 안다고 하는 건 상당히 불편한 일이었다. 나는 그와의 어색한 대면을 피하고자 라이시를 찾았다.

"절 데려온 사람은 어디 있어요?"

"알타쉬헤트 말씀이신가요? 그 애는 지금 밀린 일을 하고 있어요. 공주님을 모셔 오느라 자리를 오래 비웠거든요."

그 애라니, 참 안 어울리는 지칭이다. 어쨌든 라이시는 없고 나는 이 사람과 꼼짝없이 마주해야 했다. 그래서 나는 머뭇대며 다시 질문했다.

"저기, 진짜로 절 아세요? 제가 누군데요?"

아, 진짜 바보 같은 말이다. 하지만 고맙게도 아야라는 친절히 대답해 줬다.

"공주님은 멸망해야 하는 세상을 구하러 오신 구세주죠. 하지만 20년 전 어떤 일로 목숨을 잃고 우릴 떠나셨어요."

아야라의 태연한 대답에 나는 눈을 휘둥그렇게 떴다. 자, 잠깐만. 죽었어? 죽었다고? 말도 안 돼. 공주님에 구세주도 아슬아슬한 마당에 고인까지는 정말 아니지!

"하지만 공주님은 그 전에 약속하셨어요. 반드시 돌아오겠다고. 그래서 지금까지 기다렸고 알타쉬헤트가 공주님을 찾아 모셔 온 거죠. 설마 아무 기억도 없이 다른 세계에 계실 줄은 상상도 못 했지만요."

아, 정신이 또 아득해진다. 나는 멍한 상태로 아야라의 말을 되짚었다. 내가 20년 전에 죽은 어떤 공주님이라는 거지? 근데 죽은 사람이 어떻게 다시 살아나?

"저기, 혹시 사람 잘못 보신 건 아니에요? 아무리 생각해도 저는 아닌 것 같은데……."

"잘못 볼 리가요. 다 예전 그대로이신걸요."

"아하하아니."

너무 기가 막혀서 아니라는 말과 웃음소리를 섞어서 내버렸다.

"20년 전이라면서요. 강산이 두 번 변할 동안 기억은 수십 번도 더 왜곡됐을 걸요. 왜, 작년 사진만 봐도 내가 이렇게 촌스러웠나 싶고 그러잖아요."

내가 필사적으로 설득했지만 아야라는 흔들리지 않았다. 흔들려, 좀 흔들리란 말이야! 지금이라면 봐줄 테니까, '사람 잘못 봤네요!' 하면서 날 좀 보내 줘! 내가 더 말하려 하자 아야라는 싱긋 웃으며 방 한쪽을 가리켰다. 얼결에 고개를 돌려 보니 거기엔 커다란 그림이 걸려 있었다. 한 여자가 어린아이들 사이에서 밝게 웃고 있는 그림이다. 근데 저거…… 나?

어머나, 잠깐만? 머리카락이 하얀 것을 제외하면 저 그림 속에 있는 사람은 영락없이 나다. 어떻게 된 거지? 내 그림이 왜 저기? 나는 말문이 막혀서 그림을 한참 동안 쳐다보았다. 그러다 문득 그림을 가득 채운 흰빛에 무언가를 떠올렸다. 나는 설마 하며 다시 아야라에게 물었다.

"······저 사람 이름이 뭐였어요?"

"리브나 키브사. 우린 키브사 공주님이라고 불렀죠."

소름이 쭉 끼쳤다. 리브나라면, 흰빛 속에서 들은 이름이었다.

아, 나 어쩌면 좋아.

나는 멍하니 벽에 걸린 그림을 쳐다보았다. 몇 번을 다시 봐도 저 얼굴은 나다. 그래, 그림은 그냥 닮을 수 있다고 치자. 그럼 '리브나'라는 이름은? 아, 어떡하죠! 내가 정말 그 공주님? 20년 전에 죽었다는? 게다가 뭐? 세상을 구하는 중이었다고? 농담이지? 난 단 한 번도 내 진로에 공주님과 구세주를 포함해 본 적이 없는데?

나는 결국 베개에 얼굴을 파묻고 발버둥을 쳤다. 그렇게 한참 신경질을 내다가 제풀에 지쳐 축 늘어졌다. 아, 힘들다. 아직 전날의 피로가 덜 풀린 탓일까? 나는 그대로 다시 깜빡 잠이 들었다.

눈앞을 가리는 흰빛 속에서 나는 떨리는 입술을 움직여 말했다.

—나는 후회하지 않아요.

입술이 잘 떨어지지 않았지만 나는 말을 이었다.

—비록 기억을 잃고 자신이 누구였는지도 모른 채 헤매게 되겠지만, 그래도 이게 끝은 아니라고 믿어요.

내 얼굴로 눈물이 떨어져 내렸다. 내 것이 아닌, 더 처연한 눈물이었다. 그 눈물은 이윽고 흘러나올 내 목소리를 더욱 서글프게 만들었다.

─나는, 그리고 당신은 반드시 여기로 돌아올 거예요.

나는 퍼뜩 놀라 잠에서 깼다. 온몸에 식은땀이 흘렀다. 방금, 또……? 뭐야 진짜, 왜 자꾸 이런 꿈을 꾸는데! 설마 진짜야? 내가 진짜 그 공주님이야? 어떡하지? 라이시나 아야라에게 얘기해 볼까? 아니, 그랬다가 정말 꼼짝없이 붙잡히면 어떡해. 나 여기 오래 있고 싶은 마음은 별로 없는데?

그렇게 고민하는데 갑자기 문 두드리는 소리가 들렸다. 딴생각을 하던 터라 나는 화들짝 놀라 비명을 지르고 말았다.

"공주님?"

아야라가 문을 열고 들어왔다. 그 뒤에는 쟁반을 손에 받치고 선 라이시도 있었다.

"괜찮으세요?"

"아, 네! 왜, 왜요?"

"식사를 가져왔어요. 시장하시죠?"

나는 대답하지 않고 아야라를 빤히 바라보았다. 꿈 얘기, 해볼까?

"무슨 할 말 있으신가요?"

"아니요, 아무것도."

아야라의 물음에 나는 그만 시치미를 떼버렸다. 아, 말을 못 하겠어. 그사이 라이시가 테이블에 접시를 내려놓았다. 따뜻한 음식이 담긴 접시였다. 그 냄새를 맡자 나는 그제야 내가 배고픈 것을 깨달았다. 테이블에 올라온 음식을 바라보았다. 빵과 스프, 그리고 투박한 고깃덩어리. 의외로 간소하다. 공주님이자 구세주의 식사치고는.

나는 그것을 앞에 두고 망설였다. 신화에 나오는 페르세포네처럼 음식을 먹고 이 세계에 발이 묶이는 건 아닐까? 그럼 차라리 이대로 단식투쟁을 벌여 볼까. 내가 여기서 속 편하게 밥이나 먹을 처지는 아니잖아. 그렇게 생각하며 차려진 음식을 보는데 문득 집 생각이 났다. 아빠도 엄마도 언니도. 동시에 마음이 불편해졌다. 아, 시간이 얼마나 지났지? 하루는 훨씬 더 지났다. 한밤중에 갑자기 사라졌으니 다들 날 찾고 있을 거다. 그렇게 생각하니 안 그래도 없던 식욕이 싹 달아났다.

"가족들이 걱정하고 있을 거예요."

나는 라이시를 쳐다보며 말했다. 적잖이 원망스럽게. 하지만 라이시는 끄떡없이 대꾸했다.

"아무 걱정 안 할 겁니다."

너무 당당해서 하마터면 '그렇군요' 하고 믿어 버릴 뻔했다. 이 사람 뭘 믿고 이렇게 장담하는 거야? 나는 어처구니가 없어서 그를 쳐다보았다.

"이곳과 공주님이 계시던 곳은 시간이 독립되어 있습니다. 그래서 여기서 보내는 시간이 그 세계의 시간에 간섭하지 않습니다. 무슨 말인지 이해 못 하셨죠?"

정말 열 받지만 뭔 말인지 모르겠다. 곧 라이시가 선심 쓴다는 듯 다시 설명했다.

"세계를 넘어가는 건 책을 펼치는 것과 원리가 같습니다. 책장을 마음대로 펼칠 수 있는 책처럼 공주님의 세계로 갈 때 우리는 원하는 시간대를 선택할 수 있습니다. 그러니 여기서 머무는 시간이 공주님의 세계에는 지장을 주지 않습니다."

이번엔 조금 이해했다. 책장을 넘기듯 시간을 선택할 수 있다면 내가 여기서 일주일을 있든 한 달을 있든, 언제든 내가 나온 그때로 돌아갈 수 있다는 말이다. 책에 책갈피를 꽂아 두었다가 다시 펼치는 것처럼. 그럼 라이시의 말대로 우리 부모님이 날 걱정하진 않을 거다. 언제가 됐든 내가 무사히 돌아간다는 전제하에서. 그런데 이 말을 다 믿어도 괜찮을까? 나를 잡아 두려고 거짓말을 한 거면? 나는 미심쩍은 기분으로 되물었다.

"정말이에요?"

"정말입니다."

나는 가만히 라이시의 표정을 살폈다. 어제부터 계속 봐온 무뚝뚝한 얼굴이다. 그는 내 눈빛을 담담히 받아 내다가 곁에 있는 아야라에게 말했다.

"아야라, 어제 기달티와 한 얘기를 해도 괜찮습니까?"

아야라가 고개를 끄덕여 허락하자 라이시가 다시 내게 말했다.

"어제 공주님이 잠드신 사이 저희끼리 이야기를 했습니다. 공주님을 다시 모셔 오긴 했지만 공주님께 아무런 기억이 없는 점, 그리고 이 세계에 오시길 거부하신 점을 두고 말입니다. 저는 기억이 돌아올 때까지 어디 가둬 놓자고 했습니다만……."

네 이놈, 내가 잊지 않겠다.

"성주님과 아야라가 반대했습니다. 공주님의 의지를 존중하자고 말입니다."

완전히 뜻밖의 말이다. 나는 눈을 동그랗게 뜨고 아야라를 돌아보았다. 아야라는 여전히 곱게 웃기만 했다.

"그래서 내린 결론은 원하신다면 언제든 보내 드리되, 공주님께서 이곳에 스스로 남아 주시길 부탁하자는 거였습니다. 아까 말씀드린 시간 차 때문에 언제 돌아가든 그쪽 생활에는 지장이 없으니 말입니다."

나는 또박또박 말하는 라이시를 보고 한동안 눈을 깜빡였다. 성격이 까칠한 건 둘째 치고 이 사람 말을 참 잘한다. 그의 제안엔 빈틈이 없어서 나는 굳이 거절할 필요를 못 느꼈다. 내가 원할 때 보내 주기만 한다면 조금 남아 있는 것쯤은 어렵지 않으니까.

아, 하지만 걸리는 게 있다.

"그런데 제가 여기서 할 일이 정말 세상을 구하는 거예요?"

나는 라이시와 아야라가 한 말을 떠올리고 물었다. 그 말이 농담인지 진담인지 구분할 수가 없었다. 하지만 라이시와 아야라의 반응을 보니, 윽. 빈틈없이 진담인 것 같다. 나는 그들의 반응에 기가 막혀서 물었다.

"다 좋은데 제가 무슨 수로 세상을 구해요?"

가장 중요한 질문이었지만, 그에 대한 답변은 침묵뿐이었다.

이후 대충 밥을 먹기는 했는데 대체 어디로 먹었는지 잘 모르겠다.

마지막 질문에는 끝내 답을 듣지 못했다. 다만 라이시와 아야라 에둘러 한 답의 뉘앙스는, '그건 네가 알아서 해야지'였다. 아아아.

식사 후 라이시가 식기를 챙겨서 일어났다. 그는 문밖으로 나가려다가 멈칫하더니 문간에서 아야라를 불렀다.

"아야라, 나와 보셔야 할 것 같습니다. 다들 모여 있습니다."

다들? 라이시의 말에 아야라도 문 앞으로 다가갔다.

"왜 모여 있지?"

"공주님을 보려고 모인 것 같은데요."

라이시와 아야라가 동시에 날 쳐다보았다. 뭐야, 무슨 일인데? 내가 궁금해하자 아야라가 웃으며 말했다.

"어떡하죠? 다들 밖에서 공주님을 기다리고 있네요."

그러니까 그 다들이 누구냐고.

"괜찮으시다면 잠시 인사해 주시겠어요?"

아야라의 부탁은 가벼웠고 그래서 나는 별생각 없이 문으로 걸어갔다. 날 기다리고 있는 다들이 어떤 의미인지 알았다면 거절했을 텐데. 하지만 난 문밖에 뭐가 있는지 까맣게 몰랐고 별일 아닐 거란 생각에 아야라와 함께 밖으로 나갔다. 그리고 숨이 막힐 만큼 당황해 버렸다.

문을 나서자마자 복도의 난간이 보였다. 그 아래로 넓은 홀이 있었는데, 거기엔 몇백 명의 아이들이 모여 있었다. 예상 밖에 너무 많은 사람이 있었고 그들은 모두 나를 바라보고 있었다.

"공주님이 나오셨어!"

누군가가 소리쳤고 이어서 엄청난 함성이 터져 나왔다. 그 많은 사람이 모두 소리를 지르며 날 향해 손이나 옷가지를 흔들었다. 그러더니 앞에 선 누군가를 시작으로 내게 무릎을 꿇고 고개를 숙였다. 마치 물결이 밀려나듯 그들은 하나둘씩 날 향해 절했다.

"다들 왜 이래요?"

나는 당황해서 내 옆에 선 라이시와 아야라를 돌아보았다. 하지만 그들은 내게 조언하는 대신, 저들처럼 내게 한 발 물러서며 깊이 허리를 숙였다.

"리브나 키브사!"

한 아이가 별안간 외쳤다. 그것을 시작으로 홀에 모인 아이들이 소리치기 시작했다.

"리브나 키브사!"

"리브나 키브사!"

귀가 먹먹해지는 그 외침에 나는 그대로 굳어 버렸다. 하지만 그들의 환영 인사는 계속되었다. 수백 개의 시선과 리브나 키브사라는 외침은 그치지 않고 내게로 천둥처럼 쏟아졌다.

와, 사이비 교주가 된 기분이었어. 아야라가 날 방으로 들여보낸 후에도 아이들의 외침은 계속되었다. 그 소리가 멈춘 건 불과 얼마 전이다. 내 멍한 표정을 봤는지 아야라가 웃음 섞인 목소리로 물었다.

"놀라셨어요?"

"엄청요."

정말 엄청 놀랐다. 갑자기 몇백 명이나 되는 애들이 날 보고 환호하는데 어떻게 안 놀라.

"예전에도 이럴 때 난처해하셨죠."

아야라가 작게 웃으며 말했다. 나에게 나를 설명하는 그 말이 참 이상하다. 그리고 호기심이 생겼다.

"저랑 어떤 사이였어요?"

아, 왠지 수상한 대사. 진짜 이상한 질문인데 지금의 나로서는 최선이다.

"어릴 적에 공주님이 절 구해 주셨어요. 그리고 돌봐 주셨죠."

아야라가 추억을 더듬듯 부드럽게 말했다. 나에 대해 말하는 아야라의 목소리엔 애정이 가득했다. 내가 구해 주고 돌봐 줬다니. 나는 곰곰이 생각하다 다시 물었다.

"그럼 아야라, 지금 나이가……."

내 물음에 아야라의 얼굴이 설핏 굳었다. 아, 이런 거 물어보면 안 되나? 뒤늦게 아차 싶었지만 아야라는 이미 암울해진 후였다.

"괘, 괜찮아요. 공주님께서 떠나실 때 전 열네 살이었어요."

"그럼 지금은……."

"굳이 헤아리지는 말아 주세요."

아야라가 부끄러워하며 두 손으로 얼굴을 가렸다. 와, 세상에. 기껏해야 나보다 서너 살 많을 줄 알았는데, 저 얼굴에 서른넷이라고? 대단하다. 엄청 동안이야.

"라이시는 몇 살이에요?"

"그 애는 스무 살이에요. 아기 때부터 제가 길렀죠."

아, 그래서 그렇게 애 취급을 하는구나. 좀 특이한 관계라고 생각했는데. 무뚝뚝한 라이시, 라이시를 기른 아야라, 그리고 아직 만나 뵙지 못한 성주님. 참 희한한 성이다. 그런 생각을 하고 있는데 옆에서 아야라가 조용히 나를 불렀다.

"공주님."

"네?"

"아까 알타쉬헤트가 한 제안은 어떻게 생각하세요?"

라이시의 제안이라면, 이곳에 스스로 남아 달라는? 그거라면 아까 이미 결정했다. 뭐, 호기심도 생기고 몇 가지 걸리는 것도 있어서 한번 남아 보려고 한다. 가족들 걱정할 필요도 없고 원할 때 언제든 보내 준다면 손해 볼 건 없으니까. 세상을 구해야 한다는 스케일은 여전히 상상이 안 되지만, 조금 재미있을 것도 같고.

"괜찮을 것 같아요. 얼마 동안은 여기 있어도요."

내 쉬운 대답에 아야라가 활짝 웃었다. 내심 걱정했었나 보다.

"감사해요, 공주님. 아, 그럼 성안을 좀 둘러보시겠어요? 방에만 있기 답답하시죠?"

"나가도 돼요?"

"물론이죠. 오세요, 안내해 드릴게요."

나는 아야라와 함께 방에서 나와 성을 자세히 둘러보았다. 이 성은 마치 원형경기장 같은 타원형으로 천장은 돔 형태였다. 중앙에 넓은 홀이 있고, 그 주변을 둘러싼 외벽에는 층층이 복도와 수많은 방이 있었다. 성은 아주 거대했지만 화려하진 않았다. 아까 식사도 그렇고 이 성의 모습도 그렇고, 아무래도 내게 주어진 공주님의 역할은 근사한 성에서 예쁜 드레스를 입는 것과는 거리가 먼 것 같다.

"10년 전부터 성주님과 이곳에서 오갈 곳 없는 아이들을 모으기 시작했어요. 지금 성에 있는 아이는 300명 정도예요. 다들 한 식구죠."

함께 걷던 아야라가 복도에 난 창문 하나를 열며 내게 손짓했다. 창문 안을 들여다보니 아이들이 가득 모여 있는 교실이 보였다.

"저기서 가르치는 분이 이 성의 성주님이세요."

나는 아야라가 가리키는 곳으로 시선을 돌렸다. 그곳엔 긴 머리카락을 질끈 묶은 커다란 남자가 아이들 사이를 돌아다니고 있었다. 인기척을 느꼈는지 그 남자가 눈을 들어 이쪽을 바라보았다. 얼결에 마주 보게 된 성주님은 아야라만큼이나 젊고 잘생긴 오빠였다. 눈이 마주치자 성주님이 놀란 듯 나를 쳐다보았다. 그래서 가볍게 묵례했는데, 성주님은 받아 주지 않고 조용히 시선을 피했다. 앗, 무시했어? 내가 외면당하자 아야라는 곤란하게 웃으며 창문을 도로 닫았다.

"낯가림이 좀 심하세요."

여고생보다 심한 낯가림이라니, 그거 문제가 좀 심각하잖아. 우리는 그 교실을 지나쳐 1층 홀로 내려왔다. 홀 한쪽 공간에 라이시와 아이들 몇이 모여 있었다. 그들은 다 목검 같은 걸 들고 있었다.

"저긴 뭐 하는 거예요?"

"사냥 연습 중이에요. 알타쉬헤트와 저 아이들은 매주 밖에서 사냥해요. 성에는 늘 식량이 부족하니까요."

그렇게 말하며 아야라는 라이시와 아이들에게 다가갔다. 그러자 나 때문인지 아이들이 뻣뻣하게 긴장하기 시작했다. 아이들의 행동이 부자연스럽다는 걸 깨달은 라이시가 뒤를 돌아보았다. 그리고 곧 우릴 발견했다. 그는 반가움도 감회도 없는 무미건조한 투로 물었다.

"용건 있으십니까?"

나 계속 생각 중인데, 만일 내가 집으로 돌아간다면 반쯤은 저 사람 때문일 것 같아. 정이 뚝 떨어지는 퉁명스러운 말투였지만 아야라는 익숙하다는 듯 웃었다.

"공주님께 구경을 시켜 드리려고."

"방해되지 않게 부탁드립니다."

라이시는 그렇게 말하며 들고 있던 목검으로 바닥을 쿵쿵 내리찍었다. 그 덕에 이쪽을 힐끔거리던 아이들이 퍼뜩 정신을 차렸다. 우리는 그 모습을 잠깐 지켜보다가 아까 교실에서 그런 것처럼 금방 발길을 돌렸다. 돌아서며 나는 아야라에게 나직이 물었다.

"저 사람 원래 성격이 저래요?"

"좀 고약한 면이 있긴 한데, 심성까지 나쁜 건 아니에요."

아야라는 그렇게 속삭이며 호호호 웃었다.

나는 아야라와 함께 성을 쭉 둘러보았다. 거의 모든 장소에서 아이들이 각자 할 일을 하고 있었다. 세탁실과 부엌은 아이들이 일을 나눠 하느라 특히나 분주했다.

"그런데 어른은 없어요?"

내가 이 성에서 본 어른은 라이시와 아야라, 그리고 아까 아이들을 가르치던 성주님뿐이다. 나머지는 죄다 어린아이들. 그 아이들의 부모라든가 어른들은 보이지 않았다. 내 물음에 아야라는 담담하게 대답했다.

"네. 애초에 오갈 곳 없는 아이들을 모으다 보니 이렇게 됐어요."

그 말에 나는 아까부터 계속 같은 인상을 받고 있다는 걸 깨달았다. 언뜻 평화로워 보이는 이 성이 한 꺼풀만 벗기면 전혀 다른 본색을 드러낼 것 같다는 확신에 가까운 인상이었다. 그도 그럴 것이, 이 성은 아무리 좋게 봐줘도 난민 캠프다. 몇백 명씩이나 되는 애들이 부모도 없이 자급자족하며 살고 있다. 그리고 라이시와 아야라는 나 보고 이 세상을 '구해야' 한다고 했다. 달리 말하면 지금 이 세상이 '구해져야' 한다는 뜻이다. 과연 무엇으로부터일까?

의문이 떠올랐지만 섣불리 그것을 꺼내지는 않았다. 하지만 내가 꺼내지 않아도 그 실체는 착실하게 폭로되었다. 그건 바로 다음 날의 일이었다.

그 흰빛은 여전히 시렸다. 그곳에서 나는 다시 한 번 그를 불렀다.

─이르이트…….

─돌아가, 리브나.

─나는 저들을 내버려 둘 수 없어요.

─그들이 치러야 할 대가일 뿐이야.

―설령 그렇다 해도, 내버려 둘 수 없어요.

그의 침묵은 더없이 냉정했다. 하지만 나는 미련스럽게도 그에게 기어이 말했다.

―저들은 내 백성이니까요.

음, 이것도 이제 슬슬 익숙해질 것 같아. 나는 잠이 덜 깬 상태로 멍하니 눈을 떴다. 꿈속에서 어김없이 들려온 '리브나 키브사'와 '이르이트'의 목소리가 여운처럼 귓가에 맴돌았다. 그 여운이 사라질 즈음 나는 쭉 기지개를 켰다. 아, 잘 잤다. 이 낯설고 추운 세계에서 맞는 두 번째 아침이다.

어제는 온종일 성을 둘러봤다. 성은 굉장히 컸고 거의 모든 것이 있었다. 하나의 마을이라고 해도 좋을 정도였다. 그리고 모든 일을 아이들이 나누어 하고 있었다. 아이들은 매일 일정 시간 교육을 받고 그 외의 시간엔 자기가 맡은 일을 한다. 청소와 식사, 세탁까지 전부.

어제 세탁실에서 만난 아이들과는 금방 친해졌다. 그 애들이 날 위해 만들었다며 옷을 선물해 준 덕분이다. 나는 선물 받은 옷을 입어 봤다. 그림 속 키브사에게 어울릴 것 같은 깔끔한 원피스였다. 막 옷을 갈아입었는데 때마침 문 두드리는 소리가 들렸다.

"공주님, 일어나셨어요?"

내가 문을 열자 아야라가 아침 식사를 들고 들어왔다. 오늘은 아야라뿐, 라이시는 없었다.

"알타쉬헤트는 새벽에 사냥을 나갔어요. 운이 좋으면 저녁에 좀 특별한 식사를 할 수 있을 거예요."

"그 사람은 뭐 그렇게 바빠요?"

"우리 가장이거든요."

가장이라니. 그건 좀 대단하다. 나랑 두 살밖에 차이가 안 나는데.
아, 남 일처럼 생각할 게 아니구나. 난 이제 세상을 구해야 하니까.

"참, 그리고 성주님이 잠깐 뵙고 싶다고 하셨어요."

"저를요?"

"네, 아마 오후에 찾으실 거예요. 그때 뵈면 긴장시키지 말고 잘해
주세요."

아야라의 말이 미묘하게 이상해서 나는 고개를 갸웃댔다.

"긴장하지 말고 잘하란 말이죠?"

"아뇨, 성주님이 긴장하시지 않게 잘해 드리란 말이었어요."

아야라는 웃고 있었지만 농담 같지는 않았다. 무슨 의미일까? 뭐,
만나 보면 알겠지. 어쨌든 오후에 만나야 한다는 소린데, 그럼 그 전
까지 난 뭘 할까?

"밥 먹고 좀 돌아다녀도 괜찮아요? 성주님 만나기 전까지 할 일 없
으면요."

"네, 그러세요. 대신 무슨 일 생기면 아무나 제게 보내시고요."

아야라는 기꺼이 허락했다. 그리고 안심한 표정을 짓는데, 아야라
는 아무래도 내가 적응 못 할까 봐 내심 걱정스러웠나 보다. 하지만
그건 괜한 걱정이다. 나는 이 새로운 곳에 막 호기심을 느끼고 있었
으니까. 지루하게 반복되던 일상에서 벗어난 게 신선하기도 했다.

나는 조금 들떠서 서둘러 식사를 마쳤다. 이때까지만 해도 나는 무엇을 보게 될지 예상조차 못 하고 있었다.

"안녕하세요, 공주님!"

세탁실의 아이들이 밝은 목소리로 인사했다. 그 애들은 빨랫감 사이에서 바쁘게 일하고 있었다.

"앗, 공주님. 그 옷 입으셨네요?"

아이들 중 나이가 가장 많은, 하지만 그래 봐야 열두 살인 레나나가 내 옷을 보고 말했다.

"잘 어울려요!"

"응, 고마워."

고맙다는 말에 레나나는 수줍어하며 웃었다.

"좀 도와줄까?"

내 말에 아이들이 머뭇댔다. 하긴 공주님이니까. 하지만 가만히 구경하는 건 질색이고, 나는 레나나가 물을 채운 대야에 첨벙 발을 집어넣었다.

"이거 빨면 되는 거지?"

아이들은 서로를 마주 보다가 곧 환하게 웃었다. 그러자 레나나도 첨벙대며 대야로 들어왔다.

"네, 공주님. 도와주세요!"

아이들과 함께 빨래하는 건 꽤 재미있었다. 따뜻한 물속에서 빨래를 밟고 거품을 쏟으며 우리는 가득 쌓여 있던 빨래 더미를 착실하게 해치워 나갔다. 그러던 중, 나는 진물이 잔뜩 묻은 붕대 뭉치를 발견했다.

"이건 뭐야?"

"아, 그건 우즈 거예요."

옆에서 빨래를 널던 레나나가 대답했다.

"따로 삶아야 하니 이리 주세요."

"언니, 오늘 우즈 붕대 갈아 주는 날이야."

"아, 맞다."

옆에 있던 아이의 말에 레나나는 아차 하는 얼굴로 손뼉을 쳤다.

"우리 붕대 빨아 놓은 거 있어?"

레나나가 묻자 옆에 있던 아이가 손으로 빨랫줄을 가리켰다. 거기에도 붕대가 기다랗게 널려 있었다. 레나나는 그것을 걷으며 다시 물었다.

"아야라 선생님은 지금 수업 중이지?"

아이가 끄덕였고, 동시에 레나나의 볼이 조금 부풀었다. 뭔가 난처한 모양이었다.

"도와줄까?"

나는 별생각 없이 말했다. 내가 무엇을 도와야 할지도 모른 채로. 그때 나는 정말 아무것도 몰랐다. 그래서 그렇게 경솔했고, 곧 후회하게 되었다.

나는 레나나를 따라 성의 3층까지 올라갔다. 레나나는 복도를 쭉 걷더니 곧 어떤 문을 똑똑 두드렸다.

"우즈, 나 레나나야! 들어간다?"

대답이 없었지만 레나나는 기다리지 않고 문을 열었다. 문을 열자 시큼한 누린내가 코끝을 찔렀다. 그 냄새에 나도 모르게 물러서는데, 레나나는 아랑곳하지 않고 안으로 들어갔다.

"아, 이 녀석 또 없네. 공주님, 나가서 찾아 봐야 할 것 같아요."

나는 아무것도 몰라서 묵묵히 레나나를 따라갔다. 레나나는 홀로 내려와 성의 현관문을 열었다. 눈이 쌓인 바깥이 보였다. 우린 추위에 몸을 움츠리고 성 밖으로 발을 내디뎠다. 밖으로 나오자 거대한 성벽이 보였다. 그런데 그 성벽은 왜인지 대부분 허물어져 있었다.

"우즈는 아마 성벽에 앉아 있을 거예요."

레나나는 그렇게 말하며 손을 눈썹 언저리에 대고 멀리 내다보았다. 나도 레나나를 따라 폐허 위를 살펴보았다. 우리는 동시에 한 아이를 발견했다. 그 아이는 성벽 잔해 위에 오도카니 앉아서 먼 곳을 보고 있었다.

"우즈!"

레나나가 성벽 밑에서 큰 목소리로 아이를 불렀다. 그 소리에 우즈라는 아이가 느릿하게 돌아보았다. 한쪽 얼굴에 붕대를 감은 우즈는 이제 여덟아홉 살쯤 된 남자아이였다.

"야, 선생님이 아직 돌아다니면 안 된다고 하셨잖아!"

레나나가 소리쳤지만 우즈는 흐린 눈으로 바라볼 뿐이었다. 그렇게 레나나를 보던 우즈의 시선이 곧 내게로 향했다. 그런데 날 보고 놀랐는지, 갑자기 몸이 기우뚱 기울어졌다. 곧 우즈는 성벽에서 떨어졌고 나는 황급히 팔을 뻗어 아이를 받았다. 우즈와 나는 함께 넘어지고 말았다.

"에고, 괜찮니?"

뒤로 넘어진 나는 내 위에 엎드린 아이를 일으키려고 팔 사이에 손을 넣었다. 그런데 내 왼쪽 손이 아이의 몸으로 푹 파고들었다. 부드러운 살이 아니라 이해할 수 없는 앙상한 감촉이 느껴졌다. 우즈가 고개를 들어 나를 바라보았다. 그때 나는 미처 눈치채지 못했던 몇 가지를 깨달았다.

아까 방에서 맡았던 독특하고 역겨운 냄새가 아이에게서 진동하고 있었다. 얼굴을 칭칭 감은 붕대에는 진물이 배어나오고 있었다. 그리고 내게 올라탄 아이의 몸은 이상하리만치 가벼웠다. 나는 놀라 굳어 버렸다. 우즈가 마른 입술을 달싹였다. 하지만 그 입에서 나오는 건 말이 아니라 어떤 신음이었다.

"어마……으, 구……해……."

나는 보고 말았다. 아이의 반 토막 난 혀를. 우즈는 반밖에 남지 않은 혀를 움직여 '엄마를 구해 주세요'라고 말하고 있었다. 말을 하는 바람에 얼굴에 감긴 붕대가 흘러내렸다. 붕대가 풀리며 나타난 그 아이의 얼굴 반쪽은, 피부가 벗겨져 붉은 근육을 드러내고 있었다. 진물이 묻은 붕대가 내 목덜미에 스쳤고 그 축축한 느낌에 소름이 쭉 끼쳤다. 생각이 송두리째 날아가고 그 빈자리에 두려움만 남았다.

"으, 악!"

나도 모르게 소리를 지르며 그 애를 밀쳤다. 뿌리친 후 뒤늦게 아차 싶었지만 어쩔 수가 없었다.

"아……."

레나나가 놀란 얼굴로 나와 우즈를 번갈아 보았다. 내 당황을 눈치챈 걸까, 굳어 있던 레나나가 퍼뜩 정신을 차리고 씩씩하게 말했다.

"일어나, 우즈. 방에 돌아가자."

레나나는 내 행동을 모른 척한 채 우즈를 부축해 성으로 돌아갔다. 나는 멍청하게 서서 그 뒷모습을 바라보았다. 하지만 그 애처로운 뒷모습이 내 뇌리에 박힌 공포를 지워 주지는 못했다. 추위 때문이 아니라 다른 이유로, 점점 몸이 떨리기 시작했다.

그림 속의 키브사는 맑고 하얀 새벽하늘 아래에서 화사하게 웃고 있다. 하지만 나는, 어두운 방에 숨어 겁을 먹은 채 떨고 있다.

몸이 계속 떨렸다. 뭐지? 뭐였지? 내가 아까 뭘 본 거지? 생각난다. 앙상한 몸이, 잘려 나간 혀가, 벗겨진 피부도. 나는 몸서리치며 무릎 사이에 얼굴을 파묻었다. 떨림은 가시지 않았다.

조심스럽게 문을 두드리는 소리가 들려왔다. 대답하지 않았지만 곧 문이 열렸다.

"공주님, 저예요."

아야라였다. 아야라는 내 곁으로 다가오더니 조용히 물었다.

"우즈를 보셨다고요."

나는 대답할 수 없었다.

"놀라셨어요?"

나는 망설이다가 이내 고개를 파묻은 채 말했다.

"그 애…… 몸이 왜 그래요?"

"먹혔어요. 체파르데아라고 하는 영주에게."

"먹혔다고요?"

"네."

나는 너무 놀라서 고개를 들었다. 하지만 마주하게 된 아야라의 얼굴은 평온해 보일 만큼 침착했다.

"체파르데아는 옆 영토의 주인이에요. 사람을 먹죠."

나도 모르게 탄식이 터져 나왔다. 엊그제 라이시도 말했다. 사람을 먹는다고. 하지만 그렇다고 정말 이런 식으로…….

"우즈는 알타쉬헤트가 구해 온 아이예요. 성에 데려왔을 땐 숨만 붙어 있었죠. 오른쪽 몸은 살점이 거의 떨어져 나갔고 심한 화상을 입었어요. 불에 구워서 살을 잘라 낸 모양이에요."

그 말에 토할 것 같은 메스꺼움을 느꼈다. 나는 얼굴을 일그러트린 채 힘겹게 말했다.

"혀도…… 없었어요."

"그건 스스로 깨물었던 것 같아요. 너무 아파서."

나는 아무런 말도 할 수 없었다. 아야라는 그저 깊은 눈으로 나를 바라보았다.

"많이 놀라셨나요?"

놀랐냐고? 숨이 막힐 정도다. 그렇게 말하며 눈 하나 깜짝하지 않는 당신이 오히려 무서울 지경이야.

"아무렇지도 않아요?"

"아무렇지 않을 리 없죠."

그렇게 답하는 아야라의 목소리는 여전히 담담했지만, 쓴맛이 짙게 담겨 있었다.

"살아 있는 아이를 불로 익혀서 그 살점을 떼어 먹었어요. 아마 아이의 비명 소리를 들으면서 먹었을 거예요. 기절했다면 혀를 깨물지도 않았겠죠. 그런 일이 아무렇지도 않으냐고 물으셨죠. 아니요, 그렇지 않아요. 못 견디게 비통해요."

나를 마주 보는 아야라의 눈은 잠잠하게 타오르고 있었다. 내가 주춤하자 아야라는 살며시 눈을 내리깔았다.

"그래서 이 세상이 구해지길 간절히 바라는 거죠."

그제야 나는 깨달았다. 아이들이 외치던 리브나 키브사라는 이름의 의미를. 그들은 진심으로 세상의 구원을 바라고 있었다. 그럴 만큼 이 세상은 잔혹했다. 아, 하지만 나보고 어쩌라는 거야. 나는 그냥 평범한 여자애인데.

나는 축축한 혐오감 속에서 스스로 물었다. 너 여기 있을 수 있어? 이 세계에서 견딜 수 있어? 이런 세계를 구할 공주님이 될 수 있어? 답할 수 없었다. 그리고 내가 미워졌다. 여기 머물러도 괜찮겠다고 생각한 내가, 재미있을지도 모르겠다고 생각한 내가, 이곳의 지옥 같은 단면은 알지도 못한 채 그랬던 내가.

더는 어떤 말도 할 수 없었다. 나는 무거운 마음으로 눈을 들어 벽에 걸린 그림을 바라보았다. 그림 속의 내가 아닌 나는 여전히 평온하게 웃고 있다. 나는 한 아이의 흉측한 모습을 본 것만으로도 이렇게 못 견디겠는데, 저 사람은 어떻게 웃을 수 있는 거지? 어떻게 저럴 수 있지?

문득 내가 이 자리에 있는 게 지독하게 비현실적으로 느껴졌다. 지루한 일상을 벗어나서 재미있다는 생각은 이미 흔적도 없이 사라졌다. 그 안락한 일상이 더없이 그리워졌다. 이 끔찍한 일들을 모르던 그때로 돌아가고 싶다.

새하얀 키브사를 하염없이 바라보다가, 어렵사리 입을 열었다.

"나는……."

입을 여는 순간 눈물이 왈칵 쏟아졌다. 내가 왜 우는지 나도 잘 모르겠다. 나도 모르게 그냥 눈물이 나왔다. 그렇게 입술을 깨물고 한참을 울다가, 이내 나는 신음처럼 말을 짜냈다. 계속 고민하던 말이었다.

"집에 가고 싶어요……."

―두렵지 않은 건 아니에요.

그러면서 왜.

―나의 궁전도 왕관도, 심지어 평화조차도 거기엔 없겠죠.

그런데 왜.

―그들을 찾아 그 땅에 내려가면 분명 고통스러워질 거예요.

대체 왜…….

─내가 나이기에. 이유는 그것뿐이에요.

그러지 마. 내 목소리로 그런 말을 하지 말아 줘. 나는 아니야. 나는 너 같은 공주님이 아니란 말이야…….

아직 어두운 새벽이었다. 내가 눈을 떴을 때 아야라가 찾아왔다. 라이시가 기다린다는 말을 전하기 위해서였다. 아야라는 가는 길이 추울 거라며 내게 망토를 둘러 주었다. 아야라는 변함없이 친절했고 나는 그게 오히려 괴로웠다.

"미안해요."

"미안해하실 것 없어요."

어제 집에 가고 싶다고 했을 때 아야라는 날 설득하거나 닦달하지 않고 그저 알았다고 했다. 당장 출발할 순 없으니 다음 날 새벽에 가자고, 어린애를 달래듯 그렇게 말했다.

"……어제 그 얘길 못 들었으면 여기 남았을지도 몰라요."

방을 나오기 전에 나는 마지막으로 키브사의 그림을 보며 말했다. 이걸 변명이라고 생각할까? 구차함에 후회가 몰려왔지만 아야라는 나를 비웃지 않았다.

"진실을 모른 채 세상을 구할 순 없는걸요."

아야라의 대답은 실망도 비난도 아니었다. 그냥 내가 아니라는, 그런 말이었다. 라이시는 성문 밖에서 나를 기다리고 있었다. 무너진 성벽을 등지고 선 그는 사흘 전 나를 데리러 왔을 때와 같이 잿빛 망토를 두르고 있었다.

"조심히 가세요, 공주님."

아야라가 따뜻한 미소로 작별을 고했다. 그것을 끝으로 나는 라이시와 함께 눈 덮인 협곡을 걸었다.

"성에서 멀어지면 날아서 가겠습니다."

앞서가던 라이시가 말했다. 나는 말없이 그의 뒤를 따라 걸었다. 발밑에서 눈이 바스러지는 소리만 가득했다. 한참 후 라이시가 다시 입을 열었다.

"다시 생각해 보면 안 되겠습니까?"

나는 대답하지 않았다.

"다들 공주님이 오기만을 기다렸습니다. 기뻐서 소리치는 걸 보셨잖습니까. 그런데 하루 만에 가버리는 겁니까?"

라이시가 걸음을 멈추고 돌아보았다. 나도 멈춰서 그를 올려다보았다. 그의 얼굴은 어느 때보다 딱딱하게 굳어 있었다. 내가 침묵하자 그가 이내 낮은 목소리로 말했다.

"이대로 도망칠 생각입니까?"

내가 끝내 대답하지 않자 그가 절박한 목소리로 날 아프게 했다.

"지켜 드리겠습니다. 무슨 일이 있어도 지켜 드릴 테니 가지 마십시오."

지켜 주겠다는 그 말은 아야라의 미소만큼이나 괴로웠다. 나는 그의 얼굴을 마주할 수가 없어 고개를 떨어트렸다.

"지켜 줄 사람이 필요한 게 아니에요. 나는, 그저."

하고 싶지 않은 말이 입에서 맴돌았다. 하지만 해야 했기에 결국 나직이 말을 뱉었다.

"이곳에서 벌어지는 일들을 볼 자신이 없는 거예요."

내 말을 듣고 실망했을까? 더 화가 났을까? 얼굴을 볼 수 없어서 잘 모르겠다.

잠시 후 날 향하던 그의 발끝이 다시 돌아섰다. 하얀 눈에 찍힌 발자국만을 체념처럼 남긴 채 그가 낮게 말했다.

"그럼 이곳에서 살아야 하는 우리는 어떻게 해야 합니까."

그 말은 마치 가시 같았다. 그가 다시 걷기 시작했고 나는 가시에 찔린 채 그를 쫓았다. 그의 말, 그의 심정을 이해한다. 하지만 그 이해가 내 행동을 돌리지는 못했다. 도리어 내가 이해받고 싶을 따름이다. 그토록 심한 상처는 태어나서 처음 봤다. 그리고 그건 연민 이전에 두려움과 혐오감을 불러왔다. 물론 머리로는 생각한다. 그 아이가 불쌍하다고. 하지만 그런들 몸에서부터 시작되는 떨림은 사라지지 않는다. 그걸 아무렇지도 않게 대할 만큼 나는 강하지 않다. 이곳에 있는 아이들처럼 그런 일에 익숙하지도 않다. 사실은 익숙해지고 싶지도 않다. 피할 길이 있다면 피하고 싶다.

그럼 이곳에서 살아야 하는 너희는 어떻겠냐고? 날 보며 환호하던 아이들이 떠오르지 않은 건 아니다. 그 아이들이 날 보고 그토록 기뻐했던 건 내가 뭔가를 해주리라 기대하기 때문이겠지. 그래서 더욱 도망칠 수밖에 없다. 나보고 도대체, 뭘 어떻게 하라는 건데.

나는 무력감에 입술만 사리물었다. 그렇게 얼마나 걸었는지 모르겠다. 라이시가 멈춰 서더니 나를 보지 않은 채로 말했다.

"여기서부터 날아가겠습니다. 그때처럼 기력을 빌려주십시오."

라이시가 자신의 망토 안으로 나를 끌어당겼다. 나는 그가 시키는 대로 그의 외투에 손을 댔다. 이윽고 한 쌍의 커다란 날개가 펼쳐지고, 그 날개가 허공을 가르며 우리는 단번에 하늘로 떠올랐다. 점점 높이 날아오르자 다시금 눈부신 빛이 쏟아지기 시작했다. 그리고 그 속에서, 나는 또 한 번 누군가의 목소리를 들었다.

―걱정하지 마, 리이. 내가 함께 있어.

그 속삭임 후, 나는 아득해진 감각 속에서 무언가가 폭발하는 소리를 들었다. 어렴풋이 날 부르는 라이시의 목소리도 들린 것 같다.

잠시 후 내가 다시 눈을 떴을 때, 나는 엉뚱하게도 눈밭에 처박혀 있었다.

나는 지금 눈 속에 파묻혀 하늘을 보고 있다. 대자로 뻗어서. 어떻게 된 거지? 방금 전까지 날고 있었는데? 나는 일단 눈을 헤치고 일어났다. 다행히 아픈 곳은 없었다. 나는 눈을 툭툭 털다가 서너 걸음 거리에서 누군가가 날 바라보고 있는 걸 깨달았다. 고개를 들자 한 아이가 놀란 얼굴로 서 있는 게 보였다. 눈이 마주치자 그 아이는 움찔하더니 떨리는 목소리로 물어 왔다.

"키브사 공주님?"

진짜 깜짝 놀랐다. 하지만 나는 시치미를 뚝 떼고 말했다.

"아니."

"아……."

내 대답에 실망한 듯 아이는 대번에 시무룩한 표정을 지었다. 나는 우울해하는 그 아이를 뒤로하고 사방을 둘러보았다. 라이시는 어디에 있지? 만일 떨어졌다면 근처에 있을 텐데?

"라이시!"

큰 소리로 불렀지만 그는 나타나지 않았다. 어떻게 된 거지? 혹시 집에 보내 주기 싫어서 그냥 내팽개친 건가? 나는 난감해하다가 아까부터 기웃대던 꼬마와 다시 눈이 마주쳤다. 그 꼬마는 날 마냥 쳐다보고 있었다. 나는 다시 고개를 돌렸다. 그렇게 딴청을 피우다 다시 힐끗 봤는데, 그 애는 여전히 날 보고 있다. 아, 왜 자꾸 쳐다봐! 나는 외면하고 외면하다가 결국 항복하고 아이에게 말했다.

"왜, 할 말 있어?"

"정말 공주님이 아니야?"

"아니라니깐."

나는 딱 잘라 말했다. 하지만 그렇게 말했는데도 아이의 시선은 여전히 내게 박혀 있었다. 나는 그 상황을 모면하고자 말을 돌렸다.

"너 여기서 뭐 하니? 혼자야?"

그렇게 말하며 나는 아이의 모습을 살펴보았다. 그 성에 있던 아이인가? 아닌 것 같다. 차림부터가 좀 독특하다. 푸른색 환자복 같은 걸 입고 있는데 웬 거적때기를 머리에 뒤집어썼다. 나이는 이제 열 살쯤 된 것 같다.

"나 도망치고 있어."

그 말에 나는 깜짝 놀랐다. 그러면서 아이는 머리에 뒤집어쓴 넝마를 치웠다. 안에 감춰졌던 하얀 귀와 자그마한 뿔이 드러났다. 그건 사람의 것이 아니라 동물의 것이었다. 이거 진짜가? 나는 놀라서 아이의 귀와 뿔을 만져 보았다. 뿔은 나무토막 같아서 잘 모르겠지만 귀는 생생하게 움직였다. 이게 대체 뭐지? 얘 사람 맞나? 나는 아이를 바라보다가 당황해서 되물었다.

"왜 도망치는데?"

"잡아먹히니까."

아, 또 그 얘기다. 나는 마음에서부터 치미는 불쾌감에 얼굴을 찌푸렸다. 대체 어떻게 되어 먹은 세상인 거야.

"도와줘, 기달티 성으로 가야 하는데 길을 모르겠어."

기달티 성, 이 아이가 말하는 곳은 아무래도 내가 있던 거기 같다. 하지만 길은 나도 모른다. 날다 떨어져서 여기가 어딘지도 모르겠는걸. 아, 난처하다. 나는 고민하다가 할 수 없이 아이에게 말했다.

"나한테 일행이 있어. 방금 어쩌다가 떨어졌는데 그 사람이 거기 사는 것 같아. 곧 찾으러 올 테니까 나랑 있으면 될 거야."

"정말?"

"응……."

그렇게 말하며 나는 내심 걱정스러웠다. 라이시가 날 찾으러 와주겠지? 필요 없어졌다고 그냥 버리지는 않겠지?

"그럼 내 친구 데리러 가도 돼?"

"친구가 있어?"

"응, 다쳐서 숨어 있어."

나는 머뭇거리다 고개를 끄덕였다. 라이시가 빨리 날 찾아 줬으면 좋겠다. 그래서 이 애들을 성에 데려다 놓고 다시 나오면 될 거다. 아, 도망치는 주제에 웬 오지랖이냐고 물어보면 참 할 말 없겠다. 아이가 가자고 보채서 나는 어쩔 수 없이 그 아이가 끄는 방향으로 향했다. 그런데 날 잡아끌던 아이가 미적대며 제대로 걷질 못했다. 아이는 발을 쩔뚝거렸다.

"왜 그래?"

내가 몸을 숙이고 살펴보자 아이는 그제야 빨갛게 부르튼 발을 내밀었다. 세상에, 방금 봤다. 아이는 이 눈밭에 맨발로 서 있었다. 아, 정말……. 그 꽁꽁 언 발을 보니 한숨이 절로 흘러나왔다. 나는 망토를 벗으며 아이에게 등을 내밀었다. 그러나 아이는 얼떨떨해할 뿐 내 의도를 이해하지 못했다.

"업어 줄게."

내가 말했지만 아이는 여전히 어리둥절해했다. 한 번도 업혀 본 적이 없는 사람처럼. 그래서 나는 결국 그 팔을 끌어당겼다. 그러자 아이는 당황하면서 내 어깨에 매달렸다. 나는 그 위로 망토를 다시 덮었다.

"뭐 하는 거야?"

"신발 없어서 걷기 힘들잖아."

내 대답에 아이는 가만히 있다가 이내 기습처럼 말했다.

"누나, 키브사 공주님 같아."

아하하. 입에서 마른 웃음이 절로 흘러나왔다. 나는 괜히 찔려서 재빨리 다른 말을 꺼냈다.

"근데 너 어디서 온 거야?"

"실험실. 그런데 지금은 체파르데아 성으로 가는 중이었어."

그게 무슨 말일까? 내게 업힌 아이는 천천히 자신의 이야기를 시작했다.

아이는 부모도 이름도 없었다. 지금은 '지카'라고 불리지만 이건 실험실에서 지어 준 별명이었다. 지카는 체파르데아 성의 축사에서 태어났다. 그곳에서 태어난 아이들은 상태에 따라 등급이 구분됐다. 지카는 그중 하급의, 그래서 폐기 처분이 결정된 아이였다. 폐기된 아이는 다른 아이들의 사료가 된다. 축사에서 일어나는 일반적인 일이었다. 그런데 운이 좋았는지 폐기되기 바로 전날, 흰 가운을 입은 사람들이 지카와 몇몇 아이들을 데려갔다. 그들은 나삭의 과학자들이었다.

과학자들은 어떤 프로젝트를 하는 중이라고 했다. 그들의 실험실로 옮겨진 지카는 매주 주사를 맞고 수술을 받았다. 끼니마다 약을 먹었다. 그럴 때마다 모습이 점차 바뀌어 갔다. 가장 먼저 귀가 변하더니 뿔이 돋고 꼬리가 생겼다. 지카에게 새로 돋아난 귀와 뿔은 양의 그것이었다. 그때 한 과학자는 지카의 작은 꼬리가 마치 화살 같다며 '지카'라는 이름을 붙여 주었다.

수술은 아팠지만 지카는 그래도 사료가 되는 것보단 낫다고 생각했다. 실험실에서의 대우는 그리 나쁘지 않았다. 지카가 그렇게 생각할 수 있는 건 몸 상태가 그나마 괜찮았던 덕분이다. 지카와 달리 다른 아이들은 심한 고통에 시달렸다. 같은 방을 쓰던 여자애는 손톱이 발굽으로 변해 가는 고통에 매일 피가 나도록 벽을 긁어 대곤 했다. 어떤 애는 약이 안 맞아 시름시름 앓다가 결국 죽었다. 지카와 함께 실험실로 왔던 아이는 모두 열두 명이었는데 그중에서 살아남은 건 지카뿐이었다. 하지만 과학자들은 질리지도 않고 또다시 축사의 아이들을 조달해 왔다.

그렇게 몇 년이 흘렀다. 많은 아이가 죽었고 실험은 끝났다. 과학자들의 말로는 성공적이라고 했다. 더는 쓸모가 없어진 지카와 아이들은 체파르데아의 성으로 돌려보내지게 되었다. 그 이야기를 들려준 과학자가 한 말은 이랬다.

"너희 옛 주인이 양고기 맛이 나는 사람을 먹어 보고 싶대."

그렇게 지카와 아이들은 다시 고향으로 돌아가게 되었다. 그런데 실험실을 나오기 전, 지카는 한 과학자와 마주쳤다. 안경을 쓴 여자 과학자였다. 그는 지카를 동정했는지 이렇게 말했다.

"이봐요, 어린 친구. 누나 말 좀 들어 볼래? 너는 체파르데아에게 가는 중간에 기달티의 영토를 지날 거야. 어차피 죽을 거 발버둥이라도 쳐볼 생각이라면 호수가 보일 때 도망쳐 봐. 그리고 키브사 공주님께 기도라도 하면서 기달티 성을 찾으렴. 어쩌면 살 수 있을 거야."

그 후 아이들은 수레에 갇혀 이송되었다. 거기서 지카는 자신이 들은 이야기를 아이들에게 전했다. 이윽고 호수가 보일 때 그들은 힘을 모아 수레의 창살 하나를 부쉈다. 그리고 다 함께 도망쳤다. 등 뒤에서 몇몇이 붙잡히기도 했지만 지카는 친구의 손을 잡고 달렸다. 그 후 다치고 지쳐서 더는 걸을 수 없을 때 지카는 키브사를 불렀고, 하늘에서 내가 떨어졌다.

지카의 담담한 말투 때문인지 우즈의 이야기를 이미 알고 있었기 때문인지, 지카의 이야기를 다 듣고도 별다른 생각이 들지 않았다. 그냥 아, 그렇구나 싶었다.

"아깐 진짜 공주님이 온 줄 알았어."

"자, 이제 어디로 가니?"

"저기야. 다 왔어."

지카가 바로 앞의 언덕을 가리켰다. 조금이네. 나는 힘을 내서 언덕을 올라갔다. 거기서 지카의 친구를 찾고 쉴 생각이었다. 그런데 거기서 나는 뜻밖의 환영 인사를 받았다.

"어서 와, 여러분."

갑작스러운 남자 목소리에 나는 고개를 들었다. 언덕 위엔 세 사람이 있었다. 남자 둘에 여자 하나. 그들은 쇠사슬과 날카로운 무기로 무장하고 있었다. 그리고 그 곁에는 각자 한 마리씩 용처럼 생긴 날개 달린 짐승이 있었다.

두 남자 중 덩치가 큰 쪽은 한 손에 무언가를 들고 있었다. 그게 뭔가 쳐다봤다가 나는 흠칫 놀라고 말았다. 축 늘어진 그것은 지카와 같이 푸른색 옷을 입은 어린아이였다. 그 거구의 남자는 용의 안장에 달린 가방에 아이를 구겨 넣고 있었다. 무슨 상황이지? 지카를 쫓던 게 저 사람들인가? 그럼 저 남자 손에 들려 있는 게 그 친구? 나는 당황해서 지카를 돌아보았다. 지카는 이미 창백해진 얼굴로 떨고 있다.

나는 상황을 깨닫고 그들을 경계했다. 하지만 그들은 내게 아무런 관심도 없었다. 용 위에 걸터앉은 마른 남자가 덩치 큰 남자를 향해 말했다. 내게 처음 인사한 그 사람이었다.

"도망친 건 여섯 마리랬지? 그럼 저것만 잡으면 끝인가?"

"그래, 마지막이다."

"아, 그럼 얼른 잡고 가자. 잠 좀 더 자게."

용 위에 앉은 남자가 나른하게 하품했다. 그러곤 나를 보며 느긋하게 말했다.

"그런데 저 아가씨는 누구야? 우리 새끼 양을 왜 업고 있지?"

"우리가 흘린 건 아냐."

"그래도 주워 갈까?"

가슴이 철렁 내려앉았다. 그때 옆에 있던 덩치 큰 남자가 끼어들었다.

"기달티가 기르는 것일 수도 있다. 함부로 건들지 않는 편이 좋아."

"그러지, 뭐. 졸리고 귀찮아."

나를 데려가지 않겠다는 얘기를 듣고 나는 간신히 긴 숨을 내쉬었다. 그런데 이 목소리, 어쩐지 익숙하다. 어디서 들었지? 나는 기억을 더듬다가 퍼뜩 떠올렸다. 이곳에 온 첫날 라이시가 옆 동네 건달들이라고 한 체파르데아의 부하들. 분명하다. 아, 어떡하지?

"자, 아가씨. 우리 꼬마 이리 줄래?"

앉아 있는 남자가 다시 하품하며 말했다. 그 소릴 듣고 지카가 기겁하며 내 어깨를 잡았다. 그리고 지카가 놀란 만큼 내 심장도 쿵쾅쿵쾅 뛰기 시작했다. 어떡하지? 어떡하지? 이 애를 주면 나는 보내 줄까? 사실 나는 아무런 상관도 없잖아. 그리고 내가 버텨 봤자 저 사람들이 뺏으면 뺏길 거야. 그럴 바엔 그냥, 그냥…….

"……안 돼요."

생각을 배신하고 입이 저절로 움직였다. 그렇게 말할 때 온몸이 떨려서 나는 눈을 질끈 감았다.

"뭐야, 그거 원래 우리 거야. 얼른 내놔."

"한 명 정도는 못 찾았다고 해도 되잖아요. 얜 그냥 놔줘요."

그렇게 말하면서 나는 눈물을 떨어트리지 않으려고 애썼다. 사실은 무서웠다.

"말이 안 통하네. 어이, 딤나."

남자가 옆에 선 복면의 여자를 불렀다. 그러자 딤나라는 여자가 쇠사슬을 빙빙 돌리더니 이쪽으로 날렸다. 그 사슬들은 빠르게 쏟아지며 순식간에 내 몸을 칭칭 감았다.

"아, 윽!"

단단하게 휘감긴 사슬에 몸이 찢기듯이 아팠다. 게다가 무거워서 제대로 서 있을 수도 없었다. 내가 사슬에 묶여 쓰러지자 그 남자가 심드렁하게 말했다.

"우리 주인님 식탐을 몰라서 하는 소리지. 한 마리만 놓쳐도 우릴 대신 잡아먹을 걸? 네가 대신 먹힐 거 아니면 그거 얌전히 내놔."

얌전히 내놓으라니. 저들 딴엔 좋게 말한다고 생각하는 모양이지만 정작 내 입장에선 전혀 그렇지 않다. 차라리 뺏어 가면 속이 편하겠다. 그런데 내놓으라니, 내 손으로 보내라니.

"잡아먹힐 걸 아는데 어떻게 보내……."

내가 왜 이런 말을 했을까. 너무 괴로워서? 아니면 무서워서? 모르겠다. 잘은 모르겠지만, 이 말을 하려고 나는 피가 나도록 이를 악물어야 했다. 내 말에 자극을 받았는지 줄곧 앉아 있던 남자가 갑자기 용 위에서 뛰어내렸다. 그러자 덩치 큰 남자가 그를 불렀다.

"아지킴."

"아. 알아, 알아. 그냥 얼굴만 보려고 그래."

아지킴이라는 남자는 그렇게 말하며 내게로 걸어왔다. 나는 그 발 끝만 바라보았다. 움직일 수조차 없었다. 나는 지금 무슨 짓을 당해도 저항할 수가 없다. 아니, 사실 한 가지 방법이 있다. 지카를 얌전히 넘겨주면, 우즈처럼 뜯어 먹힐 걸 뻔히 알면서 넘겨주면 나는 안전하다. 하지만 그런 선택을 하면 스스로를 용서할 수 있을까? 어쩔 수 없었다며 변명할 수 있을까?

그 남자가 어느새 지척까지 다가왔다. 그가 내 턱을 올리려 했다. 나는 그게 싫어서 스스로 고개를 들었다. 그리고 마주하게 된 건 그 남자의 경악한 얼굴이었다.

"너, 키브사 공주?"

그 말에 나는 깜짝 놀라 다시 고개를 돌렸다. 그러자 그 남자가 내 얼굴을 잡고 억지로 자신을 보게 했다. 눈이 마주치자 남자의 눈이 미묘하게 일그러졌다.

"당신, 정말 키브사 공주인가?"

너에서 당신으로 바뀌었다. 나는 혹시나 하는 마음에 그 남자를 마주 보았다. 그는 복잡한 눈으로 나를 보고 있었다. 뭐지? 모르겠다. 하지만 어쩌면 이 상황을 모면할 수도 있겠다. 거기에 생각이 미치자 나는 침착한 척 연기했다. 뒷일이야 모르겠고, 지금은 이 수밖에 없으니까.

"그래, 나야. 키브사…… 공주."

내 대답에 남자의 손에서 힘이 빠져나갔다. 그는 힘없이 몸을 일으키며 말했다.

"딤나, 풀어."

명령과 동시에 내 몸에서 사슬이 흘러내렸다. 뭔지는 모르겠지만 살았다. 이제 괜찮은 거지? 나는 한숨을 내쉬며 지카를 향해 고개를 돌렸다. 하지만 이후 내가 보게 된 건 전혀 예상 밖의 광경이었다. 뒷덜미를 잡아채인 지카가 허공으로 떠올랐다. 나는 당황해서 지카를 잡으려 했다. 하지만 그럴 틈이 없었다. 날카로운 쇠사슬이 날아와 그의 옆구리를 꿰뚫었기 때문이다.

나와 거구의 남자가 동시에 소리를 질렀다. 하지만 우리가 부른 이름은 서로 달랐다.

"지카!"

"아지킴!"

자신을 부르는 외침에 아지킴이 신경질적으로 소리쳤다.

"어차피 먹을 건데 시체여도 상관없잖아!"

지금 무슨 소릴 하는 거야! 나는 내동댕이쳐진 지카에게로 달려갔다. 그사이 지카의 옆구리에 박혀 있던 사슬이 꿈틀대며 뽑혀 나왔다. 선혈이 허공에 낭자하게 뿌려졌다. 피, 피다. 소름이 끼칠 만큼 새빨간 피다. 어떡하지? 나는 허둥대다가 급한 대로 망토를 끌어다가 지카의 상처를 틀어막았다. 하지만 피는 멎지 않았다. 두꺼운 망토에 어느새 피가 스몄다.

"갑자기 사라져 놓고 뻔뻔하게 잘도 돌아왔군."

뒤에서 아지킴이 소리쳤다. 내가 무시하자 그가 내 머리채를 억세게 붙잡았다.

"뭐라고 말 좀 해보시지, 응?"

그가 성을 냈지만 나는 아지킴의 말을 조금도 이해할 수 없었다. 곧 그가 나를 눈밭으로 던져 버렸다. 그러고는 지카에게로 다가갔다.

"하지 마!"

내가 소리치자 다시 사슬이 날아와 내 몸을 묶었다. 나는 또 무력하게 쓰러지고 말았다. 그런 나를 향해 아지킴은 비열한 조소를 머금었다.

"여전하군. 애새끼들이나 부둥키는 그 버릇. 봐, 공주님. 이 녀석은 지금 죽을 거야. 이유가 뭘까? 우리 주인이 대식가라서? 미치광이 과학자들 때문에? 아니면 재수 없게 나라는 놈을 만나서? 아니야, 이 녀석이 죽는 이유는."

아지킴은 그렇게 말하며 지카의 위태로운 몸 위에 쇠사슬을 늘어뜨렸다. 가슴이 터질 것 같았다. 제발 그러지 말라고 애원이라도 하고 싶었다. 하지만 그는 용서도 자비도 없는 눈으로 말했다.

"그건 당신이 구하지 못했기 때문이야."

그 순간 나는 기억해 냈다. 나는 슬펐다. 잔인함밖에 남지 않은 이 세계가 정말로 슬펐다. 이 세계를 보고 아파하는 그가 슬펐다. 그래서 나는, 나는……. 내 안에서 무언가가 깨지는 것이 느껴졌다. 비명을 지르고 싶은 기분이었다. 그러기 직전이었다.

눈앞이 하얗게 변했다. 나는 내 앞에 나타난 게 뭔지 단번에 알아챌 수 없었다. 그건 희고 넓은 날개였다. 하늘로부터 내려온 그것은, 나와 저 남자를 양단하듯 그 사이에 선 그것은.

"이 땅에서 나가라."

날 등지고 선 그로부터 차가운 목소리가 흘러나왔다. 라이시였다.

"알타쉬헤트!"

아지킴의 거친 목소리가 들려왔다. 하지만 그보다 더 화가 난 건 라이시였다.

"당장 이 땅에서 나가."

살벌한 목소리였지만 나는 오히려 마음이 놓여서 울고 싶어졌다. 하지만 그 전에 퍼뜩 지카가 생각났다. 그 애한테 가고 싶었지만 쇠사슬 때문에 꼼짝도 할 수가 없었다.

"방해하지 마."

"아지킴, 멈춰라."

아지킴이 스산하게 말했고 동시에 덩치 큰 남자가 그를 막았다. 하지만 아지킴을 제지하지는 못했다.

아지킴이 소리를 지르며 라이시를 향해 사슬을 날렸다. 몇 가닥의 사슬이 매섭게 날아오며 라이시를 스쳤다. 라이시는 앞선 것들을 피하더니 뒤이어 오는 것을 낚아챘다. 그리고 사슬을 팽팽하게 당겨 아지킴을 단숨에 끌어당겼다. 아지킴이 끌려오자 라이시는 쇠사슬로 그의 목을 휘감았고, 용서 없이 등을 짓밟아 눈밭에 내리꽂았다.

"큭! 딤나!"

아지킴이 목이 졸려서 소리치자 날 휘감고 있던 사슬이 풀렸다. 그 사슬은 뱀처럼 바닥을 기더니 곧 라이시를 향해 화살처럼 날아갔다.

"라이시!"

내가 소리쳤지만 너무 늦었다. 사슬이 라이시를 칭칭 감았다. 라이시를 묶은 딤나가 사슬을 당겼다. 하지만 라이시는 끌려가는 대신 중얼댔다.

"바자크."

그 중얼거림과 함께 사슬 위로 전기가 일며 굉음이 울렸다. 폭발은 딤나에게서 터져 나왔다. 쇠사슬을 타고 번쩍이던 불꽃이 딤나에게 몰아닥쳐 폭발했고, 그 여자는 멀리 튕겨져 나갔다. 눈 위에 떨어진 딤나는 감전된 듯 경련했다.

나는 눈앞에서 벌어진 광경에 얼이 빠졌다. 너무 압도적이어서 오히려 당황스러웠다. 아지킴은 제압당했고 딤나는 쓰러졌다. 그리고 뒤에 선 남자는 싸울 마음이 없어 보였다. 상황이 정리된 걸 깨닫고 나는 황급히 지카에게로 달려갔다. 피가 흩뿌려진 눈 위에 지카는 창백하게 누워 있었다. 나는 급히 지카의 가슴을 만져 봤다. 약하지만 숨을 쉬고 있었다.

"살아 있어……."

나는 긴 숨을 내쉬었다. 다행이야, 아직 죽지 않았어……. 그런데 내가 안도하는 그 순간, 한 줄의 사슬이 날아와 지카의 가슴에 박혔다. 마치 깃털처럼 가볍게 내려온 그것의 의미를 나는 한동안 깨달을 수 없었다. 지카의 입에서 피가 뿜어져 나올 때 나는 비로소 고개를 들었다. 목이 졸린 채 사슬을 날린 아지킴이 보였다. 그는 숨도 제대로 쉬지 못하는 상황에서 복수심이 가득 어린 얼굴로 나를 노려보고 있었다.

"아……무도, 구하지 못해, 당신은……."

아지킴은 말을 다 잇지 못했다. 라이시가 잇소리를 내며 사슬을 당겼기 때문이다. 아지킴은 끝까지 저항하다 결국 정신을 잃고 쓰러졌다.

나는 머릿속이 텅 비는 걸 느끼며 지카를 내려다보았다. 조심히 그 얼굴에 손을 대보았다. 호흡이 사라진 입술이 싸늘하기만 했다.

"아…… 아아아……!"

입에서 비명도 신음도 아닌 것이 터져 나왔다. 라이시가 아지킴을 버려 두고 내게 달려왔다. 그는 나를 끌어당겼고 나는 간신히 그에게 매달렸다. 그가 날 붙잡은 채로 남아 있는 남자에게 말했다.

"네 동료를 데리고 당장 꺼져."

그 남자는 아무런 저항도 하지 않았다. 다만 조금 비굴해진 목소리로 말했다.

"그 시체라도 가져갈 수 있게 해다오."

라이시는 매섭게 그를 노려보았고, 결국 그는 그대로 돌아섰다. 그들이 떠난 자리에 남은 건 나와 라이시, 그리고 찢겨진 작은 아이뿐이었다. 피투성이가 된 지카의 모습이 눈에 들어오자 가슴이 울컥했다. 탁한 감정이 가슴에 끓어올랐다. 내 앞에서 벌어진 일을 이해할 수 없었다. 아니, 이 세계의 일을 이해할 수 없었다.

나는 지카의 이야기를 듣고도 아무렇지 않은 척했다. 이곳을 떠나기로 한 이상 그래야 할 것 같았다. 하지만 사실, 그렇지 않았다. 담담히 받아들였다고 했지만 아니었다. 나는 필사적으로 외면하고 있었다. 마주 보기 괴로워서. 나는 사람들이 상처 입는 이 세계를 마주 보는 것이 괴로웠다. 그게 너무 아파서 괴로웠다.

"울지 마십시오."

라이시가 말했다. 하지만 그 굳은 목소리에 나를 달래려는 의도는 없었다.

"이 세계에서 매일 반복되는 일입니다. 그 전부를 헤아릴 게 아니라면 참으십시오."

라이시의 말이 아팠다. 그 말이 틀리지 않아서 아팠다. 내가 울기 위해 짊어져야 할 몫은 세계였다. 그렇게 각오하지 않는 한 내게는 울 자격조차 없었다. 울음을 참는 대가로 입술에서 신음이 새어 나왔다. 막아 보려 했지만 불가능했다. 신음은 더 깊어지다가 이내 절규나 다름없는 비명이 되었다.

나는 하얀 설원을 향해 메아리도 남지 않을 비명을 내질렀다. 호흡조차 잊고 폐부에 차 있던 것을 다 토해 냈을 때, 나는 결국 정신을 잃고 말았다.

―그 세계는 너마저도 상처 입힐 거야.

처음이었다. 이 새하얀 눈부심 속에서 울리는 그의 목소리가 차갑게 느껴지지 않는 건. 하지만 그것을 기뻐하기엔 내 앞에 놓인 길이 너무 두려웠다.

―알고 있어요. 그래서 이렇게 떨고 있죠.

―그렇게까지 하면서 가겠다는 건가. 어째서?

그의 물음에 나는 웃었다. 온 힘을 다해서.

―내가 나이기에, 이유는 그것뿐이에요.

눈을 떴을 때 보인 것이 낯선 천장이라 안심했다. 다행이다, 아직 집에 간 게 아니구나.

"공주님, 괜찮으세요?"

아야라의 걱정스러운 얼굴이 나타났다. 그 사실에 나는 다시 한 번 안심했다.

"중간에 사고가 있었다는 얘긴 들었어요."

"그 애는요?"

"묻어 줬어요. 성 뒤에."

"그렇구나."

그렇구나. 나는 황급히 두 손으로 눈을 가렸다.

이럴 줄 알았으면 말해 줄걸. 내가 공주라고, 네가 그렇게 찾던 사람이라고 얘기라도 해줄걸. 이 세계를 떠나고 싶다는 생각에 모른척하고 외면하고, 친절한 말 한마디 못 해주고. 그렇게 기대했는데, 그렇게 기다렸는데. 그 애를 한 번만이라도 꼭 안아 줄걸. 많이 힘들었겠다고 말이라도 해줄걸.

후회가 너무 늦어서 눈물만 계속 흘렀다. 그대로 이를 악물고 나는 소리 없이 울었다. 아야라는 그런 내 옆에서 아무런 말도 하지 않았다. 한참 후 나는 형편없이 잠긴 목소리로 아야라를 불렀다.

"아야라."

"네, 공주님."

나는 여전히 눈을 가린 채로 나직이 말했다.

"할 말이 있어요."

옷을 갈아입으며 보니 몸이 온통 멍투성이였다. 사슬에 묶일 때 얻어맞는 것같이 아프더니 결국 이렇게 멍이 들었다. 나는 욱신대는 피부 위로 조심히 옷을 내렸다. 젖은 머리를 말리는데 문 두드리는 소리가 들렸다. 나가 보니 라이시가 서 있었다.

"왜?"

"네?"

"무슨 할 말 있어?"

내가 태연하게 묻자 라이시는 얼떨떨해하다가 반박했다.

"왜 반말이십니까?"

"나 20년 전에 살던 공주님이라며."

라이시가 어이없다는 표정을 지었다. 하지만 별말 않는 걸 보니 쭉 반말을 써도 괜찮겠다.

"이곳에 남기로 하셨다는 얘기 들었습니다."

나는 고개를 끄덕였다. 그러자 라이시가 걱정스레 물었다.

"괜찮으십니까?"

가지 말라고 징징거릴 땐 언제고 왜 이러시나? 나는 입을 삐죽이며 라이시를 흘겨봤다. 하지만 나를 보는 라이시의 눈빛은 진지했다. 그래서 나도 결국 힘없이 웃었다. 괜찮냐고? 글쎄, 어떨까? 이 세계는 이상하다. 무섭다. 슬프다. 여기 남으면 보고 싶지 않은 것들을 보게 될 거고 겪기 싫은 일을 겪게 될 거다. 그건 분명 힘든 일이다. 그런데, 왜?

'내가 나이기에, 이유는 그것뿐이에요.' 같은 질문에 키브사는 이렇게 대답했었다. 나도 똑같이 대답할 수 있을까? 그건 아직 어려울 것 같다. 그래서 지금은 그냥, 걸림이라고 해두자. 한 아이가 죽었다. 그리고 그 일이 내 마음에 걸렸다. 이대로 떠나선 안 될 것같이, 이 세계를 외면해서는 안 될 것같이 걸렸다.

나는 라이시의 물음에 어떻게 대답할까 길게 고민했지만 마땅한 대답을 찾지 못했다. 그래서 그냥, 솔직하게 말했다.

"사실 되게 안 괜찮아. 어떡하지?"

내가 울상을 짓자 라이시는 나를 가만히 쳐다보다가 긴 한숨을 내쉬었다.

"제가 한 말 기억하십니까?"

"응?"

"지켜 드리겠습니다."

나는 놀란 눈으로 라이시를 바라보았다. 내 반응 때문인지, 아니면 스스로의 말 때문인지 그는 비스듬히 내 시선을 외면했다. 민망해하는 기색이었다. 그러면서도 그는 다시 한 번 분명하게 말했다.

"무슨 일이 있어도 지켜 드리겠습니다. 괜찮도록."

왜인지는 잘 모르겠다. 그 말을 들으니 어쩐지 정말 괜찮을 것 같다는 생각이 들었다. 나는 그를 바라보다가 이내 웃었다. 온 힘을 다해서.

"응, 잘 부탁해."

2

개구리의 식탁

"꿈속에서 목소리가요?"

내 말을 듣고 아야라가 눈을 동그랗게 뜨며 물었다. 라이시도 관심이 생겼는지 쳐다본다. 그들의 반응을 살피며 나는 하던 말을 이었다.

"네. 어떤 남자랑 대화하는 꿈인데, 그 남자가 저를 리브나라고 불렀어요."

라이시도 아야라도 놀란 표정이다. 그냥 개꿈 취급하면 어쩌나 했는데 다행……인가?

"혹시 남자 쪽이 누군지 아시나요?"

"이, 이르이트?"

"이르이트요?"

아야라가 믿을 수 없다는 얼굴로 되물었다. 혹시 아는 이름인가?

눈을 크게 뜨고 있던 아야라가 이내 놀랍다는 듯 말했다.

"이르이트라니, 그렇다면 공주님이 비라에 계실 때의 꿈 같네요."

"비라요?"

"네. 비라는 우리가 이곳 아본에 오기 전에 살던 곳이에요. 착한 왕이 다스리는 낙원이죠. 지금으로부터 100여 년 전 우린 모두 거기서 살았다고 해요."

"그런데 지금은 왜 이렇게 됐어요?"

"이틀라라고 하는 재상이 있었어요. 그가 왕에게 반역하고 백성을 선동해 아본으로 데려왔죠. 그 후 이틀라는 피네하스로 이름을 바꾸고 아본을 일곱 영주에게 맡겼어요. 그때부터 세계는 혼란스러워졌고, 보다 못한 공주님이 비라에서 내려오신 거죠."

아야라의 설명은 꿈속의 대화와 절묘하게 맞아떨어졌다. 키브사는 두려워했고 이르이트는 반대했다. 그런데도 키브사는 끝내 이곳으로 내려온 것 같다. '내가 나이기에'라는 이유로.

"그보다 이르이트라니, 저도 이야기로밖에 들어 본 적 없는 이름인데."

아야라의 눈이 나를 담았다. 윽, 이럴 것 같아서 어제 얘기 못 했던 건데. 아야라의 시선을 피하자 반대쪽에선 라이시가 나를 노려보고 있었다.

"그랬으면서 집에 가겠다고 하신 겁니까?"

그렇게 말하면 저는 변명의 여지가 없네요. 나는 라이시의 날카로운 질책을 피하려고 급히 화제를 돌렸다.

"참, 조금 있다가 성주님을 만나야 하죠?"

노골적인 말 돌리기였지만 착한 아야는 알면서도 도와줬다.

"네. 기다리실 거예요."

"근데 만나면 뭘 하죠?"

"그냥 인사 정도요."

인사나 하려고 굳이 따로 만난다니, 엄청 부담스러워.

"그냥 이렇게 밥 한번 같이 먹으면 안 돼요?"

"그러기엔 아직 시간이 필요하실 거예요. 공주님을 어떻게 뵐지 고민하시는 것 같아요."

무슨 의미일까? 그 사람도 나와 알던 사이였을까? 아, 나를 알지만 나는 모르는 사람을 만난다는 건 정말 힘든 일이다. 이 성주님은 또 어떤 사람일까?

원래 성주님을 만나기로 한 건 어제 오후였지만 내가 집에 간다고 하는 바람에 만날 수가 없었다. 물론 그땐 내가 이렇게 돌아올 줄 몰랐지. 아하하. 창피해. 나는 성주님을 만나려고 성 맨 꼭대기의 집무실로 찾아갔다. 으악, 계단이 많아! 숨차! 나는 문 앞에서 숨을 고르고 조심히 문을 두드렸다. 그런데 대답이 없다. 다시 한 번 두드려 봐도 마찬가지다. 아무도 없나? 나는 기다리다가 살짝 문을 열어 보았다.

"안에 계세요?"

아무도 없는 줄 알고 한 행동이었는데, 뜻밖에도 문을 열자마자 안에 있던 사람과 눈이 딱 마주쳤다. 어제 봤던 성주님이었다. 갑작스러운 마주침에 나는 그대로 굳어 버렸다. 그런 내게 들어와라 마라 말이라도 좀 해주면 좋을 텐데, 저쪽은 아무 반응 없이 나를 쳐다보기만 한다. 어쩌라는 거지? 나는 그 자세로 성주님을 바라보다가, 내 모습이 상당히 바보 같다는 걸 깨닫고 그냥 문을 열고 들어갔다.

"안녕하세요."

내가 인사하자 그때까지 잠자코 있던 성주님이 비로소 입을 뗐다.

"그대는 키브사가 아니군."

"네?"

"키브사 공주는 내게 존대하지 않았어."

나는 그 말을 이해하지 못하고 눈을 깜빡였다. 말 놔도 된다는 소린가? 살짝 고민했지만 성주님의 건조한 얼굴을 보고 바로 포기했다. 농담이 통할 것 같지 않은 얼굴이다. 성주님은 가면같이 적막한 얼굴로 나를 보다가 다시 나지막한 목소리로 말했다.

"그대에게 묻고 싶은 것이 있다."

"아, 네."

"왜 이곳에 남았지?"

"네?"

이런 걸 물어볼 줄은 몰랐다. 아니, 이렇게 물어볼 줄은 몰랐다. 성주님은 내 행동을 이해할 수 없다는 듯 묻고 있었다.

"이 세계는 험하고 난폭하다. 그걸 깨닫고 돌아가려 했으면서 왜 돌아왔지?"

나는 질문의 의도를 파악할 수 없어 성주님을 멀뚱멀뚱 쳐다보았다. 어제 일을 혼내는 건가? 그건 아닌 것 같다. 성주님은 정말 순수하게 이유를 묻고 있었다. 아, 어려운 질문이다. 질문은 이해했지만 나는 도무지 그럴싸한 답을 만들 수가 없었다. 한마디로 표현하기 너무 어려웠으니까. 그래서 나는 고민하다가, 그냥 내가 느끼는 걸 솔직하게 털어놓았다.

"가면 안 되겠다는 생각이 들어서요."

"어째서?"

"어제 만난 애가 죽었거든요."

성주님의 눈빛은 여전히 무던했다. 그럼 오히려 떠나야 하지 않느냐고 묻는 것 같았다.

"그래서 생각했어요. 아직은 내가 공주인지 뭔지는 잘 모르겠지만 만약 그렇다면, 그래서 그런 일을 막을 수 있다면 돌아가선 안 되겠다고요."

"설령 그럴 만한 힘과 능력이 있다 한들 이 세계의 일이 그대와 무슨 상관이지?"

"그러게 말이에요."

반복되는 물음에 나는 결국 웃었다. 그리고 확신했다. 이 성주님은 이상한 사람이다.

"사실 아무 상관 없죠. 제가 이대로 집에 가서 발 씻고 자도 누가 뭐라 하겠어요."

질문을 받는 건지 시험을 당하는 건지 잘 모르겠다. 뭐, 아무렴 어때. 어느 쪽이든 내가 저 우울한 아저씨에게 할 말은 정해져 있다.

"하지만 그럴 수 없었어요."

"그대가 다칠 텐데?"

"그건 그때 가서 생각하려고요."

"아나하라트라는 건가?"

내 대답을 이해한 걸까? 성주님이 혼자서 중얼댔다. 아나하라트, 나는 그게 뭔지 몰랐지만 성주님은 설명해 주지 않았다.

"하나 더 묻고 싶은 게 있다."

성주님이 다시금 입을 열었고 나는 질문을 기다렸다.

"그때 왜 울었지?"

이번에도 이해하기 어려운 질문이었다. 나는 눈만 깜빡이며 그 말 뜻을 헤아리다가 곧 깨달았다. 그건 내가 아니라 키브사 공주를 향한 질문이었다. 내가 대답할 수 없다는 걸 알면서 굳이 왜 이런 질문을 한 걸까? 나는 뭐라 답할까 곰곰이 생각하다가, 괜찮은 대답을 떠올리고 반격했다.

"왜 울리셨는데요?"

아, 긴장하게 하는 사람이었어. 나는 진이 빠져서 집무실을 나왔다. 라이시도 그렇고 저 성주님도 그렇고, 이 성에는 맘 편하게 대할 남자가 없다. 다들 무겁고 딱딱하고. 아야라는 여기서 어떻게 버틴 걸까?

그렇게 생각하며 계단을 내려오는데, 나는 어느새 또 멍해졌다.

태연하게 밥을 먹고 사람들과 이야기하지만 사실 현실감이 별로 없다. 눈을 감았다가 뜨면 어제 그 장소로, 핏자국이 낭자한 차가운 눈밭으로 돌아갈 것만 같다. 그래서 혹시 지금 꿈을 꾸는 게 아닐까 생각한다. 라이시가 날 구하러 와준 후부터 모든 일이 내가 만들어낸 환상인 건 아닐까, 여기서 깨면 그곳에 다시 돌아가 있진 않을까. 그런 의심들이 날 휘젓는다. 이 혼란을 어떻게 해야 할지 잘 모르겠다.

"공주님."

갑자기 들려온 목소리에 나는 퍼뜩 정신을 차렸다. 고개를 들자 나를 내려다보는 라이시가 코앞에 있었다. 앞에 있는 줄도 모르고 멍하니 걷다가 하마터면 부딪힐 뻔했다.

"뭐하십니까?"

"어? 아니, 그냥 딴생각 좀."

내가 황급히 얼버무리자 라이시는 가만히 나를 내려다보았다. 그러더니 조용히 물었다.

"성주님은 만나셨습니까?"

"응."

"그럼 따라오십시오."

갑자기 어딜? 잠깐, 야! 라이시는 내가 물을 틈도 주지 않고 돌아서서 성큼성큼 걷기 시작했다. 그래서 나는 영문도 모르고 그 뒤를 쫓아갔다. 성문 앞에서 라이시는 망토를 벗어 내 어깨에 덮었다. 그때까지 눈치도 못 챘다. 라이시가 외출용 두꺼운 망토를 두르고 있다는 걸. 성 밖으로 나온 후 우리가 향한 곳은 성 뒤편 공터, 작게 솟은 흙더미 앞이었다.

"여긴……."

"어제 그 아이의 무덤입니다."

아, 그렇구나. 나는 가만히 서 있다가 이내 흙과 눈이 뒤섞인 그 무덤 앞에 쪼그리고 앉았다. 눈높이를 낮춰 가까이서 바라보니 기분이 더 이상했다. 어제 내게 업혔던 그 애가 이 아래에 있다는 게 실감이 나지 않는다.

"묻어 준 거야?"

"네."

"고마워."

상황에 안 어울리는 말 같아서 나는 말하고 조금 후회했다. 그리고 한동안 무덤을 바라보았다. 얼마나 지났을까, 옆에 있던 라이시가 조용히 말했다.

"지켜 드리겠다는 약속은 반드시 지키겠습니다. 하지만 제가 지킬 수 있는 건 몸뿐입니다. 마음을 지키는 건 공주님 본인의 몫입니다."

나는 무슨 말을 하는지 영문을 몰라 라이시를 올려다보았다. 하지만 그는 나를 바라보지 않고 여상히 말했다.

"어젠 울지 말라고 했습니다만, 버티기 힘들면 차라리 우십시오. 조금은 편해질 겁니다."

나는 그제야 비로소 그가 하는 말을 깨닫고 마음이 뜨끔했다. 아, 이 사람 쓸데없이 예리해서 내가 넋 놓고 있던 걸 눈치챘나 보다.

나는 멍하니 라이시를 바라보다가, 속마음을 들킨 게 창피해져서 무릎 사이에 고개를 파묻었다. 어떻게 알았을까, 내 모습이 어땠을까 생각하다가 나는 곧 잡생각을 지웠다. 그러곤 그가 한 말을 곱씹었다.

마음을 지키라니. 너무 어려운 말이다. 하지만 지금 내게 무엇보다 필요한 말인 것 같다. 나는 숨을 깊이 들이마셨다. 그래, 이미 지나간 일이니까 그걸로 멍해 있지 말자. 물론 그렇다고 지카를 잊겠다는 건 아니다. 기억하겠지만, 끝까지 기억할 테지만 거기에 머물러 있진 않을 거다. 그 애를 위해 앞으로 걸어갈 거다. 그렇게 다짐하니 조금은 정신이 맑아지는 것 같았다. 눈을 감았다가 뜨면 어제로 되돌아갈 것 같은 묘한 위화감도 사라졌다. 나쁜 꿈에서 드디어 깨어난 느낌이다.

나는 한결 홀가분해져서 라이시를 바라보았다. 그가 조금은 친절해진 것 같아서 나는 쑥스럽게 웃으며 말했다.

"뭐야, 안 어울리게……."

"울 생각 없으면 그만 일어나시죠."

아니, 취소. 역시 얜 까칠해. 라이시는 일어나라고 하면서 자기 망토를 훌쩍 뺏어갔다. 잠깐도 더 기다려 주지 않고서. 덕분에 한기가 고스란히 몰려들었다. 앗, 추워!

"배려가 너무 짧잖아."

"제게 어울리는 길이죠."

우와, 속 좁아. 내가 입을 벌리고 쳐다봤지만 라이시는 신경도 안 쓰고 망토를 둘렀다.

"어디 가?"

"밖에 볼일이 있습니다. 내일 저녁쯤 돌아올 겁니다."

그렇게 말하던 라이시가 갑자기 표정을 굳히고 뒤를 돌아보았다.

"왜 그래?"

"무슨 소리가 들려서."

라이시가 그렇게 말했지만 주변은 고요했다. 그는 주변을 살피다가 이내 석연치 않은 얼굴로 날개를 펼쳤다.

"그럼 가보겠습니다. 추우니 안으로 들어가십시오."

"응, 조금만 더 있다가 들어갈게."

라이시를 보낸 후 나는 다시 지카의 무덤을 바라보았다. 어제 일들이 떠올랐다. 내게 공주님이냐고 묻던 그 아이가 생각났고, 갑자기 나타난 세 명의 괴한도 생각났다. 그리고 뇌리에서 도무지 지워지지 않는 낭자한 선혈도 다시 떠올랐다. 모든 것이 두렵도록 선명했다. 하지만 이제 더는 거기에 빠져들지 않을 수 있었다. 뜨거운 불에서 한 걸음 물러나듯이, 적당한 거리를 두며 그것을 바라보았다. 그러자 비로소 어제 일들이 정리되면서 내가 해야 할 바를 알게 되었다.

나는 눈을 들어 무덤을 바라보았다. 그리고 소리 없이 말했다. 만약 내가 누군가를 구한다면 그건 네가 구하는 거야. 내가 여기 남은 건 너 때문이니까. 아이에 대한 안타까움이 다시 마음에 번졌지만, 나는 그것을 애써 모아 담으며 마지막 인사를 하고 일어났다.

그리고 성으로 돌아가는데 뜻밖의 장소에서, 아니, 마땅히 있을 만한 장소에서 한 아이를 발견했다. 우즈였다. 우즈는 어제 그랬던 것처럼 성벽에 앉아 먼 곳을 바라보고 있었다. 나는 아이를 보고 천천히 다가갔다. 하지만 뭘 해야 할지 잘 모르겠다. 어떡하지? 에라, 모르겠다.

"우즈야!"

나는 일단 소리쳤다. 내가 부르자 우즈가 아래쪽으로 고개를 돌렸다. 그사이 나는 무너진 성벽 위로 올라갔다. 그때까지 우즈는 눈만 멀뚱히 뜨고 있었다. 그 아이는 오늘도 어제처럼 붕대로 몸을 휘감고 있었다. 그 안에 가려진 상처가 떠올라 또다시 간담이 서늘해졌지만, 나는 곧 그런 기분을 떨쳐 냈다. 대신 옆에 앉으며 아이에게 물었다.

"뭘 보고 있는 거야?"

내가 묻자 우즈는 다시 먼 곳으로 시선을 돌렸다. 우즈가 지금까지 보고 있던 것은 하얀 눈이 쌓인 계곡, 그리고 그 너머의 넓은 평원이었다. 우즈는 머뭇대더니 이내 고개를 숙이고 나직이 말했다.

"어……마……."

"저쪽에 엄마가 있니?"

우즈는 고개를 끄덕였다. 온몸에 상처를 입은 아이는 그렇게 엄마를 찾고 있었다. 나는 아이를 한동안 바라보다가 어렵사리 입을 떼었다.

"어제는 미안했어. 여기 온 지 얼마 안 돼서 잘 몰랐어."

우즈는 여전히 고개를 숙인 채였지만 나는 계속 말했다.

"그런데 이제는 조금 알 것 같아. 그러니까 노력할게. 약속할 수 있는 건 아무것도 없지만, 그래도 온 힘을 다할게."

그렇게 말하며 나는 내가 정말 공주였으면 좋겠다고 생각했다.

엄마를 구해 주겠다고, 나만 믿으라고 할 수 있는 진짜 구세주라면 좋을 텐데. 하지만 아무리 비싸게 쳐줘도 지금의 나는 여고생, 그 이상도 이하도 아니다. 내 특기나 장점들을 모두 꺼내 놓아도 마찬가지다. 그래서 내가 할 수 있는 말은 딱 여기까지다. 정말 미덥지 않게도 말이다.

하지만 우즈에겐 그 정도 말이라도 필요했나 보다. 그 애는 숨죽여 울기 시작했다. 나는 망설이다가 조심히 손을 뻗어 그 등을 쓸어 주었다. 어제도 이렇게 했으면 좋았을 걸. 그런 생각이 잠깐 들었지만 욕심은 부리지 않기로 했다. 그렇게 등을 다독이길 얼마, 우즈의 울음이 잦아들 즈음에 내가 말했다.

"추운데 그만 들어가자."

우즈는 선선히 끄덕였다. 나는 성벽에서 먼저 내려와 우즈를 받아 주려고 손을 뻗었다. 그런데 그때 등 뒤에서 쇳소리가 들렸다. 잘그락, 하고. 나는 흠칫 놀라 돌아보았다. 하지만 아무것도 없었다. 아, 놀라라. 어제 그 쇠사슬 소린 줄 알았어. 안심하고 다시 고개를 돌리는데 다시금 잘그락대는 소리가 들려왔다. 이번엔 착각이 아니었다. 나는 설마 하며 다시 돌아보았다. 그 순간 무언가가 내 몸을 휘감으며 강하게 조여 왔다.

"아, 윽!"

갑작스러운 충격과 함께 나는 넘어지고 말았다. 내 허리엔 어느새 두꺼운 쇠사슬이 칭칭 감겨 있었다. 나는 당황해서 고개를 치켜들었다. 날 휘감은 쇠사슬의 끝에는 여기 있을 리 없는, 있어서도 안 될

두 사람이 있었다. 아지킴과 딤나였다.

내가 그들을 보고 경악하는 찰나, 허리에 감긴 사슬이 순식간에 조여 왔다.

"흐윽!"

원치 않게 숨을 토해 내자 아찔함이 몰아닥쳤다. 버티려 했지만 소용없었다. 곧 눈앞으로 어둠이 쏟아졌다.

─무슨 일이죠? 어떻게 된 거예요?

순백 속에서 들려오는 내 목소리는 평소와 달랐다. 부드럽던 평소와는 달리 놀라서 떨고 있었다.

─이틀라가 침입했어. 본체는 몰아냈지만 이미 여럿이 넘어갔다.

이르이트의 목소리 또한 어딘지 달랐다. 냉정하지 않고 긴장감이 섞여 있었다.

─무슨 말이에요? 넘어가다니요.

─무리가 그를 따라 비라를 떠났어. 내 부관과 네 친구도 함께.

내 채근에 답하는 이르이트의 목소리는 씁쓸하게 가라앉아 있었다.

─제 친구요? 설마…….

나는 말을 제대로 잇지 못했다. 믿을 수 없다는 듯, 믿고 싶지 않다는 듯. 그러나 이내 가냘프게 속삭였다.

─픽쿠드?

절그렁대는 소리와 펄럭이는 소리가 들렸다. 이어 세찬 바람에 머리카락이 나부끼는 것이 느껴졌다. 메스꺼운 기분으로 눈을 떴을 때 처음 본 건 허공, 높은 하늘이었다.

"일어났군."

뒤에서 들려오는 음성에 나는 퍼뜩 정신을 차렸다. 뭐지? 깨어나 보니 나는 용에 올라탄 채 하늘을 날고 있었다. 옆에서 나란히 날고 있는 복면의 여자, 딤나가 보였다. 그렇다면 내 뒤에 있는 건? 나는 고개를 돌려 내 뒤에 버티고 앉은 남자를 보았다. 아지킴, 그였다.

나는 질겁하며 그에게서 떨어지려고 했다. 하지만 공중이라 도망칠 구석이 없었다. 나는 좁은 용의 안장 위에서 이러지도 저러지도 못했다. 당혹스러웠다. 지금 이게 무슨 상황인지 알 수가 없었다.

"떨어지기 싫으면 가만히 있어."

나는 움찔하며 다시 뒤를 돌아보았다. 제대로 보게 된 그의 얼굴은 어쩐 일인지 멍 자국과 상처로 엉망이었다. 그 얼굴을 마주하자 아까 일들이 서서히 떠올랐고, 나는 간신히 지금 상황을 이해했다.

"뭐야, 지금 어디로 가는 거야!"

"우리 주인이 당신을 찾아."

"뭐?"

"가축을 뺏긴 건 한 명으로 용서할 테니 당신을 잡아오라더군."

아지킴의 심드렁한 대답에 나는 할 말을 잃었다. 이 사람들의 주인이라면 체파르데아, 사람을 먹는 괴물. 그 사람이 날 찾는다고? 왜? 떠오르는 이유가 하나밖에 없었다. 나를, 먹으려고. 생각이 거기까지 미치자 온몸에서 피가 빠져나가는 기분이 들었다. 먹힌다고? 우즈처럼? 잠깐, 우즈?

우즈를 떠올린 순간 또 한 번 가슴이 철렁했다. 어제 아지킴은 아무렇지도 않게 지카를 죽였다. 이번에도 그러지 않았을 거란 보장이 없다. 나는 떨림을 이기려 애쓰며, 잘 나오지도 않는 목소리를 쥐어짜 그에게 물었다.

"아까, 아까 옆에 있던 애는 어떻게 했어?"

"몰라. 운 좋으면 살겠지."

아지킴의 대답에 가슴에서 무언가가 울컥하고 치솟았다. 동시에 어제의, 채 아물지 않은 기억도 함께 떠올랐다.

"무슨 짓이야, 아무 잘못도 없는 애한테 왜!"

나는 소리치며 몸부림쳤다. 끔찍했다. 아무 이유도 없이 사람을 찌르고 죽이는 이 남자가. 하지만 아지킴은 태연하게 날 바라보며 내 머리에 손을 얹었다. 내가 그 손을 뿌리치려 하자 그는 가차 없이 내 머리를 눌러 용의 등판에 내리찍었다. 울퉁불퉁하고 날카로운 비늘이 뺨에 쓸렸다.

"으윽……!"

나를 짓누른 아지킴은 내 뒷덜미를 다시 잡아채더니 이번엔 옆으로 밀었다. 안장 밖으로 밀려 나간 나는 까마득히 먼 땅을 보고 헛숨을 삼켰다. 내 안색이 굳자 아지킴은 나를 잡아당겨 다시 자신의 앞에 앉혔다.

"설치지 마. 명령만 아니었으면 당신도 이미 내 손에 죽었을 거야."

나직이 말하는 아지킴의 목소리는 스산하고도 살벌했다. 한차례 수모를 당한 나는 입술을 꼭 깨물었다. 그리고 원망했다. 잔인한 이 남자가 아니라 무력한 나를, 이렇게 끌려가면서 아무것도 하지 못하는 연약한 나를.

얼마나 날아왔는지 모르겠다. 멀리 성이 보이기 시작했다. 높은 성벽으로 둘러싸인 그곳엔 빼곡한 민가들 사이로 큰 성이 우뚝 서 있었다. 체파르데아의 성이었다.

나는 체파르데아라는 사람을 모른다. 하지만 그가 한 짓은 알고 있다. 그는 우즈를 먹었다. 살아 있는 채로 그 일부를. 또 그는 아이를 사료로 만든다. 그리고 그것으로 다른 아이를 가축으로 기른다. 그 잔인하고 흉악한 사람이 날 기다린다. 도망칠 방법을 몇 번이고 생각해 봤지만 다 소용없었다. 하늘에서 달아날 수는 없었다. 차라리 죽음을 택해 뛰어내리는 것 외엔, 아무 방법도 없었다.

지켜 준다고 했던 라이시가 계속 생각났다. 이 성까지 오는 내내 그가 와주길 기다렸지만 그 또한 소용없었다. 그는 내일 저녁까지 돌아오지 않는다고 했다. 머리가 지끈거리며 아팠다. 오랫동안 찬바람을 맞아서인지, 다른 압박감 때문인지는 잘 모르겠다. 나는 이미 지쳐서 쓰러지기 직전이었다.

이윽고 성에 도착해서 나는 복도를 걸었다. 도살장에 끌려가는 가축이 그러하듯 앞에서 이끄는 대로 걸었다. 정신을 붙잡고 있는 것만도 힘이 부쳤다. 이대로 기절하면 차라리 편할까?

어느덧 나는 문 앞에 섰다. 아지킴이 말했다.

"영주님, 공주님을 모셔 왔습니다."

그 말에 가슴이 철렁 내려앉았다. 혹한에 내던져진 것처럼 온몸이 덜덜 떨렸다. 천천히 벌어지는 문을 보다가 나는 눈을 질끈 감았다. 가벼운 발소리가 들리더니, 무언가가 나를 와락 끌어안았다.

"공주님!"

어? 나는 전혀 예상하지 못한 일에 깜짝 놀라 눈을 떴다. 나는 나와 비슷한 키의 소년에게 안겨 있었다. 나보다 약간 어려 보이는, 앳되고 예쁘게 생긴 소년이었다. 내가 그를 바라보자 그 또한 나를 마주 보며 환하게 웃었다.

"세상에, 정말 공주님이시군요!"

나는 당황해서 눈만 깜빡였다. 뭐지, 이 분위기? 오자마자 모진 고문을 당하고 산 채로 뜯어 먹힐 줄 알았는데? 앤 뭔데 나를 이렇게 반가워하는 거지? 나는 얼떨떨해서 눈앞의 소년을 쳐다보았다. 그 소년은 웃는 눈으로 나를 보고 있었다. 그런데 그의 눈길이 내 뺨 언저리에 닿더니, 웃음이 뚝 그쳤다. 나는 왜 그러나 하다가 뺨의 쓰라림을 느끼고 깨달았다. 내 뺨엔 아까 아지킴 때문에 생긴 상처가 있었다.

소년은 내 상처를 유심히 살펴보고는 옆에 선 아지킴의 멱살을 잡았다. 그러더니 그를 그대로 바닥에 내리꽂아 버렸다. 나는 소리도 지르지 못할 만큼 놀랐다. 대체 어디서 그런 힘이 나온 건지, 아지킴은 거의 바닥에 꽂히듯 쓰러졌다. 소년은 발로 그의 머리를 잔혹하게 짓밟았다.

"으, 큭……."

"정중하게 모셔 오라고 했잖아."

소년은 차갑게 말하며 발을 비틀었고, 그 충격에 바닥의 타일이 쩽하고 깨져 나갔다. 바닥이 깨지는 걸 보고 나는 또 한 번 놀랐다. 아지킴의 얼굴은 이미 터질 듯 붉게 충혈되어 있었다.

"그, 그만해!"

이대로 두면 정말 머리가 터질 것 같아서 나는 황급히 끼어들었다. 편들어 주고 싶은 사람은 아니지만 눈앞에서 사람이 다치는 걸 보고 싶진 않았다. 내가 말리자 소년은 다시 웃으며 돌아섰다.

"여전히 착하신 우리 공주님. 먼 길 오셔서 피곤하시죠? 이제 안심하시고 푹 쉬세요. 목욕이랑 새 옷 준비해 뒀어요."

그렇게 말하는 소년의 얼굴은 천진난만했다. 그럼에도 어째서인지 핏빛으로 보였다.

오자마자 꼼짝없이 잡아먹힐 줄 알았다. 그런데 나는 지금 잡아먹히기는커녕 엄청난 호사를 누리고 있다. 고급 욕조에서 목욕을 하고, 나와서는 결혼식 때나 입어 볼 법한 드레스를 입고 화장에 머리 손질까지 받았다. 거울 앞에 선 나는 거의 딴 사람이었다.

아, 이건 또 무슨 상황일까? 나는 멍청하게 거울을 들여다보았다. 참 예쁘게도 꾸며 줬다. 이걸 고마워해야 하나, 말아야 하나? 왜 나를 이렇게 씻기고 입히지? 보기 좋은 떡이 먹기도 좋다는 건가? 그 생각이 전혀 비유 같지 않아서 나는 울상을 지었다.

그보다 아까 걘 대체 뭐야. 나한테 엄청 친한 척했어. 근데 진짜 무서운 놈이었어! 아, 이젠 다 싫어. 역시 집에 갈래. 구세주는 무슨 구세주야, 세상의 위기는 고사하고 내 위기도 감당 못 하는데.

"공주님, 영주님께서 기다리십니다."

거울 앞에서 한탄하는데 옆에 있던 시녀가 말했다. 아, 정말 가기 싫다. 나는 내 옆에 선 시녀들을 잠깐 쳐다보았다. 무장 공비 같은 아지킴이나 딤나는 몰라도, 이 가녀린 여자들이면 조금 틈을 주지 않을까? 한번 도망쳐 볼까? 따뜻한 물에 몸을 담근 덕분인지 몸도 아주 개운했다. 그러니 시도 정도는 해볼 만하다. 나는 시녀들의 말을 듣는 척하며 함께 방에서 나왔다. 그리고 복도 쪽에 아무도 없는 걸 확인하고, 그대로 내달렸다.

"공주님!"

뒤에서 시녀들이 소리쳤지만 나는 아랑곳하지 않고 달렸다. 달리기는 그래도 자신 있어! 앗, 잠깐. 거기 비켜, 으악! 달리는데 복도에서 갑자기 사람이 나타났고, 나는 멈추지 못해 그 사람과 충돌했다. 하지만 상대방은 체격이 좋은 남자여서 뒤로 나가떨어진 건 나 혼자였다. 아야야.

"씻고 나니 기운이 좀 났나?"

그 목소리에 나는 내가 누구와 부딪혔는지 깨달았다. 아, 또 너야? 날 가로막은 사람은 아지킴이었다. 아지킴이 내 팔을 잡았다. 의도는 나를 일으켜 세우는 것보다 붙잡는 쪽에 가까웠다. 곧 시녀들이 도착했고 아지킴은 그들에게 나를 넘겼다.

"잘 모셔 가. 놓치면 너희도 접시에 올라갈 테니까."

이 인간, 그냥 얻어맞게 놔둘 걸 그랬어. 나는 시녀들에게 인계되면서 속으로 투덜거렸다. 내 도주는 그렇게 시작도 못 하고 끝나 버렸다. 시녀들은 내가 도망칠까 봐 경계했고, 시녀들이 아니어도 성 곳곳엔 아지킴처럼 무장한 사람들이 잔뜩 있었다. 도망치는 건 처음부터 무리였다.

결국 나는 아까 그 소년의 방으로 돌아왔다. 아, 긴장해서 멀미가 나기 시작했다.

"어서 오세요, 공주님. 기다렸어요!"

내가 들어서자 소년이 달려와서 내 손을 맞잡았다. 마치 주인을 기다리던 강아지처럼 반갑게. 그 모습이 참 밝아서 이런 곳만 아니라면 나도 기꺼이 웃어 주고 싶었다. 하지만 바로 이런 곳이기에 나는 좀처럼 웃을 수가 없었다. 내가 굳은 듯 서 있자 그가 내 손을 잡고 이끌었다. 그리고 푹신한 소파에 나를 앉혔다. 소년은 내 옆에 앉더니 생글생글 웃으며 재잘대기 시작했다.

"옷은 마음에 드세요? 예전에 공주님께서 입으시던 대로 만들게 했는데. 어제 급하게 준비한 것치곤 괜찮죠?"

그가 물었지만 나는 건성으로라도 대꾸할 수가 없었다. 내 머릿속에 떠오르는 건 하나뿐이었다. 이 애가 정말 사람을 먹는 그 사람일까? 그런 생각을 하느라 그가 하는 말 태반을 못 듣고 흘렸다. 그러자 이상한 낌새를 챘는지 소년이 말을 멈추고 내 안색을 살폈다.

"왜 아무 말씀도 안 하세요. 불편한 게 있으세요?"

그렇게 물어본들 여전히 내 입은 떨어지지 않았다. 이 겉모습과 친절함에 마음을 열어도 될까? 하지만 이 애가 그 체파르데아라면? 우즈를 먹고 지카를 죽게 한 장본인이라면 어떡하지? 그리고 내게 아무런 기억이 없다는 걸 알면, 앤 어떻게 할까?

"공주님, 왜 그러세요. 무슨 말이라도 좀 해주세요."

내가 계속 말이 없자 소년이 시무룩하게 나를 바라보았다. 불쌍한 눈망울이었지만 나는 그걸 마주 볼 수가 없었다. 그는 무언가를 바라듯 계속해서 나를 바라보았고 나는 그것을 한사코 외면했다. 그렇게 침묵이 길어지며 안 그래도 무겁던 공기는 점점 더 숨 막히게 가라앉았다.

내 거부에 지친 걸까? 옆에 앉아 있던 소년이 결국 자리에서 일어났다. 나는 그가 어디론가 걸어가는 모습을 몰래 살펴보았다. 그가 간 곳은 창가에 놓인 피아노 앞이었다. 오랫동안 사용하지 않은 듯 덮개가 덮인 피아노 앞에서 그는 잠시 망설였다. 이윽고 소년은 덮개를 벗기고 그 앞에 앉았다. 뭘 하려는 걸까? 나는 어느새 그의 다음 행동을 기다렸다.

멈춰 있던 소년의 두 손이 드디어 건반에 올랐다. 그리고 건반 하나를 누르는 것으로 서툰 연주를 시작했다. 첫 부분은 엉망이었다. 투박한 소리에서 머뭇거림이 고스란히 느껴졌다. 하지만 소절이 이어지면서 그는 예전 습관을 찾아가듯 점차 부드럽게 연주를 다듬기 시작했다. 그의 연주는 곧 능숙하게 변했다. 잔잔하고도 맑은 그 음악은 아름다웠다. 그리고 알 수 없게도, 그리웠다.

피아노의 선율은 자연스럽게 나를 파고들었다. 그걸 깨닫는 것은 머리보다 가슴이 빨랐다. 나는 어느새 저 상냥한 연주에 아파하고 있었다. 망설이듯 애잔하게 마지막 음절을 쳐내는 것으로 연주는 끝났다. 하지만 그 여운에서 나는 헤어날 수가 없었다. 멍하니 자신을 바라보는 내게 소년이 말했다.

"기억나세요? 비라에 있을 때 제가 공주님께 드렸던 곡이에요."

기억나지 않는다. 하지만 나는 이것을 알고 있다. 내가 혼란 속에서도 사무치는 그리움을 느끼는 것은 아마 그런 까닭일 것이다. 연주를 마친 소년이 내게로 다시 다가왔다. 그리고 조용히 말했다.

"정말 만나고 싶었어요, 공주님."

나는 그 소년을 바라보다가 더는 참지 못하고 두 손으로 얼굴을 가렸다. 눈에선 어느새 눈물이 뚝뚝 떨어지고 있었다. 내가 우는 동안 소년은 조용히 내 어깨를 안아 줬다. 알 수 없었다. 날 안는 소년의 손길이 왜 이렇게 사랑스러운지. 또 그 상냥한 피아노 소리가 왜 이렇게 슬픈지.

"기억이 없어요?"

눈물이 그칠 즈음, 나는 뭔가 민망해서 그냥 있는 대로 말해 버렸다. 분위기는 오랜 친구를 만난 분위긴데 나는 정작 이 녀석에 대해 아무런 기억이 없고, 어쩌다 보니 울어 버렸지만 그마저도 이유를 모르는 상태에서 예전 얘기라도 시작하면 정말 걷잡을 수 없으니까. 내 폭로에 소년은 놀란 표정을 지었다. 하지만 그것도 잠시, 그는 곧 끄덕이며 이해했다.

"그렇군요. 하긴, 그 일을 생각하면 충분히 그럴 만하죠."

그 일? 그럴 만해?

"괜찮아요, 공주님. 기억이 없다고 해도 공주님은 여전히 제 소중한 친구니까요."

친구. 친구라는 말에 나는 혹시나 싶어 꿈속에서 들었던 이름을 불러 보았다.

"피, 픽쿠드?"

그러자 소년의 눈이 놀라움으로 커졌다.

"제 이름 기억하시는군요!"

"아니야, 이름만 겨우……."

"그것만으로도 좋아요. 하지만 그건 옛날 이름이에요. 지금은 체파르데에죠."

이미 익숙한 그 이름에 나는 흠칫 놀랐다. 계속 의심은 하고 있었지만, 얘가 정말 그 체파르데에일 줄이야. 정체를 알게 됐지만 나는 어떠한 반응도 할 수 없었다. 내게 피아노를 연주해 준 이 소년이 그 악명의 주인공이라니, 쉽사리 연결되지 않았다. 현실감이 없었다. 나는 머뭇대다가 그에게 어렵사리 물었다.

"나를 왜 데려온 거야?"

"그야 보고 싶었으니까요. 어제 공주님을 봤다는 얘길 듣고 잠을 잘 수가 없었어요. 약속대로 절 데리러 오신 거죠? 정말 보고 싶었어요, 공주님. 20년 만이에요."

20년. 아무래도 체파르데아는 겉모습만 어릴 뿐 속은 그렇지 않은가 보다. 그렇게 오랫동안 나를 그리워했다니, 하지만 나는 아무것도 기억나지 않는다. 그런 내 마음을 눈치챈 듯 체파르데아가 다정하게 말했다.

"기억 못 해도 괜찮아요. 기억이 없어도 공주님은 여전히 저를 위해 울어 주시니까요."

"거짓말 마, 내가 기억 못 한다고 대충 말하는 거지? 뻥치지 마!"

내가 소리치자 체파르데아는 폭소했다. 나는 창피해서 얼굴이 빨갛게 됐고 체파르데아는 웃느라고 얼굴이 빨개졌다.

"아, 정말이에요. 그리고 또 한 번은……."

"그만해, 듣고 싶지 않아!"

나는 더 듣기가 괴로워서 그의 입을 막아 버렸다. 체파르데아는 지금 키브사 공주의 과거를 폭로하고 있다. 그래서 나는 지금 몹시 창피해졌다. 아, 나는 키브사 공주가 엄청 우아한 공주님인 줄 알았다. 그런데 아니었다. 키브사는 나무에 걸려 구조당하고, 구릉에서 뛰어내리다 다리가 부러지고, 사사건건 이르이트 대공에게 혼나던 철부지였다! 아, 이건 아니잖아. 이러면 나랑 다를 게 없잖아! 그냥 머리카락이 하얀색일 뿐이잖아!

방금 전, 체파르데아가 옛날이야기를 시작하는 바람에 나는 호기심을 못 이겨 물어보았다. 옛날의 나는 어떤 사람이었냐고. 그러자 그는 기다렸다는 듯 키브사 공주의 추태와 만행을 폭로했고, 덕분에 나는 몸 둘 바를 모를 만큼 부끄러워지고 말았다. 나는 간신히 그의 입을 막고 있다가 볼멘소리로 말했다.

"그런 얘기 말고, 좀 좋은 얘기는 없어? 잘하는 거라든가."

"잘하는 거요? 아, 공주님 잘 드셨죠."

내가 째려보자 체파르데아는 다시 웃으며 물었다.

"와플 좋아하죠?"

그 말에 나는 깜짝 놀랐다.

"어떻게 알았어?"

"왜 몰라요. 와플에 시럽이 철철 넘치도록 뿌리고 홍차랑 같이 드시잖아요."

내 취향을 간파하고 있는 체파르데아에게 나는 얼굴을 찡그렸다.

"징그러워, 너 스토커?"

"와, 기억 없는 거 되게 편하네요. 예전에 자기가 얼마나 편식하고 반찬 투정을 했는지는 하나도 모르고."

"투, 투정?"

"이제 와서 말하는 건데 공주님 사소한 걸로 되게 진상이었어요. 거기다가 툭하면 사고 치고 징징대고."

"으악, 그만해!"

나는 민망함을 견디지 못하고 다시 그의 입을 틀어막았다. 아, 이건 아무래도 불리하다. 무슨 얘기를 하든 그건 내 수치로 귀결된다. 대체 과거의 나는 어떤 짓을 하고 돌아다닌 거지? 내가 발을 동동 구르자 체파르데아는 다시 한 번 크게 웃었다. 입을 막아도 소용이 없었다. 내가 못 견디고 노려보자 그제야 웃음을 지우는 척했다.

"알았어요, 그만할게요."

간신히 웃음을 멈춘 체파르데아는 후련한 듯 깊은숨을 내쉬었다.

"하아, 이렇게 웃어 본 게 얼마 만인지. 이런 날이 다시 올 줄은 상
상도 못 했어요."

나는 그렇게 말하는 체파르데아를 가만히 바라보았다. 오늘 처음
만났지만 그에게서 편안함이 느껴졌다. 남자앤데도 별 위화감 없이
친숙했다. 정말 오랜 친구처럼. 보고 싶어서 날 데려왔다는 이야기도
정말인 것 같다. 그는 날 반가워했다. 그리고 나 또한 그와 이야기하
는 게 불편하지 않았다. 아니, 너무 편해서 오히려 이러면 안 된다고
스스로를 다잡아야 할 정도다. 왜냐하면 그는 나쁜 사람이니까. 우
즈를 다치게 하고 지카를 죽게 한 장본인이니까. 나는 이걸 꾸준히
생각하려고 애써야 했다. 아까 아지킴을 대하던 난폭한 모습을 봐둔
게 차라리 다행이다. 그걸 못 봤으면 오히려 그에 대한 소문을 의심
했을지 모른다.

"무슨 생각을 그렇게 해요?"

내가 가만히 있자 체파르데아가 물었다. 그는 내가 무슨 얘기를 해
도 다 받아 줄 것처럼 친절했다. 나는 일순 고민했다. 내가 들었던 그
이야기들을 직접 한번 물어볼까? 충동이 일었지만 당장 그러는 건
아무래도 무리였다. 그래서 나는 다른 화제를 꺼냈다. 쭉 궁금해하던
것이기도 했다.

"저기, 키브사 공주는 왜 죽었어?"

체파르데아의 얼굴에서 웃음기가 조금 사라졌다. 하지만 나는 말을 이었다.

"20년 전에 죽었다는 얘긴 들었어. 그런데 어떻게 죽었는지는 아무도 얘기를 안 해줘. 혹시 알아?"

"그들이야 모르니까 얘기를 못 하겠죠. 그걸 아는 건 저와 이요브뿐이니까요."

뭔가 알고 있을 것 같다는 생각이 들었는데, 내 생각이 맞았다. 나는 자세한 내용을 듣고 싶었다. 하지만 체파르데아는 거부했다.

"지나간 일이 중요한가요? 굳이 알려고 하지 마세요. 다시 돌아온 걸로 충분하잖아요. 그런 생각 할 필요 없어요, 공주님. 그냥 여기서 같이 살아요. 아무도 공주님께 손대지 못하도록 할게요. 공주님은 비라에서 그러셨던 것처럼 즐겁게 지내기만 하면 돼요."

체파르데아가 내 손을 잡으며 말했다. 하지만 그 권유는 어쩐지 거북스러웠다.

"나는 세상을 구해야 한다고……."

"그 얘긴 그만하세요. 이미 한 번 실패하셨잖아요. 어차피 이 세상은 구할 수 없어요. 그러기엔 이미 끝까지 간 세계예요."

실패했다고?

"또 그렇게 공주님을 잃고 싶지 않아요. 그러니 그런 건 다 잊어버리세요."

뭐라고 말할 수가 없었다. 하고 싶은 말이 없는 건 아니었다. 이미 내 턱까지 차오른 말이 하나 있었다. 그런데 너는 사람을 먹잖아. 두려워서 꺼내지 못했을 뿐, 나는 이 사실을 잊지 않았다. 그때였다. 밖에서 누군가가 문을 두드렸다.

"영주님, 식사를 가져왔습니다."

"아, 들어와. 벌써 시간이 이렇게 됐네요. 배고프시죠?"

시녀들이 카트를 끌고 들어왔다. 식사라는 말에 나는 움찔하고 쳐다보았다. 하지만 시녀들이 테이블에 올리는 음식은 멀쩡한 것들이었다. 빵과 샐러드, 스프, 그리고 스테이크. ……스테이크?

"하던 이야기는 식사 후에 마저 해요. 자, 와서 앉으세요."

나는 체파르데아에게 이끌려 머뭇머뭇 테이블에 앉았다. 체파르데아도 날 앉힌 후 내 맞은편에 앉았다. 훌륭한 식탁이었지만 전혀 식욕이 생기지 않았다. 나는 내 앞에 놓인, 표면만 살짝 익은 스테이크를 가만히 바라보다 물었다.

"이거 무슨 고기야?"

체파르데아가 답했다.

"새끼 양이에요. 어제 막 들여온 거죠."

나는 질겁하며 의자에서 일어났다. 하지만 체파르데아는 개의치 않고 포크와 나이프를 들었다.

"왜 그러세요, 공주님? 양고기 싫어하세요?"

"그게 양이라고?"

"네, 일부는 확실히 양이죠."

"나머지는?"

체파르데아는 대답하는 대신 앞에 놓인 고기를 썰기 시작했다. 소리도 내지 않고 예의 바르게 썰어 낸 후 한입 크기의 그것을 입에 넣었다. 그 모습에 구토감이 왈칵 몰려왔다. 감쪽같이 요리되어 나왔지만 이게 양이라면, 심지어 어제 들여온 양이라면 그건 분명……

고기 한 조각을 꼼꼼하게 씹어 삼킨 후 체파르데아는 다시 나이프를 들었다. 그는 여유롭게 손을 움직이며 말했다.

"공주님이 이 식사를 싫어하실 거라고 생각했어요."

그렇게 말하는 사이 다시 한 조각, 피가 떨어지는 고기가 그의 입으로 들어갔다. 그 모습에 잠깐이나마 진정됐던 마음이 다시 요동쳤다. 방금 전까지 친구였던 소년이 다시 이해할 수 없는 어떤 존재로 보이기 시작했다.

"어서 드세요. 다 드시면 후식은 좋아하시는 걸로 준비할게요."

그가 태연하게 말했지만 나는 도로 앉지 못하고 고개만 내저었다. 그리고 나도 모르는 사이 그에게 물었다.

"왜 사람을 먹는 거야?"

그는 부정하지도 부끄러워하지도 않고 웃었다.

"글쎄, 왜일까요?"

예리하게 웃는 그 얼굴에서 나는 기괴함을 느꼈다. 어처구니없게도 체파르데아는 이 상황을 즐기는 것 같았다. 내 표정이 굳어지자 그는 다시 활짝 웃었다.

"무서워하지 말아요, 공주님. 제가 뭘 먹든 전 공주님의 친구예요."

"그럼 이런 모습 나한테 보여 주지 마!"

"그건 안 돼요. 이제 공주님도 이걸 드셔야 하니까요."

그 말에 나는 깜짝 놀랐다. 뭐라고? 내가 눈을 크게 뜨자 체파르데아는 태연하게 말을 이었다.

"공주님도 매일 저와 함께 이걸 드셔야 해요. 그것만 하신다면 나머지는 다 좋을 대로 해드릴게요. 예전처럼 연주도 들려 드리고 책도 읽어 드릴게요. 가끔은 간식 들고 나들이도 가고요. 아, 이 세계는 너무 추워서 그건 무리겠네요."

그 친절하게 미친 제안에 나는 할 말을 잃었다. 나는 이제껏 내게 닥칠 최악의 상황이 먹히는 건 줄 알았다. 하지만 그 반대였다. 체파르데아는 내가 먹기를 바라고 있었다. 내 경악을 즐기며 그는 말을 이었다.

"아본의 주인 피네하스에 대해선 들으셨나요? 우리는 전부 그의 노예예요. 이 땅에서 살아가려면 그를 거역할 수 없죠. 그는 비라의 착한 왕처럼 우리가 행복하길 바라지 않아요. 그가 바라는 건 고통, 죽음, 피, 그리고 타락이죠. 앉으세요, 공주님. 아무것도 기억 못 하신다면 처음부터 알려 드릴게요. 우리가 아본으로 와서 무슨 일이 있었는지요."

피가 떨어지는 고기를 다시금 입에 넣으며, 체파르데아는 이야기를 시작했다.

100년 전, 비라에 살던 사람들이 이틀라를 따라 아본으로 왔다. 이틀라는 비라 너머에 놀라운 세계가 있으며 그곳에 가면 누구든 하늘의 왕 엘처럼 위대해질 수 있다는 말로 사람들을 꼬드겼다. 하지만 그것이 거짓말임은 그들이 아본에 도착하는 순간 밝혀졌다.

이틀라가 말한 진정한 자유, 위대한 이상향, 왕과 같은 영광은 어디에도 없었다. 아본에 존재하는 것은 끝없는 설원뿐이었다. 사람들은 그제야 무언가 잘못된 것을 깨달았다. 그곳에서 이틀라는 본색을 드러냈다. 그는 피네하스로 이름을 바꾸고 선포했다.

"비라를 버린 너희는 이제 내 노예다. 7년의 시간을 주마. 하늘의 왕을 모욕해라. 그로부터 가장 멀리 간 자에게 땅의 권세를 주겠다."

피네하스의 선포에 사람들은 절망에 빠졌다. 비라로 돌아갈 수도 없었다. 가는 길이 너무 멀었고 그들은 이미 돌아갈 자격이 없었다. 사람들은 아본에서 살아남기 위한 방법을 강구했다. 하지만 추위, 열악한 환경, 부족한 식량 앞에서 그들은 점차 인간성을 잃어 갔다.

사람들은 서로의 것을 빼앗고 훔치기 시작했다. 노인과 아이들이 버려졌다. 여자들은 겁탈당하기 시작했다. 힘으로 지배하는 자가 생겨났다. 결국엔 서로를 죽이게 되었다. 그렇게 사람들은 고통받기 시작했고, 피네하스의 웃음소리는 아본을 가득 채웠다.

"지금은 그 기간을 징계의 7년이라고 부르죠. 그 시절은 완전한 암흑이었어요. 그 무법천지에서 우리는 비라의 습관을 다 잊어버렸죠."

그곳에는 픽쿠드라는 소년도 있었다. 책 읽기를 좋아하던 세상 물정 모르는 소년이었다. 그가 이틀라를 따라나선 것도 호기심이라는 순진하기 짝이 없는 이유였다. 하지만 그 대가로 치러야 할 값은 너무

나 컸다. 덩그러니 혼자가 된 연약한 소년은 휩쓸릴 수밖에 없었다.

처음에 사람들은 힘을 합쳐 살고자 했다. 그들은 집을 짓고 식량을 찾아 서로 나누었다. 하지만 그것은 오래지 않아 강자가 약자를 착취하는 것으로 변질되었다. 소년은 온종일 눈밭을 헤매며 식량을 찾았지만 운 좋게 먹을 것을 발견해도 대개는 빼앗겼다. 들짐승이든 풀뿌리든 구해 오지 못하면 모질게 얻어맞았다. 그렇게 일해도 소년이 먹을 수 있는 건 하루 한 조각의 마른 음식뿐이었다.

착취당한 끝에 소년은 결국 쓰러졌다. 얼어붙은 몸은 다 부서진 듯 아팠고 굶주림에 꼼짝도 할 수 없었다. 그럼에도 그를 돌아보는 이는 없었다. 철저한 외면 속에서 소년은 죽음을 직감했다. 정말 이렇게 죽는 걸까, 죽어서는 돌아갈 수 있을까. 소년은 비라가 그리웠다. 거의 죽어 가던 그때 소년의 귓가에 바스락대는 소리가 들렸다. 힘겹게 돌아본 소년이 발견한 것은 어린아이였다. 자신처럼 비쩍 마른, 언제 죽어도 이상하지 않은.

그 아이를 본 소년의 머릿속엔 아무런 생각도 떠오르지 않았다. 다만 배가 고팠다. 어느새 소년은 그 아이를 향해 기어가고 있었다. 손에는 바닥을 굴러다니던 날붙이가 꼭 쥐어진 채였다.

"그런 표정 짓지 말아요, 공주님."

체파르데아가 웃으며 말했다. 하지만 나는 차마 마주 웃어 줄 수가 없었다.

"그 후 쭉 그렇게 살아남았어요. 버려진 아이야 발에 채이도록 많았으니까요. 하지만 그것도 나중엔 힘들어졌어요. 배고픈 사람들이 너무 많았거든요."

징계의 7년이 끝나 갈 무렵에는 아이가 버려지는 일이 생기지 않았다. 곱게 숨겨 놓은 아이도 끌려 나와 일용할 양식이 되곤 했다. 기근이 최고조에 달했을 때 인간은 서로를 잡아먹기 시작했다. 그 중심에 서 있던 건 소년 픽쿠드였다. 그 소년은 7년의 시간 동안 강해졌고 어느새 무리를 이끌게 되었다. 그가 하던 짓은 예전 그를 착취했던 이들과 다를 바가 없었다. 하지만 픽쿠드는 자신의 행동에 일말의 가책도 느끼지 않았다. 아니, 오히려 이전에 자신을 착취하던 그들을 이해하게 되었다. 그들의 사지를 분해해서 먹어 치우긴 했지만, 어쨌든 픽쿠드는 그들을 이해했다.

픽쿠드는 결국 살아남았고 피네하스가 말한 7년은 끝났다. 그리고 픽쿠드는 피네하스에게 인정받아 영주가 되었다. 피네하스는 7년간 가장 타락한 7인을 영주로 삼았다. 그는 영주들에게 큰 힘과 영원한 젊음을 선물하고 매일 하루 한 생명을 자신에게 바치라고 명령했다. 영주가 된 픽쿠드는 체파르데아라는 새로운 이름을 받았다. 그 이름을 받으며 픽쿠드는, 아니 체파르데아는 깨달았다. 자신이 영주가 된 까닭을. 그리고 자신이 식인을 멈추는 순간 피네하스에게 버림받으리라는 사실을.

피네하스가 바라는 건 타락이었다. 하늘의 왕을 격렬하게 증오하는 그는 마치 무언가를 증명하려는 듯 인간들을 타락시켰다. 그러기 위해 영주를 뽑은 것이다. 인간에게 인간이 죽임당하는 것을 왕에게 보여 주기 위해. 그것을 알고 체파르데아는 웃었다.

이렇게 된 것, 끝까지 살아남아 주리라. 먹으라고 하면 먹어 주리라. 얼마든 그것을 즐겨 주리라. 내가 광기로 물들어 주인을 만족시킨다면, 그래서 살아남을 수 있다면 얼마든지 그렇게 해주리라.

숙명을 받아들인 그곳에 픽쿠드라는 어린 소년은 없었다.

"이유는 모르겠지만 피네하스는 미쳤어요. 제정신이 아니죠. 그래서 절대 혼자 고통받지 않아요. 억울하니까요. 우릴 속여서 아본으로 데려온 것도 다 그 때문이죠. 혼자만 미쳐 가는 건 너무 억울하니까, 그리고 고독하니까."

나는 소름 끼치는 기분으로 체파르데아를 바라보았다. 그의 입가엔 핏물이 배어 있었다.

"예전엔 몰랐지만 이젠 그게 어떤 마음인지 알 것 같아요. 나도 공주님이 함께 있어 주면 좋겠다고 생각하니까요."

체파르데아가 냅킨으로 입가를 닦으며 자리에서 일어났다. 그리고 내 뒤로 걸어와 나를 도로 앉혔다.

"공주님도 엉망으로 굴복해서 나와 같이 있으면 좋겠다고 생각하니까요."

그가 뒤에서 팔을 뻗었다. 그러더니 테이블에 놓인 포크와 나이프를 내 손에 쥐게 했다.

"외로웠어요. 공주님이 그리웠어요. 비라에서처럼 제 친구가 되어 주세요."

나는 손을 움직이지 않으려고 저항하며 그에게 나직이 물었다.

"우리 정말 친구였어?"

"둘도 없는 친구였어요."

"만약 내 친구가 이러면 나는 때려서라도 말릴 거야."

그렇게 말하며 나는 체파르데아를 밀쳐 냈다.

"만약 내가 나쁜 짓을 해도 내 친구는 못 하게 할 거야. 같이 하겠다고 하면 화내고 말릴 거야, 진짜 친구라면!"

그렇게 말하며 나는 체파르데아를 노려보았다. 친구라면서 이런걸 요구하는 그를 탓하듯이. 그러자 체파르데아가 변명하듯 말했다.

"아니에요, 공주님. 나는 당신을 지키려는 거예요. 피네하스는 20년 전에도 당신을 죽이려고 했어요. 당신이 돌아온 걸 알면 분명 또 그럴 거예요."

나는 그 변명을 듣지 않고 몇 걸음 물러났다. 그러자 체파르데아는 나를 다시 쫓아왔다.

"그럴 바엔 그냥 나와 함께 있어요. 나처럼 되면 피네하스도 공주님을 죽이려 하지 않을 거예요. 힘든 일은 시키지 않을게요. 아주 조금만 먹으면 돼요."

얘는 그게 정말로 말이 된다고 생각하는 걸까? 나는 단호하게 고개를 저었다.

"절대 안 먹을 거야."

저 고기는 지카와 우즈니까. 그 애들을 난도질해서 살아야 한다면 차라리 죽고 말겠다. 그렇게까지 해서 살아남으면 그게 정말 사는 걸까? 내가 고개를 흔들자 체파르데아가 내 어깨를 붙잡았다.

"그러지 말고 내 말 들어요, 공주님. 한 번 하고 나면 별거 아니에요."

"별거 아니야? 그게 어떻게 별게 아니야?"

"여긴 원래 그런 세계예요. 먹지 않으면 먹힐 뿐이에요. 어차피 그렇다면 먹히는 쪽보다는 먹는 쪽이 낫잖아요. 대체 뭐가 나쁘다는 건데요?"

나는 말문이 막혔다. 사람을 잡아먹으면서 너무나 당당하게 뭐가 나쁘냐고 묻는데, 도저히 할 말이 없었다. 내가 그의 손을 떨쳐 내고 물러나자 체파르데아가 다시 애원했다.

"제발요, 거친 방법은 쓰고 싶지 않아요. 하지만 계속 고집부리시면 저도 어쩔 수 없어요."

나는 대답 대신 다시 한 발짝 물러나 그를 거부했다. 그러자 체파르데아가 결국 소리쳤다.

"공주님!"

나는 대답하지 않고 그를 외면했다. 우리는 같은 공간에 있었지만 서로에게 조금도 닿을 수 없었다. 먹힐 바에는 먹는 쪽이 되겠다고 말하는 그와, 그에게 먹혔던 아이들을 기억하는 나는 너무나도 먼 곳에 있었다. 우리의 그런 간극을 이해한 걸까? 한참 후 그가 어두워진 목소리로 말했다.

"정 그렇다면 알겠어요."

단념은 아니었다. 그 나직한 목소리 뒤에는 지독하게 이글대는 악의가 있었다.

"하지만 난 그때처럼 공주님을 잃고 싶지 않아요. 그럴 바엔 조금 다치게 하는 편이 낫겠어요. 내가 무슨 짓을 하는지는 들어 봤죠? 그걸 공주님한테 못할 거라고는 생각하지 말아요. 멀쩡하지 않아도 옆에 두는 게 나으니까. 정 싫다고 하시면 공주님을 먹어 치우는 것도 나쁘지 않겠네요. 그럼 평생 같이 있는 게 될 테니."

그렇게 말한 후 체파르데아는 문밖을 향해 소리쳤다.

"아지킴!"

곧 아지킴이 들어왔고 체파르데아는 싸늘한 목소리로 명령했다.

"공주님께 축사를 보여 드려. 최대한 자세히. 돌아와서도 나와 식사하지 않으면 거기 암컷들하고 똑같은 취급을 받게 될 거야. 그러니 똑똑히 보여 드려."

그렇게 말하며 체파르데아는 나를 외면했다. 나는 알 수 있었다. 그가 하는 말이 날 향한 협박이란 것을, 또한 진심이라는 것을.

"당신, 정말 기억이 없나?"

방에서 나와 복도를 걸어가던 중이었다. 앞서가던 아지킴이 침묵을 깨고 물었다. 하지만 나는 대답하지 않고 묵묵히 걸었다. 그는 대답을 기다리다가 다시금 물어 왔다.

"아깐 왜 날 도와줬지?"

그 말을 듣고 나는 멈춰 서서 입술을 꾹 깨물었다. 사람을 죽이는

데에는 이유가 없고 사람을 돕는 데는 이유가 필요해? 내가 멈춘 걸 알고 아지킴이 되돌아왔다. 나는 그를 기다리고 있다가 있는 힘껏 그의 얼굴을 때려 버렸다. 철썩, 손바닥이 얼얼할 만큼 세게 맞부딪혔다. 아지킴은 아파하기보다는 놀라서 나를 멍하니 쳐다보았다.

"무슨 짓이야?"

그 어처구니없어하는 얼굴을 향해 나는 빽 소리를 질렀다.

"너도 아까 나 때렸잖아!"

그렇게 소리치고서 나는 결국 울음을 터트렸다. 앞에 사람이 있다는 것도 신경 쓰지 않고 풀썩 주저앉아서 목 놓아 울었다.

"짜증 나, 진짜. 미친 것 같아. 다 너무 이상해."

"뭐야, 왜 이래?"

내가 울자 아지킴이 당황해서 윽박질렀다. 나는 계속 울었고 그는 결국 화를 냈다.

"아, 울지 마!"

"너 같으면 안 울게 생겼냐? 나보고 뭐 어쩌라고!"

내가 빽 소리를 지르자 아지킴은 목소리를 낮추며 황급히 다그쳤다.

"당장 안 일어나? 누구 죽는 꼴 보고 싶어?"

하지만 나는 울음을 그치는 대신 다시 한 번 아지킴의 뺨을 후려쳤다. 지카와 우즈의 복수였다.

"이게 진짜······."

아지킴이 이를 갈았지만 나는 신경 쓰지 않았다. 내 울음이 길어지자 아지킴이 초조해하며 사방을 살폈다. 혹여 체파르데아가 나올까 봐 걱정하는 것 같았다. 안 되겠다 싶었는지 그는 억지로 나를 일으켜 어느 방으로 끌고 갔다. 그러고는 나를 앉히고 손수건을 가져다주었다. 나는 급한 대로 거기다가 얼굴을 대고 울었다. 한참을 더 울었다. 이윽고 울음이 잦아들어 코를 풀자, 아지킴이 어처구니없다는 듯 말했다.

"당신 정말 키브사 공주 맞아?"

몰라, 내가 진짜였으면 너희들 다 죽었어. 나는 다 울고 나서 가쁘게 흐느꼈다. 이렇게 갑자기 울 줄은 나도 몰랐다. 체파르데아 앞에서 참고 있던 게 갑자기 터졌나 보다. 그런 내 모습을 지켜보던 아지킴이 혀를 차며 말했다.

"울 정도로 무서우면 고집부리지 말고 시키는 대로 해. 그래도 당신한텐 잘하잖아. 대충 비위 맞춰서 더러운 꼴 피하라고."

딴에는 위해 주는 말 같기도 했지만, 나는 대답하지 않고 입을 꾹 다물었다.

"잘 생각해. 우리 주인은 한다면 하는 사람이야. 나랑 같이 있던 덩치 큰 남자 기억나? 그 녀석도 어제 점심에 주인에게 먹혔어. 그 양 한 마리를 놓친 벌로 말이야."

나는 고개를 숙인 채 얼굴을 찡그렸다. 어쩐지 안 보인다 했다. 그보다 이 사람은 같이 다니던 사람이 잡아먹혔는데 아무렇지도 않은 거야? 어떻게 그럴 수 있어? 내가 끝내 입을 다물자 아지킴은 결국 신경질을 냈다.

"짜증 나네, 힘도 없는 주제에 고집만 세서."

그렇게 말하며 그는 다시 내 팔을 거칠게 붙잡았다.

"보고 후회하지나 마."

나는 결국 성 밖으로 질질 끌려갔다. 그가 나를 데려간 곳은 커다란 건물 앞이었다. 그 건물 입구에는 아지킴과 비슷하게 무장한 사람 네다섯 명이 서 있었다. 그 문 앞에서 아지킴이 다시 한 번 말했다.

"지금이라도 마음 변했으면 말해."

내 대답은 변하지 않았다. 역시 사람을 먹을 순 없었다. 내가 고개를 젓자 아지킴이 문을 열었다. 문이 열리자 악취가 밀려 나왔다. 동시에 어수선하게 움직이는 소리가 들렸다. 나는 고개를 들어 건물 안을 바라보았고, 할 말을 잃었다. 넓은 건물 안에는 쇠창살로 된 우리가 있었다. 감옥이 아니라 우리라고 표현할 수밖에 없다. 그 안에 있는 건 분명 사람이지만 조금도 사람답지 않았다. 수많은 사람이 마치 소나 돼지처럼, 인격도 수치심도 없이 죽은 눈빛으로 웅크리고 있었다.

"미쳤어······."

"벌써부터 놀라면 안 되지."

아지킴은 그대로 내 팔을 잡고 안으로 잡아끌었다. 나는 들어가고 싶지 않았지만 아지킴은 억지로 나를 끌고 들어갔다.

"우리 주인이 먹는 건 매일 세 마리. 끼니마다 다른 놈으로 먹지. 그리고 나이 든 인간은 별로 안 좋아해서 어린 것들을 직접 길러서 잡아먹어. 자, 봐. 가축으로 태어나서 잡아먹힐 날만 기다리는 것들이야."

아지킴은 그렇게 말하며 나를 우리 앞에 세웠다. 그 바람에 나는 그 안의 광경을 더 자세히 보게 되었다. 그의 말대로 거기 있는 건 다 아이들이었다. 그 애들은 옷도 입지 않고 몸을 웅크리고 있었다. 바닥엔 오물이 가득했지만 아랑곳하지 않고 거기 뒹굴었다. 그러다가 배가 고파지면 여물통에 머리를 박고 먹이를 먹었다. 그들의 텅 빈 눈에 나는 숨이 막혔다. 정말 사람이 아니라 가축 같았다. 아무런 생각도 하지 않고 그저 사방을 두리번거리는 가축. 어떻게 사람을 이렇게 만들어 놓을 수 있지?

입에서 저절로 탄식이 터져 나왔다. 아지킴이 다시 내 팔을 잡아끌었다. 그 옆의 축사도 크게 다르지 않았다. 다만 거기 갇혀 있는 건 어린아이들이 아니라 성인들이었다. 아이들의 모습도 끔찍했지만 다 큰 어른들이 그렇게 뭉쳐 있는 광경은 훨씬 더 충격적이었다.

"이것들은 번식용이야."

그 말에 나는 흠칫했다. 그러자 아지킴은 대수로울 것 없다는 듯 말을 이었다.

"아까 주인이 얘기했지? 축사의 암컷 취급을 하겠다고. 바로 이런 뜻이야. 어때, 괜찮겠어?"

괜찮겠냐고 태연하게 묻는 아지킴의 목소리에 나는 황급히 몸을 숙였다. 구토감이 몰려와 견딜 수가 없었다. 하지만 정작 뱉어지는 건 시큼한 위액 약간뿐이었다. 종일 먹은 게 없어서 게워 낼 것도 없었다. 헛구역질하는 나를 아지킴이 다시 잡아끌었다.

"자, 다음엔 도살장을 보여 주지."

그 말에 화들짝 놀라서 나는 바닥에 주저앉았다.

"뭐 해, 일어나."

"시, 싫어!"

나는 붙잡힌 팔을 끌어당기며 필사적으로 버텼다. 더는 보고 싶지도 않고 알고 싶지도 않았다. 겁에 질린 내 얼굴을 보고 아지킴이 태연히 말했다.

"그럼 먹든가."

나는 말문이 막혀 그를 올려다보았다. 하지만 그의 얼굴엔 일말의 타협점도 없었다. 나는 벼랑 끝에 선 기분이었다. 선택지가 있기는 했다. 하지만 그건 천 길 낭떠러지에서 오른쪽으로 뛸지 왼쪽으로 뛸지에 대한 선택이었다. 둘 다 극악했고, 둘 다 결코 원치 않는 것이었다. 내가 대답을 못 하자 아지킴이 신경질을 냈다.

"미련하게 버티지 말고 기회를 줄 때 받아. 당신이 고집을 부리면 우리도 경을 치니까 웬만하면 고분고분 따르라고!"

"이게 기회야?"

나는 너무 억울해서 울먹이며 되물었다. 남을 먹는 게 기회야? 남에게 먹히는 게 아니니까 더 나은 거야? 내가 보기엔 둘 다 다를 바가 없는데 대체 뭐가 기회라는 거야? 어느새 다시 눈물이 차올랐다. 그러자 아지킴이 짜증을 내며 내 팔을 뿌리쳤다.

"징징거리지 마. 여기서 울어 봤자 알아줄 사람 아무도 없으니까."

그 말에 나는 입술을 깨물고 황급히 눈물을 훔쳤다. 그런 내 모습도 가소로운지 아지킴은 비웃었다.

"더 보여 줄 필요도 없네. 시간을 줄 테니까 내가 다시 올 때까지 결정해. 저 여자들 잘 보면서, 뭐가 좋을지 말이야."

아지킴은 그렇게 말하곤 나를 내버려 둔 채 돌아섰다. 나는 그를 잡아야 할지 말아야 할지 망설였다. 여기 혼자 남는 건 싫었다. 하지만 그를 따라가는 것도 싫기는 마찬가지였다. 내가 망설이는 사이 아지킴은 나가 버렸고 축사에는 나 혼자만 남았다. 분명 우리마다 사람이 가득 있었지만 나는 혼자였다.

끔찍한 기분에 절망하며 무릎 사이로 얼굴을 파묻었다. 집에 가고 싶었다. 이 지독한 세계에 더는 있고 싶지 않았다. 그런데 그때, 등 뒤로 가냘픈 음성이 들려왔다.

"저기, 아가씨……."

그 갈라진 목소리에 놀라 뒤를 돌아보았다. 한 여자가 우리 안에서 내게 말을 걸고 있었다. 그 여자는 다른 사람들과는 어딘지 다르게 보였다. 눈빛이 사람 같았다. 눈이 마주치자 여자가 말했다.

"밖에서 오신 거죠? 그럼 혹시 제 아들을 보셨나요? 아홉 살 된 남자아인데, 오른쪽 몸에 화상을 입었어요. 한 달 전에 성 밖으로 내보내졌는데 혹시 들은 이야기가 있나요?"

그 말을 듣고 나는 깜짝 놀랐다. 우즈의 이야기 같아서. 나는 그 여자를 다시 자세히 쳐다보았다. 착각인지도 모르겠지만, 닮았다.

"우즈요?"

내가 설마 하며 말하자 여자의 눈이 크게 떠졌다.

"그 애를 아세요? 아가씨, 우리 애를 보셨나요? 살아 있나요?"

세상에, 우즈의 엄마가 맞았다. 나는 당황스럽기도 하고 놀랍기도

해서 그 절박한 물음에 답했다.

"네, 지금 기달티 성에 있어요. 치료받고 있어요."

그러자 크게 떠진 그 눈에서 눈물이 주룩 흘러내렸다. 날 바라보던 여자는 이내 얼굴을 가리고 흐느끼기 시작했다.

"아, 감사합니다. 감사합니다."

나는 우두커니 그 여인을 바라보았다. 이해할 수 없었다. 이렇게 갇혀 있으면서 어떻게 감사하다고 말할 수 있는 걸까, 그 비참한 몰골로 어떻게 그럴 수 있는 걸까.

우즈의 엄마는 원래 체파르데아의 영지에서 살던 주민이었다. 그런데 남편이 죽은 후 세금이 체납되었고, 끝내는 우즈를 축사에 바쳐야 하는 상황이 되었다. 그것은 체파르데아의 폭정 중 하나였다. 축사에 간다는 건 잡아먹힌다는 의미. 우즈의 엄마는 하나뿐인 아들을 죽일 수 없어 도주를 시도했다. 그러나 성벽조차 넘지 못하고 체파르데아의 권속들에게 붙잡히고 말았다.

도망치다 붙잡히면 사형. 우즈의 엄마는 절망한 채 우즈를 꼭 끌어안았다. 그런데 체파르데아가 뜻밖의 제안을 했다. 아무 소리도 내지 않고 자신의 식사 시중을 든다면 우즈를 성 밖으로 놓아주겠다는 제안이었다. 엄마는 생각할 것도 없이 수락했다. 아들을 살리기 위해 못할 짓은 없었다. 하지만 식사가 시작되었을 때 우즈의 엄마는 피가 나도록 입술을 깨물어야 했다. 왜냐하면 고기로 준비된 것이 팔다리가 묶인 아들이었기 때문이다.

체파르데아는 웃으며 시작하라고 말했다. 엄마는 참담한 괴로움을 느꼈지만 결국 아들의 살을 잘랐다. 피가 쏟아지면 망설이지 않고 불로 지졌다. 아들이 울부짖다 못해 혀를 깨물었지만 그래도 엄마는 아무런 반응도 하지 않았다. 그랬다간 아들이 죽을 테니까. 그렇게 엄마는 아들의 몸을 잘라 체파르데아의 입에 넣었다.

그 지옥 같은 시간이 끝나고 약속대로 아들은 성 밖으로 내보내졌다. 하지만 도주를 시도했던 엄마는 축사에 갇혔다. 반신을 잃은 어린 아들이 홀로 살아남을 확률은 희박했다. 애당초 체파르데아에게 도주자를 살려 둘 생각 따윈 없었던 것이다.

나는 축사 구석에 웅크리고 앉아 곰곰이 생각했다. 아침부터 지금까지 너무 많은 일이 있었다. 갑자기 끌려와 식인을 강요당하고 엉엉 울었다. 이 축사에 와서는 어쩔 줄을 몰라 구역질만 해댔다. 그런데 우즈 엄마의 이야기를 듣는 순간 뒤늦게 라이시의 말이 생각났다.

마음을 지키는 건 본인의 몫이라고. 사실 처음엔 그 말뜻을 잘 몰랐다. 이제야 그 뜻을 아프도록 깊이 깨달았다. 우즈의 엄마는 자기 손으로 아들을 상처 입히고 이 축사에서 버텼다. 벌거벗은 채로 끔찍한 우리에서 한 달이나. 그럼에도 그는 희망을 잃지 않았고 끝내 아들의 소식을 전해 들었다. 그리고 감사하다고 말했다. 그 강인함에 나는 마음을 지킨다는 게 어떤 의미인지 비로소 깨달았다.

나는 계속 흔들리기만 했다. 갑자기 끌려올 때는 겁에 질렸고 체파르데아가 식사를 강요할 땐 울기만 했다. 이 축사에 와서도 벌벌 떠는 것 외엔 아무것도 할 수 없었다. 집에 가고 싶다는 생각 외엔 아무 것도 하지 못했다. 하지만 아니야. 내가 할 일은 그런 게 아니야. 내가 이 세계에 왜 남았지? 나는 구하겠다고 남았지 구해지려고 남은 게 아니다. 나는 입술을 꽉 깨물었다. 내 역할이 백마 탄 왕자를 기다리는 게 아니라면 이렇게 휘둘리고 있을 수만은 없다.

무엇보다도, 무사히 돌아가야 할 이유가 생겼다.

"결심이 섰나?"

아지킴이 돌아왔다. 그 물음에 나는 말없이 고개를 끄덕였다. 그는 내 결정을 묻지 않았다. 곧 알게 될 테니 굳이 물어볼 필요도 없었다. 그는 나를 다시 체파르데아에게 데려갔고, 나는 그 뒤를 묵묵히 따랐다. 그렇게 뒤따라 걷다가 나는 넌지시 말했다.

"아까 때려서 미안해."

아지킴은 코웃음을 쳤다. 네 걱정이나 하라는 뜻 같았다. 나는 그의 등을 바라보다 다시 혼잣말처럼 말했다.

"맞는 것도 그렇게 아픈데, 칼에 찔리면 정말 아프겠지?"

"어지간하면 고집부리지 마. 그냥 입 닥치고 체파르데아에게 아양이라도 떨면서 살아남아. 이 세계에서 사는 방법은 그것뿐이야."

내 말에서 어떤 낌새를 챘는지 아지킴이 퉁명스럽게 말했다. 조금은 걱정해 주는 것 같았다. 하지만 나는 이미 결정을 내렸다. 내가 응접실로 돌아왔을 때 체파르데아는 소파에서 책을 읽고 있었다. 내가 돌아오자 그는 안경과 책을 내려놓고 나를 다시 반겼다.

"어서 오세요, 공주님. 생각은 좀 해보셨나요?"

그는 처음처럼 순진하고 친절했다. 나한테 그런 소릴 해놓고도 아무렇지 않아 보였다. 하지만 나는 그를 편히 바라볼 수가 없어 눈을 내리깔았다. 그리고 작게 말했다.

"응."

"어떻게요?"

"네가 참 나쁘다는 생각을 했어."

체파르데아의 고개가 살짝 기울어졌다. 흥미롭다는 표정이었다. 그가 조금이라도 죄책감을 느꼈으면 좋겠다고 생각했는데, 전혀 아니었다. 그 사실에 나는 고개를 들고 그를 똑바로 바라보았다.

"먹지 않으면 먹히니까 먹는 게 당연한 거야? 네게 먹히는 사람들이 불쌍하다는 생각은 단 한 번도 안 해봤어?"

내 물음에 체파르데아는 빙긋 웃었다.

"안 해봤어요. 왜 남 생각까지 해줘야 하죠? 내가 죽어 갈 때 날 동정하거나 도와준 사람은 단 한 명도 없었어요. 그런데 나라고 그럴 필요 있나요?"

그 말에 나는 그렇구나, 하고 짤막하게 중얼대며 고개를 끄덕였다. 그리고 다시 한 번 물었다.

"우리 정말 친구야?"

"네, 둘도 없는 친구였어요."

"그럼 내 부탁 들어주면 안 돼?"

"인간을 먹지 말라는 부탁이라면 어렵겠네요. 그것만 아니라면 뭐든 괜찮아요."

내가 하고 싶은 부탁은 그것뿐인데. 나는 씁쓸해하며 체파르데아에게 한 걸음 다가갔다. 그리고 그의 어깨에 턱을 걸쳤다. 포옹하듯 그에게 몸을 기댄 채로 나는 조용히 속삭였다.

"나는 아무런 기억도 없지만 그래도 네가 친구처럼 느껴져. 예전에 널 정말 좋아했나 봐. 그래서 많이 생각했어. 너를 어떻게 하면 좋을지."

그렇게 말하며 나는 눈을 질끈 감았다. 그래야 지금 하려는 일을 할 수 있을 것 같았다.

"친구니까, 때려서라도 말리는 거야."

내 말을 이해하지 못한 체파르데아가 뭐라 되물으려 했다. 하지만 나는 기다리지 않고 있는 힘껏, 치마폭에 감추고 있던 단검을 체파르데아의 허리에 찔러 넣었다. 한 뼘 길이의 이 칼은 축사에서 찾은 것이다. 이 칼을 보고 나는 스스로에게 물었다. 정말 찌를 수 있냐고. 스스로를 위해서라면 할 수 없었다. 하지만 지카나 우즈를 위해서라면 해야만 했다.

날카로운 쇠붙이로 사람을 찌르는 느낌은 지독했다. 체파르데아의 옆구리를 파고들던 칼끝이 멈췄을 때, 나는 그것을 도로 힘껏 뽑아냈다. 기습을 당한 체파르데아가 뒷걸음질 쳤다. 그의 옆구리에선 새빨간 피가 철철 쏟아지고 있었다.

"으, 윽⋯⋯!"

그 신음은 체파르데아의 것이 아니라 내 것이었다. 나는 피로 번들

거리는 칼을 놓지도 잡지도 못한 채 떨었다. 그사이 내게서 물러난 체파르데아는 상처를 꾹 누른 채 사납게 웃었다.

"좋아, 공주님. 단숨에 먹어 치워 주지."

체파르데아의 몸에서 검은 안개가 흘러나왔다. 그것은 체파르데아의 몸을 휘감더니 점점 부풀기 시작했다. 자, 잠깐만. 이런 건 예정에 없었는데? 나는 끝없이 거대해지는 체파르데아를 질린 눈으로 쳐다봤다. 뭐야, 변신은 반칙이잖아!

체파르데아가 천장과 벽을 부수며 거대해진 몸을 펼쳤다. 그것은 사람의 형체가 아니었다. 넓적한 앞발로 땅을 디딘 그 형상은 흡사 개구리였다. 하지만 척추를 따라 솟구친 뿔과 날이 선 샛노란 눈은 악어에 가까웠다. 새카만 괴물로 변한 체파르데아는 나 하나쯤 한 손으로 쥐고 꿀꺽 삼킬 만큼 거대했다. 변형을 마친 체파르데아가 노란 눈을 굴려 나를 쳐다보더니 이내 내 쪽으로 달려들었다.

"으, 엄마야!"

나는 소리를 지르며 힘껏 몸을 굴렸다. 내가 서 있던 자리에 머리를 처박은 체파르데아가 다시 고개를 들었다. 바닥은 완전히 깨져서 파편이 날리고 있었다. 일 났다, 정말. 저 정도면 사망이야. 아무래도 잘못 건드린 모양이다. 저 녀석 데리고 인질극을 벌여 볼 생각이었는데, 인질극은커녕 도주극을 찍게 생겼다!

체파르데아가 이번엔 앞발을 휘둘렀다. 나는 다시 피하려다가 구두 굽이 덜컥 꺾여 발목을 접질리고 말았다. 아, 다시 일어나기엔 너무 늦었다. 나는 될 대로 되라는 심정으로 날아오는 체파르데아의 앞발에 대고 들고 있던 단검을 휘둘렀다. 쾅! 뜻밖의 소리가 났다. 무언가가 폭발하는 소리. 나는 그 소리에 놀라서 질끈 감았던 눈을 떴다. 놀랍게도 나를 덮쳐 오던 체파르데아의 팔이 반쯤 날아가 너덜거리고 있었다. 뭐지? 내가 한 건가?

나는 혹시나 싶어 칼을 앞으로 내밀었다. 체파르데아가 움찔 물러나며 날아간 팔을 다시 복구시켰다. 상처는 금방 나았지만 저렇게 물러서 있는 걸 보니 나를 경계하는 게 분명했다. 설마 진짜야? 나는 반신반의하면서 칼로 체파르데아를 겨눴다. 그런데 그 순간, 체파르데아의 입에서 긴 혀가 튀어나와 내 손목을 후려쳤다. 내 손아귀에서 칼이 튕겨 나가며 저 멀리 날아가 버렸다. 헉. 날아간 칼을 쳐다볼 틈도 얼얼한 손목을 어루만질 틈도 내겐 없었다. 나는 체파르데아를 바라보았고 체파르데아도 나를 바라보았다. 그리고 우린 동시에 도망치고 쫓기 시작했다.

"으악, 오지 마!"

나는 소리를 지르며 거추장스러운 구두를 벗어 던졌다. 체파르데아의 거대한 몸이 네발로 기며 나를 쫓아왔다. 나는 체파르데아를 피하려고 응접실 문을 열고 밖으로 나왔다. 저 거구로 문을 통과할 순 없겠지. 잠깐 안심했지만 멍청한 생각이었다. 체파르데아는 벽을 부수며 밖으로 나왔다.

벽이 와지끈 부서지는 순간 나는 뒤도 돌아보지 않고 복도를 내달렸다. 그런데 등 뒤에서 무언가가 날아오는 소리가 들렸다. 반사적으로 뒤를 돌아봤는데, 실수였다. 있는 힘껏 몸을 굴리는 편이 나았다.

내게 날아온 것은 체파르데아의 긴 혀였다. 쏜살같이 뻗어 나온 그건 피할 수도 막을 수도 없었다. 순식간에 내 몸을 휘감은 미끈거리는 혀는 내뻗었던 속도만큼 빠르게 다시 입안으로 말려들었다. 몸이 붕 뜬 나는 마치 하늘을 나는 기분이었다. 물론 조금도 신나지는 않았다. 날 끌어당기는 곳 끝에는 새빨간 입이 있었으니까.

"으읍!"

결국 개구리의 축축한 입안 점액이 내 몸을 감쌌다. 손을 뻗어 나가려고 했지만 혀가 내 몸을 안으로 잡아끌었다. 버티려 했지만 소용없었다. 내 발목을 삼키는 목구멍의 힘이 너무 셌다. 안간힘을 쓰며 손을 뻗는 순간, 체파르데아의 목구멍이 꿀꺽 하더니 결국 나를 삼켰다. 목구멍을 통과한 이후는 끔찍했다. 내 몸에 꼭 맞는 축축한 통로가 꿈틀대며 나를 운반했고, 그 속에서 나는 숨도 제대로 쉴 수 없었다. 동시에 뜨거운 열기가 불쾌하게 들러붙었다. 꾸물거리는 내장 속에서 점차 숨이 막혀 왔다. 정신이 희미해질 때쯤이었다. 폭발음이 들렸고, 나는 밑으로 쏟아졌다.

깜깜했던 주변이 밝아지며 불쾌한 열기 대신 차가운 공기가 피부에 닿았다. 바닥에 넘어진 나는 허우적대며 일어나려 애썼다. 그런 내게 한 남자의 외침이 들려왔다.

"공주님!"

그 소리에 나는 퍼뜩 정신을 차렸다. 숨 막히게 반가운 목소리다. 라이시였다.

다급히 날아온 라이시가 나를 일으켰다. 나는 그제야 주변을 살펴볼 수 있었는데, 바닥엔 체파르데아의 체액과 피가 흥건했고 나도 그걸 뒤집어써서 몰골이 말이 아니었다. 나는 라이시가 너무 반가워서 울고 싶은 심정으로 외쳤다.

"죽는 줄 알았어!"

"살아 주셔서 감사합니다."

라이시는 진심으로 그렇게 말하며 내 어깨에 망토를 둘러 줬다. 그러곤 나를 안고 날아올랐다.

"어떻게 온 거야? 어디 간다고 했잖아?"

"낌새가 이상해서 중간에 돌아왔습니다. 우즈가 정신을 차릴 때까지 기다리느라 좀 늦었습니다."

나는 울컥해서 라이시를 꽉 끌어안을 뻔했다. 조금만 늦었어도 개구리 밥이 될 뻔했다.

"우즈는? 괜찮아?"

"괜찮습니다."

아, 다행이다! 정말 다행이다, 엄마를 만나게 해줄 수 있어. 나는 라이시에게 우즈의 엄마 이야기를 해주려고 했다. 그런데 그가 갑자기 몸을 틀어 내 입을 막았다. 동시에 우리 옆으로 체파르데아의 혀가 지나갔다. 으악, 저 징그러운 녀석! 밑에서 노리고 있었어! 체파르데아의 혀가 연달아 솟구쳤다. 라이시는 아슬아슬하게 혀를 피하며 날았다. 곡예를 하듯 비행하며 라이시는 체파르데아 때문에 무너진 천장을 노렸다. 하지만 체파르데아도 바보는 아닌지라 그 큰 출구를 모른

척하지 않았다. 라이시가 성 밖으로 나가려는 순간 기다렸다는 듯 체파르데아의 혀가 앞을 막았다. 이대로 있다간 또 삼켜질 판이었다.

"바자크!"

하지만 그 직전에 라이시가 체파르데아의 혀를 감전시켰다. 라이시의 손으로부터 뻗어 나간 뇌전이 체파르데아의 혀를 타고 본체까지 흘러들었다. 잠시 경련할 뿐 체파르데아의 거대한 본체는 멀쩡했지만, 그걸로 충분했다. 나와 라이시는 이미 성을 빠져나온 후였다.

체파르데아가 우리를 쫓아 성 꼭대기까지 올라왔다. 그래서 우린 그에게 닿지 않는 하늘까지 날아올랐다. 나는 체파르데아를 내려다보며 라이시에게 물었다.

"이제 어떡해?"

"여기까지 왔으니 저 개구리를 잡아야죠."

"가능해?"

"저는 어렵지만 기달티는 가능합니다."

"기달티? 성주님?"

그때 갑자기 저 밑에 있던 체파르데아가 괴성을 질렀다.

"카아아아아!"

쩌렁쩌렁 울리는 소리가 괴로워서 나는 귀를 틀어막았다. 뭐야, 신경질?

"젠장."

소리가 멎을 즘 라이시가 낮게 내뱉었다. 갑자기 왜? 나는 라이시가 뭘 보고 그러나 고개를 돌리다 발견했다. 체파르데아의 성에서 무장한 사람들이 용을 타고 날아오는 것을. 수십 명은 되는 것 같았다.
라이시가 갑자기 내게 반지 하나를 내밀었다. 아무런 장식도 없는 은
색 반지였다. 갑작스러운 선물에 나는 단호하게 말했다.

"우린 아직 서로를 잘 몰라."

"공주님……."

라이시의 한숨 섞인 부름에 나는 순순히 반지를 꼈다.

"원래는 이렇게 급히 쓸 물건이 아니지만 어쩔 수 없어서 드립니다.
제가 '바자크'라고 외치며 번개를 사용하는 걸 몇 번 보셨죠. 같은 겁
니다. 기력 소모가 크니 조절해서 사용하셔야 합니다. 공주님의 반지
시동어는 루아흐입니다."

"루아흐?"

내가 따라 하자 어디선가 가벼운 바람이 불어와 내 머리칼을 스치
고 지나갔다.

"목표를 정하고 외치면 됩니다. 처음이니 손을 뻗어 목표를 지목하
는 게 좋습니다. 잠시 후 저들이 우릴 포위할 겁니다. 제가 바자크라
고 외칠 때 공주님은 그 반대편에서 루아흐를 외치시면 됩니다."

나는 진지하게 고개를 끄덕였다. 그렇게 기다리는데, 날아오는 이
들 중 두어 명이 유독 빠르게 우리를 향해 왔다. 거의 충돌할 것처럼
날아오는 바람에 라이시가 황급히 날개를 꺾었다.

"라이시, 지금?"

"아뇨, 아직입니다!"

라이시가 말하는 틈에 사슬이 날아와 내 한쪽 팔목을 감았다.

"아윽!"

아, 이거 진짜 겁나 아프다고! 저쪽에서 내 팔을 끌어당겼다. 내가 다시 신음하자 라이시는 버티지 않고 도리어 나를 잡아당기는 쪽으로 날았다. 사슬을 팽팽하게 당기던 체파르데아의 부하는 기우뚱 균형을 잃었고, 그 틈에 라이시는 그의 안면에 무릎을 찍어 넣었다. 공격이 먹히는 순간 사방에서 쇠사슬이 날아왔다. 라이시가 위로 피하자 목표를 잃은 사슬들은 잔인하게도 그 자리에 남아 있던 사람의 몸을 난도질했다. 나는 비명처럼 소리쳤다.

"같은 편인데!"

"소용없습니다. 저들은 지금 이성이 거의 없습니다."

"어째서?"

"저 쇠사슬을 사용하는 자들은 체파르데아의 피를 마신 권속들입니다. 저들은 체파르데아와 생명을 공유합니다. 그래서 체파르데아가 괴물이 되면 함께 난폭해집니다."

쇠사슬을 사용하는 사람들이라고? 그럼 저기 아지킴도 있는 건가? 바쁘게 둘러봤지만 수가 워낙 많아서 아지킴은 찾을 수 없었다.

"준비하십시오."

라이시가 조용히 말했다. 나는 반지를 낀 손을 꾹 움켜쥐었다. 사방에서 공격이 날아들었고 정신없이 피하는 사이 우리는 어느덧 포위됐다. 이성이 흐려진다는 말이 사실인지 그들은 눈이 뒤집어진 채 무차별적으로 우리를 공격했다. 다시 한 번 아슬아슬하게 공격을 피한 라이시가 우뚝 멈췄다. 신호였다. 나와 라이시는 서로 다른 곳을 바라보며 동시에 외쳤다.

"바자크!"

"루아흐!"

그 순간 내 뒤로는 벼락이, 내 앞으로는 태풍이 몰아쳤다. 몰아치는 강풍에 허공을 날던 용과 사람들이 낙엽처럼 쓸려 갔다. 바람을 버티려는 그들의 노력은 아무 소용이 없었다. 그들은 마치 먼지처럼 내가 일으킨 바람에 멀리 날아가 버렸다.

"잘했어요, 공주님."

라이시의 칭찬에 나는 어안이 벙벙해졌다. 이거 진짜 내가 한 거야? 나는 조금 당황해서 말했다.

"죽은 사람은 없겠지?"

"영주의 권속은 보통 사람보다 강합니다. 이 정도는 괜찮습니다."

그렇다면 안심이다. 가슴을 쓸어내리고 나니 뿌듯함이 남았다. 나는 두 손을 꼭 쥐고 의기양양하게 말했다.

"이제 정말 세상을 구할 수 있을 것 같아!"

"죄송하지만 어림도 없습니다."

내가 막 받아치려던 순간 밑에서 체파르데아가 펄쩍 뛰어올랐다. 경이로운 도약력으로 뛰어오른 체파르데아는 아슬아슬하게 우릴 스치고 땅에 착지했다. 체파르데아의 거대한 몸이 내리찍은 곳은 성이 아니라 성 주변의 민가였다. 안 그래도 허름한 집들이 체파르데아에게 깔려 엉망으로 박살 났다. 그 광경에 놀라서 나는 다급히 소리쳤다.

"라이시, 성 쪽으로 가!"

우리는 성으로 이동했다. 아니나 다를까 체파르데아는 곧장 우리를 따라 성으로 도약했다. 아, 하지만 이것도 위험하다. 성 옆에는 우즈의 엄마를 비롯한 사람들이 갇혀 있는 축사가 있다.

"어떡하지, 저대로 두면……."

나는 대책을 바라며 라이시를 쳐다보았다. 그런데 라이시는 내 말을 제대로 듣지 않고 먼 하늘만 보고 있었다.

"이제 괜찮습니다. 마침 왔으니까요."

그 말을 따라 나도 하늘을 돌아보았다. 체파르데아의 부하들이 타는 용 한 마리가 이곳으로 날아오고 있었다. 아까 쓰러트리지 못한 건가? 잠깐 의심했지만 그 의심은 곧 풀렸다. 용에 탄 남자는 아무런 무장도 없이 검고 긴 머리카락만 나부끼고 있었다. 성주님이었다.

성주님은 우리를 스치며 곧장 체파르데아에게 향했다. 나는 그 뒷모습을 보며 라이시에게 물었다.

"성주님은 강해?"

라이시가 답하려는 순간 쾅 하고 굉음이 울렸다. 자욱하게 솟아오른 먼지 사이로 땅에 처박힌 체파르데아가 보였다. 체파르데아는 머리를 밟힌 채 납작 엎드려 있었다. 아, 정말 말도 안 되는 광경이었다. 그 머리를 단번에 짓밟은 것은 방금 우리를 지나친 성주님이었다.

"글쎄요."

내가 얼이 빠져 있는 사이 라이시가 말했다. 무척이나 단조로운 목소리로.

"적어도 저 사람이 누구한테 질 거라고는 생각 안 합니다."

라이시가 그렇게 말할 때 성주님은 손에 긴 창을 들었다. 어디서 났는지도 모를 창을 들고 성주님은 팔을 휘저었다. 막대기를 휘두르듯 가벼운 동작이었다. 하지만 그것은 예리한 칼이 얇은 종이를 가르듯 가차 없이 체파르데아의 사지를 절단했다. 캬아아악! 거대한 사지가 잘려 나갈 때마다 체파르데아는 괴성을 내질렀다. 하지만 그것은 성주님의 행동에 아무런 제약도 걸지 못했다. 나뭇가지 같은 창은 그의 몸부림과 비명을 함께 잘라 냈다. 그렇게 체파르데아의 거대한 몸이 조각조각 분해되어 가던 어느 순간, 갑자기 그의 온몸이 검은 안개로 변하며 재처럼 폭삭 내려앉았다. 나는 그 광경을 보고 놀라서 물었다.

"어떻게 된 거야?"

"끝난 것 같습니다."

라이시는 그렇게 말하며 성으로 다가갔다. 그리고 성주님이 있는 곳에 내려섰다. 그곳엔 성주님과 체파르데아가 있었다. 체파르데아는 작은 소년의 모습으로 성주님에게 밟힌 채 쓰러져 있었다.

"기달티……"

체파르데아가 이를 갈며 으르렁댔다.

"길게 이야기하고 싶지 않다. 공주를 데려갈 테니 두 번 다시 내 땅에 접근하지 마라."

성주님의 말에 체파르데아는 킥킥 웃기 시작했다.

"가관이구나. 공주를 만나서 미쳤다는 얘긴 들었지만 네가 그런 소리를 할 줄은."

몸을 밟힌 상태지만 체파르데아는 이상하게 유쾌해 보였다. 싸움에서 진 사람답지 않았다. 그가 기달티를 올려다보며 여상히 말했다.

"그냥 옛날처럼 해보시지. 눈에 보이는 족족 죽이는 게 네 방식 아니었나!"

일갈하는 체파르데아의 주변으로 거센 폭풍이 일어났다. 성주님이 물러나자 검은빛 짙은 안개가 또다시 체파르데아를 휘감았다.

"기달티, 어떻게 합니까?"

"내가 막을 테니 공주를 데리고 피해라."

"혼자 괜찮습니까?"

라이시의 물음에 성주님은 말없이 끄덕였다. 일이 어떻게 돌아가는지 모르겠다. 성주님이 체파르데아보다 훨씬 강한 건 알겠는데, 길게 이야기하고 싶지 않다고? 나만 데려가겠다고? 그럼 저기 갇혀 있는 사람들은 어떡하고!

내 의문을 뒤로하고 라이시가 날아올랐다. 나는 이대로 가면 안 된다고 얘기하고 싶었다. 우즈의 엄마가 갇혀 있다고 얘기해야만 했다. 그런데 그때, 검은 안개 속에서 체파르데아의 긴 혀가 솟구쳐 나와 라이시를 휘감았다. 안개에 가려진 틈을 탄 기습이었다. 라이시는 빠져나가려 했지만 그보다 체파르데아가 빨랐다. 그가 혀를 휘둘러 우리를 땅에 내동댕이쳤다. 우린 순식간에 곤두박질쳐 바닥에 굴렀다.

"라, 라이시, 괜찮아?"

나는 당황해서 라이시에게 물었다. 라이시가 감싸 준 덕분에 나는 괜찮았지만 그는 괜찮을 리가 없었다. 아니나 다를까 라이시가 이를 악문 채 고통을 참으며 대답했다.

"괜찮습니다. 그보다 치포라를 빼앗겼습니다."

"치포라?"

"날개 말입니다."

날개? 내가 당황할 틈도 없이 체파르데아의 혀가 다시 들이닥쳤다. 꼼짝없이 붙잡히려는 찰나 성주님이 가로막으며 혀를 쳐냈다. 그 손에는 또 그 나뭇가지처럼 앙상한 창이 들려 있었다. 성주님이 체파르데아를 향해 창을 휘둘렀다. 그에 검은 안개가 날아가며 체파르데아가 모습을 드러냈다. 다시 괴수의 모습이 된 체파르데아는 온몸에 갑옷 같은 비늘을 두르고 있었다. 그 모습은 아까보다 더 강하고 포악해 보였다. 새로운 모습으로 변신한 체파르데아가 포효했다. 기괴한 울부짖음이 쩌렁쩌렁 울렸다. 그 괴물을 앞두고 성주님은 우리에게 등을 보인 채 말했다.

"알타쉬헤트, 피할 수 없다면 버텨라. 공주를 지켜라."

"알겠습니다."

라이시의 대답을 듣고 성주님은 손으로 얼굴을 쓸어내렸다. 잠시 후 성주님의 얼굴에 체파르데아와 같은 노란 눈동자가 떠올랐다. 그리고 눈부터 턱까지는 검은 눈물 자국이 흘렀다. 성주님은 어딘지 섬뜩하게 변했고 그 후 벌어진 일들은 지극히 일방적이었다.

체파르데아가 도약했다. 우리를 단번에 터트려 죽일 셈이었다. 그런데 그의 도약이 채 끝나기도 전에 성주님이 창을 던졌다. 마치 가시

같은 그 창은 체파르데아를 관통하며 그를 벽에 꽂아 버렸다. 체파르데아가 버둥대자 연이어 몇 개의 창이 더 날아가 그의 양쪽 팔과 다리에 박혔다. 꼼짝없이 벽에 걸린 모습이 마치 실험실의 표본 같았다.

이미 몇 개의 창을 집어 던진 성주님은 다시 손을 움켜쥐며 허공에서 창을 만들어 냈다. 그러고는 저 멀리에 묶인 체파르데아를 향해 창을 휘둘렀다. 채 닿지도 않았는데 체파르데아의 사지가 잘려 나갔다. 잘린 몸은 다시 자랐고, 또다시 잘렸다. 성주님이 창을 휘저을 때마다 체파르데아는 조각나고 재생하길 반복했다. 그러나 그것은 길지 않았다. 계속되는 난도질에 괴물의 몸은 점차 무너지더니 결국 검은 안개가 되어 흩어지고 말았다. 검은 안개가 휘몰아치듯 사라지자, 소년의 모습으로 돌아온 체파르데아가 드디어 비명을 내질렀다.

"아아아! 으악, 아아아악!"

소름 끼치는 비명이었다. 기달티는 개의치 않고 그에게로 다가갔다. 그리고 벽에 기대 쓰러진 그의 몸을 창으로 찔러 헤집었다.

"으아아악!"

비명을 지른 건 체파르데아만이 아니었다. 나도 함께 비명을 질렀고 라이시는 나를 뒤로 숨겨 그 광경을 못 보게 했다.

"기달티! 끝났습니다, 그만하십시오!"

라이시가 소리쳤지만 성주님은 듣지 않았다. 그는 무언가에 열중한 사람처럼 묵묵히 체파르데아를 찔렀다.

"죽이면 안 됩니다!"

라이시의 외침에 나는 퍼뜩 깨달았다. 이대로라면 체파르데아가 죽는다. 그의 죽음을 예상하는 순간 심한 거부감이 본능적으로 밀려왔다. 그래서 나도 모르게 소리쳤다.

"그만해요!"

내 외침에 체파르데아의 비명이 뚝 그쳤다. 갑자기 찾아온 적막 속에서 실낱같은 신음이 새어 나왔다.

"공주님……."

체파르데아의 목소리를 듣고 나는 달려가려 했다. 하지만 라이시가 나를 붙잡았다. 그사이 기달티의 창은 기어이 체파르데아의 숨통을 끊었다. 그의 죽음은 맴도는 적막을 통해서 고요하고도 확실하게 전해졌다. 그의 죽음을 느끼고 나는 가슴이 철렁 내려앉았다.

"아아아아악!"

사방에서 비명이 터져 나왔다. 성의 무너진 잔해 속에서 사람들이 몸을 일으키더니 미친 것처럼 소리를 질렀다. 그들은 아까 나와 라이시가 날려 버렸던 체파르데아의 부하들이었다. 그들은 몰골이 말이 아니었지만 아무것도 개의치 않고 성주님에게, 아니 체파르데아의 시체에 달려들었다. 손톱과 이빨을 앞세우고 마치 짐승처럼.

하지만 그들의 돌진은 주인에게 닿지 못했다. 가까이 다가가기도 전에 성주님의 창에 도륙당했기 때문이다. 또다시 일방적인 살육이 반복되었다. 성주님이 사람을 죽이는 것은 과자를 부서트리는 것보다 쉬워 보였다. 나는 그 광경을 끝까지 보지 못하고 라이시의 어깨에 고개를 파묻었다.

"어떡해, 왜 저러는 거야?"

"영주가 죽어서 권속들의 자아가 무너졌습니다. 그리고 성주님은, 조금 위험해진 것 같습니다."

그 말을 마지막으로 나는 귀를 꼭 막았다. 밖에서 벌어지는 일들이 너무 두려웠다. 그러길 한참, 어느덧 소란스러움이 가라앉았다. 나는 살며시 고개를 들고 라이시의 어깨 너머로 간신히 밖을 내다보았다. 새빨갛게 변한 한 남자가 보였다. 그 흥건한 피바다에 홀로 선 것은 피를 뒤집어쓴 성주님이었다.

"성······."

내가 그를 부르려 했지만 라이시가 만류했다.

"아직 부르지 마세요."

성주님은 자신의 손을 내려다보고 있었다. 빨갛게 피로 젖은 손이었다. 어떤 의미일까. 후회? 아니, 내 예상은 틀렸다. 성주님은 피 묻은 손을 내려다보더니 그 피를 핥기 시작했다. 나는 손으로 입을 꼭틀어막았다. 그 기척을 느꼈는지 성주님이 문득 이쪽을 바라보았다. 번뜩이는 노란 눈동자가 마치 먹잇감을 찾는 맹수 같았다. 성주님이다가오자 라이시가 앞으로 나섰다.

"기달티, 끝났습니다. 정신 차리십시오."

성주님은 라이시의 말에 반응하지 않고 그저 저벅저벅 걸어왔다.

"멈추십시오."

라이시가 몇 번이고 이름을 불러도 소용없었다. 성주님은 코앞까지 다가와 묵묵히 우리를 내려다보았다. 숨을 죽이고 바라보는데 성주님이 천천히 손을 뻗었다. 그게 괜찮다는 몸짓인 줄 알고 나는 잠깐 마음을 놓았다. 하지만 아니었다. 성주님은 뻗은 손에 날카로운 창을 쥐었다.

"기달티!"

나는 비명을 질렀고 라이시도 소리쳤다. 하지만 성주님은 아랑곳하지 않고 팔을 높이 치켜들었다. 성주님을 애타게 부르던 라이시는 잇소리를 내며 주먹을 꽉 움켜쥐었다.

"정신 좀 차려요!"

그러고는 힘껏 주먹을 내질러 성주님의 턱을 후려쳤다. 정통으로 얻어맞은 성주님은 턱이 돌아간 채 잠깐 멈춰 있더니, 이내 천천히 고개를 돌리며 말했다.

"알타쉬헤트……?"

라이시를 부르는 성주님의 눈빛은 차분했다. 뺨에 그어진 눈물 자국도 사라졌다. 성주님은 막 잠에서 깨어난 사람처럼 주변을 돌아보았다. 그 눈길은 마지막으로 피범벅이 된 자신의 손에 머물렀다.

"어떻게 됐지?"

"체파르데아가 죽었습니다."

성주님의 미간이 좁게 일그러졌다.

"체파르데아는……."

뭔가 말하려던 성주님이 갑자기 말을 멈추고 몸을 꺾었다.

"성주님?"

나와 라이시가 다가서자, 웅크린 성주님의 등으로 검은 안개가 흘러나오기 시작했다. 그건 체파르데아가 변할 때 생긴 것과 같았다. 그 검은 기류가 몸을 감싸자 성주님은 떨쳐 내려는 듯 팔을 휘둘렀다. 그러자 그 방향에 있던 벽 한 면이 그대로 무너져 버렸다.

"공주님, 이쪽으로!"

라이시가 나를 이끌고 다급히 물러났다. 그사이 검은 안개는 점점 짙어지며 성주님을 삼켰다.

"왜 저래, 어떻게 된 거야?"

"폭주하는 것 같습니다."

라이시는 그렇게 말하며 근처에 방치된 용을 붙잡았다. 그는 나를 뒤에 앉히고 곧장 날아올랐다. 우리가 날기 무섭게 성이 또 한 번 무너졌다. 우리는 하늘 높은 곳에서 아래를 내려다보았다. 폐허가 된 성에서 성주님이 짙은 안개에 휩싸여 몸부림치고 있었다. 나는 일렁이는 검은 안개를 바라보며 라이시에게 물었다.

"저게 도대체 뭐야? 아까 체파르데아도 저런 게 있었어."

"영주들이 가진 힘입니다. 죽음을 뱉는 뱀, 피네하스로부터 오는."

"성주님도 영주였어?"

나는 놀라서 되물었다. 영주는 피네하스에게 매일 한 생명을 바치고 대가로 힘을 받는다고 했다.

"그렇긴 한데 다릅니다. 기달티는 함부로 누굴 죽이거나 다치게 하지 않습니다."

라이시의 대답을 듣고 나는 겨우 안심했다.

"그럼 지금 왜 저러는 거야?"

"피네하스에게 생명을 바치지 않고 힘을 썼기 때문입니다. 10년 전에도 같은 일이 있었는데, 아무래도 그때처럼 폭주하는 것 같습니다."

"예전에도 저런 적이 있어?"

"네, 딱 한 번."

"그때 어떻게 멈췄어?"

"스스로 멈췄습니다. 피네하스의 채무를 다 갚았을 때."

"채무?"

"그동안 죽이지 않은 매일 한 생명을 다 죽인 후에 정신을 차렸습니다."

정신이 멍해지는 대답이었다. 그렇게 말하는 라이시의 얼굴도 씁쓸하게 일그러져 있었다. 아, 잔인하다. 너무 잔인하다, 이 세계는. 나는 당황해서 라이시에게 되물었다.

"그럼 이제 어떻게 해?"

"우리가 할 수 있는 건 없습니다."

그렇게 말하는 라이시의 얼굴은 참담했다. 성주님의 폭주를 멈추는 방법은 피네하스의 채무를 갚는 것뿐. 10년간 쌓인 채무가 매일 한 생명이라면 죽어야 하는 건 못해도 수천 명. 그런데 우리가 할 수 있는 건 그걸 지켜보는 것뿐이라고?

"아냐, 막을 수 있어."

나는 단호하게 말했다.

"나에게 무기가 있으면 저 검은 안개를 없앨 수 있어."

"정말입니까?"

놀라서 묻는 라이시에게 나는 고개를 끄덕여 줬다. 그러자 라이시가 품 안에서 한 뼘이 조금 넘는, 아까 그것과 비슷한 단검을 꺼냈다.

"이걸로 괜찮습니까?"

나는 끄덕이며 단검을 받아 들었다. 사실 도박이나 다름없지만, 아까 있었던 일이 순전히 우연일 수도 있지만 망설일 때가 아니다. 가능성이 있다면 실낱같더라도 시도해 볼 수밖에 없다. 라이시가 염려스러운 눈으로 나를 바라보더니 용의 고삐를 당겼다.

"해볼까요?"

"해볼게!"

라이시와 함께 검은 안개로 향할 때, 나는 이상할 만큼 침착했다. 자칫 죽을 수도 있는데 뭐라 설명할 수 없이 평안했다. 뭐라고 표현하면 좋을지. 이건 아마도 확신. 그래, 확신인 것 같다.

"걱정 마, 잘될 거야."

나는 확신에 차서 라이시에게 속삭였다.

우리가 다가갔을 때 성주님을 감싼 검은 안개는 어떤 형상을 만들고 있었다. 밀도가 높아진 탓에 성주님의 모습은 보이지 않았다. 라이시는 용을 이끌고 그 검은 안개 덩어리 옆을 스치듯 날았다. 그리고 나는 팔을 들어 그 안개를 향해 칼날을 세웠다.

카가가각! 검과 안개가 닿았고, 그 접촉은 마찰을 일으켰다. 충돌이 거칠었지만 기를 쓰고 버텼다. 곧 칼날이 안개를 빠져나왔고 검은 안개 덩어리에는 내가 길게 그어 놓은 흔적이 남았다. 우리가 다시 날아오를 때 그 흔적은 거대한 폭발을 일으켰다.

쾅! 콰과광! 그 폭발에 하늘마저 울렸다. 그와 함께 꾸물대던 안개의 태반이 날아갔다. 앞에 앉은 라이시의 입에서 감탄이 터져 나왔다. 덕분에 나는 막 웃고 싶어졌다. 이것 봐, 할 수 있잖아. 채무? 몇천 명을 죽여야 한다고? 아니, 그럴 필요 없어. 그렇게 두지 않아.

나는 라이시와 함께 날며 검은 안개를 베어 냈다. 저항하려는 듯 그 안개가 요동치며 성을 부쉈다. 하지만 우리의 비행에는 닿지 못했다. 이윽고 검은 안개가 걷히고 성주님이 모습을 드러냈다. 우리는 마지막으로 성주님을 향해 활강했다.

"기달티!"

"정신 차려요!"

나와 라이시가 함께 외치는 순간, 노랗게 물들었던 성주님의 눈이 검게 되돌아왔다. 성주님은 우릴 보더니 조금 놀란 눈으로 입을 열었다.

"멈……."

멈추라고 말하려던 것 같다. 하지만 우리는 돌진을 멈추지 못했고, 결국 한데 얽혀 데굴데굴 구르고 말았다. 우리가 겨우 멈춘 건 벽에 처박힌 후였다. 으윽, 아파. 나는 머리는 라이시에게 다리는 성주님에게 걸친 채로 정말 지쳐서 말했다.

"나 전부터 하고 싶었던 말이 있어."

"말씀하십시오, 공주님."

"이렇게 취급할 거면 공주라고 부르지도 마."

어느덧 해가 지고 있다. 끝났구나, 아침부터 저녁까지 정신이 하나도 없었어. 나는 무너진 벽에 앉아 라이시와 성주님을 기다렸다. 그 둘은 아까 체파르데아에게 뺏긴 치포라를 찾는 중이다. 작은 핀 모양이니 저 난장판에서 찾으려면 꽤 고생할 거다.

나는 그 둘을 돕지 않았다. 왜냐하면 저쪽엔 아까 성주님이 해놓은 만행이 고스란히 남아 있으니까. 미안하지만 아직 시체는 못 보겠다. 여기 계속 있으면 저런 것도 익숙해지려나? 별로 그러고 싶지는 않은데.

나는 빨갛게 물들어 가는 하늘을 바라보았다. 해가 지면 찾기가 더 힘들 텐데. 그렇게 멍하니 있는데 옆에서 절그렁대는 소리가 들려왔다. 나는 흠칫 고개를 돌렸다가 이쪽으로 흔들흔들 다가오는 한 사람을 발견했다. 내가 아는 사람이었다. 아지킴과 함께 다니던 복면 쓴 여자, 딤나였다.

"라, 라이시!"

나는 놀라서 황급히 라이시를 불렀다. 라이시와 성주님이 곧장 달려왔다. 그때까지 딤나는 느릿하게 걸어오고 있었다. 딤나는 다가오면서 부자연스러운 동작으로 자신의 복면을 끌어 내렸다. 복면 속에 감춰져 있던 그 입술은 실로 묶여 있었다. 딤나가 묶인 실을 뜯어내고 입을 열었다. 이어 그 입에서 흘러나온 건 나이 든 남자의 쉰 목소리였다.

"오랜만일세, 기달티. 우리의 멸망."

그 목소리는 성주님을 부르고 있었다. 성주님은 아는 목소리인지 나직하게 대꾸했다.

"나삭."

"잘 보았네, 하나부터 열까지 좋은 구경거리였어. 옆에 그건 공주인 가? 잘도 찾아냈군."

딤나의 입에서 노인의 웃음소리가 새어 나왔다. 그 기괴함은 이루 말할 수가 없었다.

"자네 손에 죽은 영주가 벌써 셋이군. 과연 멸망이란 이름이 아깝지 않은 친구야. 하지만 내 젊은 자네에게 충고 하나 함세. 우리의 주인은 자네 생각만큼 녹록지 않아. 이 몸의 훈계를 새겨듣고 조심하게."

"나는 충고도 훈계도 받지 않는다."

"자네답구먼."

성주님의 냉랭한 대답에 킬킬대는 웃음소리가 돌아왔다. 딤나는 웃으면서도 여전히 무표정했다.

"그럼 잘 있게나. 언젠가 만날 일이 있을 걸세."

그 말을 마지막으로 딤나의 몸은 매캐한 재로 변해 폭삭 내려앉았다. 그 재에 닿지 않게 하려고 라이시가 나를 끌어당겼다. 하지만 한 발 늦어 그 먼지는 내 숨에 섞여 들어왔다. 그 매운 먼지를 마시며 나는 직감했다. 아직 아무것도 끝나지 않았다는 걸. 이제 시작일 뿐이라는 걸.

체파르데아가 죽었다. 그리고 그 성의 사람들은 해방되었다. 나는 성주님과 함께 우리 성으로 돌아왔고, 라이시는 거기에 남았다. 해방

된 사람들을 돕기 위해서였다. 참, 그리고 라이시는 간신히 치포라를 되찾았다.

용을 타고 돌아오면서 나는 성주님에게 기대 정신없이 자버렸다. 다음 날까지 쭉 자고 싶었지만 성에 도착해서는 불굴의 의지로 일어나 씻었다. 체파르데아에게 한 번 삼켜져서 엄청나게 찝찝했으니까. 비몽사몽간에 씻고서 나는 다시 기절하듯 잠이 들었다. 내가 깨어난 건 아직 한밤중일 때였다.

나는 눈을 말똥말똥 뜬 채 난감함을 느꼈다. 아직 깜깜한 밤인데 너무 상쾌하게 깨어나서. 아, 어떡하지. 다시 안 자면 늦잠 잘 텐데. 그렇게 걱정하다가 나는 곧 깨달았다. 학교에 안 가니까 늦잠을 자도 괜찮다는 걸.

다음 날 걱정도 없겠다, 나는 잠에서 깬 김에 이불을 둘둘 두르고 방 밖으로 나왔다. 배가 너무 고파서. 생각해 보니 어제 온종일 굶었다. 방 밖의 복도는 꽤 추웠다. 그래서 나는 이불을 꼭 여미고 계단을 내려갔다. 홀을 가로지르던 중, 나는 창가에서 희뿌연 인영을 발견했다. 어둠 속에서 윤곽밖에 보이지 않는 그 사람은 무척 컸다. 이 성에 저렇게 큰 사람은 딱 두 사람뿐인데 그중 하나는 지금 체파르데아의 성에 있다. 그렇다면 저건 분명.

"성주님?"

내 예상이 맞았다. 긴 머리카락이 흔들렸다.

"일어났군."

나는 이불을 뒤집어쓴 채 종종걸음으로 성주님에게 걸어갔다. 내가 옆으로 다가갔지만 성주님은 말이 없었다. 나는 그 침묵이 싫어 조용히 물어보았다.

"괜찮으세요?"

성주님이 무슨 의미냐는 듯 나를 돌아보았다. 어둠 속에 선 성주님은 아까 일들을 생각하는 것처럼 보였다. 손에 묻은 피를 훑던, 수많은 사람을 죽이고 끝내는 나와 라이시에게도 무기를 겨누던. 내 착각일 수도 있지만 그냥, 어쩐지 그런 것 같았다. 나는 이런 걸 물어도 괜찮을까 생각하며 조심스레 눈치를 살폈다. 그래 봐야 어두워서 아무것도 안 보였지만.

"아까 있던 일이요. 좀 충격받으신 것 같아서."

"내가 묻고 싶은 말이군."

내 물음에 성주님이 건조하게 대꾸했다. 하긴, 내가 누굴 걱정하냐. 그 반문에 나는 어색하게 웃으며 답했다.

"아, 저요? 좀 놀라긴 했는데 괜찮아요."

그러자 성주님은 아까랑 똑같은 목소리로 답했다.

"내가 하고 싶은 말이다."

아, 뭐지. 이 사람 나랑 얘기하는 게 싫은가? 아무래도 괜히 방해했나 싶어 나는 자리를 비켜 주려 했다. 그런데 내가 물러나려 할 때 불현듯 성주님이 말했다.

"그대에게 묻고 싶은 게 있었다."

"네?"

"나는 사람을 죽였다."

나는 멈칫하고 성주님을 쳐다보았다. 너무 어두워서 어떤 표정인지 보이지 않았다. 어둠에 얼굴을 가린 채로 성주님이 말했다.

"그대가 상상도 못 할 만큼 많은 수를 한때는 의도적으로, 또 한때는 자각하지 못하는 사이에. 그중엔 악인도 있었지만 무고한 자들도 있었다. 나이도 성별도 가리지 않고 수없이 많은 사람을 죽였다. 그리고 오늘은 그대의 친구마저 죽였다."

성주님의 담담한 목소리는 마치 고해 같았다. 경건하기까지 한 그 음성을 잠자코 듣다가 나는 조용히 되물었다.

"그래서요?"

"나는 그대와 함께 있어도 괜찮은가?"

성주님의 목소리가 조심스럽게 느껴진 건 단순히 내 착각일까? 뜻밖의 질문에 나는 고민했다. 뭐라고 대답해야 할까? 나는 잠시 생각하다가 그에게 되물었다.

"사람을 죽이는 건 나쁜 짓이에요?"

체파르데아는 말했다. 여긴 그런 세계라고. 먹지 않으면 먹힐 뿐이라고. 그래서 먹히는 쪽보다는 차라리 먹는 쪽이 낫다고. 그런데 대체 뭐가 나쁘냐며 내게 물었다. 그때 나는 뭐라고 말할 수 없었다. 정말 말도 안 되고 이상한 소리지만 정작 반박할 수가 없었다. 나는 그때의 막막함을 다시 떠올리며 성주님에게 물었다. 그리고 대답을 기다렸다. 만약 성주님도 체파르데아처럼 이야기한다면, 나는 어쩐지 상처받을 것 같았다. 이윽고 그가 답했다.

"그렇다."

"왜요?"

"그대가 그것을 싫어하니까."

묘한 대답이었다. 하지만 싫지는 않았다. 나는 나도 모르게 웃으며 다시 물었다.

"제가 싫어하는 건 안 할 거예요?"

대답은 없었다. 그 침묵은 말보다 분명한 긍정이었다. 어쩐지 울고 싶은 기분이 들었다. 고마웠다.

"그럼 괜찮아요."

성주님이 말없이 나를 쳐다보았다. 나는 확신을 주기 위해 다시 한 번 말했다.

"함께 있어도 괜찮아요, 성주님."

내 말이 닿았을까? 궁금했지만 침묵하는 성주님에게서 답을 찾을 순 없었다. 다만 이 침묵이 어색하지 않다는 것에 위안을 얻었다. 한참 후 침묵을 깨고 성주님이 말했다.

"그대는 왜 날 성주라고 부르지?"

또 갑자기 튀어나온 질문에 나는 당황했다. 이 사람 어째 종잡을 수가 없다. 나는 얼떨떨해서 변명처럼 말해 버렸다.

"아야라가 그렇게 불러서요."

"그대에게 그렇게 불리고 싶지 않다."

이건 또 뭐…….

"그럼 뭐라고 부르죠?"

"성주님만 아니면."

"아저씨?"

대답이 없다.

"오, 오빠?"

회심의 단어였지만 여전히 대답이 없다. 나는 어떻게 할까 고민하다가 말했다.

"라이시는 뭐라고 불러요?"

"기달티."

"그럼 저도 그렇게 부를게요."

나쁘지 않은지 성주님은 가볍게 고개를 끄덕였다. 이럴 거면 그냥 처음부터 이름을 부르라고 말하던가. 아닌 척하면서 은근히 성가신 사람이다 생각하는데, 구름이 걷히며 창가로 달빛이 드리웠다. 은은한 달빛에 비로소 성주님의 얼굴이 드러났다.

성주님, 아니 기달티는 여전히 무표정했다. 하지만 눈빛만큼은 그렇지 않았던 것 같다.

3

요부의 거리

수수한 비누 향기와 참방거리는 물소리, 그리고 펄럭이는 깨끗한 옷들. 아, 평화로워라. 기달티 성의 일상은 이렇게나 소소하다. 나는 편히 앉아 세탁실의 광경을 지켜보았다. 아이들은 분주하게 다니며 빨래를 짜고 널며 맡은 일을 했다. 아이들이 세탁한 옷을 차곡차곡 포개 바구니에 담을 땐 나도 옆에서 거들었다. 내가 바구니 하나를 들자 한 아이가 말렸다.

"안 돼요, 공주님."

나는 방긋 웃으며 바구니를 가뿐하게 들어 올렸다. 그러곤 아이들을 따라 성 위층으로 올라갔다. 마침 내가 든 바구니에는 붕대가 담겨 있었다. 그럼 이 세탁물이 어디로 가야 할지는 뻔하다.

"아줌마, 붕대 가져왔어요."

아이가 방문을 두드리자 한 여인이 나왔다. 선한 눈빛이 우즈와 꼭 닮았다.

"항상 고마워요. 어머, 공주님!"

붕대를 받던 여인이 나를 발견하고 반갑게 인사했다.

체파르데아와 격전을 벌인 지 오늘로 사흘, 어제 드디어 우즈의 엄마가 우즈를 만났다. 라이시가 데려다줬다. 우즈를 만났을 때 우즈의 엄마는 기뻐하면서도 슬퍼했다. 자기 손으로 낸 상처를 다시 보는 게 괴로웠을 것이다. 하지만 우즈는 엄마를 보고 정말 좋아했으니까, 그걸로 된 게 아닐까.

"우즈, 공주님이 오셨어."

엄마의 말에 우즈가 안에서 달려 나왔다. 그러고는 엄마의 치마폭에 매달려 나를 바라보았다. 천진하게 웃는 아이를 보며 나는 오히려 그 두 사람에게 감사했다.

성을 한 바퀴 돈 후 우리는 녹초가 되어 세탁실로 돌아왔다. 일과를 끝냈다는 해방감에 쌓아 둔 시트에 벌렁 드러누웠다. 나는 아이들과 그렇게 머리를 맞대고 있다가, 곧 잊고 있던 걸 떠올렸다. 참, 애들한테 줄 게 있는데. 나는 주머니에 넣어 둔 걸 막 꺼내려다가 레나나가 없다는 걸 깨닫고 물었다.

"레나나는 언제 오지?"

"언니는 조금 늦을 거예요. 고드름 깨는 거 오래 걸리거든요."

말마따나 레나나는 지금 고드름을 깨러 갔다. 무슨 고드름이냐면, 보일러실 천장에 맺히는 고드름이다. 물을 데우면 수증기가 천장에 맺혀 고드름이 생기는데, 제때 청소하지 않으면 나중에 굉장히 위험하다고 한다. 오래 걸린다는데, 그래도 기다려야겠지? 우리끼리 먹으면 서운할 테니까. 그런데 마침 세탁실 입구로 긴 장대를 든 여자아이가 걸어왔다. 레나나였다.

"언니, 왜 이렇게 일찍 왔어?"

"고드름이 없어서 바닥 청소만 하다 왔어."

"고드름이 없어?"

"응, 하나도 없었어. 요즘 날씨가 별로 안 추워서 그런가 봐."

그렇게 말하며 레나나도 우리가 누운 시트 위로 풀썩 누웠다. 내가 고생했다고 머리를 다독여 주자 해맑게 웃었다. 다 모였으니 이제 꺼내야겠다. 나는 주머니에 넣어 둔 손수건을 아이들 앞에 펼쳤다. 그 안에는 여러 종류의 쿠키가 있었다. 아까 아야라와 기달티에게 주고 남겨 온 것들이다.

"이게 뭐예요?"

"좋은 냄새가 나요."

보자마자 좋아할 줄 알았는데, 아이들은 처음 보는지 선뜻 손대지 못하고 쳐다보기만 했다. 아, 이거 슬프잖아. 나는 설명 대신 쿠키 하나를 반으로 쪼개서 한 조각은 내 입에, 그리고 다른 한 조각은 레나나의 입에 넣었다. 머뭇대던 레나나가 입을 오물거리기 시작했다. 의심스러워하던 그 아이는 이내 눈을 크게 뜨고 나를 바라보았다.

"맛있지?"

내 물음에 레나나는 열렬히 끄덕였다. 그 의젓한 애가 쿠키 한 조각에 이렇게 변하다니. 다른 아이들도 머뭇대며 쿠키를 한입씩 물었고 곧 레나나와 똑같은 반응을 보였다.

"이렇게 맛있는 건 처음 먹어 봐요."

감격한 목소리다. 그러게, 정말 맛있다. 집에 있을 땐 살찔까 봐 있어도 안 먹던 건데.

"어디서 난 거예요?"

"라이시가 가져다줬어. 체파르데아 성에 있었나 봐."

별생각 없이 한 대답인데 애들이 서로 눈치를 살피기 시작했다. 응? 애들은 그렇게 시선을 교환하더니, 이윽고 한 명이 용기를 낸 듯 말했다.

"공주님, 라이시 오빠랑 결혼해 주시면 안 돼요?"

앗. 나는 입안의 쿠키를 뿜어 버렸다. 내가 당황하자 레나나가 재빨리 끼어들었다.

"바보야, 공주님은 결혼 같은 거 안 하셔."

어째서? 해명하고 싶었지만 날 향한 레나나의 신앙이 너무 두텁다. 아이들은 레나나의 말을 진짜로 알아듣고 금방 시무룩해졌다.

"그럼 라이시 오빠 어떡하지? 이대로 가다간 성주님처럼 노총각이 될 거야."

노총각……

"라이시 오빠 불쌍해."

"여자 친구도 없고."

"성격이 문제인 걸까?"

아이들은 무척 진지하게 라이시의 앞날을 걱정했다. 나는 그게 재밌기도 하고 귀엽기도 해서 웃으며 되물었다.

"너희 라이시를 정말 좋아하는구나?"

그러자 한 아이가 당당하게 소리쳤다.

"저는 성주님이 더 좋아요!"

"성주님? 왜?"

"돈이 많잖아요!"

"돈?"

"이 성이 성주님 거잖아요. 라이시 오빠는 아무리 잘생겼어도 가난하니까 성주님이 훨씬 더 좋은 거예요!"

아니, 잠깐만. 너 열 살인데 얼굴보다 돈? 누구죠? 애한테 벌써 이런 걸 가르친 게? 설마 아야? 믿고 싶지는 않지만 아야?

"공주님은 어느 쪽이 좋아요?"

기습이 들어왔다!

"어, 어?"

갑작스러운 질문에 나는 움찔했다. 어느새 아이들은 초롱초롱하다 못해 이글대는 눈으로 나를 바라보고 있었다.

"라이시 오빠랑 성주님이랑 어느 쪽이요?"

"아, 아니, 나는 그 둘 다 아직 잘 모르고……."

"얼굴만 보면요."

"첫인상이라도."

"그냥 느낌으로요."

아이들은 집요하게 물었고, 나는 난처해하며 레나나에게 도움의 눈빛을 보냈다. 하지만 레나나도 별수 없다는 듯 내 시선을 피했다. 안 돼, 날 버리지 마! 마침 그때였다. 세탁실 입구에서 한 목소리가 날 불렀다.

"공주님."

라이시였다, 만세! 지켜 준다던 말이 거짓말이 아니었어!

"아야라가 찾습니다."

"응, 갈게. 애들아, 안녕. 나중에 봐!"

나는 반색을 하며 라이시에게 달려갔다. 날 보내는 아이들의 눈에는 꺼지지 않는 열기가, 그리고 심화되는 망상이 있었지만 나는 애써 외면했다. 내가 달려오자 라이시가 물었다.

"뭐 하고 계셨습니까?"

"그냥 놀았어."

자세히 말하면 너도 부끄럽고 나도 부끄럽다고.

나는 아야라의 방으로 올라가며 힐끗 라이시를 쳐다보았다. 라이시는 막 밖에 있다 온 듯 얼굴이 거칠어 보였다.

"피곤해 보이네."

"괜찮습니다."

괜찮다곤 하지만 많이 지쳐 보였다. 라이시는 지금 우리 성과 체파르데아의 성을 오가며 뒷수습을 하고 있다. 그래서 최근엔 얼굴을 보기 힘들 만큼 바쁘다. 나는 마음이 짠해서 라이시의 어깨를 토닥토닥 다독였다.

"고생 많아."

"덕분이죠."

라이시는 눈 하나 까딱 않고 얄밉게 대꾸했다. 말을 해도 꼭. 내가 노려보자 라이시는 가소롭다는 듯 내 만행을 열거했다.

"아닙니까? 오자마자 돌아가겠다면서 사람 번거롭게 하더니 다음 날엔 대뜸 납치를 당하고, 그래서 결국 예정에도 없이 체파르데아를 치게 만들고. 덕분에 바깥 상황이 말이 아닙니다만, 뭐 하실 말씀 있습니까?"

윽. 나는 찔끔해서 황급히 변명했다.

"그래도 다 잘됐잖아. 우즈도 엄마 만났고 거기 사람들도 더는 잡아먹힐 일 없고."

"우즈가 어머니를 만난 건 다행이지만 갑자기 체파르데아가 죽는 바람에 상황은 오히려 안 좋아졌습니다. 아니, 그런 건 다 떠나서 그 전에 본인이 죽을 뻔했다는 생각은 못 합니까? 조금만 늦었어도⋯⋯."

라이시의 말이 점점 길어져서 나는 귀를 막았다.

"아아아, 그만해. 다 지난 일이잖아. 지켜 준다고 해놓고 왜 그렇게 잔소리가 심해!"

그러자 라이시가 울컥해서는 한 손으로 내 양 볼을 꽉 움켜쥐었다. 어쭈, 이거 안 놔?

"그러니까 잔소리를 하는 겁니다. 적어도 지켜 줄 수 있는 곳에 있으란 말입니다."

"납치당한 게 내 탓모신가……."

"누가 납치당한 걸 뭐라고 합니까? 그게 문제가 아니라 납치당한 걸 대수롭지 않게 여기는 태도가 문제라는 겁니다."

아, 말로는 못 이기겠다. 나는 반박할 말이 없었고 라이시는 이내 한숨을 쉬며 내 볼을 놓았다.

"그래도 이번 일은 공주님 공이 컸습니다. 그건 인정해야겠네요."

나는 얼얼한 볼을 어루만지다가 라이시의 말을 듣고 픽 웃었다. 내 웃음소리 때문인지 라이시는 성큼성큼 걷기 시작했다. 나는 바쁘게 그 뒤를 따랐다.

"라이시."

"뭡니까."

"구해 줘서 고마워."

"할 일을 했을 뿐입니다."

"다음에도 잘 부탁해."

"다음이라뇨. 뭘 예약하는 겁니까?"

"그야……."

기분 좋게 말하던 중 갑자기 목 안쪽이 간질거렸다. 입을 가리고 기침을 하는데 따끔한 통증이 느껴졌다. 그리고 내 손에는 검은 핏덩어리가 있었다. 이게 뭐지? 생각할 겨를이 없었다. 나는 곧 피를 토했고, 라이시에게 부탁해야 할 다음은 바로 이 순간이 되었다.

"아무래도 독인 것 같아요."

멍한 귓가로 아야라의 목소리가 들려왔다.

"공주님, 제 목소리 들리세요? 혹시 체파르데아의 성에서 뭔가를 드셨나요?"

나는 간신히 고개를 저었다. 아, 그런데 잘 모르겠다. 열이 심해서 어지럽고 몽롱했다.

"체파르데아가 독을 쓸까요?"

라이시가 말했다. 일리가 있는 말이다. 그건 자기 밥에 독을 타는 거랑 똑같으니까.

"나삭의 인형."

기달티의 목소리다. 기달티의 말에서 무언가를 떠올렸는지 라이시가 내게 물었다.

"공주님, 체파르데아의 성에서 마지막까지 남아 있던 여자 기억하십니까?"

여자라면, 딤나……?

"그 여자가 폭발할 때 혹시 그 재를 마셨습니까?"

매운 냄새가 나는 재였다. 나는 힘들게 끄덕이며 다시 콜록 기침을 했다.

"나삭의 독은 여기서 어떻게 할 수가 없어."

아야라가 낭패한 듯 중얼댔다. 라이시도 심각해져서 뭐라고 말했지만, 열 때문인지 잘 들리지 않았다. 주변 소리가 점점 아득하게 멀어졌다. 아, 어떡해. 나 설마 이렇게 죽는 거야? 그 고생을 했는데 이렇게 죽으면 너무 억울하잖아.

고열, 목소리, 어지러움, 목소리, 매스꺼움, 목소리. 모든 것이 뒤섞여 멀미를 일으켰다. 일렁이는 바다에 던져진 조각배가 된 기분이었다. 그러던 중 한 목소리가 또렷하게 들려왔다.

"공주님을 모시고 시플라에게 가겠습니다."

그건 나를 지켜야 하는 라이시의 목소리였다.

흰빛이 비쳤다. 그 빛 속에서 나는 누군가에게 소리쳤다.

—이르 오빠!

그렇게 말하는 내 목소리는 아주 어렸다.

—리브나.

내 부름에 화답한 것 또한 어린 소년이었다.

—오늘은 어디까지 다녀왔어?

—저쪽 하늘까지. 그런데 궤도를 살펴보다 별 몇 개를 떨어트렸어.

—아까 별똥별 떨어지는 거 봤어. 아빠가 한숨 쉬던데.

—아, 역시 봤구나.

—아빠한테는 내가 잘 얘기해 줄게. 그러니까 다음엔 나도 같이 가. 응?

내가 졸랐지만 소년은 위험하다면서 허락해 주지 않았다. 대신 언젠가, 내 키가 조금 더 자라면 그때 함께 가자고 했다. 하지만 그는 아직도 그 약속을 지키지 않았다.

흐릿하게 눈이 떠졌다. 누군가가 나를 내려다보고 있었다.

"알타쉬헤트, 자기네 공주님이 깨어난 것 같은데?"

여자의 목소리가 들렸다.

"공주님, 정신이 드십니까?"

이번엔 남자의 목소리다. 익숙한 목소린데, 누구지? 아아, 맞다.

"오빠……."

"공주님?"

"같이……."

손을 뻗어 그를 잡고 싶었지만 닿지 않았다. 아, 여긴 어디지? 눈앞이 점점 어두워졌다. 귓가로 흐릿하게 여자의 목소리가 들렸다.

"착란이 온 모양이야. 약 기운 때문이니까 더 자게 둬."

그리고 세상은 다시 깜깜해졌다.

─저는 공주님이 참 대단한 분이라고 생각해요.

─그런데?

─그런데 참 둔하다고도 생각해요.

그 소년의 놀림에 나는 민망해져서 투덜거렸다.

─문병 온 거니, 놀리러 온 거니?

─둘 다예요. 다리가 부러졌으니 한동안 꼼짝도 못 하시겠네요. 내 참, 거기서 뛰어내려서 멀쩡할 줄 알았어요?

─괜찮을 줄 알았어. 이르이트나 이슈라는 그 정도 늘 하잖아.

─비교 대상부터 틀렸잖아요. 날개 있는 사람들이랑 비교를 하면 어떡해요?

그 어린 소년은 재잘대며 한참 동안 잔소리를 늘어놓았다. 그래 놓곤 선심 쓰듯 말했다.

—심심하실 테니까 오늘은 제가 옆에 있어 드릴게요. 고맙죠?

그 생색이 귀여워서 나는 그만 웃음을 터트렸다. 나는 환하게 웃으며 내 소중한 친구에게 인사했다.

—그래. 고마워, 픽쿠드.

다시 얼핏 잠에서 깼다. 눈은 떠지지 않았지만 소리는 들렸다. 남자와 여자의 대화 소리가 귓가에 울렸다.

"체파르데아가 죽었다는 소식은 들었어. 얄궂은 일이네, 하필이면 공주님 앞에서 죽다니."

"무슨 뜻입니까?"

"비라에 있을 때 둘도 없는 친구였거든, 두 사람."

"공주님과 체파르데아가 말입니까?"

"그 시절엔 픽쿠드였지."

"그런데 지금은 왜?"

"이 세계의 목적이 그러하니까. 아마 공주님의 순진한 친구인 채였다면 체파르데아는 진즉에 죽었을 거야."

그래도 나는, 그가 내 친구인 채로 남아 주길 바랐는데.

나는 말없이 아버지와 소년의 대화를 지켜보았다.

—이틀라가 북쪽 천체에 손을 댔어. 별들이 충돌하기 전에 발견해

서 사고는 막았지만 위험했어.

소년의 목소리는 화가 나서 나직하게 가라앉아 있었다.

—그자는 자기가 개입하면 더 빨리 우주를 완성할 수 있다면서 계속 내 일에 관여하고 있어. 그런데 정작 이틀라가 해놓은 짓은 너무 위험해. 궤도의 균형을 다 무너트리고 있어.

—그랬구나.

—이대로 보고만 있을 거야? 지금은 내 자릴 넘보고 있지만 다음은 너야. 언젠가는 너와 리브나의 자리도 뺏으려 들 거야.

소년이 상소했지만 내 아버지는 자비로워 오랫동안 참는 이였다. 그것을 알기에 소년도 결국 누그러진 목소리로 말했다.

—마지막까지 기회를 줄 생각이라면 이거 하나만 약속해. 이틀라가 정식으로 반기를 들면 그땐 내가 토벌할 거야. 그것만은 막지 마.

소년의 말을 아버지는 침묵으로 허락했다. 아직 어렸던 나는 그 말을 듣고만 있었다.

"기달티 공에게 살해당한 영주도 벌써 셋이네."

여자의 목소리가 다시 먼 곳에서 들려왔다. 나긋한 목소리가 익숙하고 좋았다.

"놀리는 거라면 그만두시죠."

이어 들려온 남자의 목소리도 마찬가지였다. 귀에 익어 참 좋았다.

"아니, 정말 감탄하는 거야. 아무리 생각해도 그 사람 비정상이거든. 리쉬아나 네벨라는 그렇다 쳐도 체파르데아는 강해. 아마 기달티를 제외하면 그와 맞설 수 있는 건 이요브 정도? 그런 체파르데아를 압도적으로 제압했다니, 아무리 생각해도 그 강함은 비정상적이야."

"이해가 안 됩니다. 그 힘은 피네하스의 것 아닙니까. 기달티는 이미 오랫동안 피네하스에게 반역하고 있습니다. 그런데 왜 힘을 주는 겁니까?"

"글쎄, 그건 주인 마음이겠지? 긴장해, 그 뱀의 속은 정말 시커멓거든."

흰빛이 다시 눈앞에 펼쳐졌다. 익숙한 광경이라고 생각했는데 이번엔 뭔가 좀 달랐다.

—여긴…….

목소리가 생각대로 나왔다. 지금까지가 과거였다면 이 공간은 현재였다. 아무것도 보이지 않는 새하얀 곳에 나는 홀로 서 있었다. 어떻게 된 거지? 오락가락하더니 결국 죽었나?

—누구 있어요?

내가 허공을 향해 묻자 어디선가 잔잔한 음성이 들려왔다.

—리이.

나는 깜짝 놀라 물었다.

—누구세요?

—걱정 마, 리이.

나는 그 목소리를 알아듣고 눈을 크게 떴다. 나는 그를 찾아서 사방을 두리번거렸다. 하지만 온통 하얀 이 세계에서 그의 모습을 발견할 수는 없었다.

—어디 있어요?

허공에 외쳤지만 대답은 돌아오지 않았다.

—어디에 있어요!

내가 소리쳤지만 그는 끝내 내 앞에 나타나지 않았다. 하지만 그의 약속에는 변함이 없었다.

—나는 늘 너와 함께 있을 거야.

나는 눈을 뜨고 막혀 있던 숨을 내뱉었다.

"하아, 하……."

갑자기 깨어난 나는 숨을 몰아쉬며 사방을 살폈다. 아, 뭐지? 여긴 어디지? 새하얗고 높은 천장이 보였다.

"이제야 깼군요. 안녕하세요, 공주님?"

한 여자가 내 위로 고개를 내밀었다. 긴 금발에 빨간 입술을 가진 미인이었다. 누구냐고 묻고 싶었지만 목소리가 제대로 나오지 않았다. 그런 내 위로 또 한 사람이 고개를 내밀었다.

"정신이 드십니까?"

라이시였다.

"이틀이나?"

나는 내가 이틀이나 쓰러져 있었다는 얘기를 듣고 깜짝 놀랐다. 얼떨떨한 눈으로 라이시와 그 옆에 선 여자를 바라보았다. 요염한 자태를 지닌 저 미녀의 이름은 시믈라, 나를 치료해 준 사람이다.

시믈라는 아본의 일곱 영주 중 한 명이기도 했다. 이곳은 남쪽에 있는 시믈라의 영토, 나를 치료하기 위해 라이시는 이곳으로 왔다. 영주라는 말에 내가 놀라자 라이시는 괜찮다고, 시믈라는 철저한 중립이니 적은 아니라고 했다.

"공주님은 괜찮아진 것 같은데, 자기도 이제 쉬지 그래?"

시믈라가 라이시에게 말했다. 계속 내 옆을 지켰는지 라이시는 피곤해 보였다. 그런데도 그는 일어나지 않고 버텼다. 그러자 시믈라가 덧붙였다.

"빨리 쉬어야 빨리 돌아갈 수 있을 거야."

라이시는 갈등하기 시작했다. 그게 나 때문인 것 같아서 나도 함께 거들었다.

"나 이제 괜찮아. 가서 쉬어."

라이시는 내 말을 듣고도 한참을 더 고민하더니 마지못해 일어났다.

"알겠습니다. 그럼 부탁드립니다."

라이시는 시믈라에게 당부하며 방을 나갔고 방에는 나와 시믈라 둘만 남았다. 분위기는 필연적으로 어색해졌다. 시믈라는 예쁘지만 어딘지 냉랭한 사람이었다. 그래서 나는 어쩐지 긴장이 되기 시작됐다. 아, 엄청 예쁜 언니가 날 쳐다보고 있어. 표정도 없이 보고 있어. 시믈라의 시선은 집요했다. 나는 눈치를 보다가 결국 이불 속으로 슬그머니 숨었다. 그러자 뜻밖에도 작은 웃음소리가 들려왔다.

"여전히 재밌는 공주님이네."

방금 내 얘기 한 거야? 이불을 살짝 내리고 밖을 보니, 시믈라가 가늘게 웃고 있었다.

"기억을 잃었다고 들었는데, 나도 기억 못 하나요?"

시믈라가 웃으며 물었다. 아, 이 사람도 나를 아나 보다. 이 얘길 앞으로 몇 번이나 더 해야 할까? 공주라고 앉아 있지만 난 아무것도 몰라요, 기억이 없답니다. 질풍노도의 여고생일 뿐이에요.

"절 아세요?"

"물론 잘 알죠."

"무슨 사이였어요?"

"아무 사이도."

그렇게 말하며 시믈라는 피식 웃었다. 그리고 덧붙였다.

"사실 저는 공주님을 싫어해요."

아, 이 언니 너무 솔직하잖아. 나는 당황해서 되물었다.

"왜요?"

"이유가 너무 많아서 다 이야기할 수가 없네요. 당신은 정말 얄미운 사람이었거든요."

그렇게 말하며 시믈라는 눈부시게 웃었다. 그렇게 웃으면서 할 말은 아닌 것 같은데요. 나는 진심인지 농담인지 알 수 없는 그 말에 머뭇대다가 이내 조심스럽게 말했다.

"미, 미안합니다?"

"왜 사과하죠?"

"분위기상 해야 할 것 같아서요."

내 말에 시믈라는 다시 한 번 피식 웃음을 터트렸다.

"여전하네요, 그 성격."

싫다고 한 건 농담이었나? 시믈라는 나를 별로 싫어하는 것 같지 않았다. 내가 의심스럽게 바라보자 시믈라는 웃음을 지으며 말했다.

"한 가지만 말하자면 당신이 체파르데아와 친구라서 그래요. 난 그 사람 정말 싫거든요."

체파르데아는 왜? 이유를 묻고 싶었지만 시믈라는 더는 말하지 않고 내 이불을 정돈해 줬다. 얘긴 이제 그만하고 도로 자라는 뜻 같았다. 나는 조금 억울한 기분이 들었다. 앞에서 이렇게 대놓고 싫다고 하는 사람은 처음이다. 하지만 한편으론 돌봐 주는 손길이 이렇게 부드러운 사람도 처음이긴 마찬가지다.

한밤중에 인기척이 들려 눈을 떴다. 눈을 비비며 일어나 보니 한 사람이 침대로 다가오고 있었다. 누구지? 나는 잠이 덜 깬로 채 어렴풋한 실루엣을 바라보았다. 남자 같았다. 누구냐고 물으려던 찰나, 저쪽에서 먼저 나를 불렀다.

"공주님."

익숙한 목소리였다. 하지만 그 사람이 밤중에 이런 식으로 찾아올 리는 없다. 나는 아직 잠긴 목소리로 확인해 봤다.

"라이시?"

"알타쉬헤트입니다."

그렇게 대답하며 내게 더 가까이 다가온 그는, 분명 라이시였다. 라이시가 갑자기 내 침대로 몸을 숙였다. 그의 얼굴이 내게 닿을 듯 가까워졌고 나는 당황해서 그의 얼굴을 손으로 막았다. 왜 그러냐고 물으려는 찰나였다. 라이시가 내 손을 치우더니 체중을 실어 나를 넘어트렸다. 푹신한 침대가 등에 닿으며 머릿속이 텅 비는 걸 느꼈다.

"지금 뭐……."

"쉿. 지금은 그냥 조용히……."

라이시의 목소리가 미지근했다. 열이라도 난 사람처럼. 나는 할 말을 잃었고 그는 점점 더 가까이 접근해 왔다. 나는 머뭇대다가 두 손으로 그의 양 뺨을 감쌌다. 그러자 라이시는 아무렇지도 않게 내 손에 자신의 뺨을 기댔다. 그 반응에 나는 마음이 편해졌다. 그래, 넌 아픈 것도 미친 것도 아니었어.

라이시를 처음 만났을 때, 이것과 비슷했던 상황을 떠올리며 나는 다시 한 번 그날을 재현했다. 눈알 공격! 내가 엄지로 눈을 푹 찌르자 라이시가 비명을 질렀다. 그사이 나는 침대 옆에 있던 꽃병으로 라이시의 머리를 내리쳤다. 꽃병이 박살 나며 사방으로 파편이 튀었다. 물론 라이시의, 아니, 누군지 모를 이 사람의 머리도 무사하진 못할 거다. 나는 이어 또다시 손에 잡히는 걸 치켜들었다.

"자, 잠깐! 기다려요!"

애원하는 그 목소리는 라이시의 목소리가 아니었다. 그와는 확연히 다른, 나긋나긋한 느낌의 남자 목소리였다. 그때 마침 밖에서도 우당탕 소리가 났다. 동시에 여자의 높은 비명도 들려왔다.

"첼라!"

비명을 듣고 내 앞에 있던 남자가 뛰어나갔다. 나도 그를 뒤따라갔다. 맞은편 방이었다. 문을 열고 들어가 보니 라이시가 나와 똑같이 생긴 여자의 팔을 꺾고 있었다. 우리가 들어가자 두 사람도 이쪽을 쳐다봤다. 그리고 우리 네 사람은 각자 자기가 아는 이름을 불렀다.

"라이시?"

"공주님."

"첼라!"

"타누……."

나와 라이시, 그리고 라이시의 모습을 흉내 냈던 타누와 아직 내 흉내를 내는 첼라. 네 개의 시선이 허공에서 복잡하게 얽혔다.

"장난이었어요, 장난."

"웃자고 한 장난이죠!"

나란히 꿇어앉은 타누와 첼라는 활기차게 웃었다. 덕분에 나와 라이시는 기가 막혔다. 나와 라이시로 감쪽같이 변신했던 두 사람은 타누와 첼라. 갈색 피부를 가진 서로 꼭 닮은 남매였다. 그들은 시믈라의 시종으로, 라이시와는 이미 안면이 있는 것 같았다.

"알타쉬헤트 공이 공주님을 모셔 왔다는데 궁금해서 참을 수가 있어야죠."

"나쁜 뜻은 없었어요. 그냥 둘이 어떤 사이인지 확인해 보려던 것뿐이에요."

저질이다, 진짜. 나는 그들을 불만스럽게 노려보았다. 하지만 여기서 더는 뭐라 할 수 없었다. 타누는 내가 꽃병으로 내리친 탓에 머리에서 찔끔 피를 흘렸고 첼라는 라이시에게 탈골될 뻔한 어깨를 아프게 감싸 쥐고 있었다. 자업자득이라지만 좀 딱하긴 하다.

"그나저나 대단하네요, 알타쉬헤트 공은 몰라도 공주님까지 눈치채실 줄은."

"어떻게 아신 거예요?"

어떻게 타누가 가짜인 걸 눈치챘냐고? 오죽 실수를 많이 하셨어야지. 내가 라이시냐고 물어본 말에 엉뚱하게 대답한 것도 그렇고, 전혀 라이시답지 않은 말투와 태도도 그렇고. 무엇보다 진짜 라이시라면 내가 눈을 찌르기 전에 그렇게 방심할 리가 없다. 이미 당해 봤으니까. 가짜인 걸 눈치챈 이유는 많지만 말하면 이 사람들이 나중에 더 감쪽같이 변장하고 나타날 것 같아서 나는 가만히 있었다. 그러자 두 시종의 눈이 가늘어졌다.

"역시 사랑인가요."

"역시 사랑이군요."

그들의 의심에 나는 벌컥 반박했다.

"아까 팔 꺾는 거 못 봤어요?"

사실 아까 그 모습을 보고 기분이 좀 복잡했다. 그렇게 가차 없이 꺾을 줄이야.

피곤한 얼굴로 타누와 첼라를 바라보던 라이시가 이내 깊은 한숨을 내쉬었다.

"공주님, 문 안 잠그셨습니까?"

"잠가도 소용없죠! 열쇠라면 얼마든 있으니까, 끄악!"

라이시는 타누의 허벅지를 꾹 지르밟으며 그 입을 막았다. 그리고 다시 내게 말했다.

"피곤하실 테니 들어가십시오. 이 녀석들은 제가 처리하겠습니다."

나는 뒷일을 라이시에게 맡기고 다시 내 방으로 돌아왔다. 아, 잘 자다 이게 뭔 일이야. 베개에 얼굴을 파묻으며 다시 잠을 청하는데 또다시 문이 열렸다. 아, 뭐야 또…….

"접니다, 공주님."

라이시의 목소리였다. 나는 쳐다볼 것도 없이 짜증을 내며 베개를 던졌다.

"안 속는다니까!"

불청객은 내가 던진 베개를 가볍게 낚아챘다. 한쪽 팔엔 침구 한 채를 든 상태로. 뭐지? 나는 그를 쳐다보다가 문 옆에 서 있는 타누와 첼라를 발견했다. 엥? 진짜 라이시? 라이시는 내게 도로 베개를 건네곤 침대 옆에 이불을 깔기 시작했다.

"저도 여기서 자겠습니다."

"뭐?"

"저들이 밤새 또 무슨 장난을 칠지 모르니 옆에 있겠습니다."

야, 처리한다더니 무슨 애길 듣고 와서 이래? 자긴 어디서 잔다는 거야!

라이시는 아주 자연스럽게 내 옆에 자리를 깔고 타누와 첼라가 기웃대는 문을 쿵 닫아 버렸다. 나는 기가 막혀서 라이시에게 물었다.

"진짜 여기서 자려고?"

"네."

"안 돼, 왜 여기서 자!"

나는 당황해서 버럭 소리쳤다. 하지만 그는 아랑곳하지 않고 침대 밑에 누웠다.

"악질적인 장난을 치는 놈들입니다. 이래야 안전합니다."

"아니야, 지금 나한테 가장 악질적인 건 너야! 빨리 나가!"

"……."

"자는 척하지 말고 일어나, 야!"

"공주님."

"왜!"

"누차 말하지만 공주님은 전혀 야하지 않습니다."

나는 그 말을 곰곰이 곱씹다, 밀려오는 짜증을 참지 못하고 베개로 라이시를 먼지 나게 내리쳤다. 그러길 한참, 라이시는 돌아누운 채 꼼짝도 하지 않았고 나는 결국 제풀에 쓰러졌다. 아, 갑자기 움직였더니 머리가 다시 빙빙 돌기 시작했다.

"몸은 이제 괜찮으신 것 같네요."

"괜찮았는데 방금 너 때문에 다시 안 좋아졌어."

"한숨 자면 다시 나아질 겁니다."

아, 너 때문에 못 자겠다고! 소리를 치려는데 머리가 또 아찔하게 핑 돌았다. 아아. 너희 때문에 나 또 아파…….

나는 지끈대는 머리를 베개에 묻고 끙끙댔다. 이 사람 진짜 너무 무신경하잖아. 어떻게 다 큰 처자 방에 대뜸 들어와서 잔다고 할 수가 있어? 게다가 말하는 것도 엄청 짜증 나!

나는 라이시의 등을 노려보다가 결국 자포자기하며 누워 버렸다. 그리고 눈을 꼭 감았는데, 아무래도 잠이 오질 않았다. 방금 그 난리를 친 덕에 잠이 다 깨버렸다. 이런. 그래서 나는 밑에 누운 라이시에게 말을 걸었다.

"라이시, 자?"

"네."

"나 어떻게 된 거야?"

"갑자기 피를 토하고 쓰러지셨습니다."

"정말?"

"네, 아야라가 걱정 많이 했습니다."

"아…….."

어땠을지 상상이 된다. 미안하네.

"그러니 내일 하루만 더 머무르고 바로 돌아갈 겁니다. 다들 기다릴 테니까요."

아, 여긴 전화가 없구나. 괜찮다고 연락할 수 있으면 좋을 텐데.

이야기가 끊기고 잠시 침묵이 흘렀다. 할 말이 없어 다시 눈을 감았지만 여전히 잠이 오지 않았다. 그래서 나는 다시 말을 걸었다.

"있지, 나 꿈을 꿨어."

"무슨 꿈입니까?"

"잘 모르겠어. 옛날 꿈인 것 같아."

그것들은 그냥 꿈일까, 아니면 아야라가 말한 대로 예전 기억일까? 그저 꿈이라면 안타깝고 기억이라면 그것도 슬프다. 그 시절은 정말 행복했던 것 같으니까.

"너는 키브사 공주가 어떤 사람인지 모르지?"

"고귀하고 기품 넘치던 분이셨다고는 들었습니다."

"그거 아닌 것 같아."

"지금 공주님을 보면 확실히……."

그래, 고맙다. 나를 있는 그대로 봐줘서.

체파르데아의 성에서도 느낀 건데 키브사 공주는 확실히 내 환상과 많이 다른 것 같다. 처음엔 꿈속에서 들려오는 그 슬픈 목소리에, 그리고 아야라의 맹목적 찬양에 좀 다른 사람일 거라고 생각했지만 정작 체파르데아가 말했던 키브사 공주는, 그리고 오늘 꿈속에서 본 키브사 공주는 그냥 나였다. 응, 그냥 나였어.

그러고 보니 시믈라도 키브사 공주를 안다고 했다. 하지만 싫다고 했지.

"라이시, 아까 그 사람 진짜 영주야?"

"네."

"체파르데아처럼, 그래?"

많은 의미를 담은 말이다. 체파르데아처럼 사람을 잡아먹어? 매일 한 사람씩 죽여? 괴물로 변해? 나쁜, 사람이야?

"조금 다르지만 결국 비슷합니다. 직접 손을 대진 않지만 그도 이 도시를 통해 매일 한 생명을 피네하스에게 바칩니다. 이해관계가 있어 교류할 뿐 어울릴 상대는 아닙니다."

그렇게 말하는 라이시는 냉정하다 못해 야박했다. 그래서 나는 조심히 시믈라의 편을 들었다.

"그래도, 도와줬잖아."

"도와줬다고 다 좋은 사람인 건 아닙니다."

라이시는 또 한 번 딱 잘라 말했고 나는 할 말을 잃었다. 네, 어련하시려고요.

그 후로도 나는 라이시에게 이것저것을 이야기했고 라이시는 착실히 대답해 줬다. 점점 짜증을 내긴 했지만. 잠들 때까지 나는 그렇게 라이시를 괴롭혔고, 잠들어서는 도중에 깨는 일 없이 평안한 밤을 보냈다.

감은 눈 위로 비치는 밝은 빛에 나는 잠에서 깼다. 잘 자고 일어나서 몸이 아주 개운했다.

나는 상쾌하게 기지개를 쭉 켜다가, 내 침대 옆에 이불이 개어져 있는 것을 보았다. 어제 라이시가 쓴 이불이다. 이불을 여기 두고 갔다는 건 오늘 밤도 여기서 잘 거라는 무언의 주장인가? 이 사람 진짜 무심해. 배려 없어.

나는 영 떨떠름하게 그 침구를 바라보다가 기척을 느끼고 고개를 돌렸다. 돌아보니 소파에 라이시가 앉아 있었다. 그런데 그는 혼자가 아니었다. 한 소녀를 무릎에 앉히고 꼭 끌어안고 있었다. 아아, 또 저러네.

"안 돼, 나는 아직 준비가……."

"걱정 마십시오, 제가 책임지겠습니다."

"알타쉬헤트……!"

"공주님……!"

아, 진짜 짜증 난다.

"지금 뭐하는 거예요?"

내가 신경질적으로 묻자 나와 라이시의 얼굴을 한 첼라와 타누가 음험하게 웃었다.

"공주님, 밤새 알타쉬헤트 공이랑 같이 있었죠?"

"단둘이 뭐했어요?"

"하긴 뭘 해요. 빨리 모습이나 바꿔요. 왜 자꾸 남의 모습으로 그래요?"

말이 떨어지기 무섭게 두 사람은 원래 모습으로 돌아와 고양이처럼 웃었다. 그 모습이 새삼 참 신기했다. 어떻게 이렇게 감쪽같이 변하지?

"왜요, 공주님?"

"신기해서요."

"아, 이거요?"

첼라는 다시 순식간에 모습을 바꿨다. 이번엔 흰 피부에 아찔한 곡선을 자랑하는 시믈라가 되었다. 내가 감탄하자 첼라는 시믈라의 얼굴과 목소리로 호호 웃었다.

"별거 아니에요. 시믈라 님의 권속이 되면서 생긴 능력이죠."

"권속이 되면 능력이 생겨요?"

"체파르데아랑 싸웠다면서요? 그때 그치들이 쓰는 거 못 봤어요?"

잘 모르겠다. 내가 고개를 젓자 타누가 덧붙였다.

"영주마다 권속에게 부여하는 능력이 달라요. 예를 들어 그 개구리 공자의 권속들은 사슬을 수족처럼 부릴 수 있죠."

아, 그거라면 봤다. 그것 때문에 멍이 잔뜩 들었었지. 그게 그 사람들 능력이었구나.

"전투를 선호하는 영주의 권속은 그렇게 과격한 능력을 받아요."

"저 서쪽의 권속들은 늑대로 변하기도 한대요."

아하, 그런 거구나. 이 세계엔 정말 신기한 것이 많다. 하지만 신기한 건 둘째 치고.

"근데 왜 그런 거로 아침부터 장난질이에요?"

내가 발끈해서 말하자 남매는 낄낄 웃었다. 정말이지, 나쁜 사람은 아닌 것 같은데 장난이 너무 심하다. 타누는 그렇게 웃다가 날 찾아온 용건을 밝혔다.

"시믈라 님께서 부르세요."

"저를요?"

"네. 기다리고 계세요."

나는 시믈라가 부른다는 말에 얼떨떨해졌다. 내가 망설이자 타누와 첼라가 채근했다.

"준비하세요, 우선 좀 씻고요."

"옷도 준비해 뒀어요."

씻고 나오자 첼라는 준비해 둔 새 옷을 줬고 타누는 내 머리카락을 빗어서 묶어 주었다. 덕분에 나는 곧 그들과 비슷한 복식의, 그리스 여신들이 입을 법한 하늘하늘한 드레스를 걸치게 되었다.

"이거 너무 가벼워요."

어깨와 등이 많이 드러난 옷이 창피해서 나는 두 팔로 몸을 가렸다. 하지만 타누와 첼라가 옆에서 말렸다.

"아니에요, 공주님. 예뻐요."

"젊은 아가씨는 다 꽃이에요. 자신감을 가져요!"

나는 입지도 않은 듯 가벼운 옷을 바라보다가 뒤늦게 깜짝 놀랐다. 세상에, 왜 여태 몰랐지? 춥지가 않다.

아본은 온 세상이 혹한이라고 했는데, 시블라의 영토는 마치 초여름처럼 따뜻했다. 왜 이렇게 따뜻하지? 심지어 시블라의 성은 대리석으로 만들어져서 실내와 실외의 구분도 불분명했다. 외부의 냉기를 차단할 만한 건물이 아니다.

나는 의아해하며 대리석 기둥 너머 바깥을 내다보았다. 먼 곳에 투명한, 마치 유리로 만든 것 같은 벽이 보였다.

"저건 뭐예요?"

"온실의 벽이에요."

"온실이요?"

설마 했는데, 눈에 보이는 모든 곳에 유리창처럼 투명한 벽이 세워져 있었다. 그리고 그 너머엔 새하얀, 이 세계다운 설원이 있었다. 세상에, 온실이라고? 도시 규모의?

"어떻게 만든 거예요?"

"아주 옛날에 시믈라 님께 푹 빠져 있던 양반이 만들어 줬죠."

"네벨라라고, 기분 나쁘긴 해도 꽤 쓸 만한 사람이었는데."

"그런데요?"

"지금은 죽고 없어요. 늘 죽었으면 좋겠다고 생각하긴 했지만요."

"죽었어요?"

"기달티 공에게 살해당했죠. 벌써 10년 전 일이네요."

그 말에 나는 화들짝 깜짝 놀랐다.

"엑, 왜요?"

"글쎄요, 자세한 건 모르겠지만 그 변태가 먼저 열 받게 하지 않았을까 싶어요."

"진짜 짜증 나는 호색한이었거든요."

타누와 첼라는 대수롭지 않게 말하며 고개를 설레설레 저었다. 이야기를 나누는 사이 우리는 어느덧 시믈라가 있는 곳에 도착했다. 그곳은 꽃향기와 음악이 흐르는 넓은 홀이었다. 눈부신 대리석 기둥 사이에서 여인들이 악기를 연주하고 있었고 그 너머로는 꽃이 만발해 있었다. 시믈라는 마치 왕비 같은 자태로 높은 자리에 누워 여러 시종에게 시중을 받고 있었다.

"공주님을 모셔 왔어요."

시믈라가 나를 보더니 시종들을 물리고 나른하게 말했다.

"어서 와요, 공주님. 방에만 있으니 지루했죠?"

지루할 틈이 있어야죠. 지루하기는커녕 쉴 틈도 없었는데.

"옷, 잘 어울리네요."

내가 맞은편에 앉자 시믈라가 싱긋 웃으며 말했다. 여러모로 의미심장한 웃음이었다. 호의 속에 서늘한 적의를 감춰 둔다면 저런 느낌일 것 같다.

"너무 긴장하지 말아요. 이야기나 좀 할까 해서 부른 거니까."

"무슨 얘기요?"

"그냥, 이런저런."

내가 머뭇대자 시믈라는 나른하게 웃으며 물었다.

"기억을 잃었다고 하던데, 여태 어디서 지냈죠?"

솔직히 대답해도 괜찮을까? 불안했지만 쓸데없이 거짓말을 하고 싶진 않았다. 그래서 나는 주저하면서도 솔직히 답했다.

"다른 세계에 있었어요."

"다른 세계요?"

시믈라의 확인에 나는 고개를 끄덕였다. 말하면 안 되는 내용이라면 라이시가 미리 주의를 줬을 거다. 그러니 괜찮겠지. 나는 그렇게 생각하며 불안을 지웠다. 하지만 말하지 않는 편이 나을 뻔했다. 이어진 시믈라의 반응을 보면 말이다.

"하긴 비라와 아본을 생각하면 또 다른 세계가 있는 게 이상할 건 없죠. 계시던 곳은 어떤 세계였죠?"

어떤 세계냐고 물어봐도, 뭐라고 말해야 좋을지 잘 모르겠다.

"그냥 평범했어요."

"평범이라, 공주님을 보니 평화로운 세계였을 것 같네요. 목숨을 위협당하거나 무언가를 빼앗기는 일 없이 살 수 있는."

틀린 말은 아니기에 나는 조심스레 고개를 끄덕였다. 그러자 시믈라가 매몰차게 웃었다.

"어쩜 그렇게 운이 좋죠?"

"운이요?"

"비라에서는 모든 사람에게 사랑받는 공주님, 여기 와서는 고작 몇 년 고생하는 척하더니 또 다른 세계라. 하늘의 편애가 바로 이런 거군요."

"무슨 말을 하는지 잘 모르겠어요."

"고상한 취미로 세상을 구하려 드는 당신이 참으로 아니꼽다는 말이에요, 공주님."

시믈라는 웃는 낯으로 말했지만 분위기는 더없이 서늘해졌다. 당황스럽기도 하고 조금 화가 나기도 해서 그에게 반문했다.

"취미라뇨?"

"말 그대로예요. 우리의 절박한 삶이 당신에겐 여가죠. 정말이지, 그렇게까지 해서 착한 척이 하고 싶나요?"

대답할 말이 없었다. 완전히 틀린 이야기를 한다면 그냥 넘기고 말 텐데, 시믈라의 말은 꽤나 정확하게 내 상황을 짚었다. 내가 원한다면 언제든 보내 주겠다는 아야라의 약속, 만약 이 세계를 구하지 못

하더라도 돌아갈 곳이 있는 나의 입장. 그 사실은 시믈라의 말과 정확히 맞물렸다.

내 말문이 막히자 시믈라는 다시 한 번 매정하게 비웃었다.

"이 세계는 망망대해예요. 모든 사람이 죽기만을 기다리며 허우적대는 그런 세계죠. 그런데 거기서 당신은 느긋하게 헤엄을 치고 있어. 왜냐면 당신이 원하기만 한다면 언제든 당신의 아버지나 애인이 와서 데려갈 테니까. 정말이지, 마음에 안 들어."

무슨 말을 해야 할지 모르겠다. 이유는 모르겠지만 시믈라는 나를 질책하며 그것을 즐기고 있었다. 이 상황 자체를 누리고 있었다.

내가 침묵하자 시믈라는 목소리를 바꿔 다시금 나긋하게 말했다.

"뭐, 그래도 한 가지는 재미있었어요. 체파르데아가 당신 앞에서 죽었다니. 그 얘길 듣고 조금은 기분이 풀리더군요."

"왜죠?"

"그 사람, 공주님의 절친한 친구였으니까요. 그자가 공주님 앞에서 무슨 생각을 하며 죽어 갔을지 정말 궁금해요. 공주님이야 기억이 없으니 아무 상관 없었겠지만요."

시믈라의 말이 내 마음을 날카롭게 찔렀다. 그 말은 생각보다 아팠다. 그 깊은 아픔에 나는 입술을 꼭 깨물다가 애써 말했다.

"상관없지 않았어요."

내가 그를 만난 시간은 짧다. 그에 대해 좋은 기억보다 나쁜 기억이 더 많다. 그럼에도 날 보며 웃던 그 얼굴, 그 피아노 연주, 마지막 순간 날 부르던 그 목소리는 내게 결코 상관없지 않다.

"기억이 없어서 혼란스럽고 거기서 벌어지는 일은 정말 끔찍하고, 그래서 진짜 나쁜 놈이라는 생각도 했지만 그래도 나는……."

나는 잠깐 말을 멈췄다. 이 말을 해도 괜찮을까 망설이다가, 결국 입에 맴돌던 말을 뱉어 냈다.

"그 사람이 죽을 때 슬펐어요."

그랬다. 나는 슬펐다. 아니, 절망했다. 체파르데아가 죽어 이 세상에서 사라진 사실에 나는 어처구니없게도 절망했다. 스스로도 이해할 수 없지만 분명히 그랬다. 다만 그에게 당한 사람이 너무 많아서, 그가 한 나쁜 짓이 너무 많아서 내색할 수 없었을 뿐이다.

상처가 다시 벌어진 양 아팠다. 그래서 나는 좋을 대로 말해 버린 시믈라를 노려보았다. 그러자 시믈라는 내 시선을 피하며 조용히 말했다.

"그런 짓을 한 인간도 아끼는군요."

내 눈을 피한 채 시믈라는 얕게 조소했다.

"사실 체파르데아는 핑계였어요. 그자와 관계없이 역시 나는 공주님이 싫네요. 당신은 항상 날 비참하게 만들어. 체파르데아를 외면했다면, 조금은 당신을 좋아할 수 있었을 텐데."

시믈라가 다시 나를 바라보았다. 그리고 화사하게 웃었다.

"나는 정말로 당신이 싫어."

정확히 눈을 맞춘 채로 시믈라는 다시 말했다.

"그래서 당신이 실패했으면 좋겠어. 세상 따위 구하지 못하게."

시믈라는 나를 너덜너덜 만신창이로 만들었다. 이상한 사람이야. 기껏 불러서 독설만 잔뜩 해대고. 고상한 척한다고 하고, 착한 척한다고 하고, 싫다고 하고, 또 싫다고 하고, 정말 싫다고 하고. 취미 생활? 내가 어떤 기분으로 여기 남았는지 알지도 못하면서!

나는 잔뜩 기분이 상해서 쿵쿵대며 돌아왔다. 그러다 방 앞에서 라이시와 딱 마주쳤다. 그는 어째선지 땀을 잔뜩 흘리고 있었다.

"어디 다녀오십니까?"

"시믈라한테. 너는?"

"잠깐 뛰다 왔습니다."

하여튼 부지런하다. 단련이 생존과 직결되는 세계니 별수 없나? 라이시는 수건으로 땀을 닦다가 내 옷을 바라보았다.

"그 옷은?"

"아, 첼라가 입으라고 줬어."

나는 인사치레라도 예쁘다는 말을 기대했다. 하지만 칭찬은커녕 라이시는 뭔가 못마땅한 얼굴이었다. 라이시는 이마를 찡그린 채 내 위아래를 훑더니 들고 있던 수건을 내 어깨에 걸쳤다. 땀을 닦던 수건이라 치우려고 했지만 그는 완강하게 매듭까지 꼭 묶었다.

"그런 차림으로 돌아다니면 안 됩니다."

우씨, 그런 차림이 뭔데?

"무슨 얘기 했습니까?"

"몰라."

내가 퉁명하게 답하자 라이시는 알 만하다는 얼굴로 고개를 저었다.

"시믈라를 가까이하지 마십시오. 겉으로만 웃을 뿐 속을 알 수 없는 여자입니다."

나는 볼만 부풀리고 있다가 나직이 말했다.

"내가 싫다고 했어."

어쩐지 일러바치는 것 같아 잠깐 고민하다가, 나는 이내 자그마하게 덧붙였다.

"근데 정말로 나를 싫어하는 것 같았어."

왜 날 싫어하는 걸까? 내가 뭘 어쨌다고. 게다가 그렇게 싫다면서 왜 도와준 건데, 맘 편히 고마워할 수도 미워할 수도 없게.

"아야라에게 듣기로는 20년 전에도 공주님과 시믈라는 사이가 안 좋았다고 합니다."

"정말? 왜?"

"이유는 모릅니다. 시믈라가 일방적으로 공주님을 싫어했다고 하더군요."

그럼 혹시 내가 예전에 굉장한 실수를 했던 건 아닐까? 그래 놓고 까맣게 기억 못 하는 거라면, 그 입장에선 내가 정말 얄미울 수도 있겠다. 나는 뒤늦게 걱정스러워져서 라이시에게 물었다.

"내가 뭘 잘못했을까?"

"모릅니다. 어쨌든 이제 더는 시믈라와 마주치지 않는 편이 좋겠습니다. 어차피 내일 아침 출발할 테니 그동안만 조심하시면 됩니다."

그래야겠다. 내가 끄덕이자 라이시는 다시 내 옷을 가리켰다.

"그리고 그 옷도 갈아입으십시오."

애는 아까부터 내 옷이 마음에 안 든다는 투다. 기껏 예쁜 옷 입었는데.

"왜? 입고 있으면 안 돼?"

내가 이유를 묻자 라이시는 잠깐 뜸을 들이더니, 이내 진심을 담아 말했다.

"공주님한테 야한 옷은 안 어울려요."

나는 울컥해서 목에 걸치고 있던 수건을 라이시에게 집어 던졌다. 물론 라이시는 여유롭게 받았고, 그 모습을 보며 나는 생각했다. 타누와 첼라의 장난보다, 그리고 시믈라의 독설보다 더 악질적인 건 역시 저 녀석이야!

어느덧 저녁이 되었다. 아까 라이시와 마주친 후 옷을 갈아입으려고 했는데 타누와 첼라가 다시 내 방으로 쳐들어오는 바람에 그럴 틈이 없었다. 두 사람은 줄곧 내 옆에서 놀았고, 그 덕에 나는 별로 심심하지 않게 시간을 보냈다.

몸은 이미 다 나은 것 같다. 피 토하고 쓰러질 땐 정말 아찔했는데 이젠 멀쩡하다.

"공주님, 정말 내일 가요?"

"좀 더 있다 가요, 왜 벌써 가요."

내가 내일 아침 떠난다는 얘기를 듣고 타누와 첼라가 서운해하며 말했다. 그래서 나도 그들과 헤어지는 게 아쉬워졌다.

"다들 걱정해서 빨리 가야 한대요."

내 대답에 타누와 첼라의 얼굴이 시무룩해졌다.

"공주님이랑 알타쉬헤트 공이 그나마 편한데."

"내일부턴 또 이상한 인간들 비위를 맞춰야겠지?"

안타까운 마음이 싹 사라졌다. 타산적인 사람들 같으니. 가지 말라고 붙잡아서 조금 감동했었는데.

"그럼 공주님, 오늘이 마지막이니까 놀다 올래요?"

"어디서요?"

"밖에서요!"

나는 타누와 첼라가 가리키는 창문 너머의 거리를 바라보았다. 한밤중이지만 거리는 불빛으로 환했다. 밝을 뿐 아니라 많은 사람으로 붐비고 있었다.

"라이시가 안 된다고 할걸요?"

"당연히 몰래 가야죠!"

그 말에 나는 눈을 동그랗게 뜨다가 황급히 고개를 저었다.

"여기서 자는데 어떻게 몰래 가요."

말이 끝나기 무섭게 첼라가 내 모습으로 짠 변신했다. 첼라는 내 얼굴로 싱글싱글 웃으며 손을 흔들었다.

"걱정하지 말고 다녀와요."

아, 어떡하지. 솔직히 말하면 가고 싶다. 놀러 가고 싶어. 바깥바람 쐬고 싶어. 하지만 그래도 될까? 괜찮을까?

"고민하지 말아요, 여긴 놀기 좋은 곳이 많아요. 그냥 가면 나중에 후회할 거예요."

"알타쉬헤트 공은 제가 맡을게요. 그러니 다녀오세요, 공주님."

이 악당들. 나는 타누와 첼라의 유혹에 반쯤 넘어간 채 내가 이 세계에 온 지 얼마나 됐나 세어 보았다. 오늘로 딱 9일째다. 한 달은 지난 것 같은데 이제 겨우 열흘 됐구나.

그래도 나 그동안 열심히 했는데, 잠깐은 놀아도 괜찮지 않을까?

나는 광장 중앙의 커다란 분수대로 달려갔다.

"와아!"

시원한 물줄기가 빛으로 반짝였다. 거리는 활기찼다. 사방엔 불빛이 가득했고 수많은 사람이 거리를 메우고 있었다. 그 광경에 나는 가슴이 트이는 걸 느꼈다.

"안 나왔으면 큰일 날 뻔했네요, 공주님."

뒤따라온 타누가 말했다. 나는 대꾸도 않고 그를 잡아당겼다.

"저거 먹어도 돼요?"

내가 손으로 가리킨 건 따끈하게 구워서 파는 와플이었다. 타누는 별말 않고 와플과 음료를 사서 가져왔다. 그의 얼굴엔 어이없는 웃음이 걸려 있었다. 그 웃음을 보고 뒤늦게 걱정되기 시작했다. 명색이 공주님인데 이래도 괜찮을까? 아, 공주님 수행까지는 바라지도 않으니 이걸 데이트쯤으로는 여겨 줬으면 좋겠다. 하지만 지금 타누의 태도는 강아지를 산책시키는 주인의 태도 같다.

"나오길 잘했죠?"

타누의 물음에 나는 괜히 부끄러워서 고개를 끄덕였다.

"사람이 많아서 놀랐어요."

"아, 오늘은 평소보다 좀 많아요. 중앙의 군인들이 왔거든요."

타누가 거리 한 곳을 손으로 가리켰다. 거기엔 짧은 머리의 남자들이 있었다. 군인이라는 그들은 퍽 우락부락해 보였다.

"이 세계에도 이런 데가 있을 줄은 몰랐어요."

"여기보다 더 큰 도시도 있어요. 이요브의 메트로폴리스는 여기보다 훨씬 번화해요."

"정말요?"

나는 감탄하며 다시 거리를 둘러보았다. 이 거리를 보니 요 며칠 내게 일어난 일들이 다 거짓말 같았다.

"한쪽 세계에선 유괴당하고 잡아먹히는데, 여긴 그런 것과 상관이 없어 보여요."

타누는 어깨를 으쓱이며 웃었다. 그리고 내게 물었다.

"공주님이 계시던 세계는 다른가요?"

갑작스러운 물음에 나는 눈을 깜빡거렸다. 다른가? 선뜻 대답을 못 하겠다. 내가 대답을 못 하자 타누는 깊게 생각할 필요 없다는 듯 다시 밝게 웃었다.

"뭐, 어쨌든 나오니까 좋죠? 괜찮으면 더 머무세요. 시블라 님도 좋아하실 거예요."

"절대 아닐걸요. 그 사람은 날 싫어하잖아요."

"에이, 싫어하는 사람은 상대도 안 하세요. 굳이 불러서 이야기까지 나누신 걸 보면 그냥 싫어하는 건 아니에요."

"그럼요?"

"진짜 싫어하거나 엄청 싫어하거나."

"짜증 나……."

내가 노려보자 타누는 낄낄 웃었다.

"이건 장난이고, 아마 싫어하기만 하는 건 아닐 거예요. 웃는 것도 보셨잖아요."

"살기가 느껴지는 웃음이었어요."

"아이고, 참. 개구리 공도 싫어하지 않았잖아요? 그럼 시믈라 님도 좀 봐줘요."

"싫은 게 아니라 불편한 거예요. 그쪽이 날 싫어하니까."

"그건 공주님이 이해하셔야 해요."

"왜요?"

"이유야 여러 가지 있죠. 체파르데아 공의 일도 그렇고 알타쉬헤트 공의 일도 그렇고."

"라……."

라이시라고 말하려다가 나는 말을 바꿨다.

"알타쉬헤트는 왜요?"

"우리 주인님이 그 양반을 좋아하거든요."

"엑?"

"모르셨어요?"

몰랐다, 전혀.

"재작년이었나, 알타쉬헤트 공을 처음 보자마자 엄청나게 티를 냈죠. 그런데 알타쉬헤트 공은 눈도 깜짝 안 했고요. 아무리 그래도 그 미모엔 잠깐 혹할 만도 한데."

타누는 그렇게 말하며 재미있다는 듯 싱글거렸다.

"그런데 공주님이 갑자기 나타나서 알짱거리니 당연히 얄밉죠."

알짱거린다니, 말이 심하잖아.

"게다가 공주님한테 자격지심도 느끼고 있을 거예요."

타누가 한 말 중에서도 가장 헛소리 같은 말이다. 그렇게 예쁜 사람이 나한테 왜? 내가 놀란 표정을 짓자 타누가 덧붙였다.

"시믈라 님은 창녀였거든요. 그래서 공주님처럼 순진한 여자애들을 굉장히 싫어하죠."

그 말에 나는 또 한 번 놀랐다. 정작 타누는 태연했다. 그는 그렇게 가벼운 태도로 옛날이야기를 이어 나갔다.

시믈라도 체파르데아처럼 비라에서 아본으로 온 사람 중 하나였다. 다만 시믈라가 따라온 것은 피네하스가 아니라 그의 하나뿐인 언니였다.

그 시절 시믈라는 아직 피지 않은 꽃처럼 어렸다. 아본에 내려와서도 시믈라는 그 순수함을 지킬 수 있었는데, 그건 언니 덕분이었다. 언니는 강했고 스스로 아본에 내려온 것을 후회하지 않았다.

그와 달리 연약했던 시믈라는 언니에게 의존하며 혹한에서 생존했다. 하지만 그것은 오래가지 않았다. 언니가 소녀의 어리광에 질렸는지, 소녀가 언니의 냉담함에 지쳤는지는 정확하지 않다. 어쩌면 둘

다일지도 모른다. 혹한 속에서 자매는 점차 멀어져 갔다.

그러던 중 징계가 5년째 이어지던 해에 사건이 터졌다. 시믈라의 언니와 경쟁하던 체파르데아가 시믈라를 납치한 것이다. 체파르데아는 시믈라를 인질로 언니를 협박했지만 받아들여지지 않았다. 그에게서 돌아온 것은 좋을 대로 하라는 냉담한 대답이었다.

언니에게 버림받은 시믈라는 체파르데아에게도 버려졌다. 두 강자의 흥미에서 멀어진 그는 길바닥에 내버려졌고, 당연한 절차인 양 거리의 남자들에게 짓밟히고 말았다.

"불편한 얘기죠?"

나는 대답할 수 없었다. 다만 시믈라가 체파르데아를 싫어하는 게 이해가 됐다. 정말, 싫어할 만하다.

소녀는 아픈 몸을 이끌고 도와줄 사람을 찾았다. 그 시절의 소녀는 그렇게나 순진했다. 하지만 현실은 그에게 또 같은 상처를 떠안길 뿐이었다. 아리따운 소녀는 보호받기는커녕 가는 길마다 붙잡혔고 끝내는 만신창이가 되었다.

그런 세상이니, 그 천진난만했던 소녀가 복수를 다짐하게 된 것도 놀랄 일은 아니다. 소녀는 연약했지만 영리했다. 여전히 아름답기도 했다. 이미 자신이 더럽혀졌다고 생각한 그는 거칠 것이 없었다.

아름다운 얼굴과 나긋한 몸짓, 그리고 신비로운 미소. 시믈라는 마치 그러기 위해 태어난 것처럼 남자들을 사로잡고 그들을 이용했다. 비록 언니와 체파르데아에겐 닿을 수 없었지만, 그래도 자신에게 손을 댄 자들에겐 잔혹하게 보복했다. 그 복수가 끝날 때쯤 징계의 7년이 끝났고, 피네하스는 그를 선택했다.

그렇다고 시믈라의 삶이 변한 것은 아니다. 그는 여전히 혼자서는 아무것도 할 수 없었다. 피네하스는 그에게 아무런 힘도 주지 않았다. 아니, 어떤 힘을 주긴 했다. 시들지 않는 미모와 상대를 홀리는 수상함. 지금껏 시믈라가 해왔던 일에 박차를 가할 뿐인 힘이었다.

그랬기에 시믈라의 삶은 여전히 비참했다. 그에 대한 반발이었을까. 시믈라는 가는 곳마다 분쟁을 일으켰다. 자신의 아름다움을 이용해 아버지와 아들을 싸우게 하고 형제가 서로를 죽이게 했다. 견고한 집단마저 무너뜨렸다. 그래야 겨우 속에서 타는 쓰라린 열기가 누그러지는 것 같았다.

시믈라가 정착한 것은 그런 삶을 수십 년간 지속한 후였다. 네벨라라는 영주가 있었다. 그는 시믈라에게 푹 빠졌고 이 온실을 선물했다. 이 거리가 만들어진 것도 그때였다.

시믈라는 온실을 기반으로 여인들의 거리를 만들었다. 자신처럼 연약하지만 아름다운 여자들을 끌어모아 모든 것을 제공했다. 그리고 단 두 가지를 요구했다. 이 거리에 오는 모든 남자에게 몸을 팔도록. 그리고 배 속에 생겨난 아이를 죽여 피네하스에게 바치도록.

"아이를요?"
나는 놀라서 되물었다. 타누는 담담하게 고개를 끄덕였다.

"네, 어쨌든 하루 한 생명을 바쳐야 하니까요. 시믈라 님이 선택한 건 그거였어요. 어차피 이 거리에는 아버지 없는 아이가 늘 생기고, 여자들은 그 아이를 기를 만한 여건이 안 되니까요."

시믈라는 알고 있었다. 자신이 선택된 이유를. 피네하스는 정욕으로 더럽혀진 자신을 흡족하게 여긴 것이다. 그리고 그 몸으로 더욱더 세상을 혼란스럽게 만들길 바랐던 것이다.

하지만 시믈라는 더는 그러고 싶지 않았다. 이젠 신물이 났다. 영리한 창녀는 뱀에게 다른 먹잇감을 주기로 했다. 그가 원하는 것이 타락이라면 그것이 꼭 자신일 필요는 없다. 그렇게 생각하고 시믈라는 이 거리에서 이제껏 없던 쾌락의 향연을 벌였다. 그리고 매일 주어진 한 생명은 예정 없이 생겨난 태아들로 대신했다.

자급자족. 거리에서 갓 생겨난 생명을 경시하고 아무 가책 없이 제물로 바치는 것. 세상에서 가장 순결한 피를 흘려 버리는 것. 그것은 분명 피네하스를 즐겁게 했던 것 같다.

그 이래로 40년, 거리는 아직도 지속되어 오고 있다.

"그러니까 화풀이 같은 거예요. 다른 여자들도 다 창녀로 만들어 버리고 싶은 거죠. 그럼 자기가 좀 나아질 거라고 생각하나 봐요."

이야기의 끝에서 나는 할 말을 잃었다. 아까까지만 해도 활기차게 보이던 이 거리가 다르게 느껴지기 시작했다. 남녀 쌍을 이룬 많은 사람이 보였다. 그들은 모두 취해 있었다.

"그럼 저 사람들은……."

"다 매춘부죠."

내가 눈을 크게 뜨자 타누가 웃으며 물었다.

"왜요, 더러워요?"

나는 깜짝 놀라 고개를 저었다. 그러다 지나가던 한 여자를 보게 되었다. 여자는 술 취한 남자와 붙어서 감정 없이 웃고 있었다. 그 모습을 쳐다보다가 눈이 마주쳐서 나는 황급히 시선을 피했다.

"그렇게 볼 필요 있나요? 공주님이 냠냠 먹는 그 와플이랑 똑같은 건데."

타누가 느긋한 목소리로 말했다. 내가 이해하지 못하고 돌아보자 타누는 가볍게 덧붙였다.

"살기 위해 가진 걸 파는 것뿐이잖아요. 과자든 몸이든."

그 말에 나는 거북함을 느끼고 얼굴을 찌푸렸다.

"말도 안 돼요."

"왜요?"

타누가 너무 태연하게 물어봐서 나는 오히려 말문이 막혔다. 마음에 떠오르는 것은 많았지만 정리할 수가 없었다. 그저 혼란스러웠다. 내겐 모든 게 낯설었으니까. 나는 그런 걸 경험해 본 적도, 그런 장소에 가거나 그런 사람을 만나 본 적도 없으니까. 그러기는커녕 과연 그게 어떤 걸까 자세히 생각해 본 적도 없으니까.

그 와중에 타누가 던진 물음은 날 당황하게 했다. 왜냐고? 과자를 파는 것과 몸을 파는 게 왜 다르냐고? 나는 그에게 대답하는 대신 머뭇대며 되물었다.

"저 사람들이 원해서 하는 일이에요?"

"원해서 하는 건 아니지만 스스로 선택한 건 맞아요. 시믈라 님은 여자들에게 선택권을 주거든요. 몸을 팔고 편하게 살겠니, 아니면 밖으로 쫓겨나 굶주리다 얼어 죽겠니, 하고요."

나는 얼굴을 찡그렸다. 타누가 말한 그게 과연 선택일까 생각하다가 체파르데아의 성에서 있었던 일들이 떠올랐다. 그곳에서 나도 선택을 강요받았다. 잡아먹을지, 혹은 잡아먹힐지를. 둘 다 원치 않았지만 강자의 냉혹한 요구에 떠밀려 둘 중 하나를 선택해야만 했다. 만약 라이시가 제때 오지 않았다면 나는 개구리 밥이 됐을 거다.

그때를 생각하며 나는 다시 거리의 여자들을 바라보았다. 그러자 옆에서 타누가 웃음을 터트렸다.

"아하하, 그 눈빛 뭐죠? 동정? 그럴 필요 없어요. 저 여자들은 모두 공범이에요, 공주님."

공범. 그 말뜻을 되물을 필요는 없었다. 만약 내가 살기 위해 사람을 먹었다면, 나는 깨끗하다고 할 수 있을까? 어쩔 수 없었다고 그저 피해자라고 말해도 괜찮을까? 잘 모르겠다.

내가 할 말을 잃고 손끝만 바라보자 타누가 내 등을 팡팡 두드렸다.

"가라앉지 말아요. 놀러 왔잖아요?"

그런 얘길 해놓고 놀라니, 뭐 이렇게 무신경해? 나는 타누를 노려보다가 들고 있던 와플을 한입에 털어 넣었다. 더는 단맛이 느껴지지 않았다.

"돌아갈래요."

내가 일어나자 타누가 뒤에서 말했다.

"좀 더 놀다 가요."

"놀 장소가 아니잖아요."

나는 얼굴을 찌푸리며 타누를 돌아보았다. 이런 곳인 줄 알았다면 안 왔을 거다. 타누에게 돌아가자고 채근하는데 갑자기 등 뒤로 커다란 그림자가 드리웠다. 뭔가 싶어 돌아보려는데 그보다 빠르게 어떤 손길이 내 어깨를 붙잡고는 나를 휙 돌려세웠다. 돌아서서 보게 된 건 웬 커다란 남자의 가슴팍. 거기선 진한 술 냄새가 풍겼다.

"이봐, 혼자야?"

성마른 그 목소리에 나는 당황해서 고개를 들었다. 짧은 머리의 남자 둘이 날 내려다보고 있었다. 아까 타누가 중앙의 군인이라고 한 사람들이었다. 타누가 화들짝 놀라서 끼어들었다.

"잠깐, 이 아가씨는……."

"남창은 꺼져."

타누가 내 앞을 막아서자 옆에 있던 남자가 그를 걷어찼다. 배를 차인 타누는 힘없이 나가떨어졌고 두 남자는 날 꼼짝 못 하게 에워쌌다.

"무슨 짓이에요!"

내가 소리치자 두 남자는 오히려 낄낄댔다. 그러더니 날 위아래로 살펴보며 품평하듯 말했다.

"조금 어린데?"

"그편이 더 좋지."

그 지저분한 말에 나는 그들이 어떤 의도로 내게 접근했는지를 비로소 깨달았다. 나중에야 안 건데 그때 내가 입은 옷은 온실의 사람이라는 표시였다. 달리 말해 매춘부라는 뜻이었고, 그래서 라이시가 내게 이 옷을 입지 말라고 한 거였다. 하지만 당시의 나는 그걸 까맣게 몰랐고, 결국 보기 좋게 위험해지고 말았다.

덩치 큰 두 남자가 짙은 시선으로 나를 내려다봤지만 뜻밖에도 그다지 무섭지 않았다. 그도 그럴 게, 괴물 개구리한테도 쫓겨 봤는데 이제 와서 사람이 뭐 무섭겠어. 나는 그들을 무시한 채 넘어진 타누를 먼저 일으켰다.

"라이시였으면 지켜 줬을 텐데."

"그 사람이랑 비교하면 안 되죠."

"이봐, 뭐하는 거야?"

남자가 다시 내 팔을 잡아당겼다. 나는 무섭기보다는 진저리가 나서 힘껏 뿌리쳤다.

"이거 놔요."

단호하게 말했지만 그들은 듣지 않고 나를 다시 끌어당겼다. 이미 꽤나 취한 것 같았다. 나는 입술을 깨문 채 어떻게 할까 고민하다 그 남자의 얼굴로 손을 뻗었다. 그리고 그의 양 뺨을 손으로 감싸 쥐었다. 최근 들어 깨달은 건데 이러면 사람들은 대부분 멍청하게 방심한다. 내가 이대로 눈을 찌를 거라는 걸, 왜 아무도 눈치 못 채는 거지?

"끄악!"

남자가 펄쩍 뛰며 비명을 질렀고 나는 그대로 몸을 돌려 내뺐다.

내가 달리자 주춤대던 타누도 뒤늦게 헐레벌떡 따라오기 시작했다.

"저년이!"

두 남자도 욕을 하며 뒤쫓아 왔다. 하지만 만취 상태로 비틀대는 그들은 쉽사리 우리를 따라잡을 수 없었다. 나는 여유롭게 달렸지만 뒤따라오는 타누는 버거워 보였다.

"고, 공주님! 왜 이렇게 빨라요!"

"타누는 운동 좀 해야겠어요."

아까도 한 번에 나가떨어지고. 내가 다 창피하더라.

나는 가볍게 달리며 생각했다. 이제 어떻게 할까? 이대로 성으로 돌아갈까? 그랬다가 라이시한테 들키면 어떡하지? 안 그래도 몰래 나왔는데 이런 상황이면…….

그런 생각을 하고 있는데 멀리서, 황당하게도 하늘에서 한 여자의 외침이 들려왔다.

"타누! 공주님! 도망쳐, 들켰어요!"

놀라서 고개를 들어 보니 하늘에서 무언가가 날아오는 게 보였다. 처음엔 어두워서 뭔지 알아볼 수 없었다. 하지만 다시 한 번 들려온 첼라의 외침에 나는 그것의 정체를 깨달았다. 으악, 라이시다!

라이시의 등장이 반갑지 않았다. 아니, 오히려 가슴 철렁하게 무서웠다. 죄지은 사람마냥. 그래서 나는 황급히 멈춰 선 후, 우릴 향해 돌진해 오는 남자들에게 소리쳤다.

"루아흐!"

바람이 불어닥쳐 그 건달들에게 부딪혔지만 체격 좋은 남자들은 휘청대면서도 버텼다. 으악, 안 돼! 빨리 사라져!

"루아흐!"

나는 다시 한 번, 체파르데아의 권속들을 날려 버릴 때처럼 힘껏 소리쳤다. 내 의지를 반영한 바람이 몇 갈래로 뻗어 나가 남자들에게 부딪혔다. 강한 바람은 무거운 남자들을 들어 올렸고, 이윽고 그들을 담장 너머로 날려 버렸다. 뒤따라오던 타누가 그 광경을 보고 놀라서 물었다.

"공주님, 이 무슨……."

"침착해요, 아무 일도 없었던 척해. 우린 그냥 산책만 한 거야."

첼라가 들킨 건 돌이킬 수 없다. 그럼 안전하게 산책한 것으로 만들어야 한다. 멋대로 쏘다니다 저런 아저씨들한테 쫓긴 걸 알면 절대 잔소리로 안 끝날 거야!

나는 타누와 침착하게 걷는 척했다. 그런 우리의 머리 위로 라이시의 날갯소리가 들리더니 타누의 품으로 첼라가 뚝 떨어졌다.

"꺅!"

첼라를 타누에게 던지고 라이시는 다시 어디론가 날아가더니, 잠시 후 우리 앞으로 또 무언가를 던졌다.

쿵, 쿵!

아까 내가 날려 버린 그 남자들이었다. 아, 다 봤구나…….

두 남자를 우리 앞에 쌓아 둔 후 라이시가 땅으로 내려왔다. 싸늘한 얼굴을 보니 상당히 화난 게 분명했다. 우리 셋은 천천히 걸어오는 라이시에게서 슬슬 뒷걸음치며 속닥거렸다.

"왜 들켰어요?"

"알타쉬헤트 공이 너무 예리했어요."

"거짓말 마, 너 분명 뭐 했지?"

"아니야, 조금 섹시하게 있었던 것뿐인데 침대째로 날려 버리는 거 있지?"

"왜 섹시하게 있었던 건데!"

"뭘 했는지 안 봐도 뻔하구먼!"

으악! 너 처음부터 나를 숨겨 줄 생각이 전혀 없었던 거지!

우리가 실랑이하는 사이 라이시가 점점 더 가까이 왔고, 우리는 필사적으로 서로를 앞으로 밀어냈다. 그러다 입지 싸움에서 진 타누가 불쑥 밀려 나갔다. 라이시는 기다렸다는 듯이 타누의 머리를 한 손으로 잡고 옆으로 밀어 버렸다. 내가 루아흐로 남자들을 날려 버린 것처럼 타누도 처참하게 벽에 처박혔다.

그 광경에 나는 얼굴에서 핏기가 가셨다. 아, 엄마야⋯⋯.

"아, 알타쉬헤트 공? 난 아까 충분히 혼났으니까 빠질게요?"

첼라는 그렇게 말하며 슬금슬금 내게서 떨어졌다. 어딜 가, 이 배신자야! 내가 몰래 첼라의 옷자락을 붙잡았지만 첼라는 내 손을 냉큼 쳐내고 물러났다.

결국 혼자 라이시와 마주 서게 된 나는 어떻게든 상황을 무마하려고 입을 열었다.

"아, 저기, 있잖아."

"그 반지."

하지만 라이시는 내 말을 듣지 않고 뚝 끊었다.

"응?"

"이제 잘 쓰시네요."

라이시가 내 손을 가리키며 물었다. 내 손엔 라이시가 체파르데아의 성에서 준 은색 반지가 끼워져 있었다.

"그 반지는 다섯 개가 쌍을 이루는 물건입니다. 그중 가장 다루기 쉬운 게 루아흐죠. 이제 익숙해지신 것 같으니 다음 걸 가르쳐 드리겠습니다."

"아니, 난 별로 배우고 싶지 않은데……."

"다음은 바자크입니다. 자주 보셨죠, 제가 사용하는 거."

"그렇긴 한데 나는 그……."

"힘을 조절하기에 따라 여러 용도로 쓸 수 있다는 게 장점입니다. 때로는 말 안 듣는 녀석들을 혼낼 때도 좋습니다."

나는 그제야 라이시의 의도를 파악하고 도망치려 했다. 하지만 라이시가 어깨를 붙잡아 내 도주를 막았다. 그리고 나직이 말했다.

"이렇게 말입니다."

"자, 잠깐만, 나 공주야…… 꺄아아아!"

결국, 내 비명은 이 거리를 가득 채웠다.

라이시는 걱정했던 만큼이라며 내게 전기충격을 가했고 나는 탈진해서 쓰러졌다. 으윽, 찌릿찌릿해.

엄청난 경험이었다. 아픈 건 아닌데 온몸에 전기가 흘러서 간질거리는, 눈물이 날 때까지 발을 간질이는 그런 느낌. 고문 중에 간지럼 태우는 게 있다는데 그 이유를 이제 알 것 같아.

나는 후들후들 떨면서 간신히 성으로 돌아왔다. 그리고 침대에 지쳐 쓰러졌는데, 라이시가 내 위로 옷과 망토를 풀썩 내려놓았다. 내가 원래 입던 것들이었다.

"지금 돌아갈 겁니다. 갈아입으십시오."

"앗. 왜요, 알타쉬헤트 공!"

"내일 간다면서요?"

라이시의 말에 시종들이 항변했다. 그러자 라이시는 웃음기 없이 대꾸했다.

"공주님께 무슨 일이 생겼으면 장난으로 안 끝났을 거야."

라이시의 싸늘한 말에 타누와 첼라는 찔끔하고 입을 다물었다. 나도 할 말은 없었다.

나는 결국 타누와 첼라에게 인사도 못 한 채 라이시에게 붙잡혀 밖으로 나왔다. 이윽고 우리는 함께 날았고, 이 거리의 끝에서 라이시는 온실의 문을 열었다. 그러자 다시 혹한이 몰아닥쳤다.

차가운 바깥으로 나오자 온실에서의 따스함이 꿈처럼 느껴졌다. 그 꿈은 짧고 달콤하며 덧없었다. 높은 곳에서 본 시믈라의 거리는 유리 상자 속에서 예쁘게 반짝이고 있었다.

그 도시를 내려다보며 라이시가 말했다.

"저곳이 어떤 거리인지 알고 돌아다니신 겁니까?"

아직 화가 난 목소리여서 나는 작게 대답했다.

"아니, 몰랐어."

그렇게 말한 후 나는 곧 덧붙였다.

"그런데 이제는 알 것 같아."

시믈라의 온실은 체파르데아의 축사와 다른 듯 같았다. 저곳도 결국은 사람들에게 죽음과 타락 중 하나를 강요한다. 아니, 어쩌면 저 온실이 더 끔찍할지도 모르겠다. 저곳은 마치 늪과도 같다. 몸을 팔며 자신의 태내에 생겨난 생명마저 버리게 되었을 때, 그 여자들은 타누의 말마따나 공범이 되어 버린다.

나는 안타까운 마음으로 지상의 온실을 내려다보았다. 그 온실은 여전히 향락으로 반짝이고 있었다. 그것은 모든 것을 다 태우며 순간만 반짝이는 불꽃 같았다. 그 가짜 화려함은 언뜻 보기에 참 예뻤지만, 자세히 들여다보면 무엇보다 더 고통스러워 보였다.

이 세계는 대체 왜 이런 걸까. 무엇 때문에 이렇게 됐을까. 그리고 나는 과연 이 세계를 구할 수 있을까?

그런 질문들이 떠올랐지만 나는 답을 찾을 수 없었다. 아직 해결할 수 없는 의문들을 그 차가운 온실 위에 던진 채, 우리는 날아올랐다.

4

지나간 자리

통 통 통. 빗방울이 창문을 때렸다.

우리가 성에 돌아온 직후부터 내리기 시작한 비는 벌써 이틀째 이어지며 세상의 눈을 녹이고 있었다.

벽난로 앞에 앉아 있던 아야라가 빗줄기를 보며 또다시 감탄했다.

"계속 봐도 신기하네요. 하늘에서 물이 내리다니."

아야라는 비가 내리는 걸 처음 본다고 했다. 늘 추워서 눈밖에 내리지 않는 세상이었는데, 얼마 전부터 따뜻해지더니 드디어 비가 내리기 시작했다.

나는 창가에 앉아서 바깥을 바라보다가 그만 재채기를 했다. 비 때문인가? 어째 으슬으슬하다.

"이리 오세요. 나은 지 얼마 안 됐는데 감기라도 걸리시면 큰일이잖아요."

내가 코를 훌쩍이자 아야라가 벽난로 앞자리를 손으로 톡톡 두드렸다. 나는 두말하지 않고 벽난로 앞, 아야라의 옆으로 가 앉았다. 아야라는 털실로 옷을 뜨고 있었는데, 내가 다가와 불기운을 쬐자 조용히 입을 열었다.

"알타쉬헤트한테 들었어요. 시믈라의 온실에서 말없이 거리로 나가셨다고요."

윽, 일렀어? 그렇게 괴롭혀 놓고 다 일러바친 거야? 나는 당황하며 급히 변명했다.

"잠깐 바람 쐬러 갔던 거예요."

"네, 별일이 없어서 정말 다행이에요. 하지만 너무 걱정시키지는 말아 주세요, 공주님."

나는 아야라의 걱정이 별로 석연치 않았다. 정말 잠깐 나갔다 온 것뿐인데. 혼자였던 것도 아니고. 내가 뚱한 표정을 짓자 아야라는 웃으며 뜨개바늘을 내려놓았다.

"저도 사실 온실 출신이에요."

"아야라가요?"

"네. 거기서 나온 지 20년도 지났지만, 그 거리에 대해선 그래도 잘 알죠."

아야라는 실을 정리하며 다시 창가로 눈을 돌렸다. 그리고 추억에 잠긴 목소리로 말했다.

"안 그래도 빗소리를 들으니까 생각나네요. 제가 열두 살 때였죠,

공주님을 처음 만난 게."

　온실에서 쓰레기통을 뒤지며 사는 여자아이는 고양이라고 불렸다.
　어느 한 고양이는 아주 어릴 적, 길에서 납치당해 온실로 팔려 온
아이였다. 형제들과 생이별하고 끌려온 고양이는 모든 것이 얼떨떨했
다. 생면부지의 여자들이 자신을 먹이고 입히며 뜻밖에도 좋은 대우
를 해줬기 때문이었다.
　하지만 그건 대가를 요구하는 덫이었다. 시믈라의 온실에 오고 반
년, 앙상하던 고양이는 어느덧 어여쁜 여자아이가 되었다. 그러자 여
자들은 그 고양이를 남자들에게 선보였다. 그때 고양이의 나이는 고
작 열한 살이었다.
　그 나이에 접대를 시작하는 건 그다지 특별한 일이 아니었다. 그것
은 온실에서 벌어지는 흔하고도 비참한 일이었다. 고양이도 그 당연
한 절차를 강요받았지만, 영특한 고양이는 수상한 낌새를 채고서 달
아났다. 그리고 다시 예전처럼 골목으로 숨어들었다.
　온실에는 그렇게 도망친 소녀가 많았다. 하지만 온실의 주인이 그
들을 그냥 두고볼 리 없었다. 시믈라는 이따금 사람을 풀어 고양이
사냥을 했다. 그때 붙잡힌 고양이들은 예전보다 더한 수모를 겪었고,
결국은 자신에게 강요된 운명을 받아들였다.
　그러나 그 고양이, 또래보다 특별히 고집이 센 한 고양이는 다가오
는 손길을 끝까지 거부했다. 호되게 매질을 해도 밥을 굶겨도 소용이
없었다. 강제로라도 끌어내려 하면 물어뜯고 반항했다. 그 고양이는

온실의 대단한 골칫거리였다.

그 유별난 고양이의 소문은 시믈라에게까지 전해졌다. 시믈라는 네벨라를 초대한 연회에 그를 끌어냈다.

그건 만찬 중의 작은 유흥이었다. 시믈라는 꽁꽁 묶인 고양이에게 제안했다. 좋은 옷과 음식을 줄 테니 여기 계신 영주님의 시중을 들라고. 고양이는 차라리 쓰레기통을 뒤지겠다고 대답했다.

고양이의 말에 시믈라는 조소했다. 그러고는 쓰레기통의 음식이 그렇게 좋다면 원하는 만큼 주겠다고 말했다. 연회에 참여한 사람들이 먹던 음식을 던지기 시작한 건 그때부터였다.

수많은 사람이 웃으면서 뼈와 과일 조각, 먹다 남은 빵을 집어 던졌다. 뜨거운 스프를 쏟아붓는 사람도 있었고 그릇으로 내리치는 사람도 있었다. 오물이 사방에서 날아들었고, 고양이의 작은 몸은 멍들어 갔다.

"빗소리를 들으니까 그 일이 생각나네요. 후드득후드득하는 빗소리가 마치……."

저기, 그 어두운 얘길 왜 그렇게 아련하고도 애틋하게 말하는 거죠? 저 빗소리를 듣고 떠올릴 추억이 그런 것밖에 없어요?

나는 어떤 표정으로 이야기를 들어야 할지 고민스러웠다. 내 고민을 아는지 모르는지, 아야라는 다시 잔잔하게 이야기를 이었다.

그때였다. 고요한 목소리가 소란스러운 연회장에 파고든 것은.

"그만."

찬물을 끼얹는 목소리에 모두가 돌아보았다. 그곳엔 하얀 여인이 서 있었다. 그의 등장에 사람들은 숨을 죽였다. 사람들은 소문을 통해서 이미 알고 있었다. 저 여인이 비라에서 내려왔다는 사실을. 그가 비라의 고귀한 공주, 리브나 키브사라는 사실을.

"그 아이를 괴롭히지 마."

키브사가 사람들을 향해 말했다. 그 순간 시믈라의 눈에 불길 같은 증오가 타올랐다.

"누구에게 명령하는 거지, 공주님? 여긴 비라가 아니야. 저 도둑고양이를 구하고 싶으면 직접 해."

시믈라는 그렇게 소리치고는 사람들에게 하던 것을 계속하라고 명령했다. 사람들은 공주가 아니라 주인의 명령을 따랐고, 고양이의 몸에는 또다시 음식물이 쏟아졌다. 시믈라는 그 광경에 만족했다. 키브사가 아무것도 못 하리라 생각하며 짙게 웃었다. 하지만 그 웃음은 오래가지 못했고, 시믈라의 얼굴은 곧 경악으로 물들었다.

순결한 키브사와 더러운 고양이는 극과 극인 양 서로 달랐다. 그 둘이 함께 있는 것은 결코 불가능해 보였다. 그런데 키브사가 고양이라 불리는 아이에게로 한 걸음 다가서는 순간, 그의 깨끗함은 순식간에 망가지고 그 둘은 같은 곳에 서게 되었다.

포도주가 발끝을 적셨지만 공주는 발을 내딛었다. 먹다 버린 뼛조각이 몸을 때렸지만 앞으로 나아갔다. 날아온 접시가 이마에 부딪혀 깨졌지만 그래도 멈추지 않았다. 쏟아지는 오물보다 더 치욕스러운 조롱이 공주를 뒤덮었지만 그는 끝내 고양이에게 다가갔다. 그리고 결국 그 아이를 품에 안았다.

그 광경을 지켜보던 시믈라가 이를 갈며 일어났다. 상석에서 내려온 시믈라는 평소의 품위를 잊은 채 고양이를 거칠게 끌어당겼다.

"아이를 내놔. 내가 돈을 주고 샀으니 내 것이야."

"값을 치르겠어."

키브사의 단호한 대답에 시믈라는 찢어질 듯 날카로운 음색으로 비웃었다. 얼마를 내놓든 팔지 않을 생각이었다. 하지만 무엇 하나 시믈라의 생각대로 되지 않았다. 키브사가 내놓은 것은 치포라, 세계를 통틀어 가치를 견줄 바가 없는 보물이었다.

나는 그 얘기를 멍하니 듣고 있다가, 어색하게 농담을 던졌다.

"나쁜 사람들이네요, 음식을 막 던지다니."

아야라가 눈을 동그랗게 뜨고 나를 바라보았다. 그러더니 곧 입을 가리며 웃음을 터트렸다. 아야라는 큰 소리로 맑게 웃었고, 내가 그 갑작스러운 폭소에 당황하자 가까스로 웃음을 멈추며 말했다.

"어쩜, 기억 없으신 거 정말 맞죠?"

"네?"

"그때 절 데리고 나오실 때 공주님이 하신 첫마디도 그거였어요."

연회장에서 막 빠져나왔을 때, 엉망진창인 키브사가 재잘대듯 속삭였다.

"음식을 막 던지다니 나쁜 사람들이네, 그치?"

상냥한 목소리였지만 고양이는 대꾸하지 않았다. 멋대로 자신을 데려가는 이 키브사도 온실의 여자처럼 다른 꿍꿍이가 있을 거라고 생각한 탓이었다.

이후 키브사는 고양이를 북쪽의 어느 산채로 데려갔다. 그곳에서 아야라는 이름을 지어 주고 보살폈지만, 고양이는 마음을 열지 않고 도리어 앙칼지게 반항했다. 호의를 순전히 받아들이지 못해 다가오는 모든 것을 쳐내기 일쑤였다. 그런데도 키브사는 포기하지 않고 그를 묵묵히 돌봐 주었다.

그렇게 하루가 지나고 이틀이 지났다. 여러 날이 지나며 고양이였던 아야라는 자신에게 무슨 일이 일어났는지를 점차 깨달았다.

어느 공주님이 자신을 위해 더러운 곳에 몸을 던졌다. 그리고 값진 보물을 자신과 맞바꾸었다. 왜 그랬는지는 알 수 없었다. 다만 아무 대가 없이 그랬다는 것은 알 수 있었다.

새 이름을 받은 지 반년째 되는 날이었다. 그때까지 입을 열지 않던 아야라가 키브사의 품으로 와락 안겼다. 그러지 않고는 견딜 수가 없었다.

"미안해요, 나 때문에……."

아야라의 입에서 나온 첫마디는 그거였다. 동시에 주체할 수 없는 눈물이 쏟아졌다.

깨끗한 몸을 더럽히며 자신에게로 다가오는 키브사의 모습이 떠올라, 그 많은 사람의 조롱과 비웃음을 감내하던 그때가 떠올라 아야라는 울음을 참을 수가 없었다.

"그런 일을 당하게 해서 미안해요. 정말 미안해요……."

품에 안겨 우는 아야라를 바라보며 키브사는 따스하게 웃었다. 아야라를 마주 안아 주며 키브사가 말했다.

"나는 괜찮아, 이제 충분해."

이야기에 푹 빠져 있는데 아야라가 짝, 박수를 쳐서 나를 깨웠다.

"그래서 하고 싶은 말은, 온실은 위험한 곳이니 주의해야 한다는 거죠."

엑, 그게 교훈이었어? 돌고 돌아 제자리로 온 온실 얘기에 내가 얼굴을 찡그리자 아야라는 다시 웃었다.

"시믈라는 위험한 여자예요. 사실 공주님을 거기 보내는 것도 많이 망설였죠. 그나마 알타쉬헤트에겐 호의적이니까 지푸라기라도 잡는 심정이었어요."

호의적이라. 나는 타누에게 들었던 얘기를 조심히 꺼냈다.

"시믈라가 라이시를 좋아한다는 얘기 들었어요."

그러자 아야라는 알 수 없다는 듯 난처하게 웃었다.

"모르겠어요. 알타쉬헤트가 치포라를 받아 왔을 땐 저도 참 복잡한 기분이었죠."

다른 건 몰라도 치포라가 엄청나게 귀한 물건이라는 건 이제 알겠다. 그런데 그걸 그냥 줬다니. 둘은 어떤 사이일까? 조금, 친한가?

내가 그렇게 궁금해하는데 문 두드리는 소리가 났다. 곧 문이 열리며 비에 쫄딱 젖은 라이시가 들어왔다. 누가 공식 머슴 아니랄까 봐, 부르기가 무섭게 등장한다.

"다녀왔습니다. 별일 없었습니까?"

"저런, 먼저 씻지 않고."

아야라가 수건을 건넸지만 라이시는 닦지 않고 용건부터 말했다.

"전할 말이 있어서 먼저 왔습니다. 두미야에게 연락이 왔습니다. 산채에 좀 와달랍니다."

"그래? 무슨 일이지?"

"그건 가봐야 알 것 같습니다. 그리고 공주님."

"응?"

"체파르데아의 축사에서 아이들을 데려왔습니다."

라이시의 말이 떨어지기가 무섭게, 나는 문밖으로 달려나갔다. 아야라는 그런 나를 향해 부드럽게 웃어 주었다.

홀에는 아이 셋이 서로 손을 꼭 붙잡고 서 있었다. 하나는 열 살 남짓한 남자아이, 다른 하나는 그보다 서너 살 어린 여자아이, 마지막은 이제 겨우 걸음마를 뗀 아주 어린 여자아이였다. 그 아이들은 낯선 환경이 불안한지 이리저리 눈치를 살피고 있었다.

나는 떨고 있는 그 아이들에게 인사했다.

"안녕, 얘들아."

아이들이 나를 올려다보았다. 그들의 머리에는 자그마한 뿔이 돋아나 있었다. 나는 그게 조금 슬프면서도 반가웠다.

"지카의 친구들이지?"

내가 묻자, 남자아이가 놀란 표정으로 되물었다.

"지카를 알아요?"

"응, 잘 알고 있어."

나는 지카에게 그러고 싶었던 만큼, 그 아이들을 품에 꼭 안았다.

이 아이들은 라이시가 내 부탁으로 축사에서 먼저 데려온 아이들이다. 양은 원래 여섯, 아지킴은 그렇게 말했다. 그중 하나는 지카고 또 하나는 이미 체파르데아의 접시에 놓였다. 그리고 다른 한 명은 축사에서 죽은 채 발견됐다. 그래서 남은 건 이 셋뿐이다.

내가 꼭 끌어안고 있던 팔을 풀자 남자아이가 얼떨떨한 표정으로 물었다.

"이제 우리한테 뭘 할 거예요?"

그 애는 실험할 건지 혹은 잡아먹을 건지를 묻고 있었다. 그 질문이 아팠지만 나는 미소를 지우지 않았다. 무슨 짓을 할 거냐고 묻는 아이에게, 나는 고민하다 대답했다.

"먼저 목욕부터 할까?"

우리는 아이들을 씻기고 새 옷을 입힌 후 식사를 차려 주었다. 그리고 이름을 물었다. 남자아이의 이름은 야빈, 두 여자아이의 이름은 힌네와 하야였다.

배가 고플 텐데도 아이들은 음식에 손을 대지 않았다. 까닭을 물으니 식탁에서의 식사가 낯설다고 했다. 두 여자아이는 태어날 때부터 연구소에서 영양제와 알약으로 식사를 대신한 탓에 포크와 스푼을 사용해 본 적도 없다고 했다. 그래서 나는 아이들을 안심시키며 숟가락을 쥐는 법부터 가르쳐 주었다.

밤이 되어서 방에 데려다주자 아이들은 침대 앞에서도 머뭇댔다. 침대가 마치 연구소의 실험대, 그리고 도축장의 작업대 같다고 했다. 그곳에서 친구들이 두 번 다시 일어나지 못하던 광경을 이 아이들은 생생히 기억하고 있었다.

나는 애써 담담하게 그럼 평소엔 어떻게 자냐고 물어보았다. 그러자 아이들은 구석에 토끼처럼 옹기종기 모여 몸을 웅크렸다. 나는 그 모습을 지켜보다가 바닥에 이불을 깔고 아이들과 함께 누웠다. 먼 길을 오느라 피곤했는지 아이들은 곧 잠이 들었다. 잠이 들어서도 그 셋은 세상에 의지할 것이 서로뿐인 양 손을 꼭 잡고 있었다.

아이들을 재우고 나와 보니 문밖에 아야라가 있었다. 우리를 살펴보러 온 모양이었다.

"다들 자나요?"

"네, 방금 잠들었어요."

"공주님도 피곤해 보이시네요."

아야라의 말에 나는 힘겹게 웃어 보였다. 몸보다는 마음이 피곤했다. 안타까운 것이 너무 많았다. 저 아이들이 겪은 일들을 하나하나 알아 가며 나는 계속해서 경악했고, 그때마다 내색하지 않으려 애써야만 했다.

침대 앞에서 실험대를 떠올린 아이에게 내가 대체 뭘 해줄 수 있을까. 아이들은 그 위에서 벌어지는 일들을 두 눈과 마음에 담았을 거다. 매일같이 몇 번이고, 몇 번이고. 정말이지 끔찍한 세상이다.

나는 아야라와 함께 방으로 돌아가다가 넌지시 물었다.

"저 애들 잘 클 수 있을까요?"

"공주님께서 곁에 있어 주신다면 얼마든지요."

내 염려 섞인 물음에 아야라가 상냥하게 답했다. 별로 와 닿지는 않았다. 아야라는 늘 나를 과대평가한다. 내가 대체 뭘 할 수 있다고. 내가 정말로 그런 대단한 사람이었으면 좋겠다고 생각하며, 나는 긴 숨을 내쉬었다. 그런 날 보고 아야라는 담담하게 웃었다.

"지나간 자리라는 말이 있어요."

"지나간 자리요?"

"네. 지나간 자리를 보면 거기에 무엇이 있었는지 알 수 있다고 해요. 물이 지나가면 물기가 남고 불이 지나가면 그을음이 남는 것처럼요. 그런데 세상 모든 것을 통틀어 사람만큼 지나간 자리가 선명한 건 없다고 해요."

지나간 자리라니, 재미있는 말이다. 내가 관심을 보이자 아야라는 말을 이어 갔다.

"선한 사람이 지나간 자리엔 평화가 남지만 악한 사람이 지나간 자리엔 고통이 남아요. 저 아이들은 체파르데아가 지나간 자리고 나삭이 지나간 자리예요. 그래서 지금은 어쩔 수 없이 상처투성이죠. 그런데 그건 얼마든지 나을 수 있어요. 상처를 감싸 주는 따스한 사람이 지나간다면 말이에요."

나는 아야라의 심오한 말을 묵묵히 되새겼다. 상처를 감싸 주는 따스한 사람. 참 좋은 말이다. 그런데 그 상처가 죽기 직전의 치명상이라면 어떡하지? 그저 따스한 것으로 충분할까? 여전히 나는 석연치가 않았다.

"제 말이 못 미더우신 모양이네요."

나는 뜨끔해서 아야라를 돌아보았다. 다행히도 아야라는 웃고 있었다.

"차라리 잘됐네요. 안 그래도 마침 연락이 왔거든요."

연락? 연락이 왔다는 말에 나는 의아해서 되물었다.

"어디서요?"

"공주님이 지나간 자리에서요."

그 말에 나는 더더욱 의아해졌고, 아야라는 어느새 도착한 자신의 방으로 날 안내했다. 라이시가 안에서 기다리고 있었다. 그리고 그 팔에는 회색 비둘기 한 마리가 앉아 태연하게 깃털을 고르고 있었다. 나는 그 새가 신기해서 물었다.

"그거 뭐야?"

"전서구입니다."

"편지를 전달해 주는 비둘기예요. 오늘 막 도착했어요."

와, 나도 저거 알아. 우체부 역할을 하는 그 비둘기는 등에 작은 주머니를 매달고 있었다. 주머니에 담겨 있었을 편지는 이미 라이시의 손에 들려 있었다. 아야라가 편지를 든 라이시에게 물었다.

"혹시 무슨 일이 있는 거니?"

"아니요, 그런 것 같지는 않습니다. 그냥 네벨라의 반지를 가지고 오라는 말만 써서 보냈습니다. 공주님도 함께 말입니다."

어? 나? 내가 깜짝 놀라자 아야가 내게 물었다.

"어떠세요, 공주님? 한번 만나 보시겠어요?"

"누구를요?"

"모순의 중년."

라이시가 중얼거렸고, 아야라는 조용히 그의 팔을 꼬집었다. 모순의 뭐라고?

"두미야라고 예전에 공주님과 함께 지냈던 사람이에요. 저한테도 오빠 같은 사람이고요. 지금은 체파르데아의 영토 북쪽에 마을을 만들어 살고 있어요."

그렇게 말한 후 아야라는 속삭이듯 덧붙였다.

"공주님의 지나간 자리죠."

하여, 나는 라이시와 함께 두미야라는 사람을 만나러 가기로 했다. 모순의 중년이 궁금하기도 했지만, 그 마을이 키브사 공주가 마지막으로 머문 곳이라는 말에 꼭 가봐야겠다는 생각이 들었다.

출발은 내일모레. 용을 타고 간다. 체파르데아의 성에는 그의 권속들이 타던 용이 많이 있는데, 이걸 가져다주면 요긴할 거라고 해서 나와 라이시가 한 마리씩 타고 가기로 했다. 그리고 올 때는 치포라로 돌아올 예정이다.

나는 이틀간 용을 타는 법을 배웠다. 생각보다 그리 어렵지 않아서 혼자서도 곧잘 탈 수 있게 되었다. 이튿날 아침, 나는 라이시와 함께 북쪽으로 출발했다. 한차례 내린 비 때문에 눈은 많이 녹았고 공기도 예전만큼 차갑지 않았다. 그래도 빠른 속도로 나는 건 꽤 체온을 뺏기는 일이라서 우리는 단단히 무장하고 비행했다. 그렇게 네 시간 가까이 날았다. 우리는 어느 높은 산으로 향했고, 곧 산속에 숨은 산채를 발견했다.

"여기예요!"

산채로 다가가자 한 여자가 달려 나오며 팔을 흔들었다. 우리가 선회하며 착지하자 여자는 반가운 목소리로 소리쳤다.

"라이시 오빠!"

이름을 불린 라이시는 그 여자를 보고 놀란 표정을 지었다.

"제미라?"

제미라라고 불린 여자가 쑥스럽게 웃었다. 나와 나이가 비슷해 보이는 그 여자는 아이를 가진 듯 배가 불러 있었다.

제미라는 나를 돌아보더니 또 한 번 환하게 웃었다.

"어서 오세요, 공주님. 와, 정말 똑같으시네요."

똑같아?

"먼 길 오느라 고생하셨죠? 따라오세요, 아빠가 기다리세요."

제미라가 앞장서며 우리를 이끌었다. 산채로 들어서니 집집마다 사람들이 나와서 라이시에게 인사를 건넸다. 마치 오랜만에 놀러 온 친척을 환영하는 분위기였다. 그 인정 넘치는 광경에 나는 당황했다. 이 세계에도 이런 곳이 있을 줄이야.

얼떨떨해하는 사이 우리는 곧 어느 통나무 집 앞에 도착했다.

"아빠, 공주님이 오셨어요!"

제미라가 집 안을 향해 명랑하게 외쳤다. 그러자 안에서 우르릉 천둥 같은 목소리가 되돌아 나왔다.

"늦었군."

나는 그 목소리의 주인을 보고 설핏 얼굴이 굳어졌다. 그 사람은 앉은 상태로도 무척 거대했다. 첫인상은 딱 산적 두목, 거칠게 기른 수염과 울퉁불퉁한 근육 때문에 엄청 험악해 보이는 사람이었다. 그 무시무시한 아저씨가 바로 우릴 부른 두미야였다.

나는 지금 굉장히 난폭한 식탁을 앞에 두고 있다. 바이킹들이 약탈 후에 이런 식탁에 둘러앉지 않았을까, 싶은 그런. 고기가 통째로 쾅! 물통이 그대로 탕! 빵도 덩어리째 쿵! 사람은 몇 명 없는데 음식은 뭐 이리 과격해?

사람에 비해 음식이 턱없이 많다고 생각했는데, 막상 고기를 뜯기 시작한 두미야를 보고 생각을 바꿨다. 그 아저씨는 내 한 끼 정도 분량을 한입에 해치우고 있었다. 우와.

단숨에 큰 고깃덩어리의 뼈만 남긴 두미야가 창밖을 가리키며 물었다.

"저건 뭐냐. 먹으라고 가져온 거냐?"

"타라고 가져온 겁니다."

"별 성가신 걸 가져왔군."

두미야의 말투는 퉁명하고 거칠었다. 어째 싸늘한 분위기에 나는 숟가락만 긁적거리며 눈치를 살폈다. 그런 내게로 두미야가 눈을 돌렸다.

"이 새끼 참새는 뭐냐?"

저, 저요? 참새요?

"키브사 공주님입니다."

라이시의 대꾸에 두미야의 두꺼운 눈썹이 찌푸려졌다. 뭔가 불만스러운 표정이었다.

"이 참새 같은 꼬맹이가?"

아니, 왜 자꾸 사람보고 참새래? 저기요, 두목님. 우리 초면이거든요? 막 대할 그런 사이 아니거든요! 내가 불만스럽게 쳐다봤지만 두목님은 신경 쓰지 않고 다른 말을 꺼냈다.

"체파르데아가 죽었던데, 네놈들 짓이냐?"

"생각보다 빨리 아셨네요. 어쩌다 보니 그렇게 됐습니다."

"우리 마을에도 체파르데아의 권속이 한 놈 있었으니까. 갑자기 날뛰어서 난리였지."

"어떻게 했습니까?"

"묻어 버렸어."

그 묻어 버렸다는 표현이 지나치게 현실적이다. 어떻게 묻었을까, 산 채로 묻었을까? 이 아저씨라면 그러고도 남을 것 같은데.

"안 그래도 그 문제 때문에 불렀다. 체파르데아가 죽어서 놈이 풀어 둔 괴수가 마구잡이로 돌아다니고 있어."

괴수? 내가 갸웃대자 라이시가 설명해 줬다.

"공주님도 보신 겁니다. 이 세계에 온 첫날 기억나시죠?"

이 세계에 온 첫날이라면, 그 거대한 지네랑 괴물 새를 얘기하는 건가?

"전부 나삭이 만든 합성 생물인데 체파르데아가 침입자를 막으려고 영토 곳곳에 풀어놓았습니다. 그런데 주인이 사라져서 날뛰고 있는 모양입니다."

아하, 그렇구나. 내가 이해하자 두미야가 하던 말을 이었다.

"그래서 정리가 필요한데 내가 몸을 다쳐서 나갈 수가 없다. 네가 좀 도와줬으면 하는데."

"그러죠, 알겠습니다."

라이시는 접시를 비우며 흔쾌히 수락했다. 나는 그 얘기를 멀뚱멀뚱 듣고만 있었는데, 대화가 끝나기 무섭게 두미야가 또 내 꼬투리를 잡았다.

"근데 이 애송이 공주는 뭐하라고 데려온 거냐?"

아저씨가 같이 오라며!

"네가 일할 동안 소꿉놀이라도 해줘야 하냐?"

진짜 말끝마다 참새에 꼬맹이에 애송이, 게다가 이젠 소꿉놀이까지. 화가 나서 반박하려는데 내가 미처 입을 열기 전에 라이시가 끼어들었다.

"아니요, 괜찮습니다."

그리고 이어진 말에 할 말을 잃은 건 내 쪽이었다.

"저와 같이 사냥을 하실 겁니다."

응? 내가?

"이상한 아저씨야."

라이시와 둘이 되자 나는 아까부터 참아 둔 불평을 터트렸다. 하지만 라이시는 대수롭지 않게 대꾸했다.

"신경 안 쓰는 편이 낫습니다. 신경 써주면 더 그러거든요. 그만 투덜대고 이리 와서 앉으세요."

라이시가 탁자를 탁탁 두드렸고 나는 투덜대면서도 그 옆에 가서 앉았다. 내가 앉자 라이시는 탁자 위에 반지 세 개를 올려놓았다.

"잠시 후에 사냥하러 갈 겁니다."

"내가 그런 걸 어떻게 해?"

내가 되묻자 라이시는 자기 손에서도 반지를 빼서 내려놓았다. 그렇게 탁자엔 총 네 개의 반지가 놓이게 되었다. 모두 아무 모양 없이 밋밋한 반지였다. 다만 안쪽에 뭐가 적혀 있는지 라이시는 안을 들여다보며 반지를 구분했다.

"이 반지를 쓸 겁니다. 공주님이 가지고 계신 루아흐까지, 여기 있는 총 다섯 개의 반지가 네벨라의 유물입니다. 루아흐의 사용은 어느 정도 익숙해지신 것 같으니 이제 다음 것을 가르쳐 드리겠습니다."

아, 온실에서 했던 말이 그냥 한 말이 아니었구나. 라이시는 이 반지가 네벨라의 유물이라 불리는, 지금은 이미 죽은 네벨라 영주가 만든 물건이라고 했다. 그런데 네벨라라니, 어디서 이미 들어 본 이름이다.

"그 이름 타누한테 들었어. 온실도 그 사람이 만들었다던데."

"맞습니다. 우리 성도 마찬가지죠."

"기달티한테 죽었다고……."

"자세히 얘기하자면 깁니다만, 기달티가 먼저 네벨라의 성을 빼앗았고 네벨라가 복수하려고 저와 아야라를 납치했습니다. 그러다 오히려 살해당했죠. 그게 10년 전, 기달티가 폭주했던 그 사건입니다."

아, 그렇구나. 이 사람들도 참 기구하게 살았다.

"이 반지는 그의 측근들이 쓰던 겁니다."

"그런데 가져다가 쓰는 거야?"

"쓸 수 있는 건 쓰자는 주의라서."

사고방식 한번 담백하네요.

라이시는 내게 다섯 반지에 대해 자세히 설명해 줬다. 먼저 내가 가지고 있는 바람을 다루는 루아흐와 라이시가 자주 쓰는 전기를 다루는 바자크. 그리고 이번에 새로 보여 준 세 개는 물을 다루는 자르지프, 화염의 세비브, 그리고 땅의 체히하였다.

"다루기 쉬운 것은 루아흐, 바자크, 자르지프, 세비브, 체히하 순입니다. 바람과 전기는 운동하는 원소고 물은 유동성이 있어서 파악하기가 쉽습니다. 하지만 화염은 연소체가 필요하기 때문에 효과적으로 사용하기 어렵고, 땅은 기본적으로 움직이는 것이 아니어서 다루기가 가장 힘듭니다."

그렇게 말하며 라이시는 반지 한 개를 내 쪽으로 밀었다.

"이번 사냥에서 공주님은 루아흐와 바자크를, 저는 자르지프를 사용할 겁니다."

라이시는 반지를 하나 골라 낀 후 자기 손 위로 컵을 기울였다. 컵에서 쏟아진 물은 흘러내리지 않고 몽글거리며 라이시의 손 위로 떠올랐다. 그러더니 이내 그의 손짓을 따라 폭발하며 사방으로 튀었다. 앗, 차가!

"자르지프로는 이런 식으로 물을 조종합니다. 생물을 폭파할 수도 있어서 살상력이 가장 높죠. 공주님이 개구리에게 먹혔을 때 그 배를 터트린 것도 이겁니다. 제가 이걸로 지상의 큰 괴수들을 잡을 동안 공주님께서는 루아흐와 바자크로 절 엄호해 주시면 됩니다."

내가 이해하고 끄덕이자 라이시는 내 앞에 놓인 반지를 가리켰다.

"그럼 공주님, 바자크를 한번 써보시겠습니까? 루아흐처럼 시동하시면 됩니다."

나는 그 반지를 끼고 머뭇대며 외쳤다.

"바, 바자크? 꺄악, 엄마야!"

그런데 시동어를 외치기 무섭게 손끝에 전기가 흘렀다. 나는 짜릿하게 감전당하곤 화들짝 놀라서 반지를 빼 던졌다. 그리고 딱 예상대로라는 표정의 라이시를 발견했다.

"네, 루아흐처럼 사용하면 보통 그렇게 됩니다."

아, 너 진짜 죽을래?

"바람은 기본적으로 흘러가는 운동을 하지만 전기는 머무릅니다. 이걸로 목표를 맞추려면 경로까지 생각하고 사용하셔야 합니다."

나는 짜증이 나서 버럭 외쳤다.

"뭐 이렇게 어려워!"

"지금 잘하고 계십니다."

"아, 그래?"

칭찬 한마디에 나는 또 속도 없이 웃었다. 히히.

"이대로 연습하시면 아야라처럼 될 수 있을 겁니다."

"아야라도 이거 쓸 줄 알아?"

"가장 잘 쓰죠. 거의 매일 쓰는데 못 보셨습니까?"

매일이라는 말에 나는 고개를 기울였다. 아야라는 성에만 있는데 이런 걸 쓸 일이 있어? 내가 의아해하자 라이시가 말해 줬다.

"빨래를 말릴 때나 벽난로에 불을 키울 때 쓰곤 합니다."

소박하다! 너무 소박하게 사용해서 눈치도 못 챘어! 하긴 이상하긴 했다. 햇빛도 잘 안 드는 성에서 빨래가 항상 바싹 마르는 것도, 아야라가 벽난로를 켜면 불이 순식간에 커지는 것도. 아, 그랬구나. 참 실용적으로 쓰고 있었구나. 또 새로운 사실을 알았다.

그렇게 독려받은 나는 부지런히 반지 사용을 연습했고, 그 후 몇 번이나 더 감전당한 끝에 간신히 바자크를 다룰 수 있게 되었다.

우린 그날 바로 사냥을 시작했다. 사실 공주님에게 사냥이 가당키나 하느냐고 묻고 싶었지만, 들은 척도 안 할 것 같아서 참았다.

라이시의 외침에 땅에서 꿈틀대던 거대 지네가 폭발했다. 동시에 사방으로 질퍽한 체액이 튀었다. 으악, 날고 있어서 다행이야.

나는 멀리서 한 무리의 새들이 날아오는 것을 발견했다. 이 세계에 온 첫날, 날 잡아먹으려 들던 그 괴물 새들이다.

괴수를 발견했으면 손을 뻗고, 경로를 생각한 후에, 바자크! 내 외침에 스파크가 번쩍이며 뻗어 나갔다. 그 섬광의 경로는 예상과 조금 달랐지만 그럭저럭 목표물을 맞혔다.

공중의 새들이 처리되자 라이시는 고삐를 당겨 조금 더 높이 날았다. 그리고 손을 펼치며 소리쳤다.

"체히하!"

쿠웅, 하며 땅이 움푹 내려앉았다. 땅이 갈라지자 그 속에 숨어 있던 괴수들이 꿈틀대며 모습을 드러냈다. 또 한차례 괴수들이 폭발했다. 처음 이걸 보고 나는 '그래도 생명인데'라고 말했지만 라이시는 단호했다. 괴물로 개조돼 이용당하는 편이 훨씬 더 불쌍하다면서.

그렇게 한바탕 소란이 지나고 주변이 고요해졌다. 이 일대의 괴수는 거의 다 잡은 것 같다. 마지막으로 쭉 살펴보는데, 등 뒤로 그림자가 졌다. 돌아보니 머리가 세 갈래로 갈라진 흉측한 뱀이 몸을 추켜세우고 있었다. 길게 일어선 그것은 변신한 체파르데아를 떠올리게 할 만큼 거대했다.

"이런."

그 뱀을 보고 라이시가 짧게 중얼거렸다. 뭔가 좋지 않은 징조다. 세 개의 머리가 우리를 향했다. 눈이 마주치길 잠깐, 중앙의 가장 긴 머리가 쏜살같이 날아왔다. 그 바람에 우린 용에서 떨어졌다. 아니, 라이시가 나를 안고 안장에서 뛰어내린 거였다. 몸이 가벼워진 용은 아슬아슬하게 뱀의 머리를 피했고 라이시도 날개를 펼쳤다. 라이시가 날아오르며 내게 말했다.

"공주님, 저건 바자크로 잡아야 합니다."

저 큰 걸? 효과가 있을까? 나는 뱀을 향해 바자크를 외쳤다. 역시나 끄떡도 하지 않았다.

"안 돼, 너무 커."

그 틈에 뱀의 머리가 다시 연달아 날아왔고 라이시는 돌아 날며 피했다. 뱀의 머리가 닿지 않을 높이까지 날아오른 후 라이시는 루아흐를 달라고 했다. 반지를 손에 끼워 주자 라이시는 짧게 숨을 뱉은 후 소리쳤다.

"루아흐!"

핑, 날카로운 바람 소리가 들렸다. 그런데 공기는 미동도 없이 잔잔했다. 나는 어떤 바람이 일어났는지 궁금해서 아래를 내려다보았다. 고요하기는 저 아래도 마찬가지였다. 다만 뱀의 머리들이 잘린 채 바닥에 떨어져 있었다.

"이야, 고생했다."

"수고 많았어!"

해가 저물어 노을이 질 때 우리는 산채로 돌아왔다. 사람들이 우리를 반겼다. 그들은 멀리서 우리의 활약을 지켜보고 있었다. 환영을 받으며 두미야의 집으로 돌아가는데, 아주머니 한 분이 내게 묵직한 꾸러미를 안겨 주었다.

"공주님도 고생하셨소. 자, 이거 가져가서 드시구려."

꾸러미에는 커다란 치즈가 잔뜩 있었다. 그중 하나를 라이시에게 건네고 나도 작은 조각을 입에 물었다. 치즈를 오물대며 나는 라이시에게 질문했다.

"마지막 뱀은 왜 안 터트렸어?"

라이시는 잠깐 멈칫하더니 말없이 나를 쳐다봤다. 왜? 내가 재차 이유를 묻자 라이시는 마지못해 대답했다.

"그 뱀은 생물을 축소시키는 침을 가지고 있습니다. 혹시 침샘을 터트려서 주변에 피해가 갈까 봐 그랬습니다."

생물을 축소시킨다? 어째 익숙한 내용이다. 음? 아니, 설마.

"옛날 일이니 굳이 떠올리지 않으시는 편이."

그 말에 나는 들고 있던 치즈를 툭 떨어트렸다. 설마, 여기 처음 왔을 때 나한테 먹인 약이? 내가 충격받아 쳐다보자 라이시는 내 눈을 피했다. 아, 진짠가 보다! 소름이 쭉 끼치며 참을 수 없는 구토감이 느껴졌다. 내가 어쩔 줄을 몰라 하자 라이시는 말없이 내 등을 두드렸다. 윽, 너 정말, 언젠가 반드시 복수할 거야!

돌아간 두미야의 집에는 이미 저녁 식사가 차려져 있었다. 저녁 식탁도 점심과 비슷하게 과격했지만 이번엔 오히려 반가웠다. 엄청 배고팠으니까.

식사하면서 나는 제미라가 열여덟 살이라는 얘기를 듣고 깜짝 놀랐다.

"그러니 말씀 편히 하세요, 공주님."

그렇게 말하는 제미라의 옆에는 남편이 앉아 있었다. 아까 점심때도 함께 있던, 선량한 인상의 마른 남자였다.

"나랑 동갑인데 벌써 결혼을……."

"빠른 것도 아닌걸요?"

제미라가 당연하다는 듯이 말했다. 하긴, 옛날엔 다들 일찍 결혼했지. 춘향이도 이몽룡을 만날 때 열여섯 살이었고, 줄리엣도 로미오를 만날 때 열네 살이었어. 아, 애들이 기달티를 노총각 취급하고 라이시한테 여자 친구가 없는 걸 걱정하는 이유가 이거였구나.

"아이는 언제 생긴 거야?"

"이제 5개월 됐어요."

라이시의 물음에 제미라가 부끄럽다는 듯 말했다. 적당히 배가 부풀어 그렇게 웃는 제미라는 행복해 보였다.

"오빠도 얼른 신부를 구해야지."

제미라의 재촉에 세탁실에서 아이들이 했던 말이 생각났다. 성주님처럼 노총각이 되면 어떡해요, 우리 라이시 오빠. 애들도 은근히 잔인하다. 기달티한테 노총각이랬어.

듣기 싫어하는 라이시를 보며 제미라가 싱긋 웃었다.

"공주님이랑 잘 어울리는데?"

나는 딴생각을 하다가 그 얘길 듣고 먹던 걸 뿜어 버렸다. 앗, 당사자 앞에서 그렇게 얘기하면 너무 창피하잖아! 내가 당황하자 두미야가 식탁을 내리치며 소리쳤다.

"공주는 안 돼, 이미 유부녀야!"

이번에야말로 격하게 뿜었다! 뭐라고? 유부녀? 저, 저요? 나는 어이가 없어서 두미야를 쳐다보았다. 그러자 두미야는 다시 정정했다.

"아, 파혼했으니 유부녀는 아니군."

파, 파혼? 이게 뭔 소리야, 남자 친구도 없는데 파혼이라니! 두미야의 발언에 제미라가 나 대신 소리쳤다.

"아빠, 무슨 소릴 하시는 거예요!"

"왜? 본인한테 직접 들은 얘기야."

뭐? 직접 들어? 아, 뭐지? 이 상황 대체 뭐지? 정신을 못 차리겠다. 나는 머리가 어질어질한 채로 두미야에게 물었다.

"뭐, 뭐라고 했는데요?"

"비라에서 결혼을 준비했는데 취소됐다고 했지."

결혼이라고? 그리고 파혼? 내가? 대체 누구랑?

"신경 쓰지 마세요, 공주님. 정확한 얘기도 아니고 엄청 옛날 일이 잖아요."

충격에 빠진 내게 제미라가 말했다. 하지만 그 말은 귀에 들리지 않았다. 머릿속은 점점 더 복잡하게 뒤엉켰고, 나는 그렇게 새하얀 재가 되었다.

여느 때처럼 새하얀 꿈속, 그곳에서 피아노 소리가 들려왔다. 이 상냥한 음악을 기억한다. 체파르데아가 내게 쳐줬던 그 곡이다. 하지만 지금 연주하는 건 체파르데아가 아니라 픽쿠드, 체파르데아가 되기 전의 내 소중한 친구 픽쿠드다.

─어때요, 공주님? 마음에 드세요?

연주가 끝나고 소년이 물었다. 나는 설레는 가슴을 꼭 끌어안은 채 대답했다.

─너무 예뻐. 직접 만든 거야?

─네, 공주님 결혼식 때 연주하려고 만든 곡이에요.

─정말?

─약속했잖아요. 공주님 결혼식 땐 제가 연주하겠다고요.

그 말을 듣고 어떻게 했더라. 아, 너무 기뻐서 결국 울어 버렸다. 그러자 픽쿠드는 또 운다고 놀렸다. 그때의 나는 잘 울었다. 하지만 그 눈물은 모두 슬픔이 아니라 기쁨에서 비롯된 것들이었다.

너무 행복해서 계속 눈물이 났던 것 같다. 결혼식을 앞둔 신부였던 나는, 그렇게 하루하루가 눈부셨다.

이건 확인 사살. 꿈으로 확인 사살을 당했다. 나는 당황스러운 기분으로 눈을 떴다. 결혼식, 정말인가 봐. 나는 외면할 수가 없어서 눈을 뜨자마자 울상을 지었다.

기껏 자고 일어났건만, 뒤숭숭한 꿈 때문에 어제의 충격이 다시 떠올랐다. 어젠 그 얘기를 듣고 진짜 놀랐다. 유부녀에 파혼이라니. 근데 그 아저씨 너무 무신경한 거 아니야? 사람들 다 있는데 그런 얘길 하면 어떡해!

어젠 그 아저씨한테 화낼 틈도 없었다. 너무 당황해서. 아직 연애도 제대로 해본 적 없는데 갑자기 파혼 얘기가 나오니 황당할 수밖에. 내가 누군가와 사랑을 하고 결혼을 결심했다는 게 너무 비현실적이다. 그것만으로도 충격적인데 파혼이라고? 이건 신생아가 걸음마 건너뛰고 멀리뛰기를 하다 넘어진 격이잖아.

그 얘기가 정말일까? 만일 정말이라면 상대는 누구였을까, 어떤 사람이었을까, 왜 파혼했을까, 대체 무슨 일이 있었던 걸까!

어젯밤 날 사로잡았던 고민들이 다시 복잡하게 머릿속을 휘저었다. 멍하니 무한 번뇌에 빠져 앉아 있는데, 바깥에서 소란스러운 소리가 들려왔다. 뭐지? 나는 소리를 듣고 자리에서 일어났다.

외투를 걸치고 집 밖으로 나가 보니 라이시와 두미야가 격하게 싸우고 있었다. 이 추운 새벽에 두미야는 웃옷을 벗은 채, 라이시도 얇은 셔츠 한 장만 걸친 채로. 그럼에도 두 사람은 달아올라서 숨을 몰아쉬고 있었다.

이른 아침부터 뭐하는 거야? 나는 나보다 먼저 나와 있던 제미라에게 물었다.

"저 사람들 왜 아침부터 사투를 벌이고 있는 거야?"

"사투를 벌이는 게 아니라 노는 거예요, 공주님."

아닌데, 완전 진심인 것 같은데. 둘 중 하난 죽어야 끝날 것 같은데. 그리고 체격으로만 보자면 죽는 쪽은 라이시. 라이시도 분명 큰 키에 건장한 축에 속했지만 두미야에 비할 바는 아니었다. 저 험상궂은 산적 아저씨, 언뜻 보기에도 몸이 좋은 줄은 알았지만 옷을 벗으니 정말 어마어마하다. 맨손으로 곰도 때려잡을 것 같아.

"저 아저씨 정말 다친 거 맞아?"

"네, 그래서 아직 무리하면 안 돼요."

그럼 말려야지, 지금 엄청나게 무리하고 있잖아. 다쳐서 조심하는
게 저 정도라면 멀쩡할 땐 대체 어떻다는 거야?

두미야가 다친 얘기는 어제 들었다. 함께 살던 체파르데아의 권속
이 갑자기 날뛰는 바람에 그랬다고. 이 산채는 체파르데아의 영토에
속해 있어서 종종 순찰대가 접근하곤 하는데, 그 사람도 예전에 산
채 주변을 기웃대다가 두미야에게 붙잡힌 순찰대였다. 두미야는 그
를 마을의 일원으로 받아들였고, 그는 몇 년간 무난하게 잘 지내 왔
다고 한다. 그런데 얼마 전 체파르데아가 죽는 바람에 그 사람도 이
성을 잃었고, 결국 두미야가 그를 처리했다. 두미야가 다친 건 그 때
문이었다.

처리했다는 말은 결국 이웃을 죽였다는 이야기다. 분명 괴로울 텐
데 두미야는 덤덤하게 말했다. 괴물로 개조돼 이용당하는 편이 훨씬
더 불쌍하다고, 라이시와 똑같은 얘기를 했다.

라이시가 두미야의 허벅지 상단을 힘껏 걷어찼다. 하지만 그의 튼
튼한 근육은 끄떡도 하지 않았고, 두미야는 도리어 라이시의 발목을
잡으며 살벌하게 웃었다. 라이시가 낭패한 표정을 짓는 순간 두미야
는 그를 집어 던졌다. 그 한 남자는 저 멀리 날아가 구석에 쌓인 장작
더미를 와르르 무너트렸다. 아, 역시 죽일 셈인 것 같은데?

"아빠가 저렇게 신난 거 오랜만에 봐요."

저게 신난 거야? 화난 게 아니라 신난 거 맞아?

"역시 우리 아빠 저런 아들이 필요한가 봐요. 근데 사위라는 사람은 영 허약해서."

"아냐, 아냐. 사위 오빠도 멋있어. 착한 멸치 같아. ……미안해."

착한 멸치가 뭐냐. 이놈의 주둥이. 나는 자괴감에 빠졌고 제미라는 화내지 않고 오히려 날 위로해 줬다.

아, 아직도 오락가락하나 보다. 기분 전환을 하러 나왔지만 머릿속은 아직도 내내 그 생각이다. 왜 파혼했을까, 성격 차이? 설마 바람피웠나? 돈 문제? 상대는 누구였을까. 그리고 난 대체 어떤 사람이었을까. 나는 길게 한숨을 내쉬었다.

그사이 또 라이시와 두미야가 격돌했다. 이번엔 라이시의 유효타, 그의 무릎이 두미야의 턱을 올려쳤다.

"기억이 없는 건 힘들죠?"

내 한숨 소리를 들었는지 제미라가 물었다. 나는 망설이다가 이내 묵묵히 끄덕였다. 이곳에 온 지 어느덧 보름째, 모든 일이 내 생각보다 훨씬 더 버겁다. 그리고 나 자신의 일도 만만치 않다. 나는 대체 누구일까?

내가 기억하는 나는 이제 열여덟 살인 여고생이다. 수학을 피해 문과를 택했지만 영어가 난감한, 진로를 결정하는 데 아직도 갈팡질팡하는, 친구들과 노는 걸 무엇보다 좋아하는, 언니 옷을 몰래 입으면 꼭 들키는. 정말 어디에나 있는 그런 여고생이다.

한편 나는 이 세계의 공주님이다. 20년 전에 죽은, 체파르데아의 친구인, 시믈라가 그토록 싫어하는, 아야라에게 이름을 지어 준, 그리고 이 세계를 구해야 하는.

내가 기억하지 못하는 또 하나의 삶이 나에게 있고 그것은 이 세계에 있는 여러 사람과 맞물려 내게 요구한다. 우정을, 갈등을, 혹은 신뢰를. 그 일방적인 요구도 버거운데 파혼설까지 터졌으니, 이제는 정말 내가 누군지 모르겠다.

내가 다시 긴긴 한숨을 내쉬자 제미라는 난감해하며 끄응 신음했다. 그러더니 조심스레 다시 입을 열었다.

"혹시 지나간 자리 아세요?"

며칠 전 아야라가 해준 얘기다. 내가 고개를 끄덕이자 제미라는 안심하며 말을 이었다.

"이 마을은 공주님이 지나간 자리랬어요. 우리가 이렇게 살 수 있는 게 공주님 덕분이라면, 공주님은 분명 좋은 분일 거예요. 그러니 너무 걱정하지 마세요. 만일 나쁜 일들이 있었다고 해도 분명 그럴만한 이유가 있었을 거예요."

그렇게 말해 주는 제미라의 눈빛은 상냥했다. 그래서 나도 모르는 사이 얼굴이 빨갛게 달아올랐다. 내 반응에 제미라가 작게 웃으며 덧붙였다.

"그리고 아빠가 함부로 말하는 건 이해해 주세요. 마음까지 그런 건 아닌데 표현을 잘 못 하서서 그래요."

그 나쁜 마음 없는 아빠가 손깍지를 끼고 라이시의 뒷목을 내리치고 있다. 저 봐, 죽일 셈 맞잖아. 나는 그 둘을 바라보다가 머뭇대며 제미라에게 말했다.

"저기, 동갑인데 존댓말 안 쓰면 안 돼?"

이 세계에 친구가 한 명쯤은 있었으면 좋겠다는 생각이 들어 그렇게 말했다. 하지만 제미라는 공주님한테 그럴 수 없다며 펄쩍 뛰었다. 근데 너희 아빠는 날 보자마자 새끼 참새라고……. 내가 꿍얼거리자 제미라는 마지못해 다음에 만나면 그때부터 말을 놓겠다고 했다. 그리고 그때는 친구로 지내자고도 했다. 나는 그 타협안에 만족했다.

지나간 자리를 보고 무엇이 있었는지 알 수 있다면, 두미야도 좋은 사람일 것 같긴 하다. 제미라를 보면 말이다.

"네가 죽는 줄 알았어."

"저도 그러는 줄 알았습니다."

녹초가 된 라이시가 테이블에 엎드린 채 말했다.

"괜찮아?"

"전혀요."

라이시는 지친 기색을 숨기지 못했다. 그의 말에 따르면, 이른 새벽에 두미야가 대련이라는 핑계로 자길 덮쳤다는 것. 두미야는 옛날부터 라이시가 오면 꼭 이렇게 한바탕 대련을 했다. 옛날엔 그래도 좀 봐주더니 최근엔 정말 죽일 듯이 덤빈다고, 그래서 조만간 정말 죽게 될지도 모른다고 했다.

결국 라이시는 뻗어 버렸고 오전에는 쉬기로 했다. 라이시는 탈진, 제미라는 자기네 집에서 신랑이랑 알콩달콩. 나는 할 일이 없어 혼자 집 안을 돌아다니다가 부엌 옆에 있는 작은 방을 발견하고 들어가 봤다. 그리고 뜻밖에도 거기서 두미야와 마주쳤다. 으악, 너무 딱 마주쳐서 자연스럽게 돌아 나올 수가 없다! 두미야는 날 보자 화들짝 놀라며 무언가를 숨겼다. 주변에 놓인 이젤이나 화구를 보아 그림을 그리던 중인 것 같았다. 이 산적 두목님이 그림을?

놀라서 눈만 껌뻑이는데 두미야가 버럭 소리쳤다.

"왜 소리도 없이 들어오고 그래!"

"죄, 죄송해요!"

내가 황급히 돌아서자 두미야가 다시 소리쳤다.

"오자마자 어딜 가!"

뭐 어쩌라고! 나는 당황해서 오도 가도 못하고 두미야를 쳐다보았다. 두미야는 늘어놓은 화구를 마구 정리하더니 퉁명스레 말했다.

"왜 정신 사납게 문 앞에 서 있어? 거기 의자 있잖아."

그냥 앉으라고 하면 될 텐데. 나는 마지못해 두미야가 가리킨 의자에 앉았다. 앉아서 보니 방 안엔 그림과 관련된 물건이 많았다. 선반엔 여러 크기의 붓이 있었고 구석에는 캔버스가 가득 쌓여 있었다. 이 아저씨한테 이렇게 고상한 취미가 있을 줄이야. 이런 좋은 취미가 있으면서 라이시는 왜 그렇게 때린 거야?

두미야가 붓을 헹구면서 투덜투덜 물었다.

"돌아왔으면 왔다고 얼굴부터 비쳐야지, 뭐 한다고 부를 때까지 안 와?"

그게, 제가 일부러 그런 건 아니고 기억이 없어서……

"기억은 대체 어디에다 날려 먹고 와서 이 난리고?"

그것도 제가 날려 먹고 싶어서 날린 게 아닌데⋯⋯. 아, 왠지 명절 날 어른들께 훈계받는 기분이다. 일단 혼나고, 버릇없어 보일까 봐 변명도 못 하고. 내가 눈치를 보며 꼼지락거리자 두미야는 나를 힐끗 쳐다보더니 조금 누그러진 목소리로 말했다.

"그래, 잠깐 다녀온다더니 잘 다녀왔나?"

뜻밖의 물음에 나는 멍청한 표정을 지었다. 잘 다녀왔냐니, 이렇게 물어봐 주는 사람은 처음이었다. 잘 다녀왔냐고? 글쎄? 나는 한동안 눈만 깜빡이다가 이내 자신 없이 대답했다.

"잘 모르겠어요."

"정말 애송이 다 됐군. 뭘 시무룩해하고 있어?"

두미야의 퉁명스러운 말에 나는 다시 울컥했다. 그런데 곧 내가 애송이지 그럼 뭐냐는 생각이 들었다. 사실 공주 취급보단 이렇게 애 취급을 받는 게 나한테 어울리지.

"돌아온 지는 얼마나 됐어?"

"3주 정도⋯⋯."

"쭉 기달티 성에 있었나?"

나는 조금 머뭇대다가 고개를 끄덕였다. 하루 이틀 정도 다른 곳에 가 있긴 했지만 지금껏 쭉 머물던 곳은 그 성이다. 내가 긍정하자 두미야가 못마땅하다는 듯 혀를 찼다.

"아야라가 어지간히도 좋아했겠군."

내가 어리둥절해하자 두미야가 투덜대며 덧붙였다.

"그 녀석이 온갖 자랑을 다 했어."

"무슨 자랑이요?"

"뭐긴 뭐야, 공주랑 같이 있다는 자랑이지."

그게 과연 자랑거리인가 생각하다가 나는 다시 쓴웃음을 지었다. 그 기대와 애정이 참 쉽지가 않아서. 그런 생각을 하는데 두미야가 낌새를 채고 툭 내뱉었다.

"표정이 왜 그 모양이야?"

말씨가 곱지 않으면 눈치도 없는 편이 나을 텐데. 나는 삐죽이다가 살그머니 고개를 들었다. 우리 아빠뻘의 건장한 아저씨가 보인다. 이 세계에서 유일하게 나를 공주님으로 대우해 주지 않는 사람이다. 대우가 좋든 나쁘든 여기서 나는 늘 공주님이었는데.

그렇게 생각하니 마음이 조금 편해졌다. 그는 나에게 아무것도 바라지 않고 자기 눈에 보이는 것을 본다. 덕분에 나는 그 앞에서 조금 솔직해질 수 있었다.

"잘 모르겠어요."

"아까부터 뭐가?"

"전부 다요. 너무 갑작스러워서, 난 아무것도 기억이 안 나는데 사람들이 나더러 이 세상을 구할 공주님이래요. 그런데……."

"그런데 뭐."

"못 하겠어요. 어떻게 해야 하는지도 모르겠고 그걸 할 수 있는지도 모르겠어요."

나는 지카의 죽음을 계기로 이 세계에 남았다. 그저 내가 할 수 있는 것을 해보겠다는 막연한 생각뿐이었다. 내가 구세주라고 하니까 방법을 찾을 수 있을 거라 생각했다.

하지만 이곳에 머무는 시간이 길어지고 많은 것을 경험하며 그게 좀처럼 쉽지 않다는 걸 깨달았다. 체파르데아의 성에서 그 많은 사람의 시체를 보며, 그리고 시믈라의 온실에서 반짝이는 불빛을 보며 세상을 구한다는 게 어떤 건지 알 수 없게 되었다. 게다가 구세주 공주님이라고 하는 키브사에 대해서도 도통 확신이 없다. 나는 대체 여기서 뭘 하는 걸까?

"확신이 하나도 없어요. 키브사 공주가 원래 어떤 사람인지도 모르겠고요."

체파르데아는 말했다. 키브사 공주가 이미 한 번 실패했다고. 내가 정말 그 키브사라면 그 말이 맞다. 나는 세상을 구하겠다고 했으면서 죽어 버렸고, 아무 자각도 없이 다른 세계에서 살다가 억지로 끌려오기나 했다.

시믈라도 말했다. 고상한 취미 생활로 세상을 구하려 드는 거냐고. 키브사 공주가 대체 어떤 사람이었기에 그런 말을 한 걸까? 지금의 나처럼 언제든 집으로 돌아갈 길을 열어 둔 채, 언제든 도망칠 준비를 한 채로 이 세상을 구하겠다 말하고 다니던 그런 사람이었을까?

그들의 이야기를 듣고 나니 키브사라는 이름이 참 못 미덥다는 생각이 들었다. 아, 게다가 파혼까지 했지. 그것도 포함해서 못 미더워. 대체 어떤 사람이었던 거야.

혼자 곱씹던 생각을 어렵사리 털어놓자 잠자코 듣던 두미야가 코웃음을 쳤다.

"그런 거로 징징대다니, 기가 찰 노릇이군."

그 비웃음에 나는 욱하며 입술을 깨물었다. 그러나 두미야는 태연하게 말을 이었다.

"체파르데아와 시믈라? 들을 말이 없어서 그런 놈들 말을 들어? 몇 마디만 할 테니 잘 들어. 20년 전에 당신이 나한테 부탁한 게 있어."

두미야의 입에서 나온 '당신'이라는 호칭에 나는 깜짝 놀랐다. 굉장히 이질적이어서. 당신이라는 말이 딸과 동갑인 어린 여자애한테 쓸 만한 호칭은 아니다. 그런데 두미야는 그렇게 날 지칭했다. 거기선 어떤 존중이 느껴졌다.

"나중에 돌아오면 헤매고 있을 테니 등을 좀 떠밀어 달라더군."

그 말에 나는 또 한 번 놀랐다. 내 놀람을 마주하며 두미야가 말을 이었다.

"키브사 공주는 현명했어. 그리고 그때 이미 많은 사람을 구했지. 아야라는 매음굴에 잡힌 꼬마였고 나는 쓰레기 같은 군인이었어. 그런데 당신이 지나가서 변한 거야. 지독한 놈들이 지껄이는 말에 혹하지 마. 그러지 말고 당신이 지나간 자리를 직접 봐. 우린 당신에게 그걸 보여 주려고 20년 동안 기다렸어. 성에서 아이들을 가르치고, 마을을 만들면서."

나는 멍하니 두미야를 바라보았다. 두미야는 힐끗 날 쳐다보고는 화구로 다시 눈을 돌린 후 붓을 씻으며 건성으로 말했다.

"그러니 공주는 조금 더 자신을 믿어도 돼. 그래도 괜찮아."

신기한 일이다. 눈을 맞추고 한 말도, 상냥한 목소리도 아닌데. 지나치듯 투박하게 내뱉는 말인데 무척이나 따뜻하다. 마음이 찡 울릴 만큼.

"그리고 키브사 공주는 실패하지 않았어. 아직 진행 중이니까. 당신이 다시 돌아오는 게 이미 예정된 일이었던 것처럼. 알아들어?"

나는 어떤 표정을 지어야 할지 알 수가 없어서 웃지도 찡그리지도 못한 채 그를 바라보았다. 그러자 두미야가 버럭 소리쳤다.

"알아들었으면 대답을 해야 할 거 아니야!"

"아, 네, 네!"

두미야의 호통에 나는 화들짝 대답했다. 대답을 듣고 두미야는 다시 등을 돌렸다. 이제 더는 할 말 없다는 듯이. 나는 그의 뒷모습을 가만히 바라보았다. 큰 도움을 받은 기분이라, 나는 그의 등에 대고 조용히 말했다.

"고맙습니다."

두미야가 나를 돌아보는 일은 없었다. 하지만 괜찮았다. 지나간 자리를 보면 무엇이 있었는지 안다. 두미야를 보고 나는 비로소, 나를 확신할 수 있었다.

라이시는 오전에 푹 쉬었고 나도 기분이 상쾌해졌다. 그래서 오후에는 다시 힘내서 함께 사냥을 나섰다. 우리는 괴수의 씨를 말려 버릴 각오로 열심히 일했고, 이 일대는 그날 깨끗하게 정리되었다.

다음 날 이른 아침, 우리는 마지막 식사 후 두미야와 제미라에게 인사했다. 제미라가 아쉬워하자 라이시는 아이가 태어날 때쯤 다시 오겠다고 약속했다.

우리가 막 떠나기 전에 배웅 나온 두미야가 라이시에게 말했다.

"가기 전에 이거 하나 알아 둬라. 이쪽에 배치되어 있던 아크제리유트의 군대가 서쪽으로 빠지고 있어. 체파르데아가 사라지니까 후방을 비우고 무아카를 치려는 것 같은데 이러다간 곧 전쟁이 날지도 모르겠다."

"아크제리유트와 무아카라면 거리가 꽤 먼데, 여기까지 영향이 있을까요?"

"당장은 없겠지만 아크제리유트 그놈은 영 위험해서. 서쪽을 먹으면 분명 이쪽까지 넘볼 거야. 정말로 전쟁이 나면 무아카가 이기길 빌어야겠군."

말하는 두미야의 얼굴이 꽤 착잡해 보였다. 전쟁이라니, 그러고 보니 예전에 라이시가 그랬다. 체파르데아가 갑자기 죽는 바람에 바깥 상황이 더 안 좋아졌다고. 이 일도 거기 포함된 일이겠지? 나 때문에 이런 일이 생긴 건가 싶어 나도 덩달아 심각해졌다. 큰일이 안 생겼으면 좋겠는데. 아니, 이미 전쟁이라는 시점에서 큰일인 건가?

골똘히 생각 중이었는데, 두미야가 갑자기 넓적한 판을 불쑥 내밀었다.

"자, 그리고 이거 가져가."

내게 건넨 그것은 얇은 천에 싸여 있었다.

"이게 뭐예요?"

"아, 그냥 가져가지 뭘 물어!"

두미야가 버럭 소리쳤다. 며칠 같이 있다 보니 나도 라이시처럼 그 호통을 무시할 수 있었다. 저 아저씨는 괜히 자기가 민망하면 소리치고 저러니까. 두미야의 말을 한 귀로 흘린 채 나는 천을 풀어 보았다. 그 안에는 캔버스가 있었고, 캔버스 안에는 내가 있었다. 부드러운 색채로 그려진 나는 웃고 있었다.

"직접 그린 거예요?"

내가 놀라서 묻자 두미야는 먼 곳을 바라보며 딴청을 피웠다. 그래서 제미라가 대신 대답했다.

"밤잠도 줄이면서 그리셨어요."

제미라의 말에 두미야는 격하게 헛기침을 했다. 설마 지금 부끄러워하시는 건가요?

"뭐 하고 섰어, 얼른 가!"

두미야의 호통에 나는 웃으면서 라이시의 옆에 섰다.

"고마워요, 아저씨."

"그럼 또 오겠습니다."

"그래. 잘 가라, 똥강아지. 그리고 애송이 공주."

두미야는 끝까지 무뚝뚝했지만 이젠 그 속에 있는 다정함을 알아서 괜찮았다. 그는 정말 상냥하며 사려 깊은 사람이었다. 지금 생각해 보면 그의 불친절하고 퉁명스러웠던 말은 전부 애정과 관심이었던 것 같다.

그는 20년 전 나와의 약속을 지키기 위해 마을을 만들었다. 이 세상에 속하지 않은 것처럼 상냥한 마을을 만들고 나를 기다렸다. 갈 피를 잡지 못하고 헤매는 내게 증명해 보이기 위해서, 네가 할 일이 바로 이런 것이라고 호통치기 위해서. 그는 그렇게 내 등을 힘껏 떠밀 었다. 덕분에 나는 비로소 발을 내디딜 수 있었다.

지나간 자리를 보면 무엇이 있었는지 안다. 그 말은 내게 격려이기 도 했고, 한편으로는 도전이기도 했다. 나는 높이 날아오르며 드넓게 펼쳐진 세계를 바라보았다. 이 세계가 바로 나의 지나갈 자리였다.

5

늑대 울음

"라이시, 찾았어?"

"찾고 있습니다."

"라이시, 찾았어?"

"찾고 있습니다."

"라이시, 찾았…… 으악!"

우당탕탕. 데굴데굴.

"찾고 있습니다."

내가 누워 있는 소파를 발로 밀어 넘어트린 후, 라이시는 냉정하게 대답했다. 그러고는 책으로 다시 눈을 돌렸다. 이건 진짜 말만 공주지, 이젠 발로 막 차고 저런다.

라이시가 책에 눈을 고정한 채로 말했다.

"성에 돌아가면 글부터 배우세요. 기달티가 가르쳐 줄 겁니다."

"꼭 배워야 할까?"

"모르는 건 잘못이 아니지만 게으른 건 죄악이죠."

"근데 하루 이틀에 배울 수 있는 것도 아니잖아. 어차피 일 끝나면 돌아갈 텐데 굳이 배워 봐야 무슨 소용이야."

내가 중얼대자 라이시는 책장을 넘기던 손을 멈췄다. 그리고 나를 쳐다보았다.

"왜?"

"아닙니다."

그는 눈을 돌려 다시 책에 집중했다.

우리가 지금 있는 곳, 책 냄새 가득한 이곳은 체파르데아의 성에 있는 도서관이다. 체파르데아와 싸울 때 성이 절반쯤 날아갔지만 다행히 별관의 도서관은 무사했다.

며칠 전, 두미야를 만나고 온 나는 새롭게 결심했다. 덩그러니 앉아 세상을 어떻게 구하냐고 묻지 않기로, 내가 진짜 키브사 공주인지 아닌지 고민하지 않기로. 물론 무조건 덮어놓겠다는 건 아니다. 아직 알 수 없는 일에 매달리기보단 지금 내가 할 수 있는 것을 찾기로 한 거다. 그래서 나는 지금 라이시와 함께 체파르데아의 도서관을 조사 중이다.

체파르데아는 말했었다. 키브사 공주의 죽음에 대해, 그날의 일을 정확히 아는 건 자신과 이요브뿐이라고. 그래서 이요브에 대해 먼저 알아보니 섣불리 접촉하기엔 너무 위험한 인물이었다. 이 세계에서 가장 만만치 않은 영주라니 말 다한 셈이다.

우린 단서를 찾기 위해 체파르데아의 도서관을 뒤져 보기로 했다. 그리고 거기서 뜻밖의 횡재를 만났다. 아본의 역사가 고스란히 담긴 체파르데아의 일기장을 발견한 것이다. 체파르데아가 일기 겸 기록지로 끼적인 것이었는데 분량이 아주 방대했다. 두꺼운 책으로 40권쯤. 100년 치의 일기라면 그럴 만도 하다.

글을 읽지 못하는 나는 일기의 조사를 라이시에게 맡겼다. 대신 옆에서 부지런히 닦달했고, 그러다 결국 이렇게 보복을 당했다. 나는 뒤집힌 소파를 주섬주섬 세우고 도로 앉았다. 환기를 위해 열어 둔 창문에서 살랑대는 바람이 불어왔다. 얼마 전 비가 내린 후론 날씨가 많이 따뜻해졌다. 이대로라면 곧 봄이 올 것 같다.

라이시는 책장 앞에서 일기장을 찬찬히 살펴보고 있었다. 근데 엄청 흥미진진한가 보다. 아까부터 말 한마디 안 하고 정독하고 있다. 나는 지루하기도 하고 심심하기도 해서 라이시를 가만히 쳐다보았다. 내 시선을 눈치챘는지 라이시가 물었다.

"왜 그렇게 쳐다보십니까."

"잘생겨서."

내 말에 라이시의 얼굴이 싸늘하게 굳었다.

"정신 사납습니다. 얌전히 있을 거 아니면 나가서 노십시오."

진짜 말만 공주지 이젠 이렇게 귀찮아하고 막 그런다. 서러워 죽겠네. 나는 뿌루퉁해져서 눈을 가늘게 뜨고 라이시를 쳐다보았다. 아까부터 어째 좀 의심스럽다.

"너 진짜 찾고 있는 거 맞아?"

"찾고 있습니다."

"계속 읽고만 있잖아, 지금 무슨 내용인데!"

"체파르데아의 식인에 대한 고찰……."

"거봐, 완전히 딴 부분이잖아!"

아까부터 수상하다 했더니! 아, 이 녀석도 그런 부류였다. 한번 빠져들면 정신을 놓아 버리는. 근데 지금이 그럴 때냐고! 나는 그런 건 나중에 읽고 얼른 20년 전의 일부터 찾으라고 다그쳤다. 내가 매섭게 감시하자 라이시는 결국 독서를 포기하고 책장을 넘겼다. 그러길 얼마, 책장을 훑던 라이시의 손이 멈췄다.

"왜? 뭔데?"

내가 묻자 라이시는 책에 눈을 고정한 채 대답했다.

"치포라에 대한 내용이 있네요."

"치포라?"

라이시는 대답하지 않았다. 대신 갈수록 표정이 심각해졌다. 뭐야, 뭔데?

"뭐라고 적혀 있는데?"

"치포라의 유래가 적혀 있습니다. 키브사 공주가 비라에서 가지고 내려왔다고 하네요."

그거라면 이미 안다. 아야라가 얘기해 줬으니까. 라이시도 이미 아는 내용일 텐데? 내가 갸웃대며 쳐다보자 라이시가 다시 말했다.

"그리고 펼쳐진 치포라의 날개 조각으로도 일시적인 날개를 만들 수 있답니다. 이건 전혀 몰랐네요."

"아, 정말? 그럼 막 뽑아서 다 같이 쓸 수 있는 거야?"

"그건 아니고, 치포라 자체가 특정 몇 명만 쓸 수 있는 것 같습니다."

특정 몇 명? 어? 그 말을 듣고 나는 눈을 반짝였다.

"그럼 혹시 나도 쓸 수 있어?"

"공주님이라면 물론 쓸 수 있겠죠."

"그럼 나 해볼래."

나는 의욕이 충만해져서 치포라를 요구했고, 라이시는 순순히 건네주었다. 볼 때마다 느끼지만 이건 정말 머리핀처럼 생겼다. 내가 그것을 막 받으려는데 라이시가 물었다.

"꿈속에서 들었다고 한 이름, 이르이트가 맞습니까?"

"응. 왜?"

"아니요, 갑자기 생각나서."

라이시는 그렇게 말하며 내게 치포라를 넘겼다. 무슨 말을 하다 말아. 나는 삐죽이면서 치포라를 받았다. 그리고 기대 반 걱정 반으로 그것을 내 옷에 꽂았다.

그 순간 눈앞이 새하얗게 변했다. 아주 짧은 순간이었다. 그런데 다시 눈을 떴을 때 나는 소파에 누워 있었고, 라이시가 나를 내려다보고 있었다.

"정신이 드십니까?"

"어?"

라이시가 놀란 목소리로 물었다. 뭐지? 내가 왜 누워 있지? 나는 당황해서 몸을 일으켰다. 그 짧은 순간 무슨 일이 있었는지, 내 손에 는 내가 막 옷에 꽂았을 터인 치포라가 들려 있었다.

"아무것도 기억 안 나십니까?"

라이시가 다시 물었지만 나는 알아들을 수가 없었다. 내가 멀뚱히 쳐다보자 라이시가 주저하며 말했다.

"방금 변했었습니다. 예전 모습으로."

"다릅니다."

라이시가 나를 보며 고개를 가로저었다. 마찬가지로 나를 보는 기 달티와 아야라도 미묘한 표정이다.

"그때와는 확실히 다릅니다."

라이시가 쐐기를 박듯 다시 한 번 말했다. 그때 도대체 어땠는데? 나는 답답한 기분으로 거울에 비친 내 모습을 보았다. 내 등에는 지 금 무게가 느껴지지 않는 날개가 늘어져 있다. 치포라의 조각을 옷에 꽂았더니 이렇게 됐다. 그런데 라이시는 이 모습이 아까와는 다르다 고 단호히 우기고 있다.

라이시는 내가 도서관에서 치포라를 발동시켰고, 잠시나마 키브사 공주로 변했다고 말했다. 지금처럼 날개만 생긴 게 아니라 머리카락 이 새하얗게 변하며 거의 딴사람이 되었다고.

"그때 모습은 지금보다 머리카락도 길고 키도 더 컸습니다. 그 외 에도 여러모로 성숙해 보였습니다."

여러모로 성숙한 게 정확히 뭐야, 어디에 주안점을 두고 얘기하는 건데? 라이시의 말에 기달티와 아야라가 나를 돌아보았다. 내가 할 수 있는 건 설레설레 고개를 젓는 것뿐이었다.

"난 몰라요. 아무것도 기억 안 나요. 그냥 하얀 빛이 번쩍하고 끝났어요."

정말이다. 난 아무것도 못 느꼈다. 정신을 차려 보니 소파에 누워 있었을 뿐이다. 그 일이 있고 나서 라이시는 내게 다시 치포라를 발동해 보라고 했다. 그런데 불가능했다. 어째선지 치포라의 본체는 내게 반응해 주지 않았다. 대신 조각, 라이시가 펼친 날개에서 뜯은 조각으로는 또 사용이 가능했다. 그건 체파르데아의 일기장에서 찾아낸 방식인데, 그렇게 했더니 몸의 변화 없이 커다란 날개만 생겼다. 그게 바로 지금 모습이다.

라이시의 말에 아야라가 의아해하며 물었다.

"그때 공주님이 뭐라고 하셨니? 혹시 무슨 이야길 나눴니?"

"짧은 순간이라 대화를 나누진 못했습니다. 그런데 공주님이 조금 이상했습니다."

"이상하다니?"

"침착했습니다."

"침착?"

"전혀 놀란 기색 없이 절 보고 웃으시더니 스스로 치포라를 빼냈습니다."

놀란 기색이 없었다고? 스스로 치포라를 빼냈다고? 세 사람의 시선이 내게 박혔다. 콕 콕 콕 따갑게. 나는 당황스러우면서도 억울해졌다. 잠깐, 이러지 마. 난 정말 아무것도 몰라!

자, 마음을 가다듬고. 날개를 펼친다, 뛰어내린다, 퍼덕인다, 그럼에도 불구하고 떨어진다!

"으앙, 진짜 아파!"

나는 땅바닥에 넘어지며 소리를 질렀다. 엄마, 손바닥이 다 까졌어! 옆에서 지켜보던 라이시가 보다 못해 한마디 했다.

"둔해도 이렇게 둔할 수가."

둔한 게 당연하지! 사람이 못 나는 게 당연하지!

"넌 뭐 처음부터 잘했냐?"

"잘했습니다, 처음부터."

좋겠다, 잘나서. 내가 흙투성이인 손을 탁탁 털자 라이시가 물통을 들고 다가왔다.

"용은 곧잘 타면서 이건 어렵습니까?"

어렵냐고? 엄청 어렵다. 게다가 그 두 갠 엄연히 다르다. 용을 타는 건 자전거 타는 것처럼 쉽지만 날개로 나는 건 뭐라 설명할 수도 없다. 뭘 잡을 수도 없고 어디 앉을 수도 없고, 게다가 무게중심을 어디 둬야 할지도 모르겠다. 그러니 매번 비틀대다 떨어질 수밖에.

내가 손을 펼치자 라이시는 그 위로 물을 부었다. 내 손을 씻기며 라이시가 말했다.

"굳이 직접 날 필요는 없지 않습니까?"

"아깝잖아, 모처럼 할 수 있는데."

"그럼 제대로 연습하죠. 좀 더 높은 곳에서 뛰어 보시겠습니까?"

아니, 이런 데 목숨까지 걸고 싶진 않다. 나는 겸손하게 사양하며 라이시에게 물었다.

"그래도 나 처음보단 잘하지?"

대답이 없다.

"왜 대답 안 해."

"격려해야 할지 평가를 해야 할지 고민 중입니다."

그러니까 겁나 못한단 소리지? 그 얘길 지금 막 돌려 하는 거지? 나는 라이시를 노려보다가 이내 한숨을 푹 내쉬었다. 노닥거리고는 있지만 사실 좀 심란하다.

아까 라이시는 말했다. 키브사가 스스로 치포라를 빼냈다고. 심지어 침착하게 미소까지 지었다고. 그건 도대체 무슨 의미일까? 내가 기억을 잃은 사이 모습을 드러낸 게 정말 키브사라면, 키브사는 지금 의도적으로 침묵하는 게 아닐까?

생각이 거기까지 미치자 나는 더 답답해졌다. 아마 다들 같은 생각을 하고 있을 거다. 그런데도 아무 말 않는 이유는 글쎄, 날 배려하느라? 아, 속인 건 그 사람인데 부담은 왜 내 몫이지? 아니, 그 사람이 나고 내가 그 사람이니까 내가 부담스러워해야 하는 게 맞나? 하지만 나도 속은 입장인데? 그건 내가 나를 속인 거니까 속았다고 말할 수가 없는 거야? 으앙, 이게 뭐야!

"계속하실 겁니까?"

라이시가 물었다. 이쯤에서 그만하라는 투였다. 하긴 내가 계속 넘어지고 구르니 신경이 쓰이기야 하겠다. 지켜야 하는 애가 자해를 하고 있으니.

"응, 조금 더 해볼래."

신경 쓰는 걸 알지만 나는 포기하지 않았다. 가만히 있으면 잡생각만 더 많아질 것 같아서.

"나 혼자 해도 되니까 옆에 안 있어도 돼."

라이시는 영 불안하다는 얼굴로 쳐다보더니 이내 마지못해 고개를 끄덕였다.

"알겠습니다. 그럼 조심하십시오."

라이시는 그렇게 말하며 돌아섰고 나는 다시 무너진 성벽 위로 올라갔다. 너무 높으면 겁나니까 대충 3층 높이까지만. 맨몸으로는 절대 못 뛸 높이지만 큰 날개가 낙하산 역할 정도는 해줘서 못 날더라도 그럭저럭 할 만했다.

나는 다시 날개를 쭉 펼치고 폴짝 뛰었다. 그런데 내가 뛰어내리는 순간 옷에 꽂아 둔 치포라의 조각이 반짝하고 사라져 버렸다. 어? 동시에 내 몸을 받쳐 줘야 할 날개가 느껴지지 않았다. 그걸 깨닫는 동시에 몸이 밑으로 훅 꺼졌다.

"으, 엄마야!"

여기서 떨어지면 최소한 골절인데! 나는 질겁해서 눈을 꼭 감았고, 곧 무언가와 부딪혔다. 그런데 전혀 아프지가 않았다. 그 무언가가 딱딱한 바닥 대신 나를 푹 감싸고 있었다. 낯선 느낌에 눈을 떠보니 나를 내려다보는 라이시가 보였다. 나는 그에게 안겨 있었다. 나를 받기 위해 급히 날아온 듯 날개까지 펼치고 있었다.

"조심하라고 말하기가 무섭게……."

"죽는 줄 알았어……."

"살아 주셔서 감사하네요."

내가 울상이 되어 말하자 라이시는 훈계를 멈추고 한숨을 내쉬었다.

아, 진짜 깜짝 놀랐다. 갑자기 없어질 줄 몰랐어. 나는 놀란 가슴을 달래며 라이시의 팔에서 내려오려 했다. 그런데 라이시가 내려 주지 않아서 나는 다시 그를 쳐다보았다. 라이시는 나를 가만히 내려다보고 있었다. 팔에 안긴 상태라 마주 보는 얼굴이 너무 가까웠다. 그래서 나는 좀 당황하고 말았다.

"저기, 나……."

'안 내려 줘?'라고 말하려 했다. 그런데 내가 말하기도 전에 라이시는 나를 그냥 놔버렸다. 으악!

"아프잖아!"

내가 바닥에 떨어져서 소리를 지르자 라이시는 당황한 기색 없이 나를 다시 일으켰다.

"죄송합니다, 잠시 딴생각을 하느라."

갑자기 무슨 딴생각이냐고 따지려 했다. 그럴 마음으로 고개를 들었는데, 라이시는 아까 그런 것처럼 날 마주 보더니 이내 또 손을 놔버렸다. 나는 또 한 번 엉덩방아를 찧었다. 윽, 이게 진짜.

"변명할 기회를 줄게."

"죄송합니다, 잠시 딴생각을 하느라."

똑같은 말을 반복하며 라이시가 다시 손을 내밀었다. 장난하냐! 나는 신경질을 내며 그의 손을 내치고 그냥 혼자 일어났다. 아, 엉덩이 아파. 나는 옷을 털며 라이시에게 투덜댔다.

"너 야한 생각 했지?"

"딱히 그렇지는 않습니다."

'딱히'라는 말에서 어떤 여지를 느낀 내가 힐끗 쳐다보자 라이시는 정직하게 시인했다.

"사실 비슷합니다."

뜻밖의 실토에 나는 눈을 찡그렸다. 라이시는 대수롭지 않다는 듯 말했다.

"도서관에서 공주님이 변했을 때 모습을 생각했습니다."

나는 눈을 잠깐 깜빡이다가, 이내 얼굴이 확 달아오르는 걸 느꼈다. 왜인지는 모르겠지만 굉장히 창피했다. 왜지, 말한 건 넌데 부끄러움은 왜 내 몫이지? 나는 당황해서 라이시를 쳐다봤지만 정작 그렇게 말한 당사자는 평소처럼 무덤덤한 얼굴이었다. 나는 그게 억울해서 빽 소리쳤다.

"왜 그런 걸 생각해!"

"생각하면 안 됩니까?"

"안 돼! 하지 마! 안 돼!"

너무 당황해서 안 된다고 두 번 외쳤다. 그러자 라이시가 어이없다는 표정을 지었다.

"인상에 남아서 생각한 건데 안 됩니까?"

갑자기 그렇게 나오면 할 말이 없잖아. 그런 건가? 내가 예민한 건가? 내가 미심쩍게 쳐다보자 라이시는 평소 자주 보여 주는 그 덤덤한 얼굴, 지극히 이성적인 얼굴로 말을 이었다.

"야한 생각이라는 말이 신경 쓰이시나 본데 설마 제가……."

라이시는 말꼬리를 흐리며 나를 빤히 쳐다보았다. 그 생략된 말과 시선에는 '야한 생각이라니, 제가요? 공주님한테요? 과대망상이십니까?'라는 의미가 노골적으로 담겨 있었다. 그래서 나는 뿔이 나서 따졌다.

"네가 비슷하다고 했잖아!"

"비슷하다고 했지, 같다고 하진 않았죠."

"비슷한 것도 충분히 이상해."

"전혀 이상한 의미 아니었습니다. 이상한 건 그렇게 왜곡시키는 쪽이죠."

"오해의 소지가 너무 많잖아, 비슷하다는 것 자체가!"

"오해하실 필요가 있습니까?"

"무슨 뜻이야?"

내가 뾰족하게 되묻자 라이시는 차분하게 대답했다.

"전에도 말했지만 공주님은 결코 야하지 않아요."

아, 이 짜증 나는 녀석! 나는 결국 울컥해서 소리쳤다.

"그게 아니라, 비슷하다는 말이 애매하니까 그러잖아! 말뜻을 제대로 써야 할 거 아냐!"

"결국 말뜻이 중요한 겁니까?"

"그래, 말뜻!"

나는 검지를 펼쳐 라이시를 찌르듯 가리켰다. 내 분노가 담긴 삿대질 끝에서 라이시는 여전히 태연자약했다. 그 태도 그대로 라이시가 말했다.

"예쁘다는 뜻이었습니다."

나는 눈을 크게 떴다. 너무 기습적이어서 가슴이 쿵 울렸다. 당황해서 그를 쳐다봤지만 라이시는 여전히 아무런 표정도 짓고 있지 않았다. 그 담담한 얼굴로 라이시는 말을 이었다.

"예쁘다고 생각해서 그 비슷하다고 말한 겁니다."

"안 돼, 그런 말 하지 마!"

오히려 내가 당황해서 발을 동동 굴렀다. 그러자 라이시가 다시금 물어 왔다.

"예쁘다는 말도 안 됩니까?"

"말하지 말라니까!"

나는 입으로도 마음으로도 비명을 질렀다. 연신 안 되냐고 묻는 라이시는 마치 나를 놀리는 것 같았다. 그게 너무 짜증 나고 창피해서 나는 결국 라이시에게 손을 뻗었다. 그 입을 막으려고. 그러자 라이시는 내 손을 피해 뒷걸음질 쳤고 그러다가 서로 발이 엉키고 말았다.

중심을 잃은 우리는 함께 넘어졌다. 내가 라이시를 덮친 꼴이 되었지만 나는 일어나는 대신 재빨리 라이시의 입부터 막았다. 나한테는 이게 더 급했으니까. 그의 입을 두 손으로 꼭 막고서 나는 거의 애원하듯 말했다.

"더는 아무 말도 하지 마, 진짜 창피하단 말이야!"

내가 절절매자 입이 막힌 채 듣고 있던 라이시가 내 손을 잡아떼며 물었다.

"창피합니까?"

"그래. 그러니까 그만 놀려, 좀."

"하지만 공주님, 제가 예쁘다고 한 대상은 당신이 아닙니다. 엄밀히 말하면요."

나는 얼이 빠져서 라이시를 바라보았다. 라이시는 내가 대단히 착각했다는 표정으로 나를 보고 있었다. 그 얼굴을 보고 있자니 창피함은 사라지고 대신 약이 오르기 시작했다.

나는 볼이 잔뜩 부은 채 라이시를 노려보았다. 그래, 너한테 난 야하지도 않고 예쁘지도 않지! 알아, 아는데, 그렇게 딱 잘라 말하는 건 실례잖아!

내가 그렇게 이를 가는데, 라이시의 입에서 나직한 숨소리가 터져나왔다. 웃음소리였다. 나는 또다시 깜짝 놀랐다. 내 앞에서 라이시가 웃고 있었다. 작고 옅게, 그리고 예쁘게.

처음 봤다, 이 사람 웃는 거. 한 달 넘게 같이 지냈지만 지금까지 그가 웃는 모습을 본 적이 없었다. 그런 그가 지금 웃고 있다. 눈을 가늘게 뜨고, 소리 내지 않으며 낮고 부드럽게. 라이시에게 굉장히 잘 어울리는 웃음이었다.

이유는 모르겠지만 그 웃는 얼굴이 왠지 또 창피했다. 그래서 나는 라이시의 손을 꾹 누르며 다시 그의 입을 막았다.

"웃지 마."

"웃는 것도 안 됩니까?"

입이 막힌 채로 그가 말했다. 그래서 소리는 조금 웅얼거렸고 나는 손이 간지러웠다.

"안 돼. 하지 마."

내가 단호하게 말하자 라이시는 다시 웃었다. 라이시의 숨결이 계속 손바닥에 닿았다.

"그런데 공주님."

"응?"

"지금 정말 창피한 건 제 말보단 공주님의 자세 쪽입니다."

그 말에 나는 새삼 내 모습을 확인했다. 등을 대고 누운 라이시에게 안겨 있다고 해도 좋은 자세였다. 그걸 깨닫고 나는 잠깐 고민했다. 이대로 주춤대면 또 바보 취급 당하겠지? 그래서 나는 그의 가슴팍에 팔꿈치를 대고 보란 듯 턱을 괴었다. 그리고 라이시를 내려다보며 여유롭게 말했다.

"이건 안 창피한데?"

"왜죠?"

좋은 질문이다. 복수의 기회를 얻어 나는 회심의 미소를 지었다.

"너는 나한테 전혀 야하지 않거든."

라이시가 피식 웃었다. 이어 막 뭐라 말을 하려던 참이었다. 등 뒤에서 자그마한 목소리가 들려왔다.

"공주님."

그 목소리에 나와 라이시는 화들짝 놀라 빛의 속도로 서로에게서 떨어졌다. 뒤를 돌아보니 뿔 달린 아이 셋이 무덤덤한 표정으로 우릴 쳐다보고 있었다. 우리를 부른 건 동생들과 쪼르르 손을 잡고 있는 야빈이었다. 아, 애들이 셋이나 왔는데 왜 부를 때까지 눈치채지 못했을까!

"나 불렀니?"

나는 나쁜 짓을 하다 들킨 사람처럼 당황해서 물었다. 라이시와 노닥거릴 땐 몰랐는데 막상 들키니 가슴이 콩닥콩닥 뛰었다. 다행히도 그 아이들은 우리의 행동에 의문을 제기하지도, 다 안다는 듯 고개를 끄덕거리지도 않았다. 다만 착실하게 심부름을 전했다.

"아야라 선생님이 불러요."

야빈의 말에 성을 올려다보니 창가에 아야라가 서 있는 것이 보였다. 멀어서 얼굴은 보이지 않았지만 우릴 보고 있는 것 같았다. 나는 난감한 기분으로 몸을 털고 일어났다. 그때까지 반쯤 누워 있던 라이시도 함께 일어섰다.

라이시가 평소의 목소리로 말했다.

"올라가 보시죠. 저도 일하러 가겠습니다."

"아, 응."

그렇게 라이시와 헤어지려는데 야빈이 그를 붙잡았다.

"형도 같이 오래."

그 말에 우리는 함께 성을 바라보았다. 역시나 너무 멀어서 아야라의 표정은 보이지 않았다.

꼬마들과 함께 올라가는데 나는 점점 긴장되기 시작했다. 오해받으면 어떡하지? 나는 앞서 걸어가는 라이시의 등을 쳐다보았다. 라이시는 지금 무슨 생각을 할까? 마치 벌 받으러 가는 아이의 심정으로, 우리는 아야라의 방에 도착했다. 문을 열고 들어가니 방에는 아야라뿐만 아니라 기달티도 함께 있었다. 목격자가 한 명이 아니라 두 명이라는 사실에 나는 더 곤혹스러워졌다.

"부르셨습니까?"

나를 뒤에 세우고서 라이시가 물었다. 긴장한 채 대답을 기다리는데, 정작 아야라가 꺼낸 것은 내 걱정과 무관한 다른 소식이었다.

"두미야에게 연락이 왔어."

아야라의 목소리가 평소보다 낮았다. 나는 그제야 뒤에서 나와 아야라를 바라보았다. 그의 손에는 지난번의 그 비둘기, 두미야의 전서구가 앉아 있었다. 아야라가 쪽지를 내밀었다. 꾸깃꾸깃 접힌 쪽지였는데, 라이시가 받아서 펴보니 안에 말라붙어 있던 피가 투두둑 부스러지며 떨어졌다. 그걸 보고 나와 라이시는 서로를 바라보았다. 같은 마음이었다. 마음에 불길함이 번졌다.

"이것뿐이었습니까?"

라이시가 묻자 아야라는 고개를 끄덕였다. 아야라의 얼굴엔 근심이 가득했고, 라이시는 지체하지 않았다. 그가 쪽지를 손에 쥐며 나직이 말했다.

"잠시 다녀오겠습니다."

우리는 곧장 두미야의 산채로 향했다. 용을 데려가는 수고 없이 치포라로 빠르게 날아 십여 분 만에 마을에 도착했다. 그러나 그곳은 이미 부서지고 불타 있었다. 땅에 내려선 우리는 할 말을 잃고 주변을 살펴보았다. 산채의 풍경은 열흘 전과 완전히 달랐다. 그때의 활기 넘치던 마을은 어디에도 없었다. 남은 것은 오직 폐허와 잿더미였다.

그 폐허에서는 코끝을 찌르는 지독한 냄새가 났다. 누린내와 피비린내였다. 섬뜩한 낌새에 내가 머뭇대는 사이 라이시는 앞서서 산채로 들어갔다. 그리고 그의 시선이 어딘가에 닿았다.

거기서 라이시는 멈췄다. 시선을 멈추고 걸음을 멈추고 호흡을 멈췄다. 그의 시선을 따르던 나도 그렇게 했다. 나는 두 손으로 입을 막고 비명을 삼키기 위해 애썼다.

우리가 발견한 건 두미야였다. 불과 열흘 전엔 살아 있었지만 이제는 아닌, 그의 시체였다. 그는 엉망으로 상처 입은 채 마을 입구에 죽어 있었다.

소리 없이 굳게 서 있던 라이시가 갑자기 마을 안으로 성큼성큼 들어갔다. 나는 따라가지 못하고 그 자리에서 눈만 질끈 감은 채 와들와들 떨었다. 혼자 있고 싶지 않았지만 따라갈 엄두가 나질 않았다. 시간이 얼마나 지났을까, 산채로 들어갔던 라이시가 돌아왔다. 그의 얼굴엔 아무런 표정도 없었다. 어느 때보다 차갑게 굳어 있었다.

"라이시……."

"돌아갑니다."

그 냉정한 말에 나는 깜짝 놀랐다. 돌아간다고? 이대로? 두미야의 참담한 시체를 두고 그냥 가자고 하는 그를 이해할 수 없었다. 하지만 라이시는 나보다 냉정한 만큼 나보다 현명하기도 했다.

"군대가 지나간 것 같습니다. 가서 이 사실을 알려야 합니다."

그렇게 말하며 라이시가 내 팔을 잡았다. 그 손길이 이전과 달리 거칠게 느껴진 건, 무서울 만큼 사납게 느껴진 건 내 착각이 아닐 것이다. 거기서 사무치는 인내가 느껴지는 것도. 그리고 그 사실이 내게 죽을 만큼 가슴 아프다는 것도, 마찬가지일 것이다.

우리는 다시 성으로 돌아왔다. 성에 돌아왔을 때 라이시는 나와 함께 웃었던 그 라이시가 아니었다.

"두미야가……."

이야기를 전해 들은 아야라는 쉽게 말을 잇지 못했다. 그가 창백해진 얼굴로 충격을 견디는 사이 라이시는 계속해서 말을 이었다.

"사람의 무기로 난 상처가 아니었습니다. 큰 짐승의 이빨과 발톱 자국이었습니다."

보고하는 라이시의 태도는 마치 동물의 사체를 살피고 온 듯 덤덤했다.

"그리고 시체의 수도 부족했습니다. 특히 여자들의 시체가."

거기에는 제미라도 포함되어 있을까? 묻고 싶었지만 차마 입이 떨어지지 않았다. 그때까지 가만히 듣고 있던 기달티가 입을 열었다.

"누구 짓이지?"

"정황상 범인은 서쪽의 늑대들입니다."

"진창의 무아카 말이냐?"

"네. 안 그래도 두미야가 무아카와 아크제리유트의 전쟁을 예고했었습니다. 그런데 무아카가 동쪽으로 넘어왔다는 건……."

"아크제리유트와의 전쟁에서 이겼다는 의미인가."

라이시는 끄덕이며 테이블에 펼쳐진 지도를 가리켰다. 그건 이 세계의 지도였다. 아본의 땅은 여섯 개로 갈라져 있다. 중앙에 이요브가 가장 큰 영토를 차지하고 있고 그 주변을 빙 두르듯 다섯 개의 영토가 더 있다. 서쪽에서부터 시계 방향으로 무아카, 아크제리유트, 체파르데아, 기달티, 그리고 시믈라의 영토가 자리 잡고 있다.

우리가 아까 다녀온 두미야의 산채는 아크제리유트와 체파르데아의 영토 경계에 있었다. 두미야의 산채를 무아카가 공격했다는 건 그의 군대가 아크제리유트의 영토를 통과했다는 의미. 체파르데아가 죽어서 동방의 위협이 사라지자 아크제리유트가 서방으로 진격했다는 이야기를 두미야가 했었다. 그렇다면 무아카가 그 진격을 막고 승리의 여세를 몰아 동쪽으로 진군해 왔다는 걸까?

"그 작은 마을이 놈들의 목표였을 리는 없습니다. 진군했다면 목적지는 분명 체파르데아의 성, 그리고 다음은 이곳일 겁니다."

라이시의 손이 북쪽 두미야의 산채에서 남동쪽의 이곳, 기달티 성까지 쭉 미끄러졌다. 지도상의 거리가 별로 멀어 보이지 않았다. 두미야의 산채를 집어삼킨 군대가 우릴 향해 달려오고 있다. 그 두려운 사실은 앞으로 시작될 긴 전쟁의 서막이었다.

보고를 마친 라이시는 동향을 살펴보겠다며 집무실을 나갔다. 나는 라이시가 걱정스러워서 함께 일어났다. 그러자 아야라가 내 손을 붙잡았다. 쫓아가지 말라는 의미였다. 나는 망설이다가 아야라의 손을 조심히 풀었다. 이 폭풍 전야의 비극만큼이나 라이시가 불안해 보여서, 그를 혼자 둘 수가 없었다.

나는 아야라의 손을 놓고 곧장 라이시에게 달려갔다. 하지만 그의 방 앞에서 멈춰 서고 말았다. 무작정 찾아간들 무슨 말을 해야 할지 생각나지 않았다. 그렇게 머뭇대다 일단 문을 두드렸다. 대답이 없다. 문을 열고 들어가 보니 라이시는 나갈 채비를 하고 있었다. 아직 아무 말도 하지 않았는데 나라는 걸 이미 알았는지 라이시가 등을 돌린 채 물었다.

"무슨 일입니까."

할 수 있는 말이 생각보다 훨씬 더 없었다. 머뭇거리는 나를 돌아보지도 않고 라이시가 다시금 물었다.

"무슨 일이냐고 물었습니다."

"라이시."

이름을 부르자 라이시는 그제야 나를 돌아보았다. 그뿐이었다.

"나가 주십시오. 신경 쓰입니다."

나는 몸이 식는 게 느껴졌다. 그는 곧 등을 돌렸고, 다시는 나를 돌아보지 않았다. 그래서 나는 굳은 듯 서 있다가 돌아서 나올 수밖에 없었다. 아야라가 나를 붙잡은 이유를 뒤늦게 깨달았다. 내가 할 수 있는 건 아무것도 없었다.

그렇게 라이시는 성을 떠났고 밤이 늦도록 돌아오지 않았다.

나는 어두운 방 안으로 조심히 들어갔다. 창가에 비친 달빛이 곤히 잠든 아이들의 모습을 어스름히 밝히고 있었다. 야빈과 두 동생이 우리 성에 온 지도 어느새 열흘, 처음보단 많이 편안해 보인다. 서로 꼭 잡던 손도 이젠 조금 느슨하다.

나는 아이들의 새근대는 숨소리를 들었다. 머리를 쓰다듬어 주자 숨소리는 더 차분해졌다. 이렇게 겨우 안정을 찾고 있는데 다시 전쟁이 일어나면 어떻게 될까. 나는 무자비한 세상에 이 아이들을 내놓고 싶지 않다. 더는 끔찍한 경험을 하게 하고 싶지 않다. 그렇게 생각하며 하야의 작은 손을 매만지다가, 그 손을 이불 안으로 조심히 넣어 주었다.

"공주."

뒤에서 낮은 목소리가 들려왔다. 기달티였다. 그가 문에 기대선 채로 나직이 말했다.

"알타쉬헤트가 돌아왔다."

그가 나간 지 거의 한나절 만이었다.

집무실로 돌아가 보니 라이시와 아야라가 우릴 기다리고 있었다.

막 밖에서 돌아온 라이시는 우리가 오자 기다릴 것도 없이 말을 시작했다.

"늑대들을 확인했습니다. 무아카와 그 권속들이 체파르데아의 성을 향해 오고 있습니다."

나는 작게 탄식했다. 예상하던 것 중 가장 최악의 상황이었다.

"수는 200명 정도, 모두 늑대의 모습으로 달려오고 있습니다."

"아크제리유트를 정말 이긴 건가?"

"알 수 없습니다."

"성에 도착하는 시간은?"

"가장 빠른 길로 밤낮 달려도 사흘입니다. 길을 찾는 것과 초행인 것을 고려하면 그보다 더 많은 시간이 걸릴 겁니다."

"체파르데아의 성 주민을 이주시켜야 해요."

아야라가 말했다. 이대로 둔다면 그 성 사람들은 두미야의 마을 주민들처럼 처참한 꼴을 당할 거다. 아야라의 주장에 라이시가 동의했다.

"주민은 우리 성으로 이주시키고 방어는 체파르데아의 성에서 하겠습니다."

"누가, 어떻게?"

아야라가 염려스럽게 물었지만 거기 대답하는 라이시의 목소리는 태연했다.

"이주는 기달티가, 방어는 제가 맡습니다."

"혼자 말이니?"

아야라의 물음에 라이시는 고개를 끄덕였다. 혼자 맡겠다고? 영주와 권속 200명을? 나는 체파르데아를 떠올렸다. 그런 괴물을 혼자 상대하겠다는 말이야?

"나도……."

나도 가겠다고 말하려 했다. 큰 도움은 아니어도 혼자보단 훨씬 나을 거다. 나는 체파르데아 때도 분명 도움이 됐고, 괴수 사냥도 곧잘 했으니까. 그런데 라이시는 내 말을 듣지도 않고 끊어 버렸다.

"공주님과 아야라는 성에서 이주민 수용을 준비해 주십시오."

그 말이 너무 단호해서 나는 이견을 제시할 수 없었다. 그래서 대신 기달티와 아야라가 반박해 주길 기다렸다. 두 사람 다 라이시를 소중히 여기니까 뭐라고 한마디는 할 줄 알았다. 하지만 아니었다. 내 기대가 무색하게 그들은 라이시를 감싸지 않았다. 이해할 수 없게도 그들은 그저 침묵했다.

다음 날 새벽, 라이시는 기달티와 함께 체파르데아의 성으로 떠났다. 성에 남은 우리는 이주민을 받을 준비를 시작했다. 체파르데아의 성에 있는 사람의 수는 대략 2천 명. 그 인원을 받아들이려면 준비할 것이 많았다.

그 많은 사람을 성에 들이기는 역부족이라 밖에 임시 거주지를 만들기로 했다. 먼저 예전에 쓰던 커튼과 휘장을 창고에서 꺼내 왔다. 커튼은 침구로 쓸 수 있게 몽땅 빨아서 널었고 네벨라의 문장이 찍힌 거대한 휘장은 잘라서 천막으로 만들었다.

머물 곳도 문제지만 먹는 것도 문제였다. 우리 성의 식량으로는 얼마 버티지 못한다. 체파르데아의 성에서 이주해 오는 사람들이 어느 정도 들고 오기야 하겠지만, 과연 부족함 없이 지낼 수 있을 정도일까? 아야라는 굶주림과 불편함으로 생길 소요를 무엇보다도 염려했다.

나는 세탁한 커튼을 바구니에 넣고 일어났다. 묵직한 바구니를 드는 순간 절로 한숨이 나왔다. 힘들었지만 쉴 틈이 없다. 이르면 내일 밤에 사람들이 도착하니까 서둘러야 한다.

세탁물을 들고 밖으로 나와 보니 아야라가 성 앞의 공터를 정리하고 있었다. 네벨라의 유물 중 땅을 다스리는 반지를 손에 끼고서. 아야라의 손짓에 울퉁불퉁하던 땅이 평평하게 변했다. 내가 다가가자 아야라가 인기척을 느끼고 돌아보았다.

"뭐하는 거예요?"

"천막을 칠 수 있게 땅을 정리하고 있었어요."

나는 아야라가 한 일을 살펴보았다. 이미 들었지만 직접 보니 또 새삼스럽다. 아야라는 네벨라의 반지를 정말 능숙하게 사용했다.

"라이시한테 들었어요. 아야라가 그 반지를 제일 잘 쓴다고요."

아야라는 그저 웃었다. 나는 문득 생각나서 말했다.

"아, 널어놓은 빨래도 아야라가 말려 주면 안 돼요? 그걸로요."

반지로 물기를 날려 버리면 일이 훨씬 더 빨리 끝날 텐데, 그런 생각에 말했지만 아야라는 고개를 저었다.

"자르지프는 지금 제게 없어요, 공주님. 알타쉬헤트가 가지고 갔거든요."

　나는 다시 뭐라 말하려다가 그냥 입을 다물었다. 물을 다루는 자르지프, 라이시는 그게 살상력이 가장 높은 반지라고 했다. 그걸 들고 나간 건 상대방을 죽이겠다는 의미, 정말 전쟁이라는 의미다.

　아슬아슬하게 가리고 있던 위기가 수면으로 떠올라 우리는 무겁게 침묵했다. 나는 하늘을 올려다보았다. 하늘은 아무 일 없다는 듯 고요한데, 이 무거운 공기는 대체 뭘까. 이게 바로 전운이라는 걸까?

　나는 하늘을 바라보다 아야라에게로 시선을 옮겼다. 늘 그랬던 것처럼 아야라가 상냥하게 웃어 주면 좋겠다고 생각했다. 그런데 정작 내가 마주한 것은 불안에 떠는 아야라의 얼굴이었다.

　"도와주세요, 공주님."

　아야라가 쥐어짜듯 억눌린 목소리로 말했다.

　"이대로 두면 알타쉬헤트가 죽을지도 몰라요."

　그렇게 말하는 아야라의 얼굴이 창백했다. 늘 온유하던 아야라가 동요를 감추지 못하고 떨고 있었다. 그걸 보는 순간 나는 다시금 가슴이 철렁 내려앉았다. 그와 함께 모든 상황이 처절한 현실감을 가지고 내게 달려들었다. 전쟁이 일어났다. 적들이 달려온다. 단신으로 싸우러 간 라이시는 정말 죽을지도 모른다.

　나는 바보처럼 서 있다가 이내 입술을 꽉 깨물었다. 아야라에게 기대고 싶었는데 아야라는 오히려 내게 도와 달라고 했다. 도와 달라니. 이미 시작된 전쟁, 그리고 여전히 어린 여자애일 뿐인 나. 이런 상황에서 이런 내가 대체 뭘 할 수 있지?

두미야는 말했다. 나는 조금 더 자신을 믿어도 된다고, 그래도 괜찮다고. 지금은 그야말로 벼랑 끝, 어차피 기댈 곳은 없다. 나는 내가 누군지 되뇌며 필사적으로 마음을 다잡았다.

이틀 후 이른 새벽, 기달티가 성에 돌아왔다. 그 뒤로는 이주민들의 긴 행렬이 이어졌다. 그들에게 머물 곳을 배정하는 데만 반나절이 걸렸다. 점심시간이 훌쩍 지나서야 나는 기달티와 아야라를 만나 제대로 이야기할 수 있었다.

"저도 체파르데아의 성으로 갈 거예요."

내 단호한 선언에 두 사람이 나를 바라보았다. 특히나 놀라서 쳐다보던 아야라는 뭔가 생각난 듯 황급히 손을 내저었다.

"제가 한 말 때문이라면 그러지 마세요, 공주님. 실수로 한 말이었어요."

"라이시가 걱정되는 건 사실이잖아요."

"그건······."

아야라는 부정하지 못했다. 아야라가 그때 어떤 마음으로 말했는지 나는 안다. 그리고 혼자 후회했다는 것도 알고 있다. 두미야의 죽음은 아야라에게도 큰 충격이었을 것이다. 그런데 라이시까지 혼자 떠났으니, 겁이 나는 건 당연하다.

"라이시가 죽는 건 나도 싫어요."

조용한 내 목소리에 아야라의 눈이 흔들렸다. 하염없이 나를 바라보던 그 눈에서 이내 눈물이 넘쳤다. 황급히 손으로 가렸지만 이미 범람한 눈물을 막을 수는 없었다. 나는 그 모습을 안타깝게 바라보다 기달티에게로 눈을 돌렸다. 그러자 기달티가 잠잠히 말했다.

"그대에게 말해 둘 것이 있다."

나는 준비하고 기달티의 말을 기다렸다.

"알타쉬헤트의 결정에 우리가 이견을 달지 않은 것은 그게 가장 합리적이기 때문이다."

단단히 마음을 먹었지만 그럼에도 그 말은 꽤 기가 막혔다. 나는 어이가 없어서 되물었다.

"그게 어떻게 합리적이에요?"

라이시 혼자서 군대와 싸우는 게 합리적이야? 내 눈엔 너무 비합리적인데, 라이시가 어떻게 될지는 불 보듯 뻔한데.

"내가 싸우지 못하는 이유는 그대도 알고 있겠지."

"네, 알고 있어요."

기달티는 체파르데아와 싸우다가도 자기 힘을 통제하지 못하고 이성을 잃었다. 그땐 정말 운 좋게 멈췄지만 만약 그대로 폭주했다면 엄청난 재앙이 됐을 거라고 했다. 그럼에도 그때 기달티가 온 건 순전히 나 때문이었다. 공주님이라는 최우선 순위의 중요 인물. 그래서 불가피하게 기달티가 나선 것뿐, 앞으로 그가 전면으로 나설 일은 결코 없을 거라고 했다.

"나를 제외한 이 성의 전력은 알타쉬헤트뿐이다."

"그래서 혼자 내보냈다는 거예요?"

"무아카는 체파르데아에 비해 약체고 공중전은 불가능하니까. 상성에선 알타쉬헤트가 유리하다."

"그럼 라이시가 이길 수 있어요?"

"그럴 가능성은 3할 정도."

나는 다시 말문이 막혔다. 승산이 절반도 안 되는데 라이시를 혼자 내보냈다는 소리야? 내가 이해할 수 없다는 눈으로 바라보자 기달티가 부연했다.

"대신 알타쉬헤트가 상대의 전력을 소모시키고 패배할 가능성은 7할 이상이다."

그 패배라는 말은 죽음의 완곡한 표현이었다. 그럼에도 말을 잇는 기달티의 표정은 변하지 않았다.

"그때는 늑대들의 퇴각을 기대할 수 있다."

이 말을 어떻게 받아들여야 할까? 아무리 좋게 생각해도 라이시를 희생시킨다는 말로밖에 들리지 않는데, 그것 말고는 달리 해석할 길이 없는데.

"그래서 그때 아무런 말도 안 한 거예요? 라이시가 혼자 간다고 할 때?"

"알타쉬헤트가 우리에게 받아 둔 약속이 있다."

"약속?"

"자신이 누군가를 구할 때 방해하지 말라고 했다. 설령 그 일로 자신이 죽게 되더라도."

기달티에게 따지던 나는 끝내 할 말을 잃었다. 대체 뭐야, 그 바보는. 이제야 겨우 이해가 됐다. 기달티와 아야라가 라이시를 보낸 이유. 붙잡고 막아도 부족할 판에 말없이 보내 준 이유.

대체 왜 그런 약속을 한 건지는 모르겠다. 다만 기달티와 아야라가 어떤 심정으로 그 약속을 지키고 있는지는 알 것 같다. 소리 없이 떨어지는 아야라의 눈물이 모든 걸 말하고 있었다. 나는 입술을 꼭 깨물었다.

"좋아요, 무슨 얘긴지 알겠어요. 하지만 나는 그런 거 약속한 적 없으니까 갈 거예요."

"전쟁은 그대의 생각 이상으로 참혹하다."

"지금 가장 참혹한 건 라이시까지 죽는 일이에요."

"그대가 도움이 될 거라 생각하는가."

"뭐라도 할 수 있을 거예요."

"성에서 이주민을 받으라는 지시는 어쩔 셈이지?"

"그래서 오늘까지 기다렸어요. 정리되면 가려고. 그리고 내가 공주잖아요, 걔가 아니라! 지시는 이쪽이 해야 맞는 거 아녜요?"

어쩌다 보니 실랑이가 되어 버렸다. 계속 반론을 제기하는 기달티가 답답해서 나는 손으로 책상을 탕 내리치며 소리쳤다.

"그러니까 난 갈 거라고요!"

"나도 같이 가겠다."

엥? 뭐? 나는 뜻밖의 말에 놀라 기달티를 쳐다보았다. 하지만 으윽, 누가 같이 사는 남자 아니랄까 봐 기달티는 라이시보다 심한 무표정으로 속마음을 전혀 보여 주질 않았다.

"알타쉬헤트는 그대가 오는 것을 원치 않을 거다. 하지만 굳이 가겠다면 나도 함께 가겠다."

나는 어리둥절해서 눈을 깜빡이다 이내 고개를 끄덕였다. 기달티가 함께 가준다면 오히려 감사하다. 그의 동행이 든든하다고 생각하고 있는데 기달티가 한마디 덧붙였다.

"물론 알타쉬헤트에게 질책을 받는 것은 오롯이 그대의 몫이다."

그 말에 나는 주춤하고 말았다. 아, 라이시에게 혼나는 게 전쟁보다 무섭게 느껴지는 건 대체 왜일까? 나는 애써 태연한 척 자리에서 일어났다. 그러자 그때까지 말이 없던 아야라가 나를 불렀다.

"공주님."

내가 돌아보자 간신히 눈물을 그친 아야라가 자그마하게 속삭였다.

"감사합니다."

그 한마디로 아야라의 마음을 헤아릴 수 있었다. 나는 아야라를 향해 환히 웃으며 답했다.

"다녀올게요."

그리고 덧붙였다.

"라이시도 같이."

두 마리의 용이 하늘로 날아올랐다. 나와 기달티를 태운 두 용은 줄이라도 맞춘 듯 나란히 날았다. 용들이 천천히 몸을 푸는 사이, 나는 옆에서 날고 있는 기달티에게 물었다.

"그런 약속은 언제 했어요?"

타인을 구하기 위해 자신의 죽음을 불사하겠다는 약속. 그 약속은 아무리 생각해도 너무 극단적이다. 기달티가 그걸 어떻게 생각하는지 궁금했지만, 대답하는 그의 목소리는 여느 때처럼 헤아리기 어렵게 무던했다.

"10년 전에."

10년 전. 라이시나 기달티의 옛날이야기를 할 때 자주 나오는 연대다. 큰일이 있었다는 건 알고 있다. 그래도 당시 라이시의 나이는 고작 열 살, 그 어린 남자애가 대체 무슨 생각으로 그런 약속을 했을까? 그리고 기달티와 아야라는 무슨 생각으로 그런 약속을 받아들인 걸까?

"왜 그런 약속을 했어요?"

"그때 많은 사람이 죽었으니까."

"그래서요?"

"알타쉬헤트는 그게 자기 탓이라고 생각한다."

나는 듣고 있다가 깜짝 놀라서 되물었다.

"왜요?"

"그를 구하러 간 내 손에 사람들이 죽었으니까."

기달티의 어조는 담담했지만, 나는 어쩐지 물어서는 안 될 것을 물어본 사람처럼 마음이 불편해졌다.

"이상해요, 그건."

"다른 사람의 생명을 밟고 서는 건 쉬운 일이 아니야. 그대는 지금껏 그 누구도 해친 적이 없겠지."

너무 당연해서 할 말이 없었다. 누구를 해친 적이 있냐고? 다른 사람과 크게 싸워 본 적도 없다. 그에 비해 기달티는 천 단위의 사람을 죽였다. 아니, 그보다 더 많을 수도 있다. 정말 현실감 없는 숫자다. 살인자라는 말이 도리어 가볍게 느껴질 만큼. 그런 그가 내게 말한다. 다른 사람의 생명을 밟고 서는 것은 쉬운 일이 아니라고.

예전에 기달티는 내게 물었다. 수많은 사람을 죽인 자신이 곁에 있어도 괜찮으냐고. 그렇게 물어볼 때 그는 대체 어떤 마음이었을까?

"이 세계는 우리가 서로를 죽이도록 끊임없이 종용한다. 광기와 혼란으로 몰아넣거나 피할 수 없는 갈림길에서 살인을 유도한다. 그런데 타인을 죽이는 것은 자신을 죽이는 것과 마찬가지. 어떤 인간도 거기서 자유롭지 못해."

"영주들도요? 체파르데아는 사람을 죽여서 먹었는데요?"

"그가 정상이었다고 생각하나?"

나는 고개를 저었다. 체파르데아는 위태로웠다. 광기에 젖어 난동을 부리고 흥분을 못 이겨 잔인하게 굴었다. 결코 정상은 아니었다.

"인간은 타인을 해치는 것에 완벽하게 초연할 수는 없어. 다만 초연하려 노력은 하겠지. 체파르데아가 선택한 것은 그쪽이었다. 타인의 고통을 모른 척하고 더 포악하게 행동하는 것. 그게 자신이 짓밟은 생명을 대하는 태도였다. 하지만 알타쉬헤트는 그러지 않았다. 자신이 밟고 선 생명을 외면하지 않기로 결심했지. 그 결심이 바로 그약속이었다."

"융통성 없네요."

"그래서는 안 되는 영역이니까."

"그래도, 너무 괴롭잖아요."

"그걸 짊어졌기 때문에 우리는 그들과 구별될 수 있었다. 그대가 보기에 우린 다른 영주들과 같은가?"

"아니요, 달라요."

용들이 슬슬 고도를 높이기 시작했다. 용들의 속도가 빨라져 대화할 수 없게 되기 전에 나는 하고 싶은 말을 쏟아 냈다.

"대단하다고 생각해요. 이 세상에서 그렇게 살 수 있다는 게요."

그러고는 고삐를 다잡았다. 동시에 용의 양 날개가 높이 치솟았다. 곧 공기가 찢겨 나갈 것을 예상하며 나는 말을 맺었다.

"그래서 죽게 하고 싶지 않아요."

내 말을 신호로 삼기라도 한 듯, 두 마리의 용은 화살처럼 빠르게 날기 시작했다. 이제 바람 소리 외엔 아무것도 들리지 않았다. 상관없었다. 하고 싶은 말은 다 했으니까. 그가 죽지 않길 바라는 건 나도 기달타도, 그리고 그를 아는 거의 모든 사람도 마찬가지일 게 분명하니까.

두 시간쯤 지나 우리는 체파르데아의 성에 도착했다. 온몸으로 바람을 맞으며 나는 것은 굉장히 지치는 일이었다. 하지만 우리는 숨도 돌리지 않고 라이시부터 찾았다. 그가 무사한지 확인하는 게 무엇보다 급했으니까. 다행히 우리는 곧장 라이시와 만났다. 우리가 날아오는 것을 본 그가 먼저 다가왔기 때문이다. 나는 3일 만에 보는 그 얼굴이 반가웠지만 라이시는 아니었다. 우릴 보며 그가 꺼낸 첫마디는 차가웠다.

"왜 온 겁니까?"

그 태도에 나는 할 말을 잃었다. 표정도 말투도 딴사람이 되어 도무지 익숙해지지 않는다. 심지어 그는 나를 쳐다보지도 않았다. 그는 기달티만 바라보았고 나는 거의 없는 사람으로 취급했다.

"돌아가십시오."

라이시가 냉정하게 말하자 기달티는 슬쩍 나를 내려다보았다. 나는 아무런 말도 못 하고 몸을 숨기듯 그의 뒤로 물러났다. 기달티의 눈빛이 그런 내게 꽤 오랫동안 머물렀지만, 정말 어쩔 수가 없다. 대놓고 싸우자는 분위긴데 어떡해! 내가 회피하자 별수 없이 기달티가 나섰다.

"너와 함께 있겠다."

"안 됩니다, 돌아가십시오."

기달티는 두 번 말하는 대신 거절의 의미를 담아 라이시를 바라보았고, 거기에 라이시는 분노했다.

"대체 무슨 생각입니까?"

"공주의 뜻에 따른 것뿐이다."

"그게 이유가 됩니까? 위험한 거 뻔히 알면서 왜 데려온 겁니까!"

라이시의 언성이 높아졌다. 기달티는 차분하게 되물었다.

"네가 언제부터 우리의 구세주였지?"

기달티의 나지막한 물음에 라이시의 격정이 뚝 끊어졌다.

"공주는 내 뒤에 있다. 우리가 따를 것은 네가 아니다."

말문이 막힌 라이시는 기달티를 매섭게 노려보았다. 그러나 그의 철벽을 뚫을 수는 없었다. 아, 나는 이 순간 기달티에게 진심으로 감사한다. 만약 나 혼자 왔으면 저 라이시를 어떻게 감당했을까? 오자마자 찔찔 울면서 다시 돌아가지나 않았을까? 나는 든든한 지원군의 뒤에서 마른 침만 삼키며 상황을 지켜보았다.

기달티와 마주 보고 있던 라이시는 이내 분을 삭이듯 깊은 숨을 내쉬었다. 그리고 그대로 돌아서서 가버렸다. 나는 그때까지도 숨어 있다가 라이시가 완전히 떠난 후에야 기달티의 뒤에서 나왔다.

"진짜 화났나 봐요."

내가 기어들어 가는 목소리로 말하자 기달티가 나를 지그시 내려다보았다.

"혼나는 건 그대 몫이라고 했을 텐데."

"미안합니다, 고맙습니다, 덕분에 살았어요."

그렇게 한 호흡에 대답했지만 기달티의 눈빛은 변하지 않았다. 그래서 나는 억울하게 변명했다.

"내 쪽은 쳐다도 안 봤단 말이에요. 어떻게 할 수가 없었어요."

반가워할 거라곤 생각 안 했지만, 그렇게 깨끗하게 무시당할 줄도 몰랐다. 너무해.

"무서워졌어요. 딴사람같이."

"신경이 날카로워진 거지. 싸움이 시작됐으니까."

기달티의 말에 나는 묵묵히 끄덕였다. 라이시가 진 짐이 너무 크다는 생각이 들었다. 동시에 라이시가 웃던 얼굴이 떠올라서 마음이 쓸

쓸해졌다. 그가 웃던 모습은 꿈처럼 멀었고, 그래서인지 더 그리웠다.

그런 상황에서도 시간은 흐르고, 어느덧 저녁이 되었다. 누구도 그럴 마음이 없었지만 그래도 뭔가 먹어야 했다. 우리 셋은 각자 맡은 역할을 충실히 수행했다. 식사 준비는 내가, 라이시를 불러오는 건 기달타가, 그리고 말 없는 식탁을 만드는 건 라이시가. 덕분에 우리가 둘러앉은 식탁은 삭막하기 그지없었다.

내가 그리 어렵지 않게 식사 준비를 할 수 있었던 건 이전에 도서관을 조사하며 이 성에 머물렀던 덕분이다. 그때 3일 정도 있었는데 매 때의 식사를 내가 준비했다. 글을 읽을 줄 모르니 그거라도 할 수밖에 없었다. 다행히 성의 부엌에는 음식 재료와 조리 도구가 다양하게 있어서 어려움이 없었다. 다만 여기서 사람을 요리했을까 하는 의혹에 조금 섬뜩하긴 했다.

라이시는 내가 준비한 식사를 단 한 번도 평가하지 않았다. 대신 괜찮으면 아무 말 없이 먹고, 조금 미묘하다 싶으면 내 눈치를 보는 것 같았다. 차라리 말을 할 것이지, 그 반응이 너무 거슬려서 한 번은 버럭 따진 적도 있다. 그때 라이시가 뭐라고 했더라? 아무 말도 안 했는데 왜 그러냐고 시치미를 뗐었나?

그게 불과 지난주의 일이다. 그때까지만 해도 이런 일이 일어날 거라곤 상상도 못 했다. 두미야 아저씨가 그렇게 될 줄은, 모든 것이 순식간에 엉망이 될 줄은 정말 몰랐다. 선량한 사람들의 마을이 파괴되었다는 슬픔도, 적들이 닥쳐오고 있다는 두려움도, 그리고 라이시의 날카로운 모습도 다 너무 갑작스럽다.

체파르데아가 사라지지 않았다면 이런 일은 벌어지지 않았겠지? 나는 무거운 마음으로 라이시를 살짝 쳐다보았다. 그는 접시만 바라보며 기계적인 식사를 하고 있었다. 나는 그렇게 한참을 라이시의 눈치를 보다가 어느샌가 날 쳐다보고 있던 기달티를 발견했다. 그런데 그는, 윽, 무한한 측은함을 담아 나를 보고 있었다. 기달티의 짠한 눈빛에 나는 창피해졌고 결국 라이시처럼 접시에다 시선을 고정했다. 그런 나를 불쌍히 여겼는지 묵묵히 있던 기달티가 침묵을 깼다.

"알타쉬헤트."

"네."

"늑대들이 어디까지 왔지?"

"이미 근처까지 왔습니다. 내일 새벽 사정권으로 들어옵니다."

"도울 일이 없나?"

기달티가 물었지만 라이시는 망설임 없이 거절했다.

"필요 없습니다. 공주님을 혼자 두지 말고 성에 계십시오."

라이시가 나를 염려하는지 성가셔하는지는 모르겠지만, 어찌 됐건 짐으로 취급하는 건 분명했다. 불편했지만 지금은 침울해하는 것조차 사치여서, 나는 마음에 맺힌 것을 그저 삼켰다.

다음 날 이른 새벽, 아직 밤이라고 해도 좋을 그 새벽에 라이시는 무장하고 홀로 떠났다. 손에는 세 개의 반지를 끼고, 허리에는 지금껏 본 적 없는 장검을 찬 채 용을 타고 떠났다. 어떻게 보내야 할지 몰라 배웅조차 변변히 하지 못했다. 오지 말라는 걸 굳이 우겨서 기세 좋게 왔건만, 한 거라곤 라이시의 뒷모습을 보는 게 다였다.

나와 기달티는 나란히 앉아 어스름히 밝아 오는 군청빛 하늘을 바라보았다. 나는 그 하늘에 한숨을 더하며 중얼댔다.

"이 정도로 할 수 있는 게 없을 줄은 몰랐어요."

"아직 때가 아닌 것뿐 그대가 할 일은 없지 않아."

"제가 할 일이요?"

"알타쉬헤트가 부상을 입으면 그때부터 내가 싸운다. 그때 그대는 나를 제어해야 해."

그게 오히려 나를 근심하게 했다. 제어하라니, 과연 가능한 얘길까? 전에 폭주하는 기달티를 어떻게 막기는 했다. 그런데 이번엔 잘 모르겠다. 폭주를 막는 것과 제어하는 건 다르다. 그저 멈추는 게 아니라 함께 싸워야 하는 거다. 내가 그걸 할 수 있을까?

나는 곰곰이 고민하다가 결국 한숨을 푹 내쉬었다.

"어쨌든 여기 온 목적은 실패했네요. 라이시 혼자 싸우게 하지 않으려고 온 건데."

"정확히는 그가 죽지 않게 하려고 왔지."

"같은 얘기잖아요."

"다른 얘기다. 우리가 와서 알타쉬헤트가 죽을 가능성은 훨씬 낮아졌으니까."

"결국 혼자 싸우는데 뭐가 달라요?"

"원래대로라면 알타쉬헤트는 늑대들과 함께 죽을 목적으로 싸웠을 거다. 그런데 이젠 살아서 돌아와야 할 이유가 생겼지. 밖에서 죽어 버리면 성에 남은 우리도 위험해지니까."

"정말 꽉 막혔어."

이젠 그 고집스러움에 화가 날 지경이다. 대체 왜 자기 목숨 귀한 줄은 모르는 거야, 왜 그렇게까지 혼자서 전부 짊어지려고 하는 거야? 모든 걸 혼자 해결하려 하고, 혼자 다치려 하고, 혼자 죽으려 하고. 마치 자기가 이 세상에 혼자인 것처럼 행동한다. 그것 때문에 주변 사람이 상처 입는 건 신경조차 쓰지 않고. 그건 너무 이기적이잖아.

"알타쉬헤트는 겁이 많아."

예상치 못한 말이었다. 나는 고개를 기울이고 기달티를 바라보았다.

"어릴 적부터 겁이 나면 조급해져서 고집을 부리곤 했다. 지금처럼."

"어린애네요. 겁나면 고집을 부린다니."

나는 웃을 수 없어서 힘없이 찡그리며 대답했다. 그러자 기달티도 순순히 고개를 끄덕였다.

"그래서 그대에게 감사하고 있다."

뜻밖의 말에 나는 기달티를 다시 쳐다봤다. 그는 여전히 먼 하늘만 보고 있었다.

"알타쉬헤트를 구할 수 있게 해준 것을."

그가 덧붙인 말에 나도 다시 고개를 돌렸다. 그리고 라이시가 떠나간 방향을 바라보았다. 기달티의 마음도 나와 다르지 않았다. 라이시는 그토록 소중한 사람이었다. 이렇게 잃어도 괜찮은 사람이 아니었다. 그렇기에 우리가 바라는 건 그가 무사히 돌아오는 것뿐. 우린 같은 마음으로 라이시를 기다렸다.

새벽에 나갔던 라이시가 돌아온 건 정오가 넘어서였다. 다친 데는 없었지만 굉장히 지쳐서, 그는 오자마자 자기 방에 들어가 잠들어 버렸다. 대체 밖에서 어떤 일이 있었던 걸까? 궁금했지만 물어볼 겨를조차 없었다. 기달티는 그가 일어났을 때 먹을 수 있도록 식사를 가져다주라고만 했다.

그 후 3일간은 그런 나날의 연속이었다. 새벽에 나갔다가 반나절 만에 돌아와 기절하듯 잠들고, 저녁 늦게 일어나 겨우 한 끼의 식사를 하고. 그러니 날이 갈수록 안색이 안 좋아지는 건 당연했다.

그나마 다행인 건 라이시가 다치지 않고 돌아온다는 점이다. 기달티가 얘기했던 대로 상성 쪽에서 유리한 덕분이었다. 수가 많다곤 해도 그들은 결국 땅을 달리는 늑대들, 하늘에서 공격하는 라이시에겐 속수무책일 거다.

돌아올 때마다 라이시는 두 자릿수의 적들을 쓰러트렸다고 기달티에게 보고했다. 그런 날들이 반복되자 나는 이 전쟁이 무사히 끝날 수도 있지 않을까 하는 막연한 기대를 품게 되었다. 그때까지만 해도 그런 일이 정말 가능할 것 같았다.

하지만 현실은 냉혹했고, 그 장밋빛 낙관은 곧 철저하게 짓밟혔다. 이제 막 시작한 전쟁은 내 생각보다 훨씬 더 처참한 비극이었다.

그 첫 번째는 부상을 입고 돌아온 라이시였다. 체파르데아의 성에 온 지 나흘째 되는 날이었다. 라이시는 그날도 어김없이 새벽에 나갔고 우리는 그를 기다렸다.

아직 라이시가 돌아오기엔 이른 시간이었다. 안에 있던 나는 뭔가가 추락하는 소리를 듣고 놀라서 달려 나갔다. 밖으로 나왔을 때 내가 본 건 큰 상처를 입고 쓰러진 라이시였다. 치포라로 날아온 듯 날개를 펼치고 있었는데, 그 새하얀 날개가 라이시의 몸을 적신 피를 더 도드라지게 대비시켰다.

나는 놀라서 그에게로 달려갔다. 쓰러진 그의 머리를 들어 올리자 손에 미끈한 피가 만져졌다. 머리뿐 아니라 얼굴에도, 온몸에도 베이고 뜯긴 상처가 가득했다.

"라이시, 라이시……."

나는 어찌 할 바를 몰라 그의 이름만 연신 불렀다. 그는 이미 정신을 잃은 듯 꼼짝도 하지 않았다. 마지막 힘을 짜내서 날아온 모양이었다. 나는 내 손마저 적셔 오는 피를 바라보다가 울 것 같은 기분으로 소리쳤다.

"기달티!"

내 목소리를 듣고 기달티가 나올 때까지, 나는 가슴이 미어지는 기분으로 라이시를 바라보았다.

침대에 눕히고 살펴보니 라이시의 몸은 성한 곳이 없을 정도로 상태가 심각했다. 머리에서는 연신 피가 흘렀고 팔과 다리엔 짐승에게 물린 상처가 몇 군데나 있었다. 그중 가장 심한 건 무언가에 깊게 베인 어깨였다. 왼쪽 어깨에서 가슴까지 이어진 그 기다란 상처에서는 출혈이 멈추지 않았다.

그 후의 시간은 전쟁 같았다. 나는 기달티의 지시대로 물을 끓이고 붕대를 찾아왔다. 기달티는 삶은 바늘과 실로 라이시의 어깨 상처를 꿰맸고 나는 그의 몸에 말라붙은 피와 먼지를 닦아 냈다. 그의 몸에 붕대를 감고 깨끗한 침대로 옮긴 후에야, 시간이 제대로 흐르는 것 같았다.

라이시에게 이불을 덮어 주고 나는 쓰러지듯 침대 옆에 주저앉았다. 치료는 끝났지만 안심할 수 없었다. 핏기 없는 그의 얼굴이 나를 불안하게 만들었다.

"이제 괜찮아요?"

"치명상은 없으니 곧 깨어날 수 있을 거다."

그렇게 말하는 기달티의 목소리도 평소보다 굳어 있었다. 다시 긴 시간이 흘렀다. 라이시가 정신을 차린 건 그로부터 몇 시간 후였다.

침대에 엎드린 채 깜빡 잠들었던 나는 라이시의 신음을 듣고 퍼뜩 깨어났다. 창밖을 보니 어느새 석양이 비치는 저녁이었다. 나는 일어나자마자 라이시를 살폈다.

"라이시, 괜찮아?"

그의 흐릿하게 떠진 눈이 나를 향했다. 아직 정신이 혼미한 듯 느리게 주변을 살피던 라이시는 곧 침대에서 몸을 일으키려 했다. 하지만 어깨의 찢긴 상처 때문에 몸을 가누기가 쉽지 않았고, 결국 내 도움을 받아 겨우 일어났다. 일어나 앉은 라이시는 한동안 아무런 말도 않고 자신의 모습을 내려다보았다. 어떻게 된 일인지 의아해하는 것 같았다.

"성 밖에 쓰러져 있었다."

기달티의 말에 라이시가 놀란 듯 되물었다.

"성에 말입니까?"

그는 기억이 없는 듯했다. 그 사실이 너무 아찔해서 나는 소름이 돋았다. 내가 입술을 깨무는 사이 기달티가 물었다.

"어떻게 된 거지?"

"무아카를 공격하다가 추락했습니다."

3일간 반복된 습격에 그쪽에서도 대안을 준비한 모양이었다. 라이시가 날아들자 무아카는 울부짖었다. 그러자 백여 마리의 남은 늑대들도 함께 울기 시작했다. 그 기묘한 공명은 먼저 라이시가 타고 있던 용의 청력을 손상시켰다. 용이 균형을 잃고 추락하자 라이시는 날개를 펼쳤다. 하지만 라이시도 늑대들의 하울링에서 자유로울 수 없었다. 그는 어지러움을 느끼며 순식간에 추락했고, 어느새 늑대들에게 둘러싸이고 말았다.

"권속 늑대들은 생각보다 강하지 않았습니다. 다만……."

라이시는 도중에 말을 멈췄다. 그대로 뭔가를 생각하는 듯하더니, 이내 하려던 말을 삼키고 다른 말을 꺼냈다.

"그러다가 무아카와 마주쳤습니다."

라이시의 어깨에 난 상처는 무아카의 발톱 자국이었다. 라이시는

어깨를 베이는 대신 무아카의 한쪽 다리를 잘라 버렸다. 무아카가 고
통스러워하는 사이 라이시는 가까스로 빠져나왔다. 그 후로 어떻게
됐는지는 라이시도 알 수 없었다. 이미 정신을 잃은 상태에서 필사적
으로 날아온 것 같았다.

정신을 잃은 채 돌아왔다는 부분에서 우린 모두 할 말을 잃었다.
그건 죽다가 살아왔다는 것 같아서, 오히려 살아서 돌아온 게 기적이
라는 뜻이라서.

"알타쉬헤트."

긴 침묵을 깨고 기달티가 라이시를 불렀다.

"네."

"이제 더는 싸우지 마라."

부름에 답했던 라이시는 그의 명령에 인상을 찌푸렸다. 동의할 수
없다는 의미였다.

"제가 안 싸우면 누가 싸웁니까?"

라이시의 반박에 기달티는 단호하게 말했다.

"이제부턴 나와 공주가 늑대들과 싸운다."

살벌했어, 정말로. 아까 라이시와 기달티는 또 한 번 언성을 높였
다. 라이시는 흥분해서 소리쳤고 기달티는 냉철하게 반박했다. 나를
싸움터로 보내면 안 된다는 라이시와 부상자보단 낫다는 기달티는
그렇게 한바탕 싸웠다. 두 사람은 서로 한발도 양보하지 않았다. 라
이시가 통증 때문에 말을 멈추지 않았다면 그들은 한참을 더 언쟁했

을 거다.

라이시가 고통을 삭이는 사이 기달티는 그런 줄 알라며 일방적으로 통보하곤 나가 버렸다. 그때 갈등의 주체로 끼어 있던 나는 눈치를 보다 뒤늦게 방에서 나왔다. 안 그래도 가시방석인데 이 일로 나는 입장이 더 난처해지고 말았다. 어떡하지?

나는 다시 라이시의 방문 앞에 섰다. 잠깐 망설이다가 이내 심호흡을 한 번 하고 문을 열었다. 내가 들어갔을 때 라이시는 의자에 앉아 있었다. 팔의 붕대를 고쳐 묶는 중이었다. 내 갑작스러운 방문에 라이시의 인상이 굳었다.

"무슨 일입니까?"

"식사 가져왔어."

"거기 두십시오."

여전하다. 나는 탁자에 식사를 내려놓으며 라이시의 모습을 몰래 살펴보았다. 치료했다지만 이제 겨우 피가 멎었을 뿐, 그의 몸은 여전히 만신창이다. 그런데 저런 몸으로 다시 싸우겠다는 거야? 조금은 다른 사람에게 맡겨도 괜찮잖아, 그렇게 못 미더워?

나는 멀뚱히 서 있다가 한 손으로 붕대를 감는 라이시에게 말했다.

"도와줄까?"

"혼자 할 수 있습니다."

냉정한 거절에 그냥 돌아서려다가 나는 도로 입술을 깨물었다. 그리고 그에게 다가가 붕대를 빼앗았다. 라이시가 눈을 치켜뜨고 날 쳐다봤다. 나는 아랑곳하지 않고 그의 옆에 앉았다.

"신경 써 주잖아. 감사한 줄 알아."

그렇게 말하고 나는 그의 팔에 붕대를 감았다. 라이시는 나를 쳐다보다가 이내 고개를 돌리고 내가 하는 대로 두었다.

"아프지 않아?"

물어도 대답은 돌아오지 않았다. 내가 붕대를 감는 동안 라이시는 다른 곳만 보고 있었다. 그러다 얼마 후 그가 나직이 입을 열었다.

"기달티와 무슨 얘기를 했는지 모르겠지만 절대 성 밖으로는 나가지 마십시오."

나는 대답하지 않았다. 내가 침묵하자 라이시가 화난 목소리로 말했다.

"공주님이 싸울 수 있다고 생각합니까?"

"괴수 사냥 땐 같이 하게 했잖아."

나는 억울한 목소리로 항변했다. 그땐 반지 사용법도 직접 알려 줬으면서 이번엔 왜 안 된다는 건데?

"그때랑 상황이 같습니까? 전혀 다릅니다, 죽을 수도 있습니다."

"그럼 너는 안 죽어?"

나는 울컥해서 다시 물었다.

"네가 죽는 건 상관없어?"

내 뾰족한 반문에 라이시는 날 바라보더니 이윽고 시선을 피하며 답했다.

"상관없습니다."

가슴에 칼이라도 꽂히는 줄 알았다. 어째서인지 모르겠지만 그 말에 너무, 화가 날 만큼 너무 아팠다. 나는 입술을 꾹 깨물고 있다가 애원하듯 말했다.

"그게 어떻게 상관이 없어."

라이시는 나를 외면하고 대답하지 않았다. 무거운 침묵 사이로 그가 다시금 냉정하게 내뱉었다.

"당신이 관여할 바가 아닙니다. 상관하지 마십시오."

그 말이 내 마음을 차갑게 식혔다. 염려를 넘어선 원망도 냉기와 함께 퍼져 나갔다. 나는 그대로 굳은 듯 있다가 자리에서 일어났다. 그리고 돌아서며 싸늘히 말했다.

"그럼 너도 내 일에 상관하지 마."

그대로 그 방을 나왔지만, 뒤에서는 잡는 손길도 부르는 목소리도 없었다.

―그걸로 정말 괜찮은 거예요?

그 새하얀 곳에서, 나는 도무지 닿을 수 없는 당신과 마주 보고 있었다.

―다른 걸 묻는 게 아니에요. 그래서 정말 당신은 괜찮아요?

이 차가운 설원이 당신의 마음이라는 건 알고 있다. 당신이 깊은 상처를 입은 걸 안다. 그래서 이토록 차갑게 얼어붙은 채로 당신이 정말 괜찮은지, 나는 무엇보다 그것이 걱정되었다.

―그게 아니라면 제발, 이르이트…….

―나는.

내 애원을 잘라 내며 그가 말했다.

—심판한다. 그릇된 모든 것을.

얼음처럼 냉혹하게, 칼날보다 날카롭게.

—나의 역할은 그뿐이다.

아, 이대로 손을 뻗어 나의 온기로 당신을 따스하게 해줄 수 있다면 얼마나 좋을까. 당신을 품에 안고 당신의 품에 안겨·이 추위를 함께 이겨 낼 수 있다면 얼마나 좋을까.

그것을 무엇보다 바라지만 그럴 수 없음을 이미 뼈저리게 알기에. 그래서 나는, 결국 당신을.

잠에서 깼을 때, 내 얼굴은 눈물로 범벅이 되어 있었다. 꿈의 여운 때문에 나는 깨어서도 조금 더 흐느껴야 했다. 모르겠다. 기억나지 않는다. 알 수 있는 건 그저 슬프다는 것뿐, 정말 죽도록 슬프다는 것뿐.

요동치는 마음을 간신히 추스른 후 나는 침대에서 일어났다. 밖으로 나와 기달티를 찾았는데 그가 보이지 않았다. 아직 안 일어난 걸까? 조금 의아해하며 그를 기다렸다. 그런데 꽤 오랜 시간이 지나도 그는 여전히 나타나지 않았다.

나는 이상한 기분이 들어 자리에서 일어났다. 이 적막함, 텅 빈 것 같은 고요함. 뭔가 이상하다. 나는 조심스럽게 기달티의 침실을 들여다보았다. 그런데 그곳에도 그는 없었다. 어떻게 된 거지?

혹시 라이시와 함께 있나 싶어서 라이시의 방에도 가봤다. 그런데 그 방도 비어 있었다. 나는 당황해서 사방을 돌아다녔다. 아무도 없었다. 라이시도, 기달티도. 아무리 불러도 아무리 찾아도 그들을 발견할 수가 없었다. 다들 어딜 간 거지?

그렇게 혼자 헤매고 있는데 하늘 저편에서 큰 바람 소리가 들려왔다. 용의 날갯짓 소리였다. 돌아보니 두 마리의 용이 날아오고 있었다. 그 위에 탄 것은 라이시와 기달티였다.

"어디 갔다 오는 거예요?"

"잠깐 늑대들에게 다녀왔다."

왜냐고 물어보려고 했다. 그런데 그 전에 기달티가 안고 있는 것에 눈길이 갔다. 그것은 마치 사람처럼 보였는데 온몸이 큰 시트에 감겨 있었다. 안에서 으르렁거리는 소리가 났고 구속에서 벗어나려는 듯 몸부림을 치고 있었다. 나는 그 사나움에 놀라서 물었다.

"그게 뭐예요?"

"알타쉬헤트가 혼자 잡아 오려고 했던 거다."

기달티가 그렇게 말하며 시트 윗부분을 끌어내렸다. 그러자 사람과 늑대가 뒤섞인 얼굴이 나타났다. 짐승의 큰 귀와 뾰족한 송곳니, 그리고 야생동물처럼 이질적인 눈동자. 얼굴에 털이 나서 알아 보기 어려웠지만 자세히 보니 여자였다. 아니, 여자일 뿐 아니라……

나는 경악하며 입을 막았다. 하마터면 비명을 지를 뻔했다. 설마, 아니겠지. 설마. 나는 해명을 바라듯 기달티를 바라보았다. 야속하게도 그의 눈빛은 이것이 현실이라고 냉정하게 주장하고 있었다. 나는 암담함 속에서 그 늑대를 바라보았다. 그것은 이 전쟁이 우리에게 가져다준 두 번째 비극이었다.

늘대의 형상으로 으르렁거리는 그것은 내가 아는 사람이었다. 그는 곧 아이를 낳을 예정이었던 두미야의 상냥한 딸, 다시 만날 때 나와 친구가 되기로 했던 제미라였다.

매일 새벽 동이 트기도 전에 공격했기 때문에 몰랐다. 아니, 하늘이 밝아진 후에도 멀리서만 보았기에 몰랐었다. 그런데 어제 추락해 늘대들에게 둘러싸였을 때 라이시는 처음으로 위화감을 느꼈다.

우선 권속들이 이상하리만치 약했다. 늘대로 변해 힘은 가공할 만했지만 싸움의 기술이 없었다. 체파르데아의 권속들에 비하면 전혀 훈련되지 않은, 마치 들개 같은 느낌이었다. 본능만 있는 오합지졸, 라이시가 어제 살아남은 것은 그 때문인지도 모른다.

게다가 그들은 전투복이나 갑옷이 아닌 평상복을 입고 있었다. 그건 대부분 치마나 블라우스 같은 여자의 옷이었다. 그런 점들과 더불어 라이시는 두미야의 산채에 여자들의 시체가 거의 없었다는 걸 떠올렸다.

그래서 라이시는 새벽에 다시 늘대들에게 다녀왔다. 원래는 혼자 다녀올 생각이었지만 도중에 기달티에게 붙잡혀 그와 동행했다. 그들은 고공에서 조용히 탐색했고, 거기서 기어이 발견했다. 늘대들 속에 섞여 있는 제미라를.

늘대가 된 제미라에게 이성이라곤 찾아볼 수 없었다. 우리를 알아보지도 못했다. 묶인 채로 으르렁대는 제미라를 그냥 둘 수 없어 우리는 그를 체파르데아의 축사에 가뒀다. 그때의 기분은 뭐라고 설명할 수가 없다. 이 인간축사를 쓸 일은 이제 없을 거라고 생각했는데, 그런데 제미라를 가두게 되다니.

축사에 가두자 제미라는 난동을 부렸다. 나는 저렇게 움직여도 괜찮을까 걱정이 되어 제미라의 배를 쳐다보았다. 하지만 이제 그곳에 아기는 없는 것 같았다.

우리는 참담한 기분으로 둘러앉았다. 무아카는 아무래도 두미야의 산채에서 남자들을 죽인 후 여자들에겐 피를 먹여 권속으로 만든 듯했다. 두미야의 산채뿐 아니라 지나며 발견한 마을마다 같은 행동을 한 것 같다.

무아카는 대체 왜 그런 짓을 한 걸까. 아크제리유트와의 전쟁으로 전력이 부족해졌나? 말도 안 된다. 전력이 부족하다면 가만히 있는 우릴 굳이 건드리지 않았을 거다. 그뿐만 아니라 그들이 진군을 시작한 건 최소 보름 전이다. 분명 긴 여정인데 그에 대한 준비는 전혀 없었다. 잠자리도, 식량도. 그래서 우리는 그들이 무리의 부상자나 약자를 먹으면서 달려오지 않았을까 추측한다. 대체 왜 그렇게 무리해서 우리를 공격한 걸까? 예상되는 바가 전혀 없다.

"이제 어떻게 하죠?"

내 물음에 아무도 대답하지 않았다. 대답할 수 있는 사람이 없었다.

"무아카가 죽으면, 체파르데아가 죽었을 때처럼 될까요?"

이번에도 대답은 없었다. 하지만 이 질문의 대답은 우리 모두 알고 있었다. 무아카가 죽으면 제미라를 비롯한 권속 모두가 미쳐 버리고 말 거다. 체파르데아의 권속들이 그랬던 것처럼. 그것만은 막아야 한다. 두미야에 이어 제미라까지 잃을 수는 없다.

"무아카를 죽게 해선 안 돼요."

"달리 막을 방법은 없습니다."

라이시가 내 말을 냉정하게 반박했다. 나는 조금 망설이다가 답했다.

"내가 할 수 있을지도 몰라."

기달티에게 했던 것처럼, 체파르데아에게 했던 것처럼 무아카도 무력화할 수 있을지 모른다. 그리고 그게 가능하다면 제미라도 구할 수 있다. 나는 기대를 걸어 볼 만한 일이라고 생각했다. 하지만 라이시는 또다시 반대했다.

"할 수 있는 것과 할 수 있을지도 모르는 건 전혀 다릅니다. 다른 때도 아니고 이런 때 검증 안 된 가능성에 기댈 순 없습니다."

"하지만 할 수밖에 없잖아. 가능성이 조금이라도 있다면."

"안 됩니다. 공주님이 나서 봐야 다치기만 할 겁니다."

라이시는 그렇게 단호했고 나는 조금씩 화가 났다. 계속 나를 막아서는 그가 답답하고 미웠다. 그 때문일까, 나도 모르는 사이 목소리가 날카로워졌다.

"나더러 세상을 구하랬잖아."

나를 이 세계로 데려온 건 라이시다. 그가 날 이 세계에 간섭시켰다. 나는 손을 꽉 움켜쥔 채 라이시에게 물었다.

"그런데 왜 이제 와서 가만히 있으라는 건데?"

얼마 전까지 나는 아무것도 몰랐다. 그런데 여러 일을 겪으며 이제 정말 세상을 구하고 싶어졌다. 내가 구해야 하는 세상, 그건 하늘이나 땅이 아니다. 내가 구해야 할 세상은 사람. 지카와 우즈, 야빈과 그 동생들. 그리고 이번엔 제미라다.

내 역할은 세상을 구하는 것. 나는 그 사실을 마음에 새기며 단호히 말했다.

"가만히 있는 건 내 역할이 아니야."

식사를 준비했지만 라이시는 나오지 않았다. 혼자 돌아오는 기달티를 보며 나는 한숨처럼 되물었다.

"라이시는요?"

"생각이 없다는군."

나는 또 한 번 언짢아져서 자리에 풀썩 앉았다. 나도 몰라, 이젠. 아침에 라이시는 내 말을 듣고 그냥 일어나 나가 버렸다. 화가 난 얼굴로. 어쩜 그렇게 제멋대로인지, 이젠 신기할 지경이다.

기달티와 함께 식탁에 앉기는 했지만 나도 좀처럼 입맛이 없었다. 라이시뿐만 아니라 제미라 때문에도 마음이 불편했다. 제미라의 모습을 보는 순간 나는 경악과 함께 공포를 느꼈다. 발밑이 무너져 내리는 기분이었다.

"문제가 있나?"

조용히 식사하던 기달티가 물었다. 그 물음에 나는 건성으로 숟가락을 들었다. 하지만 여전히 입안에 뭘 떠 넣고 싶은 생각은 들지 않았다. 그렇게 접시만 바라보다가 어렵사리 입을 열었다.

"라이시는 자책하는 거죠? 자기가 납치되는 바람에 많은 사람이 죽었다고."

기달티가 힐끗 나를 바라봤지만 나는 여전히 눈을 내리깐 채 이야기했다.

"그럼 나도 그래야 할까요?"

"왜지?"

"이 일이 일어난 게 전부 나 때문인 것 같아요."

그렇게 말하고 나는 입술을 꾹 깨물었다.

아까 제미라를 보는 순간 나는 심장이 철렁 내려앉는 것 같았다. 며칠 전 기달티는 내게 말했다. 다른 사람의 생명을 밟고 서는 것은 쉬운 일이 아니라고. 모르고 들었을 때는 그저 무겁게만 느껴졌다. 그런데 그게 어떤 것인지 비로소 깨닫고 나니 너무 처절해서 숨도 쉬기 어려웠다.

만일 내가 체파르데아에게 잡혀가지 않으면 모든 일은 벌어지지 않았을 거다. 내가 잡혀가는 바람에 체파르데아가 죽었고, 체파르데아가 죽는 바람에 북쪽과 서쪽의 두 영주가 전쟁을 일으켰다. 그 결과 무아카가 이곳까지 진격하게 되었다. 내가 이 연쇄 작용의 시발점이라는 사실에, 제미라의 인생을 망친 게 바로 나라는 생각에 나는 숨이 막혔다.

내 이야기를 잠자코 듣던 기달티가 말했다.

"모르겠군. 그대에게 어떤 책임이 있는지."

그는 나를 바라보며 나직이 덧붙였다.

"자책하고 싶다면 날 먼저 탓해라. 그를 죽인 건 바로 나니까."

그 말에 나는 아차 싶어 입을 다물었다. 방금 그 말은 적어도 기달
티 앞에서 할 말이 아니었다.

"미안해요, 그런 뜻이 아니었는데."

뭐라 변명하고 싶었지만 말이 제대로 나오지 않았다. 나는 그렇게
머뭇대다가 그냥 입을 다물었다. 기달티는 아무렇지도 않아 보였지만,
나는 그에게 잘못 던진 말이 못내 불편했다. 모든 것이 다 불편했다.

그날 밤 나는 라이시의 방으로 찾아갔다. 모든 게 엉망이지만 그
래도 상황이 어떻게 되는지는 알려 줘야 했으니까. 그의 방문 앞까지
갔는데 어쩐지 얼굴을 직접 보고 싶지는 않았다. 그래서 나는 밖에서
문만 두드리고 말했다.

"라이시, 기달티랑 얘기 끝냈어. 우리 내일모레 갈 거야."

그렇게 말하는데 갑자기 문이 벌컥 열렸다. 거기엔 라이시가 화난
얼굴로 서 있었다. 그가 무서운 얼굴로 물었다.

"어딜 간단 말입니까."

"싸울 거야."

내가 자그맣게 대답하자 그가 다그치듯 말했다.

"위험하다고 몇 번을 말합니까, 검은 힘은 당신이 다룰 게 아닙니
다. 실패하면 무슨 일이 생기는지 알고는 있습니까? 당신이 거기서

살아남을 수 있을 것 같습니까?"

그의 말은 구구절절 틀린 것이 없었다. 그래서 더 답답했다. 나는 말하기 지쳐서 그만 돌아섰다. 그러자 라이시가 내 어깨를 붙잡고 돌려세웠다. 그에게 붙잡힌 나는 눈을 동그랗게 떴다. 정말 당황했다. 이게 대체 무슨 짓이지? 내가 손을 떨치려 하자 라이시는 오히려 단단히 붙잡으며 버럭 소리쳤다.

"내가 할 테니까!"

지금까지 들은 목소리 중 가장 무서운 목소리였다.

사납게 소리친 라이시 때문에 나는 또다시 크게 놀랐다. 그가 내게 화낸 건 처음이었다. 계속 언성을 높였어도 그 상대는 기달티였다. 나한테는 아니었다. 그런데 처음으로 나한테 소리를 질렀다. 나는 너무 놀라서, 그리고 겁먹어서 눈만 크게 떴다. 그러자 라이시는 억지로 감정을 삼키더니 이내 한풀 꺾인 목소리로 말했다.

"제발 가만히 좀 있으란 말입니다."

그 목소리는 작았고 또 절절했다. 그래서 무섭다는 생각은 곧 사라졌다. 그의 두려움이 느껴졌기 때문이다. 기달티의 말대로 그는 겁을 먹은 것 같았다. 이 전쟁으로 또 무언가를 잃게 될까 봐.

그 심정을 이해했지만 그걸로 모든 것을 해결할 순 없었다. 나 또한 그만큼 두려웠기에 그를 헤아려 줄 수가 없었다. 그래서 나는 그의 손을 뿌리치고 돌아섰다. 그러자 그가 다시 득달같이 나를 붙잡았다.

"못 갑니다."

"비켜, 갈 거야."

내가 뿌리치려 하자 라이시가 다시 소리쳤다.

"당신이 대체 뭘 할 수 있다고 그럽니까!"

"나한테 소리 지르지 마!"

나도 함께 소리쳤다. 악에 받쳐서. 나는 입술을 깨물고 그를 매섭게 노려보았다.

"소리 지르지 마."

또 한 번 낮게 경고하며 나는 그의 손을 쳐냈다. 나도 이미 한계였다. 며칠간 켜켜이 쌓아 둔 불만들이 그를 향해 날을 세웠다. 나는 더 참지 못하고 그것을 라이시에게 쏟아 냈다.

"너만 힘들어? 다 똑같은데 왜 너만 그래, 이 나쁜 자식아!"

내가 소리치자 라이시는 다시 매몰차게 대답했다.

"그렇게 힘들면 돌아가십시오. 누가 당신보고 여기까지 오라고 했습니까? 애초에 왜 온 겁니까!"

"어떻게 안 와, 아저씨가 죽은 게 나 때문인데!"

빽 소리를 지르는 순간 눈앞이 부옇게 흐려졌다. 참고 또 참았지만 끝내 이렇게 터져 버리고 말았다.

사실은 나도 무서워 죽을 지경이다. 싸우러 가는 것도 무섭고 나 때문에 두미야가 죽고 제미라가 저렇게 됐다는 것도 괴로워 미칠 것 같다. 안 그래도 힘든데 이렇게 몰아붙이는 라이시가 미웠다.

나는 라이시를 쏘아보며 다시 한 번 말했다.

"너만 힘든 거 아니야. 너만……."

감정이 북받쳐 나는 말을 잇지 못했다. 날 보는 라이시의 얼굴이 점차 흐려졌다. 그는 당황한 듯 보였다.

굳은 듯 서 있던 그가 나를 다그쳤다.

"울지 마."

나는 황급히 고개를 숙였다. 눈물이 바닥으로 툭 떨어졌다. 그 한 방울로 끝나길 바랐는데, 내 눈에서는 눈물이 그치지 않았다. 도리어 하염없이 솟구치기만 했다. 그래서 입을 꾹 다물고 소리라도 참았다. 그렇게 숨죽이는데, 라이시가 두 손으로 내 얼굴을 들어 올렸다. 그는 한숨을 쉬며 완곡하게 말했다.

"울지 마."

라이시는 난처한 얼굴을 하고 있었다. 그게 더 서러워서 나는 눈물을 왈칵 쏟았다. 그러자 라이시는 울지 말라는 말만 반복하며 눈물을 닦아 주었다. 갑자기 왜 이러냐고 따지고 싶었다. 그렇게 못되게 굴더니 이제 와서 왜 이러냐고. 하지만 입을 열면 울음을 터질 것 같아서 아무 말도 못 했다. 눈물만 하염없이 흘렸고, 그때마다 라이시의 손은 내 뺨을 스쳤다.

그의 손이 눈가로 다가와서 나는 훌쩍이며 눈을 감았다. 그 손길은 내 속눈썹에 맺힌 눈물까지 닦고서 차근차근 나를 달랬다. 나는 그사이 천천히 숨을 고르며 마음을 가라앉혔다. 내 입술에 뭔가 이상한 것이 닿은 건 그쯤이었다.

손길과는 확연히 달랐다. 그보다 더 따뜻했다. 나는 내 입가에 차분히 닿은 것이 뭔지 보려고 눈을 떴다. 그 순간 내게 맞닿은 라이시의 얼굴이 보였고, 나는 화들짝 놀라 얼굴을 빼냈다. 내가 피하자 내게 다가왔던 라이시도 덩달아 놀라서 뒤로 물러났다.

우린 그대로 멍청하게 굳어서 서로를 마주 보았다. 뭐야, 방금? 얘 지금 뭐한 거야? 나는 머뭇대다가 손등으로 입술을 훔쳤다. 그러자 라이시가 눈에 띄게 당황하기 시작했다. 그 반응에 나는 점차 확신이 생겼다.

나는 눈을 치켜뜨고 라이시를 노려보았다. 그러자 그가 황급히 해명했다.

"실수였어요."

그 순간 무언가가 뚝 끊기는 게 느껴졌다. 그건 힘들게 아껴 뒀던 내 마지막 인내심이었다.

"왜 그러지?"

"네?"

"집중을 못 하는군."

기달티의 지적에 나는 할 말을 잃었다. 집중 못 할 수밖에, 어제 한숨도 못 잤으니까.

나는 지금 기달티와 함께 무아카 무리에 맞설 준비를 하고 있다. 그런데 사실 정신은 완전히 다른 데 가 있다. 이 상황에서 그런 데 정신이 팔린 내가 너무 싫지만, 하지만, 그렇지만! 나 처음이었단 말이야.

어젯밤 그 일이 있고 나서 나는 스스로도 놀랄 정도의 폭력을 라이시에게 퍼부었다. 정말 패고 패고 또 패버렸다. 그 후엔 쓰러진 그를 내버려 둔 채 도주, 내 방에 돌아와 밤새 발버둥을 치며 잠을 설쳤다. 그러다 오늘 아침 이렇게 끌려 나왔다.

내 멍한 얼굴을 바라보던 기달티가 차분히 물었다.

"알타쉬헤트와 무슨 일이 있었나?"

"아뇨!"

아, 너무 냉큼 말해 버렸다. 기달티의 눈에 의심이 번지기 시작했다. 으, 제발 이러지 마세요. 나는 그 묵언의 추궁을 견딜 수가 없어 가능한 선에서 둘러댔다.

"싸웠어요."

거짓말은 아니다. 분명 우린 싸우고 있었으니까. 싸우다 뜻밖의 사고가 벌어지긴 했지만. 아, 그런데 중요한 건 그게 아니잖아. 정신 차려! 당장 내일인데 이러면 곤란하잖아, 제미라를 구해야 하잖아! 애써 마음을 다잡았지만 어제 일이 떠오르는 건 막을 수 없었다. 어떡해야 할지 모르겠다. 앞으로 얼굴을 어떻게 보지? 걘 대체 무슨 생각으로 그런 짓을 한 거지?

문득 어제 일이 다시 생생하게 떠올랐다. 내 눈물을 닦아 주던 손의 감촉과 온도가, 눈을 감은 사이 다가온 호흡이, 그리고 결국 닿아서 머물던 입술이이이익! 나는 머리카락이 쭈뼛 서는 걸 느끼며 쿵쾅쿵쾅 발을 굴렀다. 이 나쁜 놈! 짐승! 변태!

나는 떠오르는 기억을 떨치기 위해 발버둥 치다가 마음을 가라앉히고 심호흡했다. 그러다 입가에 스치던 숨결이 생각나 또다시 몸서리를 치고 말았다.

"시시각각 변하는군."

지켜보던 기달티가 한마디 던졌다. 나는 창피해져서 황급히 표정을 수습했다.

아, 모르겠다. 한 가지 재미있는 건 어젯밤 그 난리를 친 덕분에 마음은 오히려 편하다는 거다. 이게 자포자기인지 해탈인지는 모르겠지만, 소리치고 한바탕 울어 버리니 마음에 쌓여 있던 건 좀 풀렸다. 대신 더 큰 고민거리를 얻었지만. 아, 인생이란.

내가 한숨을 푹 내쉬자 기달티가 조용히 말했다.

"이제 집중해라. 그를 지킬 마음이 사라진 게 아니라면."

나는 민망함에 입을 삐죽이며 다시 기달티 앞에 섰다. 기달티는 아까 했던 것처럼 내 앞에 손을 꾹 움켜쥐다가 펼쳤다. 그 순간 그의 손에서 검은 안개가 불길처럼 피어올랐다. 눈으로 보기에도 어둡고 스산한 힘, 피네하스의 검은 힘이었다.

"두미야의 딸이 이성을 잃은 건 무아카가 이 힘을 사용하고 있기 때문이다. 그대가 나와 체파르데아에게 했던 것처럼 이 힘을 거둬 낸다면 두미야의 딸도 구할 수 있을 거다."

나는 고개를 끄덕이고 조심스럽게 단검을 들어 올렸다. 그리고 기달티의 손에 피어오른 검은 안개를 베었다. 그러자 그 안개는 연기처럼 사라져 버렸다.

"그대는 확실히 검은 힘을 소멸시킬 수 있다. 문제는 그게 과연 어디까지냐는 거겠지."

그렇게 말하며 기달티는 허공을 잡았다. 그러자 기달티의 손에 이

전의 그 앙상한 검은 창이 쥐어졌다. 기달티가 눈짓했고 나는 단검으로 그 창을 내리쳤다. 카앙! 쇳소리가 나며 내 검이 튕겨져 나왔다.

"실체화시킨 것은 무리인가?"

"그런 것 같아요."

그렇게 힘을 가늠하는데 문득 이상한 게 보였다. 그건 실체인지 환상인지 구분할 수 없이 애매했다. 그것은 가느다란 사슬이었는데 기달티의 팔과 손을 칭칭 감고 있었다. 이게 뭐지? 나는 조심히 그 사슬을 만져 보았다. 그러자 사슬이 산산조각으로 부서져 버렸다. 그 파편은 바닥에 떨어지지 않고 전부 기화되며 허공으로 사라졌다.

방금 뭐였지? 그렇게 생각하는데, 내 의문과 똑같은 말을 기달티가 입 밖으로 꺼냈다.

"방금 뭘 했지?"

"네?"

"팔에 머물던 검은 힘이 사라졌다. 실체화시킨 창까지 포함해서."

나는 놀라서 기달티의 손을 쳐다보았다. 그의 말대로 방금 전까지 쥐고 있던 앙상한 창은 온데간데없었다.

사슬이 보였어요. 기달티에게 그렇게 말하고 다시 시도해 봤지만 어째선지 더는 그 사슬이 보이지 않았다. 착각이었나? 하지만 정말 생생했는데? 계속 시도해 봤지만 불가능했다. 그래서 우린 그 건을 포기하고 대신 무아카와 어떻게 싸울지를 상의했다.

내일 정오, 나는 기달티와 함께 무아카를 제압하러 간다. 라이시의 말에 의하면 무아카는 아직 체파르데아의 성을 찾지 못해 헤매고 있다. 그도 그럴 게 체파르데아의 영토는 육로가 거의 없다고 하니까. 그러니 우리는 넉넉하게 내일 무아카를 찾아가면 된다.

무아카를 찾으면 우선 공격하는 건 기달티. 그가 무아카를 제압하면 하늘에서 기다리던 내가 무아카의 검은 힘을 날려 버린다는 아주 간단한 작전이다. 대신 주의해야 할 건 기달티가 과도한 힘을 써서 폭주하지 않게 하는 것. 자칫하면 벼룩 잡다 초가삼간 다 태우는 일이 생길 수도 있으니까.

기달티와 작전을 짜고 나는 간단히 음식을 챙겨 축사로 갔다. 제미라를 만나기 위해서였다. 사실 제미라를 보는 건 무섭다. 그 애한테 면목이 없다. 만약 우리가 무아카를 제압하는 데 성공하면, 그래서 제미라가 원래대로 돌아오면, 그 애는 자신이 처한 상황을 과연 어떻게 받아들일까? 순식간에 마을이 무너지고 아버지와 남편이 죽고, 배 속의 아이까지 잃고. 원래대로 돌아온다 해도 과연 다시 살아갈 수 있을까?

나는 무거운 마음으로 축사의 문을 열었다. 그런데 안에서는 이미 으르렁대는 소리가 울리고 있었다. 뭐지? 나는 무심코 들어갔다가 마주치고 말았다. 라이시를. 아, 어떡하지. 내가 라이시를 발견하는 순간 라이시도 나를 발견했고, 우리는 눈이 마주쳤다. 라이시도 제미라에게 식사를 챙겨 주러 온 것 같았다.

마주친 우리는 서로에게 어떤 말도 하지 않고 그 자리에 굳은 듯 서 있었다. 그렇게 얼마나 있었을까. 아, 역시 안 되겠다. 나는 못 본

척 그냥 돌아섰다. 그러자 뒤에서 라이시가 날 불렀다.

"공주님, 잠시만……."

부른다, 도망치자! 나는 라이시의 말을 무시하고 재빨리 걸었다. 뒤에서 쫓아오는 발소리가 들려 나는 더 바쁘게 걸음을 옮겼다. 그러자 라이시도 더 다급히 쫓아왔다.

"잠시 이야기 좀……."

그가 막 나를 붙잡으려는 순간이었다.

우우우!

먼 곳에서 늑대의 울음소리가 들려왔다. 그 소리에 나와 라이시는 깜짝 놀라서 멈춰 섰다. 그 소리가 잦아들자 이번엔 축사 안에서 똑같은 늑대 소리가 울려 퍼졌다. 제미라였다.

"설마……."

라이시가 제미라를 돌아보며 낭패한 듯 중얼거렸다. 그때였다. 콰앙! 굉음이 울리며 땅이 진동했다. 뭐, 뭐야 갑자기? 나는 놀라서 소리가 난 쪽을 바라보았다. 체파르데아의 영지를 둘러싼 성벽 한쪽이었다. 쿠웅! 다시 한 번 굉음이 울렸다. 곧 높은 성벽 위로 무언가가 모습을 드러냈다. 검고 거대한 늑대였다.

"기달티!"

나와 라이시는 늑대를 발견하고 곧장 기달티에게 달려갔다. 기달티도 날 찾고 있었는지 도중에 마주쳤다.

"봤어요?"

내 물음에 기달티가 고개를 끄덕였다.

"봤다. 무아카다."

그 말에 나는 당황했다. 이러면 예정이 달라진다. 너무 빠르다. 대체 우리 성을 어떻게 찾은 거지?

"두미야의 딸."

"네?"

"냄새를 맡고 온 것 같다."

아, 그랬나 보다. 심지어 아까 제미라는 울음소리로 자신의 위치를 알리기까지 했다.

"그럼 이제 어떡하죠?"

"하루 앞당겨진 것뿐, 다를 건 없다. 무아카를 포획한다."

기달티는 여느 때와 같이 침착했다. 그렇게 우리의 사냥은 갑작스레 시작되었다.

나는 용을 타고 기달티와 함께 날았다. 하늘에서 보니 무아카를 비롯한 몇 명의 권속이 성벽을 기어오르고 있었다. 그들은 듣던 대로 늑대의 형상을 하고 있었다. 다만 사람과 늑대의 모습이 절묘하게 섞인 권속들과 달리 무아카는 늑대 그 자체였다. 새카만 몸체에 사방으로 일렁이는 검은 안개는 체파르데아를 연상시켰다.

"권속의 수가 너무 적어요."

나는 하늘에서 내려다보며 말했다. 무아카를 따르는 권속의 수는 열 명도 채 되지 않았다. 처음 라이시가 보고한 수는 200명 정도였다. 라이시가 다 해치운 걸까? 아니, 그건 아닌 것 같다.

"처음부터 전력이 아니라 식량이었겠지."

기달티의 말에 나는 경악하다가 입술을 깨물었다. 일일이 감상에 빠질 겨를이 없다. 지금 해야 하는 건, 이 싸움을 끝내는 것뿐.

"가겠다."

기달티가 그렇게 말하며 용에서 뛰어내렸다. 그는 긴 머리채를 휘날리며 그대로 무아카에게 내리꽂혔다. 꽝음과 함께 자욱한 먼지가 일어났다. 먼지로 가려진 성벽에서 몇 차례 충돌이 일어났다. 흙먼지 때문에 보이지는 않았지만 기달티의 창과 무아카의 이빨이 충돌하는 것 같았다.

잠시 후 먼지가 잦아들 때 기달티와 무아카는 서로에게서 물러났다. 그 짧은 순간 무슨 일이 있었는지 무아카는 몸 군데군데가 너덜너덜하게 찢겨 있었다. 거리를 벌린 채 기달티가 허공에 대고 창을 휘둘렀다. 그러자 이미 너덜너덜하던 무아카의 다리가 완전히 뜯겨 나갔다.

순식간에 사지를 잃은 무아카가 고통스러운 듯 울부짖었다. 순조롭다. 순조로운 건가?

"공주!"

기달티가 소리쳤다. 처음 들어 보는 기달티의 고함이었다. 무아카와의 싸움에선 이기고 있지만 그에게도 문제가 생긴 모양이다. 나는 재빨리 고삐를 당겨 그에게 날아갔다. 다가가 보니 기달티는 검은 안개에 휩싸인 채 숨을 몰아쉬고 있었다. 눈의 색깔도 조금씩 변하고 있었다. 한쪽 눈에서 검은 눈물이 흘러내렸다. 나는 주변에 피어오른 안개를 베어 내려고 단검을 들었다. 그런데 그때, 내 눈에 또다시 가느다란 사슬이 보이기 시작했다. 그 허상 같은 사슬은 기달티의 온몸을 휘감고 있었다.

그게 뭔지는 여전히 모르겠다. 다만 그것을 끊어야 한다는 생각이 들었다. 그래서 단검을 휘두르는 대신 손을 뻗었다. 손을 가까이 대자 따끔하게 형질 없는 저항도 느껴졌다. 무언가 막아서는 것 같았지만 나는 이를 악물고 파고들어 끝내 그 사슬을 움켜쥐었다.

그 순간 사슬이 파열음을 내며 끊어졌다. 사슬 조각이 사방으로 튀어 나도 모르게 두 팔로 막았다. 한차례 폭발이 가시고 눈을 떠보니 기달티가 무릎을 땅에 댄 채 숨을 몰아쉬고 있었다.

"괜찮아요?"

나를 돌아보는 기달티의 눈은 다행히 평소처럼 검고 침착했다. 기달티는 고개를 끄덕인 후 다시 창을 쥐었다. 그런데 무아카가 몸을 끌고 뒷걸음질 치더니 성벽 아래로 뛰어내렸다. 도망? 성벽 끝으로 달려가 내려다보니 무아카가 자신의 권속들을 삼키고 있었다. 권속을 먹어 치우자 몸에서 다시 검은 안개가 흘러 손상된 신체를 재생시켰다.

그 광경을 보고 기달티가 성벽 아래로 뛰어내렸다. 나는 다시 용에 올라탔다. 그사이 자신의 권속들을 게걸스럽게 먹어 치운 무아카는 원래 모습을 완벽히 회복했다. 이럴 수가, 순식간에! 성벽 밖으로 나온 기달티가 다시 달려들자 무아카는 포효했다. 공기가 진동하듯 크고 날카로운 소리였다. 그 소리에 나는 고삐도 놓고 귀를 틀어막았다. 그 순간 몸이 휘청 기울었다. 낭패다, 내 귀를 막을 게 아니라 용의 귀를 막아야 했다. 용이 괴로운 듯 울부짖더니 비틀대기 시작했다. 안 돼, 진정해! 나는 재빨리 고삐를 잡으려 했다. 하지만 간발의 차로 늦었고, 나는 결국 안장에서 뚝 떨어지고 말았다.

"기달티!"

나는 떨어지면서 기달티를 불렀다.

내 외침에 무아카에게 달려들던 기달티가 이쪽으로 방향을 틀었다. 그러고는 아래에서 나를 받으려는 듯 두 팔을 벌렸다. 제발! 나는 추락 끝에서 눈을 질끈 감았다. 무언가가 날 덮치며 세상이 빙글빙글 회전하는 게 느껴졌다. 잠시 후 눈을 살짝 떠보니 나를 품에 안은 기달티가 보였다. 가까스로 받아 준 모양이었다.

"괜찮나?"

"네, 괜찮아요. 아, 저기! 무아카요!"

기달티의 품에서 일어나려는데 다시 성벽을 기어오르는 무아카가 보였다. 무아카는 우리를 무시한 채 다시 성벽을 오르고 있었다. 무아카를 발견한 기달티가 창을 만들어 던졌다. 그 창이 뒷다리를 꿰뚫었지만 무아카는 그것을 무시하고 성벽을 넘었다. 우리를 성 바깥에 남겨 둔 채로.

"넘어갔어요!"

나는 다급하게 외쳤다. 무아카를 쫓아야 하는데 어떡하지? 내가 타고 있던 용은 어디로 추락했는지 모르겠고 무아카처럼 기어오르기에 저 성벽은 너무 높다. 게다가 성문은 사방이 다 닫혀 있다. 길이 막힌 걸 깨닫고 나는 조급해졌다. 무아카는 아마 제미라의 냄새를 맡고 그쪽으로 달려가고 있을 거다. 게다가 그 옆엔 라이시가 있다. 부상을 입은 라이시가 혼자서 무아카를 상대할 수 있을까? 아니, 없다. 이대로 있다간……!

"공주, 물러서라."

기달티가 내 앞에 서며 성벽을 향해 창을 들었다. 뭘 하려고? 내가 의아해하는 사이 기달티의 팔이 교차하며 허공을 휘저었다. 고요한 몸짓이었다. 하지만 이어진 진동은 결코 고요하지 않았다. 견고하던 성벽이 조각나서 기울어지더니, 이내 무서운 굉음을 내며 무너졌다. 그 광경에 나는 얼이 빠졌다. 세상에, 강하단 얘긴 들었지만 설마 이 정도일 줄은. 정말 놀라웠지만 감탄할 틈은 없었다. 성벽을 무너트린 기달티가 나를 한쪽 팔로 들어 올렸다.

"꽉 잡아."

기달티의 말에 나는 그의 옷을 꼭 붙잡았다. 곧 그는 달리기 시작했다. 분명 빨랐지만 충분하지는 않았다. 무아카가 성벽을 넘은 건 이미 한참 전이었다. 우린 무너진 성벽을 넘었고 멀리서 달리는 무아카를 보았다. 그는 이미 체파르데아의 성 바로 앞에 있었다.

기달티도 무아카의 위치를 확인하고 잇소리를 냈다.

"잠깐만요!"

나는 그가 다시 달리기 전에 다급히 소리쳤다. 그리고 무너진 성벽 옆에 있는 용을 가리켰다. 아까 기달티가 타고 온 것 같은데 성벽이 무너져서 내려온 모양이었다. 우리는 그 용을 타고 다시 날아올랐다. 하늘에서 보니 무아카와 대치 중인 라이시가 보였다. 그 둘은 서로를 견제하고 있었다. 라이시, 왜 피하지 않는 거지? 그렇게 생각하다 깨달았다. 라이시는 지금 제미라를 지키고 있었다. 라이시가 몸을 피하면 무아카는 제미라마저 먹어 치울지도 모른다.

우리는 용을 더 재촉했다. 빨리, 더 빨리! 다급히 날아가는데, 내 눈에 절망적인 광경이 들어왔다. 무아카가 라이시에게 돌진한 것이다. 안 돼, 피해! 그 급박한 순간 무아카의 거대한 입이 라이시의 몸을 단숨에 덮쳤다.

내가 막 비명을 지르려던 찰나였다. 라이시를 삼킨 무아카의 입에서 눈부신 빛이 뿜어져 나왔다. 눈을 감기 전에 언뜻 보았다. 사방으로 펼쳐진 그 빛은 마치 날개 같았다. 온 하늘을 다 덮을 정도로 거대한, 저 성보다 더 큰 새하얀 날개.

빛이 펼쳐지는 것을 본 직후 나는 눈을 질끈 감았다. 이윽고 태양보다 밝은 빛이 쏟아지며, 천지가 진동했다.

큰 소리가 났었는지 아무런 소리도 없었는지 잘 모르겠다. 다만 귓가에서 피리 소리 같은 이명이 울렸다.

눈을 떠보니 나는 하늘이 아니라 땅에 있었다. 기달티는 하늘에서 떨어지는 파편을 막으며 나를 내려다보고 있었다.

"괜찮나?"

기달티의 물음에 나는 영문도 모른 채 끄덕였다. 일어나 주위를 둘러보았다. 세상에, 큰 지진이라도 난 걸까? 체파르데아의 성이며 주민들의 집이며 성벽까지, 건물들이 모두 형편없이 폭삭 무너져 있었다.

"어떻게 된 거예요?"

"나도 모른다."

"라이시는?"

우리는 성으로 달려갔다. 성도 반쯤 무너져 그 주변은 엉망이었다. 그 폐허 가운데 사람이 서 있었다. 라이시였다. 뭐가 어떻게 된 건지 모르겠지만 그 모습을 보고 나는 일단 안심했다.

"알타쉬헤트."

기달티의 부름에 라이시가 이쪽을 돌아보았다. 그는 만신창이로 피를 흘리고 있었고 어딘지 혼란스러워 보였다. 기달티가 다시 한 번 부르자 꿈에서 깨듯 라이시는 정신을 차렸다.

"어떻게 된 거지?"

기달티가 재차 묻자 라이시는 멍하니 고개만 저었다. 아무래도 이 일을 설명할 수 있는 사람은 우리 중에 없는 것 같다.

나는 다시금 주변을 둘러보았다. 제미라는? 그리고 무아카는? 나는 축사를 돌아보았다. 축사의 건물도 다 무너진 채였지만 다행히 제미라가 갇혀 있는 우리는 멀쩡했다. 그렇다면 무아카는? 고개를 돌려보니 조금 떨어진 곳에 한 사람이 쓰러져 있었다. 그런데 그 사람은 아주 작았다. 마치 어린아이처럼.

우리는 조심스럽게 그에게 다가갔다. 갈색 피부의 한 아이가 두 팔로 얼굴을 가린 채 울고 있었다.

"저 애가 무아카예요?"

내가 놀라서 묻자 기달티는 고개를 끄덕였다. 그는 이미 알고 있었던 것 같다. 무아카가 아주 어린 소년이라는 것을. 믿을 수가 없다. 두미야의 마을을 파괴한 게 저런 어린아이라니. 혹시 체파르데아처럼 오래 살았지만 소년의 모습을 하고 있는 건 아닐까? 아니, 저 우는 모습은 분명 어린아이다.

우리는 무아카가 인간으로 돌아온 걸 보고 다시 제미라를 돌아보았다. 우리에 갇힌 제미라는 여전히 늑대의 모습이었다. 어째서? 왜 돌아오지 않는 거지? 우리는 난감한 기분으로 으르렁대는 제미라를 바라보았다. 그때 라이시가 무언가를 발견한 듯 무아카에게 다가갔다. 그는 무아카의 고개를 옆으로 돌려 목이 드러나게 했다. 무아카의 목에는 붉은 줄이 휘감기듯 그어져 있었다. 그것을 발견한 라이시가 갑자기 무아카의 멱살을 잡고 들어 올렸다.

"어떻게 된 거냐, 왜 너한테 목줄이 있지?"

라이시가 무아카에게 거칠게 물었다. 무아카는 이를 악물고 울기만 했다. 왜 그러는지 영문을 몰라 나는 그 둘을 번갈아 보았다. 무아카를 추궁하던 라이시가 이윽고 나직이 물었다.

"너, 아크제리유트에게 패한 거냐?"

뭐? 그게 무슨 소리야. 나는 라이시의 말을 쫓아갈 수가 없었다. 하지만 무아카는 라이시의 물음에 답했다. 필사적으로 울음을 삼키며, 떨리는 목소리로.

"여길 공격하지 않으면…… 우리 누나를 죽인댔어……."

그 말을 듣고 라이시는 무아카를 힘없이 놓았다.

우린 비로소 깨달았다. 무아카가 무리해서 우리를 공격한 이유를. 무아카는 전쟁에서 졌다. 그리고 협박받았다. 아크제리유트라고 하는 영주에게 누나를 인질로 잡혀 우릴 공격해 온 거였다. 심지어 본인도 아크제리유트의 피를 마신 권속이 되어서.

이게 바로 세 번째 비극이다. 우리의 전쟁이 아직 시작조차 하지 않았다는, 진짜 적은 따로 있다는 이 전쟁의 마지막 비극.

우리는 제미라를 돌아보았다. 제미라는 여전히 늑대의 모습으로 거품 같은 침을 흘리고 있었다. 제미라가 되돌아오지 않는 이유는 명확히 알 수 없었다. 다만 의심할 뿐이다. 무아카는 영주이자 권속, 그런 전례는 지금까지 없었다. 제미라가 저 상태인 이유는 그런 모호한 피를 마셨기 때문일 수도 있다. 제미라를 되돌릴 방법이 없다는 사실에 우린 망연자실하여 그대로 얼어붙었다. 정말 방법이 없는 걸까?

말없이 서 있던 라이시가 갑자기 돌아서서 제미라에게 다가갔다. 그는 검을 뽑았고, 나는 깜짝 놀라 그를 쫓아갔다.

"기다려!"

내가 비명처럼 외쳤지만 라이시는 대꾸하지 않고 나를 지나쳤다. 나는 당황해서 그의 앞을 가로막았다.

"안 돼, 어쩔 셈인데."

"편하게 해주려는 겁니다. 저런 모습으로 고통받을 바엔 차라리."

그렇게 말하며 라이시는 다시 내 옆을 지나쳤다. 자신의 위기를 눈치챈 걸까? 제미라가 울부짖기 시작했다. 우리를 빠져나가려는 듯 이

리저리 날뛰다 손톱으로 땅을 파헤치고 끝내는 라이시를 향해 짖어
댔다.

나는 다시 라이시의 옷자락을 붙잡았다. 그가 나를 돌아보았다. 무
언가를 죽이기로 결심한 사람의 눈빛은 무섭도록 싸늘했다. 아, 그
눈을 보는 순간 이 전쟁이 시작될 때가 생각났다. 그때도 라이시는
이렇게 날카롭고 위태로웠다. 또한 그 모습은 모든 것을 홀로 짊어진
듯 외로웠다.

나는 라이시에게 묻고 싶었다. 그렇게 해서 너는 괜찮은 거냐고. 여
기서 제미라를 네 손으로 죽여서, 그 애를 편하게 해주는 거로 너는
정말 아무렇지도 않냐고.

"놔요."

"싫어."

"공주님!"

라이시가 낮게 소리쳤고 나는 고집스럽게 버텼다. 그때였다. 또다
시 무언가가 보이기 시작했다. 이번에도 역시 사슬이었다. 나는 눈을
크게 떴다. 그리고 실랑이하던 것도 잊고 제미라에게 다가갔다. 그
애를 칭칭 감고 있는 사슬이 보였다. 그것은 아주 많이, 온몸을 거의
뒤덮다시피 제미라를 휘감고 있었다.

"공주님."

라이시가 불렀지만 나는 대답하지 않고 우리의 빗장을 열었다. 나
는 무언가에 이끌리듯 제미라에게 다가갔다. 어디선가 백합 향기가
나는 것도 같았다. 내가 다가가자 제미라는 황급히 뒤로 물러났다.

날 두려워하는 것 같았다.

나는 제미라에게 손을 뻗었다. 사슬에서 저항이 일어나며 제미라를 옥죄었다. 그는 괴로운 듯 비명을 내질렀다. 기달티의 사슬을 끊을 때와는 비교도 안 될 만큼 거센 저항이 느껴졌다. 제미라는 당장 죽을 것처럼 몸부림치며 비명을 질렀다. 안 돼, 버텨. 조금만 더, 조금만 더……

"으, 아아아악! 아아아!"

제미라가 짐승처럼 울부짖으며 날뛰었다. 그의 손톱이 내 뺨을 스쳤다. 화끈한 열기가 느껴졌지만 나는 물러서지 않았다. 도리어 이를 악물고 그를 와락 끌어안았다. 그러자 드디어 사슬이 사방으로 터져 나갔다.

"아아아! 아, 아아……."

그리고 제미라의 울부짖음도 점점 잦아들어, 이내 낮은 흐느낌으로 변하기 시작했다. 막 정신을 차린 듯 제미라는 엉엉 울며 내 등을 끌어안았다. 내게 안긴 제미라의 모습은 어느새 원래대로, 앳된 소녀의 모습으로 돌아와 있었다.

늑대와의 싸움은 그렇게 끝이 났다. 꼬박 일주일간의 싸움이었다. 그 후 다시 며칠이 지났다.

풀 냄새가 난다. 눈이 녹은 땅에서 푸른 풀들이 돋아나고 있었다. 밖에 나가 보니 들꽃이 잔뜩 피어 있어서 조금 꺾었다. 혹시 이걸로 기운이 날까 해서. 꽃향기를 맡으며 나는 문 앞에 섰다. 그리고 조심히 문을 두드렸다.

"나야, 들어갈게."

대답이 돌아오지 않았지만 나는 문을 열고 들어갔다. 방 안의 공기가 조금 답답해서 나는 먼저 창문을 열었다.

"환기 좀 시킬게."

창문을 열자 봄바람이 시원하게 불어왔다. 창문을 열고서 나는 침대 옆에 앉았다. 그리고 내가 따온 꽃을 조심히 건네 보았다.

"밖에 꽃이 펴서 가져왔어. 혹시 본 적 있어? 다들 이게 뭐냐면서 깜짝 놀라던데. 제미라는 어때?"

침대에 앉은 제미라는 아무런 반응도 하지 않았다. 대답하지도, 나를 바라보지도 않았다. 그 인형 같은 모습에 나는 입술을 꾹 깨물었다. 제미라는 하루아침에 모든 것을 잃었다. 아버지도, 남편도, 배 속의 아이까지도. 그런 제미라에게 내가 해줄 수 있는 위로는 없었다. 이렇게 가끔 찾아와 말을 거는 것 외엔 아무것도.

늑대의 모습을 벗었지만 제미라의 목에는 여전히 붉은 줄이 그어져 있다. 무아카의 목에 있던 것과 같은, 아크제리유트의 권속이라는 표시였다. 그 표시는 아직 제미라가 안전하지 않다는 뜻이어서 나는 또 한 번 마음이 무거워졌다.

"그럼 쉬어, 이따가 또 올게."

나는 제미라의 무릎에 덮힌 담요를 정리해 주고 일어났다. 제미라는 여전히 아무 표정 없이 먼 곳만을 바라보고 있었다.

제미라의 방에서 나온 후 나는 다른 환자를 찾아갔다. 그 환자는 성의 꼭대기, 가장 구석진 방에 있다. 그 옥탑에 들어가자 상처투성이인 작은 아이가 앉아 있는 것이 보였다. 무아카였다. 기달티가 감시를 위해 그 곁에 있었다.

"좀 어때요?"

"보는 대로."

무아카 또한 제미라와 다르지 않게 흐린 눈으로 창밖만 내다보고 있었다. 저 아이는 지금 무슨 생각을 하고 있을까? 무아카는 두미야를 비롯한 많은 사람을 죽였다. 제미라를 저토록 고통스럽게 만든 장본인이다. 동시에 그 또한 아크제리유트에게 협박당한 피해자이기도 하다.

기달티의 심문으로 밝혀진 건 무아카가 아크제리유트에게 처참하게 패했다는 것. 그리고 아크제리유트에게 누이 차아카를 인질로 잡혀 우리를 공격해 왔다는 것이었다. 그 때문에 우리는 무아카를 그저 탓할 수도, 그렇다고 모든 걸 용서할 수도 없었다. 그 또한 피해자라면 피해자지만 그가 수많은 사람을 죽였다는 사실은 묵인할 수 없다.

나는 복잡한 심경으로 무아카를 바라보았다. 솔직히 말하면 나는 저 어린아이가 가엾다. 그런데 그 마음이 두미야와 제미라에게 죄를 짓는 것 같다.

내가 긴 한숨을 내쉬는데, 기달티가 문득 입을 열었다.

"잠시 걸었으면 좋겠군."

기달티는 그렇게 말하며 자리에서 일어났다. 나는 그를 따르며 물었다.

"혼자 둬도 괜찮아요?"

"잠깐이라면."

나는 앞서가는 기달티를 따라갔다. 기달티가 간 곳은 이 성의 첨탑 꼭대기였다. 높고 탁 트여서 전망이 좋은 곳이었다. 기달티도 답답했나 보다, 이런 데 올라온 걸 보니까. 밑을 보니 체파르데아의 성에서 이주해 온 사람들이 보였다. 저 사람들은 아직도 천막에서 생활하고 있다. 그나마 날이 안 추워서 다행이지만 어떻게든 해야 할 텐데.

"알타쉬헤트에겐 가봤나?"

기달티가 갑작스럽게 물었다. 나는 조금 머뭇대다가 대답했다.

"아니요."

체파르데아의 성에서 돌아온 지 벌써 3일째지만 아직 안 가봤다. 한 번도.

라이시는 아야라가 옆에서 돌보고 있다. 아야라에게 들은 바로는 갈비뼈도 나가고 팔도 부러지고 온몸 여기저기가 찰과상과 자상으로 만신창이란다. 그 상태로 살아남은 게 신기할 정도라고. 그렇게 아프다는 말을 전해 들었지만 나는 아직 안 가봤다. 그게, 얼굴을 어떻게 봐야 할지 모르겠어서. 다른 상황들은 어쨌든 하나둘씩 정리되고 있지만 라이시와의 일만은 정리가 되질 않는다. 그냥 모른 척하고 대해 볼까, 왜 그랬냐고 직접 물어볼까 별생각을 다 해봤지만 아직도 결정을 못 내렸다.

"나도 알타쉬헤트가 잘못했다고 생각한다."

기달티의 말에 땅을 내려다보던 나는 고개를 확 들었다. 잘못? 뭘 잘못. 당신 뭘 알고 얘기하는 거야? 나는 당황한 기색을 숨기려고 애쓰며 되물었다.

"왜, 왜요?"

"무례했던 것 같으니까."

뭐지? 무서워. 이 아저씨 어쩐지 다 아는 것 같아. 아니겠지. 설마. 나는 안절부절못하고 기달티의 눈치를 살폈다. 그런 날 불쌍히 여긴 걸까? 보다 못한 기달티가 먼저 입을 열었다.

"남들이 모르길 바란다면 알타쉬헤트 얘길 할 때마다 입술을 만지지 마."

나는 그제야 내가 계속 입술을 만지작대고 있다는 걸 깨달았다. 으악? 나는 눈을 크게 뜨고 기달티를 쳐다보았다. 얼굴이 점점 달아오르는 게 느껴졌다. 나는 눈만 동그랗게 뜨고 있다가 결국 참지 못하고 두 손으로 얼굴을 가렸다. 으앙! 어쩐지 계속 눈치를 주는 것 같더라니, 뭔가 말하고 싶어 하는 것 같더라니!

"나는 비밀로 하겠다. 그러니 다른 사람이 알아챈다면 그건 내 탓이 아니라 그대 탓이다."

그만해! 알았으니까 제발 그만해! 나는 부끄러워서 한동안 고개를 들 수 없었다. 한참 후 나는 열을 가라앉히고 침울하게 말했다.

"한심하죠? 이런 때에."

"소녀답다고 생각한다."

무표정하게 그런 말 해봤자야. 나는 기달티를 쳐다보며 입을 내밀었다. 그러다가 곧 이 세계에서 그게 얼마나 큰 의미가 있는 말인지 깨달았다. 소녀가 소녀다울 수 있는 건, 아이가 아이다울 수 있는 건 이 세계에서 가장 어려운 일 중 하나였다.

"무아카는 몇 살이에요?"

"열 살이다. 재작년 여덟 살의 나이로 영주가 됐으니까."

겉모습만 어린 게 아니었다. 열 살이라니. 야빈과 동갑, 레나나보다는 어리다.

"그 나이에 어떻게 영주가 된 거죠?"

"영주가 되는 건 피네하스의 마음에 들었다는 의미다. 그래서 피네하스에게 선택되기 위해서 일부러 잔혹한 행위를 하는 인간들이 있다. 내 전대 영주가 바로 그런 경우였지."

기달티의 전대 영주는 리쉬아라고 하는 여자였다. 그 여자는 사람들을 고문해 죽이는 걸로 피네하스에게 환심을 샀었다. 하지만 피네하스의 변덕 때문에 리쉬아는 버림받고 기달티가 선택되었다고 들었다.

처음으로 선별된 이래 쭉 살아남은 영주는 체파르데아, 시믈라, 그리고 이요브 단 세 명뿐이다. 남은 네 자리는 지난 100년간 끊임없이 주인을 바꿔 왔다. 영주가 교체되는 건 피네하스의 환심이 다른 악당에게 향했다는 의미. 그 사실은 100년의 역사 동안 여러 번 증명되었고, 그러다 보니 영주가 되기 위해 상상도 못 할 짓들을 저지르는 사람들도 자연히 생겨났다.

무아카의 아버지 또한 그런 자 중 하나였다. 무아카의 아버지는 피네하스에게 아부하기 위해 자신의 친딸을 범한 자였다.

"어떻게 딸한테 그런 짓을……."

"이 세계를 보면 새삼 놀라울 것도 없지."

"그렇게 해서 태어난 게 무아카라는 거예요?"

내 경악에 기달티는 묵묵히 끄덕였다.

누이로부터 태어난 무아카는 그래서 분노의 아들이라 불렸다. 그의 존재가 피네하스를 굉장히 흡족하게 함은 분명했다. 고작 여덟 살인 아이를 영주로 선택한 것을 보면 말이다. 무아카를 낳고도 선택받기 위해 온갖 악행을 저지르던 그의 아비는, 무아카가 영주로 선택된 날 결국 자식에게 살해당했다. 큰딸 차아카의 사주였다.

어린 무아카에게 엄마이자 누나인 차아카는 세상의 전부였고, 그래서 그 실권은 고스란히 차아카의 것이 되었다. 이후 2년 동안 무아카를 이용해 서쪽을 지배한 건 차아카였다. 차아카 또한 그 아비와 비슷하게 난폭한 성정이었다고 한다. 여덟 살 이전까지는 친부에게 학대당하고, 그 이후엔 영주로 추앙받으며 누이에게 조종당했다. 그 애가 얼마나 불안하고 위태로울지는, 보지 않아도 알 것 같았다.

"게다가 여자아이더군."

"네?"

나는 놀라서 기달티를 돌아보았다.

"영주가 된 후 남자 행세를 한 모양이다. 그 누이의 소행이었겠지."

얘기 다 듣고 나니 무아카를 어떻게 여겨야 할지 더 모르겠다. 그 애가 그렇게 된 건, 그리고 제미라가 그렇게 된 건 과연 누구의 책임일까?

그렇게 생각하며 먼 곳을 바라보고 있었다. 그런데 문득 저 멀리에 이상한 것이 보였다. 그것은 우리 성으로 다가오고 있었다. 사람? 그런데 동작이 기묘하고 부자연스럽다. 마치 나무토막이 걷는 것처럼.

"기달티, 저기 봐요."

내가 말하기 전에 기달티는 이미 그것을 보고 있었다. 심상치 않은 느낌에 우리는 달려 나갔다. 다친 사람이라면 돕고 적이라면 막기 위해서. 가까이서 본 그것은 분명 사람이었다. 복면을 쓴 남자였는데 행동이 부자연스럽고 기묘했다. 그는 우릴 보고 우뚝 멈춰 서더니 얼굴을 가리고 있던 복면을 끌어내렸다. 그 입은 실로 묶여 있었다.

저거 본 적이 있다. 체파르데아의 성에서. 기달티는 그때 그걸……

"나삭의 인형인가."

맞다, 나삭의 인형. 그 창백한 인형은 입에 묶인 실을 풀고 말하기 시작했다.

"아, 들리시죠? 안녕하세요. 아크 씨의 전언입니다. 아차, 아크제리유트 씨의 전언입니다."

차갑게 굳은 인형의 입에서 젊은 여자의 명랑한 목소리가 흘렀다. 덕분에 그 모습이 훨씬 기괴하게 느껴졌다. 나는 소름 끼치는 기분으로 인형을 바라보았다. 그의 손에는 웬 꾸러미가 들려 있었다.

"우선 데리고 계신 무아카의 신병은 전리품으로 드립니다. 알아서 하라고 하네요. 그 김에 이것도 좀 전해 주시고요."

밝은 목소리로 말하며 인형은 우리에게 들고 있던 꾸러미를 내밀었다. 그 꾸러미 밑으로는 끈적끈적하게 엉긴 피가 뚝뚝 떨어지고 있었다. 나는 질겁해서 일단 물러났다. 기달티가 내 앞으로 서며 말했다.

"그게 뭐지?"

"차아카의 수급입니다."

수급? 목? 나는 다시금 경악했다. 우리가 받지 않고 서 있자 인형은 별로 중요한 것도 아니라는 듯 그 꾸러미를 바닥에 툭 던졌다.

"정말 중요한 전언은 이거예요. 아크제리유트 씨가 그쪽의 공주님을 원하십니다. 열흘의 시간을 줄 테니 그 안에 직접 대령하라고 하시네요."

나는 다시 한 번 놀랐다. 나를 원한다고? 갑자기 대체 왜?

"거절할 시엔 이번 것의 백배 병력을 보내겠대요. 물론 이쪽 병사들은 늑대처럼 약하지 않고요. 그러니 잘 생각해 보세요. 아시겠죠?"

백배라니. 나는 막막한 기분으로 그 창백한 시체를 바라보았다. 하지만 그것은 목소리만 명랑할 뿐 내게 어떤 표정도 보여 주지 않았다.

"다른 질문은 없으시죠? 그럼 열흘 후에 만나요! 안녕!"

그렇게 외친 후 인형은 전에 그랬던 것처럼 재가 되어 폭삭 무너졌다. 나는 묵묵히 흩어지는 재를 바라보았다.

충돌이 있을 거라 예상은 했지만 생각보다 너무 빨랐다. 그리고 훨씬 더 난해했다. 아무래도 나는 또 한 번 전쟁터로 떠밀려 나가야 하는 것 같다.

아나하라트_공주와 구세주 1

기달티

피의 한 웅덩이에서 소년은 표정 없이 서 있었다.

그는 자신이 살아남은 것에 아무런 감회도 없었다. 죽는 것에도 사는 것에도 의미가 없다. 그런 그를 여기까지 이끌어 온 건 의지가 아니라 몸에 새겨진 본능. 그래, 미련한 본능이었다. 그리고 그 소년은 자신의 지극한 본능에 이끌려 이 지독한 세계의 영주가 되었다.

열여섯 살에 잔혹한 영주 리쉬아를 죽이고 새로 영주가 된 소년. 피네하스는 그에게 친히 멸망의 기달티라는 이름을 하사했다.

이름을 받기 전 그 소년에겐 아무것도 없었다. 이름도, 가족도, 머물 곳도. 그의 가장 큰 비극은 이 땅, 아본에서 태어났다는 것. 그 외엔 그의 삶을 설명할 길이 없었다.

소년의 기억은 하얀 설원에서부터 시작한다. 어렴풋한 기억 속에는 자신을 이끌던 손길이 있었지만, 너무 오랜 기억이라 희미했다. 소년은 그것이 별로 아쉽지 않았다. 죽일지 죽임당할지를 택일해야 하는 이 땅에서 그런 기억은 차라리 없는 편이 좋았다. 그리움은 또 다른 고통일 뿐이니까.

작은 발소리가 소년의 상념을 깼다.

"미안, 자는데 깨웠니?"

조용히 다가와 인사한 것은 어여쁜 소녀였다. 소녀는 자신의 치맛자락이 바닥에 고인 오물에 닿을까 봐 조심하며 작은 발로 걸어왔다.

"잘 잤어? 그럼 오늘도 잘 부탁해."

소녀는 그렇게 말하며 하얀 손으로 소년의 뺨을 쓰다듬었다. 소년은 미동도 하지 않았다. 소녀의 스침에 반응한 건 소년의 목에서 절그렁대는 사슬뿐이었다. 소녀는 그 강직함에 만족하며 날카로운 톱을 들었다. 기뻐 보이는 얼굴로, 사슬에 묶인 소년 앞에 섰다.

소녀의 이름은 리쉬아, 체파르데아와 더불어 잔혹함으로 유명한 영주다. 취미는 예쁜 소년을 온갖 방법으로 고문하는 것, 고통스러워하는 소년의 얼굴에 입을 맞추고 황홀해하는 것, 그리고 기어이 죽어 버린 소년의 몸이 식을 때까지 끌어안고 사랑스러워하는 것. 혹한의 땅에서 힘겹게 살아온 소년의 종착지는 바로 그런 영주의 목전이었다.

매일 한 구씩 소년을 넝마로 만드는 리쉬아는 흡족한 얼굴로 눈앞의 소년을 바라보았다. 이 소년과는 이미 일주일째, 그런데도 아직 죽이지 않았다. 아까워서. 리쉬아는 소년이 마음에 들었다. 반항하지도 않고 겁내지도 않고 까맣게 자신을 바라보는 눈이 독특해서 좋았다.

처음 소년을 봤을 때 리쉬아는 가슴이 떨렸다. 자신이 가한 고통으로 저 눈빛이 어떻게 변할까 상상하면서.

"너는 하룻밤 만에 써버리지 않을 거야. 네 눈빛이 변할 때까지 몇 번이고 몇 번이고 예뻐해 줄게."

소년을 만난 첫날, 끓어오르는 가학심을 이기지 못하고 리쉬아가 울먹이며 했던 말이다.

"어제는 오른발을 했으니 오늘은 왼발을 해볼까?"

리쉬아는 그렇게 말하며 소년의 왼발을 탁자에 올렸다. 리쉬아가 어제 소년의 오른발에 한 짓은 간단하다. 필요한 도구는 잘 벼려진 톱 하나. 부드러운 살결에 예리한 쇠붙이를 대면 황홀한 일이 벌어진다. 그 색도 향도 소리도 촉감도 맛도, 그럼에도 아무런 반응을 하지 않는 소년도.

리쉬아는 그 모든 것에 오싹한 희열을 느꼈다. 이쯤이면 누구든 자존심도 인간성도 버리고 애걸하는데 소년은 그러지 않았다. 그는 고통받는 당사자이면서도 이 모든 질척함과 무관한 것처럼 행동했다. 그는 마치 진흙 속에서도 빛나는 진주 같았다.

어제와 같은 감동을 바라며 소녀는 작업을 시작했다. 사각사각 톱질 소리와 가끔 핏방울이 떨어지는 소리, 그리고 두 사람의 고른 숨소리가 고요하게 울렸다.

"역시 오늘도 아무런 반응을 안 하는구나. 그거 아니? 난 아직 네 목소리도 못 들었어."

첫 번째 작업이 끝날 때쯤 리쉬아가 말했다.

"난 말이야, 처음엔 네가 아무것도 느끼지 못한다고 생각했어. 하지만 지금 생각은 좀 달라. 너는 느끼지 못하는 게 아니라 무시하고 있어. 맞지?"

리쉬아가 눈을 들어 소년을 바라보았다. 소년은 첫날과 다름없었다. 표정도 눈빛도. 달라진 게 있다면 몸 여기저기가 너덜너덜해졌다는 것뿐. 소녀는 두 번째 발가락 사이에 톱을 대며 말을 이었다.

"네 몸은 고통에 반응하고 있어. 하지만 너는 그걸 외면하고 없는 셈 치고 있지. 네 인내심도 대단하지만, 굳이 그렇게 무시해 버리는 이유가 대체 뭘까? 반항은 아닌 것 같고…… 체념 정도 될까?"

그때 처음으로 소년의 눈이 소녀를 담았다. 정확했다. 소년이 느끼고 있던 것, 그것은 고통도 분노도 아닌 극한의 허무였다. 죽거나 죽이는 것 외엔 아무것도 없는, 고통으로 점철된 세상이다. 그곳에서 소년은 무엇을 해야 할지 몰랐다. 그저 본능에 따라 살아남았을 뿐이다.

고비를 넘기고 살아남을 때마다 소년은 자신에게 물었다. 어째서 살아야 하는가. 위기를 넘긴들 또 다른 위협에 고통받을 뿐인데 왜 살아야 하는가. 이 삶에는 대체 어떤 의미가 있는가. 그 질문은 리쉬아의 고문실에서도 끝나지 않았다.

소년은 자신의 살점을 기쁘게 잘라 내는 영주를 보며 그 이유를 더욱 알 수 없게 되었다. 그리고 스스로의 의미를 찾지 못한 소년은 어느 순간 자신이 타인으로 느껴지는 기이한 경험을 했다. '나'라는 존재는 어디에도 없었다. 그저 한 사람이 존재할 뿐이었다. 그리고 이 잔혹한 세상에서 아무 의미 없이 죽어 갈 뿐이다.

소년은 분명 존재했지만 존재하지 않았다. 그는 이 자리에 있었지만 어디에도 있지 않았다. 그 묘한 분리감은 온몸을 통해서 느껴지는 극렬한 고통조차 무의미하게 만들었다. 그렇다. 소년에겐 모든 것이 무의미했다. 다만 고통만이 존재할 뿐이다.

"나도 이해할 수 있을 것 같아. 이런 세상이라면 말이야. 포기할 수밖에 없잖아, 그렇지? 만약 내가 너라면 진작 자살해 버렸을 거야."

소녀가 소년을 끌어안으며 부드럽게 미소 지었다.

"있지, 아무래도 난 너를 좋아하는 것 같아. 네가 너무 사랑스러워. 그래서 생각했어. 이런 시간 낭비는 그만하기로. 널 자르는 건 정말 기쁘지만 이대로는 네 목소리를 평생 듣지 못할 것 같아."

어느새 소녀는 커다란 칼을 쥐고 있었다. 지금까지의 장난감과는 다른, 그 의도와 목적이 명확한 흉기였다.

"더는 고통받지 않아도 괜찮아. 편하게 해줄게. 대신 죽는 순간만은 온 힘을 다해 고통스러워해 줘."

소녀는 사랑에 빠진 얼굴로 소년에게 입을 맞췄다.

"마지막으로 네가 울부짖는 소리를 들을 수 있으면 정말 좋겠어."

소녀는 더없이 예쁘게 웃으며 칼을 치켜들었다. 그 칼을 마주 보며, 이미 만신창이였던 소년은 생각했다. 이 또한 참으로 의미가 없다고.

이 무의미한 세상 속에서 나는 왜 나이고 너는 왜 너일까.

소년이 정신을 차렸을 때 리쉬아는 죽어 있었다. 새빨간 피 웅덩이 속에서 눈을 뜬 채로.

무슨 일이 있었는지 기억나지 않았다. 그는 자신의 손을 내려다보았다. 아무런 감정도 느껴지지 않았다. 그저 두 손이 붉었다.

뱀 소리에 고개를 들었을 때 소년의 앞엔 한 사람이 서 있었다. 소년은 그 모습을 보는 순간 깨달았다. 어쩌면 그가 리쉬아로부터 살아남을 수 있었던 건 이 뱀의 참견 때문이었는지도 몰랐다.

"세상의 가치를 의심하는 너는 나의 앎이다."

뱀, 피네하스가 말했다.

"타인의 존재를 무시하는 너는 나의 의지다."

가느다란 피리 소리를 내며.

"자기 자신마저 부정하는 너는 나 자신이다."

새빨간 피 웅덩이에 홀로 선 소년에게.

"나는 너를 친애한다. 내 대리자로서 세상의 종말이 되어라. 너의 이름은 기달티다."

그 한마디 한마디는 천둥처럼 울리며 아본에 선포되었다. 위태롭게 유린당하던 소년은 그렇게 새로운 이름을 얻고 영주가 되었다. 그리고 그건 아본에 전대미문의 재앙을 낳았다.

몇 시간 후 리쉬아의 성에 존재하던 모든 생명은 목숨을 잃었다.

소년, 기달티는 눈에 보이는 모든 것을 죽여 버렸다. 그의 살육엔 어떤 감정도 없었다. 원한, 분노, 보복, 호기심, 희열 같은 건 일체 존재하지 않았다.

그는 그저 지루한 할 일을 하듯 생명을 꺼트려 갈 뿐이었다.

그 후로 반년이 지났다. 새로운 영주는 영토를 차지하지도 않고 성을 짓지도 않고 살인에만 열중했다. 그는 완벽한 정적을 바라듯 생명의 숨을 끊었다. 주변에 더 죽일 것이 없다면 살아 있는 것을 찾아 아본을 헤맸다. 영주를 포함한 모든 이에게 그의 존재는 그야말로 멸망이었다.

그러던 어느 날 피네하스가 찾아와 명령했다.

"비라에서 내려온 리브나 키브사를 찾아내 죽여라."

그것은 모든 영주가 동시에 받은 명령이었다. 피네하스가 두려운 것도 공을 세우고 싶었던 것도 아니지만 기달티는 키브사를 찾았다. 별 이유는 없었다. 그를 먼저 죽이고 다른 것을 죽이기로 정한 것뿐이었다.

이윽고 기달티는 가장 먼저 공주를 발견했다. 그런데 그는 이미 죽어 가고 있었다. 하얗게 빛나며 부스러지고 있었다. 무슨 일이 있었는지 알지 못한 채 기달티는 그 죽음을 가속시키려고 공주에게 다가갔다. 그때 키브사가 고개를 들어 그를 바라보았다.

키브사와 눈이 마주치는 순간 기달티는 가슴이 철렁 내려앉는 것을 느꼈다. 동시에 기억 속에서 지워 버렸던, 자신을 이끌던 어떤 손길이 생각났다. 지난 반년 간 철저히 잊었던 기억이었다.

기달티는 얼어붙었고, 키브사는 가냘프게 속삭였다.

"많이 아프니?"

그 속삭임에 기달티는 깜짝 놀랐다. 속마음을 모조리 들켜 버린 기분이었다. 기달티가 딱딱하게 굳은 사이 키브사의 눈에서 투명한 눈물이 툭 떨어졌다.

"널 혼자 두고 싶지 않았는데."

기달티는 다시 한 번 놀랐다. 분명 처음 만났는데, 저 공주는 자신을 잘 아는 것처럼 얘기하고 있었다. 심지어 슬퍼했다. 본인은 죽어 가면서도 타인을 안타까워하고 있었다.

기달티는 당황스러웠다. 그가 왜 우는지 알 수가 없었다. 당혹스러워하는 기달티에게 키브사가 속삭였다.

"기다려 줘, 반드시 돌아올 테니까. 그땐 너를……."

기달티의 심장이 다시금 쿵 내려앉았다. 처음으로 무언가 잘못됐다는 생각이 들었다. 어째서, 왜 이런 기분이 드는지는 알 수 없었다. 그의 세계는 이미 정립되어 있었다. 이 세상에는 가치가 없다. 타인의 존재도 없다. 자기 자신마저도 없다. 존재하는 건 오로지 고통뿐이다. 기달티의 세계는 그러했고, 그래서 그는 모든 고통을 끝내려 했다. 만인에게 공평하게 죽음의 안식을 내려 멸망을 고하려 했다.

그랬는데, 분명 그랬는데.

키브사 공주가 기달티에게 두 손을 뻗었다. 곧 부서질 것같이 연약한 몸짓으로. 기달티는 다가가지도 물러나지도 못한 채 가만히 있었다. 다가가고 싶기도 물러나고 싶기도 했다. 망설이는 순간 키브사는 기어이 빛의 입자로 흩어지기 시작했다. 키브사가 눈부신 빛으로 사라질 때 기달티는 뒤늦게 손을 뻗었다. 하지만 손에 닿는 것은 아무것도 없었다.

마지막 순간에 마주한 키브사의 눈에는 슬픔이 가득했다. 그런데 그것은 아름다웠다. 아름답다니, 처음으로 느껴 보는 감정이었다.

홀로 남게 된 기달티는 요동치는 마음을 다스릴 수가 없었다. 방금 자신이 본 것이 무엇인지 알 수 없었다. 그럼에도 그 모든 것이 뇌리에 각인되었다. 그 목소리, 그 눈물, 그 손짓…….

가슴속에서 무언가 치솟더니 급기야 숨이 막혔다.

무언가 잘못되었다.

기달티가 이해할 수 있는 건 오직 그뿐이었다.

어두운 밤, 설원 한가운데에 누워 기달티는 하늘을 바라보았다. 쏟아질 듯 빛나는 별을 바라보며 키브사에 대해 생각했다.

리쉬아를 시작으로 지난 반년간 기달티는 한없이 많은 사람을 죽여 왔다. 하지만 그들의 죽음을 제대로 지켜본 적은 없었다. 누군가를 죽이는 순간엔 늘 제정신이 아니어서, 반쯤 정신이 나간 채 도륙하고 피로 물든 자신의 손을 바라보는 것이 고작이었다. 어쩌면 기달티가 죽음을 제대로 마주한 것은 이번이 처음인지도 모른다.

기달티는 죽어 가는 키브사가 안타깝다고 생각했다. 이 사람이 사라지지 않았으면 좋겠다고 생각했다. 생각이 거기까지 미치자 기달티는 눈을 질끈 감았다. 이 이상 생각을 이어 나가는 것이 두려웠다.

어쩌면, 어쩌면 지금까지 돌이킬 수 없는 잘못을 저지른 건 아닐까, 하는. 자신이 죽여 온 것 중 키브사처럼 고결한 것이 하나라도 있었던 건 아닐까, 하는.

그런 생각을 하는 것만으로도 기달티는 죽을 것 같았다. 그래서 애써 외면하려 했지만 그 생각은 뇌리에서 좀처럼 떠나지 않았다. 소년은 그렇게 괴로워했고 빛나는 별은 그런 소년을 비추었다.

새벽이 밝았지만 기달티는 이제 무엇을 해야 할지 몰랐다. 길을 잃은 기분이었다. 기억을 더듬어 자신이 왔던 길을 되돌아갔다. 그 길목엔 그가 할퀸 상처가 고스란히 남아 있었다. 차가운 땅에서 죽은 몸은 썩지도 부스러지지도 않고 눈에 덮인 채 고이 간직되어 있었다.

기달티는 사라지지 않은 그 흔적을 가만히 바라보았다.

세상은 가치가 없다.

그런데 키브사는 세상을 구하려고 했다.

타인은 존재하지 않는다.

그런데 키브사는 타인에게 눈물을 흘렸다.

나 자신마저도 없다.

그런데 그 공주는, 나에게 손을 뻗었다.

기달티는 견디지 못하고 눈 덮인 시체들 사이로 뛰어들었다. 그리고 미친 듯 눈을 파헤쳤다. 혹시나 살아 있는 사람이 있을까, 혹여 누군가의 죽음을 이제라도 막을 수 있지 않을까 생각하며.

그는 미련스럽게도 이미 오래전에 죽어 버린 사람들 사이를 헤맸다. 뇌리에 박힌 키브사를 외면할 수가 없어서, 죽어 가던 순간마저 순결했던 그가 지워지지 않아서.

한참 동안 눈을 파헤쳤지만 살아남은 것은 없었다. 모두 죽어 있었다. 그 사실에 기달티는 가슴이 무너지는 것 같았다. 키브사의 손을 잡아야 했다는 생각이 그제야 떠올랐다. 하지만 모든 후회는 다 너무 늦어서, 이제 와 할 수 있는 건 아무것도 없었다.

멸망이라는 이름을 얻었지만 그 끝에 남은 것은 덧없는 절망뿐이었다. 절망은 아팠다. 그것은 세상을 외면하던 순간엔 느껴 본 적도 없는, 아무것도 보지 않고 듣지 않던 시절엔 깨달을 수조차 없었던 고통이다. 이럴 바엔 차라리 아무것도 모르는 것이 나았을 텐데. 이럴 바엔 차라리…….

바로 그때, 이제껏 본 적 없는 기이한 빛이 그에게 비추었다. 기달티는 고개를 들었다. 그 빛은 마치 그를 이끄는 것 같았다. 기달티는 자신도 모르는 사이 일어나 걸었다. 어디를 가는지는 몰랐지만 어디로 가야 할지는 알았다. 기묘한 확신이 그를 이끌었다.

이윽고 그가 눈밭에서 발견한 것은 아주 작고 어린 아기였다. 기달티는 넋을 놓고 그 아기를 바라보다, 그가 숨을 내쉬는 것을 보고 깜짝 놀랐다.

기달티는 황급히 주위를 둘러보았다. 하지만 아무도 없었다. 아기는 혼자였고, 그럼에도 평온하게 새근새근 잠들어 있었다. 기달티는 자신에게 자격이 없다고 생각하면서도 아기를 들어 품에 안았다. 그러자 가슴에 따스한 온기가 전해졌다. 어렴풋한 기억 속의 손길을, 키브사의 눈빛을 떠올리게 하는 온기였다.

그 온기가 기달티를 휘감은 절망을 녹였다. 모든 괴로움은 그 절대적인 희망 앞에, 어둠이 빛에 사그라지듯 소멸해 버렸다. 기달티는 저항할 수 없는 충동에 품 안의 아기를 꼭 끌어안았다. 그리고 깨달았다. 키브사 공주가 손을 뻗으며, 그 또한 이렇게 해주려 했다는 것을.

세상은 과연 가치가 없는가?

타인은 과연 존재하지 않는가?

나 자신도 과연, 그러한가?

그 헛된 생각은 품 안의 온기를 이길 수 없었다. 세상은, 이 세상은……

"알타쉬헤트……"

기달티가 속삭였다. 품에 안긴 아기는 그것이 자신의 이름인지 모르고 단잠을 자고 있었다.

멸망의 영주는 그렇게 자신과 정반대되는 이름을 아기에게 주었다. 알타쉬헤트. 그 뜻은 이러했다.

너는, 멸망해서는 아니 된다.

알타쉬헤트

"라이시!"

소녀가 또다시 알타쉬헤트의 품으로 뛰어들었다. 소녀의 두 팔이 허리를 감싸는 느낌에 그는 굳어 버리고 말았다. 소녀가 속삭였다.

"정말로 널 좋아해."

알타쉬헤트는 당황했다. 그런 마음을 아는지, 소녀는 다시 한 번 말했다.

"이번엔 내가 널 지켜 줄게."

알타쉬헤트는 어쩐지 울고 싶은 마음으로 품 안의 소녀를 꼭 끌어안았다. 그가 할 수 있는 건 그것밖에 없었다. 말로 설명할 순 없지만, 그는 분명 이 소녀를 그리워하고 있었다.

사실 어린 시절의 알타쉬헤트는 대단한 행운아였다. 그 소년은 굶주림도 추위도 폭력도 모른 채 보호받으며 부족함 없는 유년 시절을 보냈다.

기달티와 아야라는 정말 소중하게 알타쉬헤트를 길렀다. 그래서 어린 알타쉬헤트는 이 세계의 비극을 조금도 알지 못했다. 그의 보호자들은 알타쉬헤트가 평생 좋은 것만 누리길 바랐을 것이다. 하지만 현실은 잔혹하게도 그들의 바람을 무시하고 어린 소년을 갈기갈기 할퀴어 놓았다.

알타쉬헤트가 열 살이 되던 해였다. 기달티에게 성을 빼앗긴 네벨라가 설욕을 위해 알타쉬헤트와 아야라를 납치했다.

그 탐욕스러운 영주는 어린 알타쉬헤트를 무자비하게 폭행했고 심지어 그 앞에서 아야라를 짓밟으려 했다. 다행히 때맞춰 도착한 기달티에게 저지당했지만, 이후 벌어진 일은 그보다 더한 재앙이었다.

지난 10년, 피네하스에게 생명을 바치지도 않고 그 힘을 사용하지도 않았던 기달티는 미쳐 날뛰고 말았다. 네벨라와 그의 권속들을 조각내는 것에 그치지 않고 그의 요새에 갇힌 수천의 무고한 생명마저 삼켜 버렸다. 그때 알타쉬헤트와 아야라가 살아남은 것이 그저 우연인지, 아니면 기달티의 마지막 몸부림이었는지는 알 수 없다.

그때 결국 알타쉬헤트는 세계의 실체를 마주하게 되었다. 세상은 악의와 폭력, 그리고 피와 죽음으로 가득 차 있었다. 그 어린 소년의 모든 것은 그날을 기점으로 변했다.

그날의 일이 소년의 마음을 부러트릴 수도 있었다. 하지만 그가 선택한 길은 정반대였다.

"사람들을 구하고 싶어요. 우리 때문에 죽었던 만큼이요."

어린아이가 몇 날을 고민한 끝에 떠올린 방법이었다.

기달티의 손에 수천 명의 사람이 죽었다. 소년은 자신이 그 목숨을 반드시 변상해야 한다고 생각했다. 속죄라고 말해도 좋다. 그는 그렇게 해서라도 지난 일을 해결하고 싶었다.

기달티와 아야라는 마음이 쓰렸지만 그 말을 따랐다. 그때부터 기달티는 성을 개방하고 사람을 모았다. 하지만 사람이 모이는 곳엔 역시 분쟁이 생겼다. 남자들은 기달티의 힘을 이용해 세상을 정복하길 원했고 여자들은 그의 옆자리를 탐냈다. 그러다 끝내는 자기의 뜻대로 되지 않음을 알고 떠났다. 결국 남은 것은 힘없는 아이들뿐이었다.

알타쉬헤트가 그런 사람들에게, 그리고 세상에 회의를 느낀 것은 열다섯 살 때였다.

"기달티."

소년의 부름에 보호자는 고개를 들었다. 알타쉬헤트는 기달티의 집무실 소파에 누워 지루하게 천장을 바라보고 있었다.

"이런 세상에서 왜 살고 있어요?"

기달티는 잠깐 침묵하다가 나직이 답했다.

"그런 이야기라면 아야라에게 하는 편이 나을 텐데."

"기달티한테 듣고 싶어요."

"나는 아는 게 없어."

알타쉬헤트는 기달티를 빤히 바라보았고 기달티는 난감해졌다. 그래서 기달티는 서둘러 답을 찾았다. 그 답은 의외로 가까운 곳에 있었다.

"리브나 키브사 때문에."

"비라에서 온 공주요?"

"그래."

"죽었잖아요."

이 사춘기 소년에게 무슨 말을 더 해야 할지 기달티는 알 수가 없었다. 그래서 그는 대답의 방편으로 집무실 한쪽, 천으로 싸여 있는 넓은 판을 알타쉬헤트에게 풀어 보게 했다. 알타쉬헤트는 기달티의 말대로 천을 풀어 보았다. 그 안에는 액자에 담긴 그림이 있었다. 환하게 빛나는 한 여자의 그림이었다.

"누구예요?"

"키브사 공주."

알타쉬헤트는 다시 그림을 바라보았다. 그림 속의 여인은 사랑스럽게 웃고 있었다.

"네 말처럼 이런 세상에서 살아야 하는 이유는 나도 아직 모른다. 하지만 이유가 없다고 생각하진 않아. 굳이 이유를 말하라고 한다면 하나는 키브사 공주고, 또 다른 하나는……."

기달티는 다음 말을 해야 할지 아주 잠깐 망설였다.

"너다, 알타쉬헤트."

알타쉬헤트의 얼굴이 딱딱하게 굳었다.

말하지 말걸, 기달티는 잠깐 후회했다. 기달티는 소년이 이 말을 싫어한다고 생각했다. 쭉 길러 왔지만 그에 대해서 거의 몰랐던 것이다. 사실 소년은 부끄러워하고 있었다.

다시 몇 년이 흘렀다. 피네하스가 새로운 영주를 뽑아 빈자리를 채웠다. 그들의 이름은 진창의 무아카, 그리고 폭군 아크제리유트였다.

영주들 간의 조율을 위해 영주 회담이 열렸다. 기달티는 회담에 참여할 마음이 없었지만 아야라가 알타쉬헤트를 대동하여 참여해 볼 것을 권유했다. 알타쉬헤트가 시믈라를 처음 만난 것은 바로 그 때였다.

영주 회담이었지만 그 자리에 원죄의 이요브와 대식가 체파르데아는 참석하지 않았다. 그 둘은 아본과 역사를 함께한 강자였고, 어린 영주들과 사이좋게 의견을 조율할 필요가 전혀 없었다. 그래서 회담에 참석한 것은 멸망의 기달티와 요부 시믈라, 균열의 나삭, 그리고 영주로 선택된 지 얼마 되지 않은 무아카와 아크제리유트까지 모두 다섯이었다.

회담은 시믈라의 온실에서 진행되었는데, 그곳에서 시믈라는 알타쉬헤트를 보자마자 아주 노골적인 관심을 보였다. 하지만 알타쉬헤트는 미녀의 환심에도 마음이 동하지 않았다. 아야라를 통해서 시믈라라는 여자에 대해 익히 들었기 때문이다. 그는 적당히 거리를 두며 시믈라를 피했다.

그런데 그를 귀찮게 하는 사람은 비단 시믈라만이 아니었다. 오만

하고 기고만장한 아크제리유트는 네벨라의 아들이었다. 그는 알타쉬헤트와 나이가 비슷한 청년이었는데, 알타쉬헤트에게 상당한 관심을 보였다. 다만 시믈라처럼 호의적인 관심은 아니었다. 그는 알타쉬헤트에게 사사건건 시비를 걸고 있었다.

회담이 닷새째로 접어들던 날 아침이었다. 알타쉬헤트는 혼자 시믈라의 화원을 구경하고 있었다. 꽃을 보고 신기해하는 알타쉬헤트 옆으로 한 청년이 다가왔다. 화려한 금발에 사나운 인상을 가진 청년, 아크제리유트였다. 알타쉬헤트는 또 시비를 걸 거라고 생각해 자리를 피하려 했지만, 아크제리유트는 의외로 평범하게 말을 걸어왔다.

"이 온실은 내 아버지가 만든 거야."

뜻밖의 말에 알타쉬헤트는 아크제리유트를 돌아보았다.

"이요브의 메트로폴리스도, 네가 사는 그 성도 마찬가지지."

아크제리유트의 입에서 아버지라는 말이 나와서 알타쉬헤트는 조금 당황했다. 하지만 그의 아버지, 네벨라의 일을 사과할 수는 없었다. 그렇게 해결될 일도 아닐뿐더러 네벨라의 죽음은 사과할 일이 아니다. 그건 그가 자초한 일이었다.

알타쉬헤트는 잠시 망설이다가 말했다.

"네벨라가 먼저 우리를 죽이려고 했어."

"관심 없어, 그딴 영감이야 어찌 되든."

알타쉬헤트가 진지하게 말했지만 아크제리유트는 오히려 코웃음을 쳤다. 그리고 느긋하게 덧붙였다.

"대신 늙은이가 만들어 놓은 것엔 관심이 많지. 나는 이 온실도, 이요브의 메트로폴리스도, 그리고 네가 있는 성도 반드시 손에 넣을 거다."

그 노골적인 야망에 알타쉬헤트는 나직이 경고했다.

"우리 성에 관심 두지 마."

"그래, 좋아."

선뜻 돌아온 대답에 알타쉬헤트는 오히려 당황했다. 하지만 아크제리유트의 본심은 그 뒤에 있었다.

"너희 성은 놔둘 테니까 내 권속이 돼라. 그 성에 틀어박혀 사는 것보다 훨씬 나을 거다."

"싫어."

알타쉬헤트도 단호하게 거절했다. 하지만 아크제리유트는 당황하지 않았다.

"잘 생각해 봐. 나는 조만간 아본을 정복할 거야. 북동쪽의 체파르데아를 먼저 정벌하고 언젠가는 중앙의 이요브도 친다. 그때 아본엔 내게 복종하는 자와 죽는 자, 딱 둘밖에 남지 않을 거야."

청년의 두 눈엔 야심이 가득했다. 하지만 알타쉬헤트는 거기에 동참하고 싶은 마음이 추호도 없었다. 알타쉬헤트가 침묵으로 일관하자 아크제리유트는 다시금 권유했다. 아니, 협박했다.

"평생 없을 기회니까 거절하지 마. 기달티가 아무리 강해도 결국은 혼자, 빈틈은 얼마든지 있으니까. 아니면 아버지처럼 그 아야라는 여자를……."

아크제리유트는 말을 채 잇지 못했다. 알타쉬헤트의 주먹이 날아왔기 때문이다. 아크제리유트는 형편없이 나가떨어졌고 알타쉬헤트는 빠득 이를 갈았다. 아무리 오랜 시간이 흘렀다고 해도, 아야라 이야기는 그에게 함부로 해도 좋은 이야기가 아니었다. 하지만 알타쉬헤트의 심경 따위야 아크제리유트에겐 중요하지 않았다. 그 또한 격분하여 덤벼들었다. 그렇게 두 청년은 이른 아침부터 뒤엉켜 싸우기 시작했다.

물론 아크제리유트가 피네하스의 검은 힘을 사용했다면 성립조차 되지 않았을 싸움이다. 하지만 그 오만한 젊은이는 자신의 힘만으로도 알타쉬헤트를 충분히 이길 수 있으리라 생각했고, 그 결과 비참하게 제압당하고 말았다.

자존심 때문에 동등한 조건에서 싸우려 했지만, 지는 건 더 싫었다. 아크제리유트는 이를 갈았다. 이윽고 그의 몸에서 검은 힘이 흘러나오기 시작했다. 알타쉬헤트를 죽여 버릴 작정이었다.

하지만 그럴 수 없었다. 기달티를 비롯한 다른 영주들이 끼어들었기 때문이다. 기달티에게 저지당한 아크제리유트는 결국 형편없이 당한 채 싸움을 끝내야 했다. 그 일로 잔뜩 화가 난 아크제리유트는 모든 일을 내팽개치고 자신의 요새로 돌아갔다.

그 바람에 회담도 어영부영 끝나고, 알타쉬헤트도 기달티와 성으로 돌아가려 했다. 그런데 그 전에 시믈라가 그를 따로 불렀다.

"뭡니까, 이게?"

알타쉬헤트는 시믈라가 내민 은색 핀을 보며 물었다. 시믈라는 대답하지 않고 그의 옷깃에 그것을 꽂아 주었다. 알타쉬헤트가 무슨 짓이냐고 물으려던 찰나였다. 그의 어깨로 커다란 날개가 확 피어올랐다.

"자기라면 쓸 수 있을 줄 알았어."

그렇게 말하며 시믈라는 가늘게 웃었다.

"선물이야. 어차피 제대로 쓸 수 있는 사람도 없으니 자기한테 줄게."

알타쉬헤트는 받지 않으려고 했다. 시믈라의 호의는 그냥 받아들이기에 여러모로 찜찜했으니까. 그가 거절하려는 기색을 알아채고 시믈라가 선수를 쳤다.

"그거 키브사 공주님의 물건이야. 안 가져가면 버릴 테니 좋을 대로 해."

아야라는 알타쉬헤트가 받아 온 치포라를 바로 알아봤다. 사실 그건 아야라하고도 연이 깊은 물건이었다. 치포라는 하늘을 날 수 있게 하는, 그 가치를 어디에도 견줄 수 없는 보물이다. 키브사는 어린 아야라의 몸값으로 그것을 시믈라에게 지급한 적이 있었다.

아야라는 알타쉬헤트가 그것을 아무 대가 없이 받아 왔다는 사실에 놀랐고, 알타쉬헤트는 공주가 아야라를 위해 그것을 내놓았다는 사실에 놀랐다.

알타쉬헤트가 치포라를 손에 넣고 다시 2년이 흘렀다.

하늘을 날던 어느 날, 알타쉬헤트는 무언가에 이끌리듯 북쪽으로 향하게 되었다. 밤이 되도록 날았고, 영토 밖으로 한참을 날아서야 도착한 그곳에서 그는 찬란하게 내리는 한 줄기 빛을 발견했다.

그 빛은 마치 알타쉬헤트를 부르는 것 같았다. 빛을 따라 날아오른 순간 그는 자신을 감싼 시공간이 바뀐 것을 깨달았다. 빛 속에서 무한과 우주, 그리고 다른 세계를 보았다.

그리고 그 가운데서 발견한 건 찬연하게 빛나는 한 소녀.

못 알아볼 리가 없었다. 매일 바라보던 공주님, 리브나 키브사였다. 알타쉬헤트는 당장 그에게 가고 싶었지만 어느샌가 빛이 사그라졌고 정신을 차렸을 때 그는 다시 하얀 설원에 있었다.

알타쉬헤트는 급히 돌아가 자신이 본 것을 아야라에게 알렸다. 그러자 아야라는 치포라가 세상을 건너게 해줌을, 공주 또한 그것으로 비라에서 건너왔음을 이야기했다.

공주를 찾은 것을 확신하고 알타쉬헤트는 다시 그곳으로 향했다. 그날 밤에도 빛이 내려 그를 이끌었다.

별이 번뜩이는 깊고 깊은 우주엔 드넓게 펼쳐진 세계가 있었다. 그 세계는 하나이자 여럿이었다. 누가 가르쳐 주지 않았지만 알타쉬헤트는 그것이 시간임을 깨달았다. 수많은 시간의 갈래 속에서 그는 자신이 가야 할 곳을 정확히 알았다. 기이한 빛이 그를 이끌었기 때문이다.

한바탕 세계가 뒤집히는 경험을 하고 정신을 차렸을 때, 그는 이미 낯선 세계에 들어와 있었다. 아본과 달리 공기가 온화한 세계였다. 말로만 듣던 이요브의 메트로폴리스와도 비슷한 것 같았다.

낯선 세계의 하늘을 비행하며 알타쉬헤트는 목적지로 향했다. 빛이 여전히 그를 이끌고 있었다.

그리고 얼마 후 비로소 빛이 사라지고 그 자리에 한 소녀가 모습을 드러냈다. 그는 누군가를 기다리듯 홀로 서 있었다. 가까이서 본 소녀는 분명 공주와 같은 얼굴이었지만 어딘지 달랐다. 조금 더 앳되고 짙은 흑갈색 머리카락을 가지고 있었다.

알타쉬헤트는 뭐라고 말해야 할까 고민하며 소녀의 등 뒤로 다가섰다. 짙푸른 하늘을 바라보던 소녀가 소리를 듣고 돌아보았다.

눈이 마주치는 순간, 소녀가 소리쳤다.

"라이시!"

그가 자신을 알고 있다는 사실에 놀랄 틈도 없었다. 소녀가 갑자기 달려들어 품에 안긴 탓이다. 알타쉬헤트는 당황했지만 감히 공주님을 뿌리칠 수는 없었다.

품 안으로 가득 안긴 소녀가 그를 올려다보며 말했다.

"너는…… 아직 날 만난 적이 없는 라이시구나."

알타쉬헤트는 그 말을 이해할 수 없었다. 그를 바라보는 소녀의 눈빛은 서글프면서 다정했다.

"그래도 보고 싶었어."

한숨처럼 말하며 소녀는 다시 알타쉬헤트를 꼭 끌어안았다.

그렇게 한참이 지났다. 소녀는 그로부터 한 걸음 물러나며 살며시 미소 지었다.

"일주일 전으로 가면 내가 있을 거야. 네가 데려가야 할 사람은 그

쪽이야."

"당신은……."

"나는 아주 나중에, 다시 만날 수 있어."

그렇게 말하며 소녀는 알타쉬헤트의 어깨를 밀었다.

"이제 가."

알타쉬헤트는 망설이며 몸을 돌렸다. 소녀는 친구를 배웅하듯 상냥하게 지켜봐 주었다.

그가 막 몸을 돌리고 날아가려는데, 뒤에서 소녀가 다시 소리쳤다.

"라이시!"

소녀가 또다시 알타쉬헤트의 품으로 뛰어들었다. 소녀의 두 팔이 허리를 감싸는 느낌에 그는 굳어 버리고 말았다. 소녀가 속삭였다.

"정말로 널 좋아해."

알타쉬헤트는 당황했다. 가슴이 이상하게 요동쳤다. 마치 긴 밤 끝에서 밝아 오는 하늘을 본 것처럼, 혹한에서 벗어나 상냥한 햇살 앞에 나온 것처럼. 부드럽고 따스한 온기가 그의 마음에 녹아들었다. 그런 마음을 아는지, 소녀가 다시 한 번 속삭였다.

"이번엔 내가 널 지켜 줄게."

알타쉬헤트는 어쩐지 울고 싶은 마음으로 품 안의 소녀를 꼭 끌어 안았다. 그가 할 수 있는 건 그것밖에 없었다. 말로 설명할 순 없지만, 그는 분명 이 소녀를 그리워하고 있었다.

"있잖아, 라이시."

잠이 들려고 하면 어김없이 들려오는 공주의 목소리에 알타쉬헤트는 한숨을 내쉬었다. 시믈라의 온실. 그는 타누와 첼라의 장난이 불안해 공주의 침실 바닥에 자리를 깔았다. 절대 같은 방에서 잘 수 없다고 난리를 칠 땐 언제고, 아까부터 저렇게 재잘대고 있다.

공주가 아본에 온 지 이제 일주일이 조금 넘었다. 알타쉬헤트는 공주를 데리러 갔을 때의 일을 생생히 기억한다. 자신을 이미 알고 있었던 미래의 공주, 그리고 그 말대로 일주일 전으로 거슬러서 만난 이 현재의 공주.

솔직히 말해 지금 이 공주는 알타쉬헤트에게 굉장히 황당한 인물이다. 겉모습은 분명 그림 속 공주인데, 이 참신한 느낌은 대체 뭘까.

상상과는 전혀 다른 이 인물은 매 순간 그를 당황하게 했다. 데리러 간 첫날엔 안 간다고 버티며 눈을 찌르질 않나, 간신히 데려왔더니 하루 만에 돌아가겠다고 징징대질 않나. 사실 알타쉬헤트는 그때 공주를 한 대 때리고 싶었다. 공주님이라서 참았을 뿐, 그때까진 영락없는 철부지인 줄 알았다.

하지만 아니었다. 그 어린 공주는 죽은 아이 앞에서 오열하고 이 세상에 남았다. 체파르데아에게 끌려가서도 굳세게 버텼고 마지막 순간까지 희망을 잃지 않았다. 그리고 기적을 일으켰다.

그 모습을 보고 알타쉬헤트는 이 공주님에 대해 정의 내리기를 포기했다. 대신 그냥 지켜보기로 했다. 어처구니없고 조마조마할 때도 있지만, 이 공주님이 무언가를 해낼 것 같았기 때문이다.

그렇게 생각하던 알타쉬헤트는 문득 거슬리는 문제 하나를 떠올렸다. 그는 생각난 김에 침대 위에 누워 있는 공주에게 말했다.

"예전에 공주님의 세계로 갈 때 시간을 선택할 수 있다고 한 거 기억하십니까?"

"응, 기억나."

"사실 공주님을 모시러 갔을 때 지금보다 미래의 공주님을 만났었습니다."

"정말?"

공주는 침대 밑으로 고개를 내밀고 들뜬 목소리로 물었다.

"나랑 만나서 무슨 얘기 했어?"

알타쉬헤트의 얼굴이 싸늘하게 굳었다.

안 좋은 일이라도 있었던 걸까? 공주는 알타쉬헤트가 이 질문을 싫어한다고 생각했다. 그에 대해서 거의 몰랐던 것이다.

자기가 좋아한다고 해놓고 저렇게 아무것도 모른다는 얼굴을 하다니. 알타쉬헤트는 저 어린 공주가 참으로 치사하다고 생각했다.

두미야

그 남자는 강하고 믿을 만하며 또한 사려 깊었다. 군인일 적엔 훌륭한 간부로, 마을에서는 공평한 지도자로 사람들에게 존경과 사랑을 받았다. 다만 그에겐 한 가지 단점이 있었는데, 긴장하면 마음과 행동이 따로 놀아 오해를 산다는 점이다. 그런 단점은 20년을 기다려서 간신히 만난 공주 앞에서도 여실히 드러났다.

"이 새끼 참새는 뭐냐?"

한눈에 알아봤지만 반가워하기가 겸연쩍어 한 말이었다.

"근데 이 애송이 공주는 뭐하라고 데려온 거냐? 네가 일할 동안 소꿉놀이라도 해줘야 하냐?"

이건 공주가 혼자 심심해할까 봐 걱정한 말이었고,

"공주는 안 돼, 이미 유부녀야!"

이건 심하게 당황하는 공주를 구하려다 쏟아 버린 말실수였다.

두미야는 이처럼 서툰 말로 오해를 사는 남자였다. 그러나 그를 향한 모든 오해는 결코 오래가지 않았다. 그의 정 깊은 마음이 곧 모든 오해를 녹이고 진가를 드러내기 때문이었다.

지금은 작은 마을의 대표지만 두미야는 본래 이요브의 권속이자 메트로폴리스의 군인이었다. 당시의 그는 유복하고 가진 것이 많았다. 동시에 냉혹하기도 했다. 조국을 위해서라는 미명하에 힘없는 자들을 무자비하게 약탈하던 자였다. 그랬던 그를 바꾼 것은 20년 전 찾아온 키브사였다.

두미야가 딸에게 가르친 지나간 자리라는 말은 사실 그가 군인일 적에 공주에게 들은 말이었다. 처음 만났을 때 공주는 두미야가 지나온 길을 낱낱이 보여 주었다. 그때 두미야는 자신이 수많은 사람을 짓밟았다는 것을, 그게 끔찍한 짓이라는 것을 비로소 깨닫게 되었다.

그날 두미야는 자신의 모든 것을 버렸다. 그리고 키브사를 따랐다. 두미야는 친구이자 제자로서 키브사의 곁에 머물렀다. 키브사가 떠나던 때에 마지막으로 배웅한 것도, 공주에게 돌아오겠다는 약속을 받은 것도 두미야였다.

그날은 어느 때보다 추웠고 눈보라가 몰아치는 날이었다.

"돌아오는 데 얼마나 걸립니까?"

아직 젊었던 두미야의 물음에 키브사는 조금 쓸쓸하게 대답했다.

"조금 오래 걸릴 것 같아."

"무슨 일인지는 말씀해 주실 수 없습니까?"

"응, 아직은."

그렇게 말하는 공주의 어깨는 가느다랗게 떨리고 있었다.

"당신도 떠는군요."

"두려운 일이거든."

그렇게 말하며 공주는 가만히 웃었다. 두려워하면서도 걸음을 멈추지 않는 공주를 두미야는 진심으로 존경했다. 남에게 좀처럼 예를 표하지 않는 두미야지만 이때만큼은 그 손등에 입을 맞췄다.

공주는 자신에게 머리를 숙인 두미야를 향해 조용히 말했다.

"내가 다시 돌아오면, 그때의 나는 아무것도 모른 채 헤매고 있을 거야. 그런 나를 만나면 용기를 줘."

먼 미래를 말하는 공주의 말은 언제나 그랬듯 신비로웠다. 다만 이별을 앞두었기에, 이번만큼은 조금 쓸쓸했다.

"걱정하지 말라고 해줘. 믿어도 된다고. 그때까지 여기서 나를 기다려 줘."

두미야는 그 부탁이 버거워 대답하지 못했다. 대신 반드시 그러겠노라 하고 그 약속을 마음에 새겼다. 하얀 백합 같던 공주는 그것을 마지막으로 떠났다. 세상에 홀로 맞선 가녀린 공주를 앞두고 두미야가 할 수 있는 것은 그 부서질 것 같은 모습을 망막에 새기는 것뿐이었다.

그때부터 두미야는 공주를 그렸다. 아주 먼 훗날에 만나더라도 못 알아보는 일이 없도록, 매일같이 새로 기억하기 위해 그림을 그렸다. 그 후로 20년, 두미야는 마침내 그 오랜 약속을 지켰다.

공주가 떠난 날 밤, 두미야는 늦은 밤까지 작업실에 앉아 있었다.

"아빠, 안 주무세요?"

불빛을 보고 찾아온 제미라가 물었다.

"가서 자라. 난 더 있다 자련다."

"공주님 가셨는데 섭섭하지 않으세요?"

제미라의 물음에 두미야는 그저 웃었다. 섭섭하다기보다는 홀가분했다. 반드시 해야 했던 중요한 일을 끝낸 기분이었다. 제미라는 아버지의 심정을 헤아리고 더는 묻지 않았다. 그사이 두미야는 두꺼운 천을 꺼내 새 캔버스를 만들기 시작했다.

"또 그림 그리시게요? 이제부턴 오늘 오셨던 공주님을 그리실 건가요?"

그렇게 말하며 제미라는 작업실 구석, 낡은 천 아래 쌓인 캔버스를 바라보았다. 두미야가 매일같이 그렸던 키브사 공주의 그림이 가득 쌓여 있었다.

두미야는 20년간 키브사 공주를 그렸다. 그를 잊지 않으려고 꾸준히 그려 왔다. 그래서 제미라도 공주를 한눈에 알아볼 수 있었다. 비록 그보다 더 어렸지만, 그 순수함은 분명 같았기에.

제미라의 물음에 두미야는 고개를 가로저었다.

"아니, 이제 공주는 그만 그리련다."

"왜요?"

"약속을 지켰으니 이제 내 할 일은 끝났어."

그렇게 말하는 두미야의 얼굴은 어느 때보다 평안해 보였다. 아버지의 가벼워진 모습을 보며 제미라가 물었다.

"그럼 이제 뭘 그리시려고요?"

"남자아이면 야타브, 여자아이면 파루하. 어떠냐?"

제미라는 갸웃대다가 그것이 배 속에 있는 아이의 이름인 것을 알아채고 환하게 웃었다.

두미야는 나이가 들었고 이제 곧 손자도 생긴다. 그래서 앞으로는 딸과 사위와 손자, 그리고 이 마을을 그릴 생각이다. 말한 대로 공주는 그리지 않을 것이다. 마지막으로 공주의 등을 힘껏 떠밀었으니 약속은 모두 지킨 셈이다. 앞으로 나아가는 것은 다음 세대의 몫, 이제 그는 자신의 자리를 묵묵히 지키고 돌볼 것이다.

두미야는 창문을 열고 마을을 바라보았다. 이 마을 또한 공주의 지나간 자리였다. 키브사를 만나서 두미야는 이 마을을 만들 수 있었다. 이곳에서 친절함과 따스함을 누렸고, 그것을 다시 많은 사람에게 베풀었다. 게다가 여기에서 공주를 다시 맞이했으니 이제는 더할 나위가 없다.

두미야는 애정이 담긴 눈으로 달빛 아래 잠든 마을을 오랫동안 내다보았다. 그 밤은 기쁨이 충만한 밤이었다. 고요함 속에서 두미야는 깊은 평안을 누렸다.

사나운 늑대의 군대가 몰아닥친 것은 그로부터 열흘 후였다.

제미라

매일 아침의 첫 소리는 뚝딱뚝딱 장작을 패는 소리였다. 집 밖에서 들려오는 단조롭고 힘찬 소리가 불편하지 않게 아침잠을 깨웠다. 어렴풋이 눈을 뜨면 곁에서 남편이 속삭였다. 잘 잤어? 그 포근한 인사에 웃음으로 화답하며 기지개를 켜면 드디어 하루가 시작된다.

침대에서 몸을 일으킬 땐 익숙지 않은 허리 통증에 한숨이 나온다. 침대 밖으로 발을 내밀고 일어서면 그 무거움은 한층 더 커진다. 그럴 때면 배 속의 아기가 참 많이 자랐다고 새삼 느낀다.

커진 배를 어루만지며 집 밖으로 나오면 상쾌한 공기 너머로 아담한 마을이 보인다. 태어나서 지금까지 살아온, 눈을 감고도 거닐 수 있는 정다운 마을이다. 그 마을엔 아버지가 있고, 이웃들이 있고, 남편과 곧 태어날 아기가 있었다.

이 모든 것이 제미라라고 하는, 때 묻을 일 없이 평화롭게 살아온 한 여인의 일상이었다.

제미라의 아버지인 두미야는 강인하고 올곧으며 사려 깊은 사람이 었다. 이토록 춥고 어두운 세상에서 그는 좋은 마을을 만들고 많은 사람과 더불어 살았다.

두미야는 마을의 대표로서, 그리고 한 아이의 아버지로서 온 힘을 다하던 사람이었다. 그런 두미야에겐 남들에게 드러내지 않은 두 가지 모습이 있다. 제미라만이 알고 있는 그것은 그리움, 그리고 죄책감 이다.

제미라가 기억하는 아버지의 익숙한 모습 중 하나는 그림을 그리는 뒷모습이다. 늦은 밤 제미라가 잠들면 두미야는 늘 좁은 쪽방에서 그림을 그렸다. 그러다 새벽에 깬 제미라가 들여다보면 겸연쩍어하며 감추곤 했는데, 그런들 집안에서 아이에게 완전히 숨길 수 있는 것은 없었다. 결국 제미라는 아버지 몰래 화폭에 담긴 새하얀 여자를 보았고, 어릴 적엔 그 여인이 자신의 엄마인 줄로만 알았다.

제미라가 그림에 대해 몇 번이고 물었지만 두미야는 대답해 주지 않았다. 그래서 뿔이 난 제미라는 어느 날 아야라가 왔을 때 그것을 일러바쳤다.

"여자 그림?"

두미야와 라이시가 밖으로 나간 사이 제미라는 심각한 표정으로 사실을 고했다. 아야라는 호기심에 두미야의 작업실을 들여다보았고, 그가 암암리에 그린 그림들을 보고 애잔한 미소를 지었다.

"공주님이구나."

"공주님이요?"

제미라는 깜짝 놀라서 되물었다.

"우리 엄마가 아니에요?"

"글쎄, 나는 그분이 우리 엄마라고 생각했는데."

아야라의 웃음 섞인 대답에 제미라는 더 혼란스러워졌다. 그때 제미라는 고작 일곱 살이었다. 미궁에 빠진 제미라를 위해 아야라는 공주님의 이야기를 해주었다. 그때 많은 이야기를 들었지만 아직 어렸던 제미라는 다 이해할 수 없었다. 다만 이해할 수 있었던 건 자신의 아버지가 원래는 참 나쁜 사람이었다는 것, 하지만 키브사라는 공주님을 만나서 나쁜 짓을 그만두었다는 것, 그 때문에 그 고마운 사람을 이토록 그리워한다는 것뿐이었다.

아버지가 한 여인을 그리워한다는 사실이 영 못마땅했지만, 제미라는 곧 그런 기분을 마음에서 지웠다. 왜냐하면 그 그림은 늘 정결하고 고귀해서 질투나 시샘이 어울리지 않았기 때문이다. 그러는 사이 제미라도 어느새 그 그림을, 그리고 그림 속의 공주님을 좋아하게 되었다.

두미야의 그리움을 이해한 제미라가 그의 죄책감마저 발견한 것은 열세 살 때의 일이다.

그때 마을은 두미야가 붙잡은 체파르데아의 권속 때문에 떠들썩

했다. 마을 어른들은 그 권속을 어떻게 할지를 두고 심각하게 논의했다. 죽여야 한다는 의견이 가장 많았다. 이대로 풀어 주면 마을의 위치가 발각될 텐데, 그럼 인간을 잡아먹는 괴물영주가 언제 권속들을 보내 자신들을 잡아갈지 모를 일이었다. 하지만 두미야가 반대했다. 두미야는 그를 죽이지 않고 함께 살 방법을 찾겠다고 했다.

많은 사람이 두미야의 의견에 반발했다. 권속들은 영주의 앞잡이 행세를 하며 사람들을 괴롭혔다. 그들이 저지른 지독한 짓을 사람들은 똑똑히 기억하고 있었다. 하지만 두미야는 물러나지 않았다. 결국 두미야의 고집으로 그 권속은 마을에서 살게 되었고, 이 일로 두미야와 사람들 사이엔 불화가 생겼다. 특히 체파르데아에게 가족을 잃었던 사람들은 두미야에게 분노했다.

제미라는 아직 어렸지만 그래도 그 상황을 모두 이해하고 자기 나름대로 생각할 수 있었다. 제미라의 어린 눈에도 권속은 나쁜 사람이었다. 그들은 영주들 밑으로 들어가 나쁜 짓을 하는 대가로 좋은 옷을 입고 좋은 음식을 먹었다. 약한 사람들에게 상처를 주고 편히 살아가는 그런 사람들이었다.

제미라는 그 나쁜 사람 때문에 아빠가 힘들어하는 게 싫었다. 그래서 한밤중 두미야의 쪽방 작업실로 찾아갔다. 고민이 있을 때 으레 그러듯, 두미야는 거기서 그림을 그리고 있었다.

"아빠, 그 사람 꼭 받아 줘야 해요?"

"왜, 싫으냐?"

"아저씨랑 아줌마들이 싫어하잖아요."

제미라의 볼멘 목소리에 두미야는 붓을 멈췄다. 두미야는 한동안 멈춰 있더니 이내 붓을 내려놓고 말했다.

"그래, 싫어하지. 몹시 나쁜 녀석이니까."

"그런데 왜 데리고 있어요?"

"나도 그렇게 용서받았으니까."

두미야가 담담하게 말했다. 제미라는 그 말을 이해할 수 없었다. 작은 머리로 열심히 궁리해도 마찬가지였다. 두미야는 그런 제미라를 보며 웃었다. 그리고 처음으로 옛날이야기를 해주었다.

그날 제미라는 자신의 아버지가 과거에 어떤 사람이었는지, 또 얼마나 많은 사람을 괴롭혔던 사람인지를 알았다. 그리고 그 잘못을 일깨워 준 키브사 덕분에 지금의 성실한 아버지가 있다는 것도 알게 되었다. 그 이야기를 듣고 제미라는 더 혼란스러워졌다.

"하지만 아빠 이제 착하잖아요."

"그 녀석도 나중엔 착해질 수도 있지."

과연 그럴까요? 저 사람은 너무 나빠 보이는데. 묶인 채 사람들에게 욕을 하고, 돌아가면 싹 다 죽여 버리겠다고 위협하고, 그러다가도 지레 겁먹어 제발 살려 달라고 애원하고. 저 사람은 너무 나쁘고 이상한 사람 같은데.

딸의 얼굴이 떨떠름한 것을 보고 두미야는 다시 껄껄 웃었다.

"물론 계속 나쁜 녀석으로 남을 수도 있다. 자기가 뭘 잘못했는지도 모르고 반성하지 않을 수도 있어."

"그런데 왜요?"

"나중 일은 모르는 거니까. 그리고 데리고 있으면 이제부터 죄를 짓지 않게는 할 수 있겠지. 이전처럼 남의 등골을 빼먹지 못하도록 혼내면서 스스로 일해 먹고 사는 법을 가르친다면 말이다."

"꼭 그렇게까지 해야 해요?"

제미라는 그 한 사람 때문에 아빠와 마을의 어른들이 힘들어하는 게 그저 싫었다. 그러자 그 마음을 헤아린 두미야가 넌지시 물었다.

"너도 그 녀석이 죽었으면 싫냐?"

제미라는 망설이다가 고개를 끄덕였다. 아직 죽는다는 말의 무게를 다 알진 못하지만, 저렇게 나쁜 사람이라면 죽어도 괜찮을 것 같았다. 사람들이 모두 그걸 원하니까. 제미라의 그런 대답은 두미야를 조금 쓸쓸하게 만들었다. 내색하진 않았지만 곧 이어진 두미야의 목소리는 짙고도 썼다.

"사람의 생명은 무거운 거다. 그렇게 쉽게 죽일 수 있는 게 아니야."

그럼 많은 사람을 죽인 그 사람은, 더더욱 죽어야 하지 않나요? 제미라는 그렇게 묻고 싶었지만 참았다. 아버지의 표정이 어두웠기 때문이다.

밖에는 눈이 내리고 있었고, 그 눈은 어두운 밤을 하얗게 밝히고 있었다. 그리고 아버지의 화폭에 담긴 공주님 또한 새하얗게 빛나고 있었다. 그날의 기억은 제미라의 머릿속에 오래도록 남아서, 제미라는 뇌리에 박힌 그날을 언제든 추억할 수 있었다.

그러한 추억이 녹아든 마을은 평화로웠다. 무자비한 늑대가 몰아

닥치기 전까지는.

제미라의 모든 것은 그 마을에 있었다. 사랑하는 아버지, 아버지만큼이나 사랑하게 된 남편, 그리고 무엇보다도 사랑하게 될 아이까지. 그것은 거의 보장된 행복이었고, 제미라가 할 일은 그것을 기뻐하는 것뿐이었다.

그런데 예쁘게 준비되었던 미래는 성난 늑대의 습격으로 모조리 망가져 버렸다. 눈앞에서 남편이 죽었다. 아버지도 죽었다. 그들의 시체 앞에서 제미라는 머리채를 잡힌 채 늑대의 피를 마셨다. 그 피를 마시는 순간 몸이 타들어 가는 것을 느꼈다. 그 후로는 몸이 제멋대로 날뛰기 시작했다.

늑대로 변한 제미라는 주인의 의지에 압도되어 짐승처럼 행동했다. 그러나 그때에도 정신만은 온전히 깨어 있었다. 그래서 그 후 자신이 겪은 끔찍한 일들을 모두 기억했다.

늑대가 된 제미라는 네발로 달리고 날것의 썩은 고기를 먹었다. 그 사이 아기는 죽어 버렸다. 하지만 제미라는 사산된 아이를 안고 우는 것조차 할 수 없었다. 그때 제미라가 한 행동은 자신의 태내에서 나온 것이 늑대들의 발에 차이는 것을 멍하니 지켜본 게 다였다.

라이시를 봤을 땐 도움을 청하고 싶었지만 그것도 불가능했다. 지배를 받는 몸은 의지와 관계없이 도리어 그를 공격하고 으르렁댔다. 제미라의 영혼에 공주의 손길이 닿을 때까지, 제미라는 쭉 그런 상태였다.

지독한 싸움 끝에 공주가 제미라를 만졌고, 그 몸을 묶고 있던 거친 속박은 끊어져 나갔다. 그제야 가까스로 제미라는 자신을 지배하고 있던 검은 힘에서 벗어났다.

해방을 깨닫고 제미라는 목 놓아 울었다. 처절하도록 서럽게 울부짖었다. 자신이 겪은 그 끔찍한 날들을 생각하며, 기력이 다 떨어질 때까지 소리를 질렀다.

사랑하는 아버지.

아버지만큼이나 사랑하게 된 남편.

그리고 무엇보다도 사랑하게 될 아이까지.

그 마을엔 제미라의 모든 것이 있었다. 그래서 이제는 아무것도 남지 않았다. 눈앞에서 모든 것을 잃었다. 그 사실이 제미라를 울고 또 울게 했다. 하늘이 무너지고 세상이 뒤집힌 것만 같았다.

울음을 그칠 즈음 제미라는 눈앞이 어두워지는 것을 느꼈다. 충격으로 시력을 점점 잃고 있었다. 하지만 이제 와서 그런 건 어떻게 되든 상관없었다. 차라리 이 목숨마저 끊겼으면 좋겠다고 생각했으니 눈 따윈 아무래도 좋았다.

그런데 눈앞이 완전히 어두워지기 전에, 빛이 모두 사라지기 전에 제미라는 보았다. 라이시의 품에 안겨 기달티의 성으로 가던 때였다. 너무 지쳐서 아무런 말도 못했지만 제미라는 분명히 보고 있었다.

기달티의 성으로 돌아가는 길에 함께 있던 아이를.

무아카를.

체파르데아의 기록_ 치포라

치포라-이르이트 대공의 날개가 담겨 있는 도구.

이르이트 대공의 날개는 거대하면서도 얇은 유리처럼 투명한데, 이 때문에 하늘의 상태에 따라 날개 또한 신비한 빛깔을 띄기도 한다. 대공은 이 날개로 시공을 뛰어넘으며 별들의 궤도를 다스리고 천체를 끌어올렸다고 한다.

바로 그 날개의 조각이 담긴 것이 치포라이다. 이것은 낙원시대에 이르이트 대공이 만든 것으로, 사용자에게 대공의 날개를 부여하는 기능이 있다. 대공이 치포라를 만든 이유는 자신의 부관에게 날개를 빌려주기 위해서였는데, 그의 부관인 이슈라는 치포라를 통해 대공과 함께 비라의 하늘을 비행하곤 했다.

치포라에는 몇 가지 특이점이 있다. 하나는 대공의 허락을 받은 사람만이 사용할 수 있다는 건데, 대공이 허락한 사용자는 리브나 키브사 공주와 이슈라 둘뿐이다.

또 한 가지 매우 흥미로운 점은 날개 형태로 활성화시킨 치포라의 조각으로도 일시적으로나마 날개를 만들 수 있다는 점이다. 이 특징을 이용하면 이르이트 대공과 리브나 키브사 공주, 그리고 대공의 부관인 이슈라가 편대비행을 하는 장관도 연출할 수 있을 것이다. 하지만 이건 가능성일 뿐 한 번도 실현된 적은 없다. 치포라의 사용을 허가받은 리브나 키브사 공주가 실제로 비행을 시도한 적은 없기 때문이다.

치포라로 만든 날개는 이르이트 대공의 날개와 모든 면에서 유사하지만, 단 한 가지 차이가 있다. 그것은 시간을 건널 수 없다는 점이다. 치포라를 이용해 세상을 넘어갈 수 있지만 시간의 횡단까지는 불가능하다. 시간을 넘는 것은 이르이트 대공 고유의 능력으로 알려져 있다.

치포라는 이슈라가 아본에 내려올 때 비라에 두고 왔는데, 훗날 키브사 공주가 아본으로 가져왔다.

아본 이후 치포라의 행방은 아래와 같다.

아본 80년, 키브사 공주가 치포라를 이용해 비라에서 아본으로 건너옴.

아본 81년, 키브사 공주가 시믈라에게 노예의 몸값으로 치포라를 지급함.

아본 83년, 이요브가 시믈라에게 치포라를 대여한 후 반납함.

아본 100년, 시믈라가 기달티의 후계자에게 치포라를 양도함.

▶ 2권에서 계속

아나하라트 _ 공주와 구세주 1

초판 1쇄 발행 | 2016년 7월 7일
초판 4쇄 발행 | 2016년 7월 20일

지은이 | 김영지
발행처 | 마음지기
발행인 | 노인영
기획·편집 | 박운희
디자인 | 박옥

등록번호 | 제25100-2014-000054(2014년 8월 29일)　　**주소** | 서울시 구로구 공원로 3, 208호
전화 | 02-6341-5112~3　　**FAX** | 02-6341-5115　　**이메일** | maum_jg@naver.com　　＊이 도서의
국립중앙도서관 출판예정도서목록(CIP)은 서지정보유통지원시스템 홈페이지(http://seoji.nl.go.
kr)와 국가자료공동목록시스템(http://www.nl.go.kr/kolisnet)에서 이용하실 수 있습니다.
(CIP제어번호: 2016015840)

※ 책 값은 뒤표지에 있습니다.
※ 잘못 만들어진 책은 바꿔 드립니다.
※ 이 책은 저작권법에 의해 보호를 받는 저작물이므로 무단 전재 및 무단 복제를 금합니다.

ISBN 979-11-86590-10-2 04810 / 979-11-86590-09-6 04810 (세트)

마음지기는 여러분의 소중한 꿈과 아이디어가 담긴 원고 및 기획을 기다립니다.

마음지기는 ───────────────────────────────

성공은 사람을 넓게 만듭니다. 그러나 실패는 사람을 깊게 만듭니다. 마음지기는 성공을 통해 그 지경
을 넓혀 가고, 때때로 찾아오는 어려움을 통해서 영의 깊이를 더해 갈 것입니다. 무슨 일에든지 먼저
마음을 지킬 것입니다.
높은 산꼭대기에 있는 나무의 뿌리가 산 아래 있는 나무의 뿌리보다 깊습니다. 뿌리가 깊기에 견고
히 설 수 있습니다. 마음지기는 주님께 깊이 뿌리내리고 그 어떤 상황에서도 주님을 찬양할 것입니다.
"하나님과 가까이 교제하고 교감하는 사람은 그렇지 못한 사람보다 더 행복하다"라고 마시 시머프는
말했습니다. 마음지기는 하나님과 교감하고 교제하기 위해서 하루 24시간을 주님과 동행할 것입니다.

──────── **"모든 지킬 만한 것 중에 더욱 네 마음을 지키라 생명의 근원이 이에서 남이니라"** 잠언 4:23